ÉTUDES

SUR

LE 18 AOUT 1870

PAR

LE CAPITAINE ROY

Avec une Préface de M. le Général H. LANGLOIS

ET ACCOMPAGNÉES DE 3 CROQUIS, 6 CARTES ET 3 VUES PANORAMIQUES

mq. les planches 2 et 3.
Couleurs
le 29 août 1913

LIBRAIRIE MILITAIRE BERGER-LEVRAULT

PARIS	NANCY
RUE DES BEAUX-ARTS, 5—7	RUE DES GLACIS, 18

1911

ÉTUDES SUR LE 18 AOUT 1870

DU MÊME AUTEUR :

Contre-attaque ou retour offensif? 1909. Brochure grand in-8 de 27 pages, avec 2 planches. Berger-Levrault et Cie, éditeurs. . **1 fr. 50**

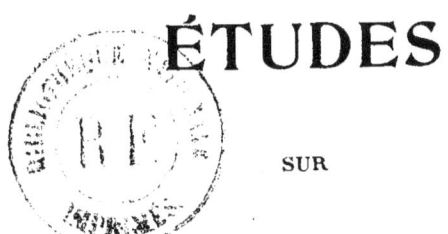

ÉTUDES

SUR

LE 18 AOUT 1870

PAR

Le Capitaine ROY

Avec une Préface de M. le Général H. LANGLOIS

ET ACCOMPAGNÉES DE 3 CROQUIS, 6 CARTES ET 3 VUES PANORAMIQUES

Librairie Militaire Berger-Levrault

PARIS	NANCY
RUE DES BEAUX-ARTS, 5—7	RUE DES GLACIS, 18

1911

(Extrait de la *Revue militaire générale*)

PRÉFACE

Quarante années écoulées n'ont pas épuisé l'intérêt qui s'attache aux événements de la guerre franco-allemande. Non seulement ces événements constituent de pieuses reliques de l'histoire, bien faites pour exalter dans le cœur des jeunes générations de nobles et grands sentiments, mais ils sont aussi et surtout au point de vue tactique et stratégique, une source de féconds enseignements dont on ne saurait méconnaître la valeur.

Les belles études sur Spicheren et le 16 août, déjà publiées par la *Revue Militaire générale*, ont, en effet, montré que, malgré les perfectionnements de l'armement, l'analyse des grandes luttes livrées en août 1870 était matière à de précieuses conclusions, en tout point applicables à la guerre moderne. Elles ont montré que derrière les procédés et les méthodes sans cesse en évolution subsistaient toujours les immuables vérités sur lesquelles est basé l'art de la guerre. Tenter pour la bataille du 18 ce qui a été fait pour Spicheren et Mars-la-Tour, donner de cette journée, tragique entre toutes, un récit (du côté allemand) basé sur les documents récemment mis à jour, en tirer des conclusions pour l'avenir, tel a été le but du capitaine Roy. Il a suivi dans ce travail la méthode féconde de son ancien professeur le colonel Maistre, la méthode d'analyse en usage à l'École supérieure de guerre.

Je vais chercher à résumer les conclusions que l'auteur a

logiquement tirées de l'impartial examen des faits, les enseignements qu'il a mis en lumière.

1° Certains écrivains ont voulu tirer argument de l'échec
piteux de l'artillerie du IX⁰ corps pour préconiser un timide emploi de l'artillerie de l'avant-garde. Quelle erreur!
La rude leçon infligée à l'artillerie du IX⁰ corps prouve
simplement que le général de Manstein a négligé de couvrir
par de l'infanterie le déploiement de ses pièces, qu'il n'a
pas cherché à réaliser la liaison des deux armes, et qu'il en
a été puni.

2° Le combat de Sainte-Marie est au plus haut point
intéressant, car il montre pour la première fois la puissance
d'action d'un détachement muni d'une arme rayée. Seize
compagnies non appuyées par l'artillerie ont forcé au déploiement deux brigades allemandes et quatre-vingt-huit
pièces de canon; elles ont momentanément arrêté l'enveloppement de la droite française, et ont bouleversé les
combinaisons de Frédéric-Charles. C'est là un résultat appréciable : il n'a malheureusement pas été exploité par
nous; mais, tel qu'il est, il donne une idée du rôle que peut
être appelé à jouer un détachement muni d'un armement
moderne, et occupant des points d'appui extérieurs à une
position principale. Quelles ne doivent pas être, en effet,
l'anxiété, l'incertitude du chef d'une troupe se trouvant
tout à coup exposée au feu d'un détachement invisible!
Qu'a-t-il devant lui? Est-ce une compagnie, un bataillon,
un régiment? Comment va-t-il pouvoir doser son attaque?
Et combien laborieuse sera la prise de contact! Voilà ce
que peut un détachement isolé. Quelle doit être, *a fortiori*,
la puissance protectrice et retardatrice d'un *ensemble* de
détachements reliés les uns aux autres et coopérant à une
action commune sous la haute impulsion d'un chef!

3° L'arrêt à 5 heures du combat sur le front de la II⁰ armée dans l'attente de l'enveloppement est caractéristique. L'enveloppement constitue, en effet, un point de doctrine auquel les Allemands tiennent par-dessus tout et dont ils font la panacée universelle et unique du succès. Il n'en est pas moins vrai que cette conception de la conduite de la bataille, si différente de la nôtre, est, à notre avis, pleine de dangers. L'adversaire n'est, en effet, pas fixé et il lui est toujours loisible de porter ses réserves sur le point menacé.

4º Les combats livrés par la Iʳᵉ armée offrent le tableau de la plus complète désorganisation. Les régiments des VIIᵉ et VIIIᵉ corps lancés sans avant-garde, sans but précis, sans mission déterminée, recherchent plusieurs objectifs simultanément et finalement échouent. Pas une seule fois le commandement allemand ne cherche à sérier les questions et à concentrer son effort sur un seul point. Ce qui sauve nos ennemis de la catastrophe c'est, d'une part, notre inertie, d'autre part, leur ardent esprit offensif.

5º L'attaque de Saint-Privat par la Garde a souvent donné lieu à des conclusions très fausses. On a voulu conclure de l'échec de la Garde à l'impossibilité de l'attaque de front. Quelle erreur! L'attaque de Saint-Privat, mal conçue par le commandement, non appuyée par l'artillerie, exécutée en masses profondes et dans un dédain complet du feu de l'adversaire, n'a réuni aucune des conditions nécessaires à la réussite d'une attaque : il n'est donc pas étonnant qu'elle ait échoué en partie. « Le glacis de Saint-Privat est bien le tombeau de la Garde royale prussienne, mais il n'y a pas de raisons pour qu'on en fasse, par voie de conséquence, le tombeau de l'attaque. »

6º L'examen de la fin du combat de Saint-Privat montre que, même entre 6ʰ 30 et 7 heures du soir, notre situation n'était pas irrémédiablement compromise. Même à cette heure, si nos réserves avaient été judicieusement disposées

et surtout utilisées, nous pouvions reprendre le dessus, profiter de l'épuisement de la Garde et de l'excentricité du
mouvement du XIIᵉ corps, pour pénétrer comme un coin
entre ces deux corps d'armée et ramener la victoire sous
nos drapeaux. La bataille n'est pas perdue tant que le commandement a une réserve dans la main; mais il doit l'employer, au besoin, jusqu'au dernier homme. C'est peut-être
le suprême effort qui déterminera la victoire. C'est là une
vérité qu'il est impossible de nier, tellement sont nombreux
les faits qui la confirment.

En somme, dans le cours de cette longue bataille, nous
voyons l'armée allemande commettre fautes sur fautes et
vingt fois passer près de la défaite. Comment cependant
a-t-elle fini par être victorieuse? Tout simplement parce
qu'elle avait la ferme volonté de vaincre, parce qu'elle était
animée du plus bel esprit offensif.

Déjà, dans la matinée du 18, le désir ardent de joindre à
tout prix l'armée française amène les commandants de
corps d'armée à rectifier d'eux-mêmes les erreurs de
de Moltke et à déchirer le voile opaque tendu devant eux.

Dans le cours du combat, c'est grâce à ce même esprit
offensif que nos ennemis prennent dès le début sur nous
une incontestable supériorité morale, nous paralysent, nous
laissent assister impassibles à leurs fautes, et finalement
nous délogent de nos positions.

Est-ce à dire qu'il suffise, dans tous les cas, pour remporter la victoire, de se lancer, sans combinaison aucune,
dans de folles attaques, de négliger le feu de l'ennemi, de
méconnaître les lois de la tactique? Non, certes, telle n'est
point ni la pensée de l'auteur, ni la mienne. Ce qu'il a voulu
montrer — et il a parfaitement raison — c'est qu'à défaut
de combinaisons, à défaut de méthodes de combat appro-

priées, un assaillant énergique, ardent, finira toujours par en imposer à un adversaire inerte.

Sa conclusion finale est celle-ci : nous ne devons pas oublier que l'offensive est la pierre angulaire de la victoire. Donc, toujours en avant !

Toute l'œuvre du capitaine Roy respire ce sain parfum d'offensive, d'initiative, de volonté de vaincre. Aussi, je serais heureux si ces quelques lignes pouvaient inciter nos camarades de toutes armes à lire l'ouvrage entier, à le méditer et à diriger leurs efforts sur des travaux de même nature, sur l'étude et l'analyse des faits de guerre dans leurs détails. Plus ils creuseront l'histoire, plus se confirmeront dans leur esprit certains principes immuables, certaines vérités éternelles s'appliquant à l'art de la guerre. Périodiquement, pendant la paix, ces vérités sont méconnues, notamment à chaque progrès de l'armement, toujours la guerre les fait ressortir plus éclatantes.

Général H. LANGLOIS.

INTRODUCTION

———

Comme les batailles de Spicheren et de Borny, la journée de Vionville avait été une surprise pour le grand État-major prussien. Ici encore les élèves n'avaient pas surpassé le maître, et une stratégie défaillante, élaborée en vase clos, avait exposé aux pires désastres une notable fraction des forces allemandes. De même que le 6 et le 14 août, des divisions isolées, lancées dans l'inconnu en avant du gros des armées, s'étaient subitement heurtées à des forces françaises numériquement très supérieures. Elles avaient été ainsi amenées à jouer inconsciemment le rôle d'avant-gardes générales, et comme elles n'avaient de ces organes ni la mission, ni les moyens, ni les procédés, elles s'étaient bientôt trouvées compromises dans une lutte inégale...

Mais toutefois, si critique qu'ait été leur situation au cours de ces journées, si sanglantes qu'aient été leurs pertes, les Allemands, loin de succomber, avaient vu, en fin de compte, la victoire leur sourire et couronner leurs efforts.

Sans doute, le bénéfice de ce facteur si important à la guerre, que le grand Frédéric appelait « sa Sacrée Majesté le Hasard », s'ajoutant à notre inertie et à notre passivité déconcertantes étaient bien pour quelque chose dans ces succès.

Mais, avant tout, c'est aux Allemands eux-mêmes qu'il est juste d'en faire remonter la cause. Ce qui leur a donné la victoire, c'est surtout l'activité, l'initiative, la passion guerrière de leurs chefs, c'est aussi l'unité de doctrine qui les animait tous.

Unité de doctrine, disons-nous, mais, qu'on ne s'illusionne pas, doctrine d'une simplicité qui confond, tant il est vrai qu'à la guerre les choses simples réussissent toujours.

Quel a été, en effet, le rôle de ces commandants de corps d'armée, de divisions, de brigades, de régiments? Ont-ils fait sentir leur action dans la bataille, en écrasant l'adversaire sous le poids de ces audacieuses combinaisons, qui sont le propre des grands capitaines? Assurément non. Leur intervention fut beaucoup moins brillante, leur rôle plus modeste : marcher au canon; « décoller » de leurs troupes, pour courir aux nouvelles; l'ennemi entrevu, se lancer droit sur lui, pour l'attaquer, la plupart d'entre eux ne firent pas autre chose pour apporter leur pierre à l'édifice grandiose de la victoire.

Certes, par le fait même de l'imprévu de la situation et de la hâte que chacun mettait à entrer dans la lutte, les engagements ne se déroulèrent pas toujours suivant une impeccable et rigoureuse méthode. Il s'en fallut de beaucoup. Tous ces chefs commirent des fautes, de lourdes fautes, qu'ils payèrent d'ailleurs par de sanglantes hécatombes. Mais, devant les résultats obtenus, que pèsent ces fautes? Si nous les étudions encore maintenant, en vue d'en tirer de précieux enseignements pour l'avenir, la sereine Histoire les a déjà oubliées; et dans le tableau d'ensemble de ces luttes gigantesques elles ne forment plus que des ombres légères, dont le contraste ne sert qu'à mieux mettre en lumière l'idée d'offensive, qui seule subsiste et de toute sa hauteur domine ces journées tragiques...

Ce que nous venons de dire de Spicheren, de Borny, de Vionville, nous pourrions le répéter pour Saint-Privat. Ici, le théâtre est plus restreint, les Ire et IIe armées allemandes sont en partie concentrées à quelques kilomètres des positions que nous occupons, mais, contraste plus saisissant encore, la situation est tout aussi obscure pour nos ennemis. Cette armée française, qui, durant toute la journée du 17, étale la ligne blanche de ses tentes à 3 kilomètres des avant-postes allemands, et jette aux quatre vents de l'horizon les bruyants appels de ses clairons et de ses trompettes, les uns la croient sur la Meuse, d'autres sur Briey, nul ne se doute, et c'était cependant chose facile à vérifier, que nos 130.000 hommes occupent la crête Roncourt—Rozérieulles.

« *Oculos habent...* Ils ont des yeux et ne veulent point voir; ils ont des oreilles et ne veulent point entendre ! »

Jusque vers midi, le 18 août, la situation ne s'éclaircit pas davantage et les ordres et directives lancés dans la matinée par le commandement supérieur ne sont pas faits pour déchirer le voile tendu devant l'armée allemande.

Mais voici que le IXe corps aperçoit enfin les camps français de Montigny; il les attaque, sans la moindre méthode, c'est vrai, mais il les attaque, et cette offensive prématurée a du moins pour résultat de déterminer une partie du front ennemi au nord d'A-manvillers.

C'est un renseignement de la plus haute importance, et pour le vérifier et le compléter, le commandant de la Garde attaque, lui aussi, avec une folle témérité et au prix de lourdes pertes, pendant que le prince de Saxe, enfin fixé par ce combat sur l'étendue de notre droite, se prolonge vers le nord et gagne la bataille.

De son côté, Steinmetz, avec sa fougue habituelle, lance cinq divisions d'infanterie et une division de cavalerie directement sur les hauteurs du Point-du-Jour. Finalement, ses tentatives restent vaines et c'est à peine s'il peut mordre sur un point les positions françaises, mais ses efforts, si critiquables qu'ils soient, ne sont pas inutiles, puisque, durant toute la journée, il fait peser sur le commandement français, la hantise d'un mouvement déci-sif, qui le couperait de Metz.

Bref, erreurs d'en haut, erreurs d'en bas, fausses directives, attaques désordonnées et décousues, tout cela s'efface, tout cela est réparé par l'unanimité avec laquelle tout le monde chez les Allemands pousse l'offensive à fond... et aussi, hélas ! par l'unani-mité avec laquelle chacun, du côté français, reste figé dans ses positions. Quel plus magnifique témoignage peut-on trouver en faveur de la supériorité de l'attaque !

Tacite dit quelque part : « Ceux qui ne veulent plus voir leurs ennemis les yeux dans les yeux, ne veulent plus vaincre. »

Le 18 août, les chefs allemands se sont souvenus de cette forte

parole de l'historien latin. Ils ont cherché à regarder leur adversaire les yeux dans les yeux, et c'est pourquoi, malgré leurs fautes,
ils ont vaincu.

Que cette leçon ne soit pas perdue pour nous! Aucune bataille
n'a été plus souvent invoquée que celle de Saint-Privat, en faveur
du dogme de l'inviolabilité des fronts et de l'impuissance de l'attaque en face de l'armement actuel. Quelle erreur! La journée
du 18 août n'est-elle pas, au contraire, la vivante réfutation de
ces rêveries dangereuses, vieilles comme le monde et que tout
récemment encore on cherchait à nous servir comme le dernier
cri de l'art militaire moderne? Cette journée n'est-elle pas l'apo-
théose de l'offensive, puisqu'elle prouve qu'une offensive, même
mal conduite, finit toujours par avoir raison d'une défensive
obstinément passive?

Ne nous laissons donc pas égarer par les décevantes théories
de ceux qui voudraient faire la guerre, sans verser de sang. Élevés
depuis nos désastres dans le culte de l'offensive, gardons avec un
soin jaloux une inlassable foi en la puissance et la possibilité de
l'attaque. Le cas échéant, ne craignons pas de regarder notre
ennemi les yeux dans les yeux : là est le secret des revanches
futures.

ÉTUDES SUR LE 18 AOUT 1870

I

LES PRÉLUDES DE LA BATAILLE

I — La nuit du 16 au 17 août

« Vaincre, c'est être sûr de vaincre », a dit Ardant du Picq. Est-il à cette parole plus éloquent commentaire que la situation des Français et des Allemands au terme de la journée du 16 août?

« Il était près de 10 heures du soir, quand l'action cessait sur tous les points, lit-on dans l'*Historique officiel allemand*. Un profond silence s'étendait sur le large plateau, où, depuis 9 heures du matin, la mort avait fait une si riche moisson. Une nuit froide succédait à cette brûlante journée d'été et, après des efforts presque surhumains, les combattants prenaient quelques instants de repos. »

Autour de Flavigny en flammes, les 5e et 6e divisions prussiennes s'installent au bivouac. La journée a été rude pour elles. En marche depuis l'aube, elles ont combattu jusqu'à la nuit, sans prendre la moindre nourriture; elles ont perdu du tiers au quart de leur effectif, beaucoup de compagnies sont commandées par des sous-officiers; les coffres des batteries sont vides.

A leur gauche, le Xe corps, après avoir vu une de ses brigades anéantie et s'être usé dans une série d'actions décousues, s'est retiré au sud de la route Puxieux—Tronville.

A leur droite, les fractions des VIIIe et IXe corps n'ont pu, malgré de violents efforts, réitérés jusqu'à la nuit, déboucher sur la Maison-Blanche et se sont repliés sous bois.

La 5e division de cavalerie est à La Chaussée. La 6e division de cavalerie, après la charge de 8 heures du soir, s'est arrêtée dans les bivouacs du IIIe corps.

Derrière ces unités épuisées, les autres corps des Ire et IIe armées sont encore loin sur leurs routes de marche.

Seul, le IXe corps, échelonné entre Gorze et Arnaville, est à proximité de Vionville.

Mais la Garde a sa tête à Bernécourt, à 34 kilomètres du champ de bataille.

Le XIIe corps a sa tête à Pont-à-Mousson, à 38 kilomètres.

Le IIe corps est à Buchy, à 40 kilomètres, le IVe à Saizerais, à 50 kilomètres.

Quant au VIIe corps et la majeure partie du VIIIe, ils sont encore sur la rive droite de la Moselle, à Sillegny et à Lorry.

Bref, deux corps d'armée en contact direct avec l'ennemi, incapables de reprendre la lutte le 17 au matin; deux autres corps — les IXe et VIIIe — seuls susceptibles de les appuyer; cinq corps d'armée à des distances telles du champ de bataille qu'ils ne pourront arriver que tard dans la soirée du 17, ou même seulement dans la matinée du 18; telle est, en résumé, la situation des Allemands.

Situation précaire, d'autant plus précaire qu'à quelques kilomètres seulement des avant-postes du IIIe corps (1) toute l'armée française est étroitement concentrée.

Autour de Doncourt, le général Ladmirault a réuni, dans le plus grand ordre, tout son corps d'armée, se couvrant au sud et à l'ouest par la division Lorencez. Dans la région, entre Saint-Marcel et Rezonville, le maréchal Leboeuf a groupé ses 2e et 4e divisions d'infanterie, sa division de cavalerie et sa réserve d'artillerie. De ses deux autres divisions, l'une, la division Montaudon, est éparpillée de Rezonville à Gravelotte; l'autre, la division Metman, est arrivée à Gravelotte à 8 heures du soir, sans avoir pris part au combat. Quant aux autres éléments de l'armée française (la réserve de cavalerie, la réserve d'artillerie de l'armée, la Garde, le 2e corps, le 6e corps), ils sont entassés dans la région

---

(1) Une ligne d'avant-postes, partant du sud de Mars-la-Tour, passe au nord du bois de Tronville, du village de Tronville et de Flavigny, et se prolonge par la lisière nord des bois de Vionville et de Saint-Arnould, pour aboutir à travers les bois des Ognons au ravin de la Mance.

comprise entre Gravelotte, Rezonville et le bois des Ognons, et cette masse confuse, encore sous l'impression de la tension nerveuse provoquée par le combat, n'est pas sans avoir quelque peu perdu de sa cohésion. Mais, cet état de crise n'est que passager et aux premières heures du jour, il sera facile de resserrer les liens tactiques qu'une lutte acharnée a forcément désunis (1).

En somme, dès le 17 au matin, « on pouvait considérer comme effectivement et immédiatement disponibles sept divisions d'infanterie, ainsi que l'artillerie de trois corps d'armée, tous échelonnés entre Gravelotte, Rezonville et Doncourt (2) ».

Sept divisions d'infanterie, l'artillerie de trois corps d'armée, n'y avait-il pas là des moyens plus que suffisants pour reprendre le 17 au matin, une lutte, qui, pour le moment, semblait tout au moins indécise, et pour culbuter les maigres bataillons qui se cramponnaient autour de Tronville et de Flavigny?

Oui, certes, si la guerre était uniquement un conflit de forces matérielles. Mais, dans le bilan d'une journée de combat, il ne s'agit pas seulement de terrain perdu ou gagné, d'hommes tués et blessés, de munitions consommées. A côté de ces facteurs, ou plutôt au-dessus d'eux, il est quelque chose de plus essentiel, que Bismarck appelait les « impondérables » et que nous nommons les « forces morales ». Dominant toute la bataille, la façonnant en quelque sorte, ce sont elles qui donnent à la lutte sa signification définitive et lui impriment en dernière analyse les caractères de la défaite ou de la victoire. Au fond, tous les moyens matériels mis en œuvre dans le combat ne sont que des instruments au service des forces morales, et, s'ils entrent en ligne de compte dans le résultat d'une journée, c'est moins par leur propre action que par les réactions qu'ils exercent sur le cœur du chef et des combattants. « C'est l'âme qui gagne les batailles et qui les gagnera toujours, comme elle les a gagnées à toutes les époques du monde. La spiritualité, la moralité de la guerre, n'ont pas bougé depuis ces temps-là. Les mécaniques, les armes de précision, tous les ton-

---

(1) En face des avant-postes allemands, les Français ont poussé quelques compagnies de grand'garde, s'étendant de la vallée de la Mance jusqu'à hauteur du bois de Tronville. De ce point, la faible ligne des avant-postes français remonte dans la direction du nord, en suivant les hauteurs directement au sud et à l'ouest de Bruville.

(2) R. H.

nerres inventés par l'homme et ses sciences ne viendront jamais à bout de cette chose qui s'appelle l'âme humaine (1). »

Éternelles vérités qu'on ne saurait assez méditer, et dont les journées des 16 et 17 août vont nous apporter l'éclatante confirmation!

Reprenons, en effet, la situation des Allemands. A part quelques légers avantages remportés au centre, le 16 août, au début de l'action, ils ont vu partout ailleurs leurs efforts impuissants. Seize mille des leurs sont couchés par terre. Les munitions ne seront recomplétées que dans la matinée du 17... Serait-ce la défaite? Et ces unités épuisées vont-elles se replier précipitamment sur la Moselle? Non, car celui qui a été l'âme de la lutte — Alvensleben — ne saurait se laisser influencer par la situation critique de ses troupes. Si douloureux qu'ils puissent être pour son cœur de soldat, que lui importent les sacrifices librement consentis le 16, puisqu'il a atteint le but qu'il se proposait!

Il a voulu arrêter l'armée française dans sa retraite sur la Meuse. C'est maintenant chose faite. A n'en pas douter, il a imposé sa volonté à son adversaire, il a pris sur lui un ascendant moral indiscutable. La suprême attaque de 8 heures du soir a proclamé « sa volonté, son droit, son pouvoir d'attaquer ». Il le sent et c'est cette conviction, partagée par ses sous-ordre, qui le fait vainqueur.

Victoire stratégique, a-t-on dit. Oui. Mais, avant tout, victoire morale.

Aussi, lorsque le 16, vers 8ʰ 30 du soir, le commandant du IIIᵉ corps se présente à Frédéric-Charles, c'est à bon droit qu'il peut calmer les inquiétudes, d'ailleurs légitimes, du commandant de la IIᵉ armée : il est réellement convaincu de sa victoire. « Vaincre, c'est être sûr de vaincre. »

Au moment même où ce bref colloque a lieu entre les deux généraux prussiens, le maréchal Bazaine, accompagné de son escorte, se dispose à regagner son quartier général de Gravelotte. Lui aussi, est confiant dans l'issue de la journée, ou du moins il le laisse croire, puisque, à 10 heures du soir, il télégraphiera

_____

(1) Barbey d'Aurevilly.

au général Coffinières : « Nous avons livré aujourd'hui une bataille heureuse pour nous. »

Quant à son armée, elle est également sous l'impression d'un succès. « Nombreux et unanimes sont les témoignages de l'enthousiasme qui régnait dans les bivouacs pendant la nuit du 16 au 17 (*R. H.*). »

Basée sur les avantages partiels remportés sur différents points du champ de bataille, cette impression témoignait avant tout de l'excellent esprit qui animait l'armée du Rhin..., une des plus belles armées que la France ait jamais possédée !

Mais, si elle traduisait assez exactement les sentiments personnels des acteurs du drame qui venait de se dérouler, il est juste d'ajouter qu'elle ne correspondait guère à la situation réelle, prise dans son ensemble. En tout cas, moins que personne, le maréchal Bazaine était qualifié pour s'attribuer les mérites d'une victoire.

Incapable de prendre une décision ferme, flottant depuis le 14 août entre l'idée de la marche sur Verdun ou d'un arrêt sous les murs de Metz, il a subi dans cette journée du 16 la loi de son adversaire.

De but atteint par lui, il ne saurait être question, pour la bonne raison qu'il n'en a aucun. Sans doute, il nourrit déjà l'inavouable et secret désir de rester définitivement accroché à Metz, et, dans ce cas, le combat du 16 ne peut que le réjouir. Mais est-ce là un but militaire? Toute bataille, a dit Bugeaud, exige « des dispositions, un plan ». Peut-on trouver trace d'un plan ou de dispositions quelconques dans les tortueux desseins qu'un général en chef n'ose confier ni à ses généraux ni à son armée?

En réalité, le maréchal est le jouet d'événements qu'Alvensleben dirige à son gré. Par son inertie, il a laissé s'amonceler sur sa tête un orage qu'il sent prêt à éclater. Pour l'éviter, il ne peut que fuir, il est bien le vaincu de la journée.

Du reste, son attitude même, dans la soirée du 16, ne prouve-t-elle pas combien il est peu convaincu de son succès? Dès 9 heures du soir, il s'entretient, près de Rezonville, avec le maréchal Canrobert et les généraux Frossard et Bourbaki, et il leur prescrit de « reprendre leurs anciens campements, en les resserrant ». A travers le vague de cette formule, qu'il reproduira tout à l'heure dans son ordre de minuit, ne sent-on pas déjà l'abdication prochaine? Reprendre ses campements, c'est, dans le cas présent, abandonner la majeure partie d'un terrain chèrement disputé. Est-ce là le langage d'un vainqueur, même imbu des idées militaires de l'époque? Aussi, lorsque, à 10 heures du soir, le chef d'état-major de l'artillerie lui rend compte de la situation générale au point de vue des munitions, le maréchal s'exagère-t-il à plaisir les difficultés du ravitaillement : Son siège est fait, il est mûr pour dicter une heure plus tard à son chef d'état-major, le général Jarras, cet ordre qui allait marquer la dernière étape du douloureux calvaire gravi par l'armée du Rhin.

ORDRE POUR LA JOURNÉE DU 17 AOUT

Gravelotte, 17 août, minuit et demi.

Ainsi que nous en sommes convenus, vous avez dû, à 10 heures, reprendre vos anciens campements, en les resserrant.

La grande consommation qui a été faite dans la journée d'aujourd'hui de munitions d'artillerie et d'infanterie, ainsi que le manque de vivres pour plusieurs jours, ne permettent pas de continuer la marche qui avait été tracée. Nous allons donc nous porter sur le plateau de Plappeville. Le 2e corps occupera la position comprise entre le Point-du-Jour et Rozérieulles. Le 3e corps se placera à sa droite, à hauteur de Châtel-Saint-Germain, qu'il laissera en arrière. Le 4e corps sur la droite du 3e, vers Montigny-la-Grange et Amanvillers. La Garde, à Lessy et à Plappeville, où sera le grand quartier général. Le 6e corps sera à Vernéville. La division du Barail suivra le mouvement du 6e corps à Vernéville et la division Forton s'établira avec le 2e corps.

Le mouvement devra commencer le 17, à 4 heures du matin, et sera couvert par la division Metman, qui tiendra la position de Gravelotte et ira ensuite rallier son corps en passant par l'auberge de Saint-Hubert et prenant, à la cote 338 sur l'ancienne voie romaine, le chemin de grande communication, qui, passant en avant de Châtel-Saint-Germain et la ferme de Moscou à gauche, conduit à Montigny-la-Grange.

Le général de Forton marchera avec le 2e corps.

Dans le cas où l'ennemi entreprendrait une attaque sur une des directions à parcourir, le mieux serait d'indiquer comme point de ralliement le plateau, qui est au-dessus de Rozérieulles, entre Saint-Hubert et le Point-du-Jour. De là, on pourra se porter sur les campements indiqués plus haut.   BAZAINE.

P.-S. — Dans le cas où les troupes qui sont en position depuis la bataille, y seraient encore, vous les rappelleriez dès à présent, si la sécurité de vos campements ne s'y oppose pas.

On rapporte qu'après avoir dicté cet ordre, le maréchal Bazaine, s'adressant à son entourage, ajouta : « Voilà, si quelqu'un juge qu'il y a mieux à faire, qu'il parle. »

Était-ce une approbation que le général en chef demandait? Certes, au point où en étaient les choses, il semble qu'à tout considérer, la retraite sur Metz était la solution la plus judicieuse, mais à la condition qu'on sût tirer de cette nouvelle situation tous les avantages qu'elle pouvait présenter.

Depuis la bataille du 16, en effet, il n'était plus guère possible de songer à se dérober vers la Meuse; la capacité manœuvrière de notre armée, comparée à celle de l'armée allemande, était telle que, avant de gagner Verdun, nous aurions été infailliblement arrêtés dans notre marche et exposés à livrer bataille dans les conditions les plus désavantageuses.

Quant à laisser un corps d'armée sur la rive gauche de la Moselle et à jeter sur la rive droite toute l'armée française, pour tomber sur les Ier et IIe corps allemands et couper les communications de la Ire armée, c'était là une manœuvre assurément séduisante. Mais l'armée française d'alors avait-elle les qualités de vitesse, d'audace nécessaires pour la réaliser? Et en tout cas, même couronnée de succès, cette manœuvre aboutissait-elle à mettre hors de cause le gros des forces ennemies? Il est difficile de l'affirmer.

Par contre, si dans son ensemble, on pouvait approuver la décision du maréchal Bazaine, que dire de l'ordre qui était chargé de la traduire aux troupes! Sur cet ennemi qu'on venait de combattre durant toute la journée, pas un mot. Quant à la mission à réaliser, il n'en est pas question. « Nous allons nous porter sur le plateau de Plappeville. » Dans quel but? Avec quelle intention de manœuvre? Mystère et discrétion. Les corps d'armée sont mis en mouvement « comme les pions d'un jeu d'échecs, auxquels on n'est pas obligé d'expliquer pourquoi on les déplace (1) ». Ce qui n'empêche pas la *Relation officielle allemande* d'écrire audacieusement : « Décidé en principe à défendre à outrance, s'il le fallait, les positions dont il avait fait choix, le maréchal avait donné à ses commandants de corps des instructions générales en ce sens. »

_____

(1) *Spicheren*, lieutenant-colonel MAISTRE (Berger-Levrault, édit., 1908. 12').

Décidément, ce n'est pas seulement sur les bords de la Tamise que fleurit l'humour anglo-saxon !

Ajoutons que cet ordre ne contient aucune indication générale sur les zones de marche affectées aux différents corps d'armée, ni sur les heures auxquelles ils pourront se mettre en mouvement. Une seule mesure de sécurité est prescrite : la division Metman doit couvrir la route de Gravelotte. Des autres directions on ne semble pas se préoccuper. Il faudra que les commandants de corps d'armée suppléent eux-mêmes à l'insuffisance de l'ordre du maréchal et prennent des dispositions qui seront forcément incomplètes et n'auront entre elles aucune liaison : la route Rezonville—Villers-aux-Bois n'est pas couverte. Dans la région de Saint-Marcel, c'est le 6e corps qui fournit l'infanterie (division Tixier) et le 3e corps la cavalerie (division de Clérembault) à laquelle on adjoint une batterie à cheval de la réserve du 3e corps. Du côté de Bruville, le 4e corps laisse comme arrière-garde la division Lorencez.

En deux mots, c'est la tactique du : « Débrouillez-vous, marche. »

II — La journée du 17 août dans l'armée française

A peine l'armée française eut-elle commencé à exécuter, le 17 août, l'ordre de retraite donné par le maréchal Bazaine que se manifestèrent les graves inconvénients résultant du manque de direction supérieure.

Dès la pointe du jour, sur la route de Gravelotte, s'ébranle lentement, avec de nombreux temps d'arrêts, la colonne des convois, du quartier général, des parcs et ambulances. Derrière ces éléments suivent la division de voltigeurs, la réserve d'artillerie de la Garde et la réserve générale d'artillerie, enfin, le 2e corps et la division de Forton.

Quant à la division de cavalerie de la Garde et à la division de grenadiers, elles reçoivent l'ordre de remonter vers la Malmaison. Les grenadiers suivant à travers champs l'itinéraire Chantrenne, Leipzig, Châtel, arrivent à Plappeville vers 1 heure, pendant que la division de cavalerie, faisant un long crochet par Vernéville et Amanvillers, n'atteint son bivouac qu'à 4 heures du soir.

Au 3e corps, la division Montaudon, éparpillée dans la région de Gravelotte, se rallie à la pointe du jour vers Bagneux et gagne, par Chantrenne, le plateau de la Folie, où elle arrive à 8 heures du matin. La division Aymard, rassemblée au nord de Villers-aux-Bois, suit la division Montaudon et atteint, elle aussi, sans encombre, ses bivouacs au sud de Moscou. Mais, par contre, la division Nayral, quittant Saint-Marcel à 6 heures, se heurte vers Chantrenne à la division Aymard, puis à la division Levassor du 6e corps; elle ne peut se remettre en route qu'après une halte de deux heures et atteint Leipzig seulement à 1 heure de l'après-midi.

La réserve d'artillerie du 3e corps suit la division Nayral, mais elle réussit à traverser rapidement les colonnes, qui lui barrent la route et peut continuer sur Leipzig.

Quant à la division de cavalerie Clérembault, après être restée jusque vers 10 heures dans la région au sud-ouest de Saint-Marcel, pour observer quelques escadrons qui y avaient été signalés, elle arrive à 11 heures à Vernéville, où elle doit stopper durant une heure et demie, avant d'arriver à son emplacement de bivouac.

Enfin, la division Metman, après avoir couvert le mouvement de retraite sur la route de Gravelotte, rejoint son corps d'armée à 2 heures de l'après-midi.

On se souvient que le 6e corps avait reçu la mission de s'installer à Vernéville. Les divisions Bisson et Levassor atteignent ce point entre 9 et 10 heures; la division Lafont de Villiers vers 11 heures, en même temps que la division Tixier, qui avait été laissée en arrière-garde à Saint-Marcel. Quant au 2e chasseurs d'Afrique, nouvellement affecté au 6e corps, il arrive également vers 11 heures à Vernéville, où il rejoint le 2e chasseurs de France, pour constituer la cavalerie du maréchal Canrobert. Tout le 6e corps est alors disposé autour de Vernéville, formant un vaste arc de cercle face à l'ouest et au sud.

Enfin le 4e corps, touché tardivement par l'ordre du maréchal Bazaine, se met en route à 11 heures par Anoux-la-Grange; il n'atteint Amanvillers avec ses derniers éléments que vers 6 heures du soir, et, comme nous allons le voir, oblige ainsi le 6e corps à s'arrêter dans sa marche de Vernéville sur Saint-Privat.

Le maréchal Canrobert, en effet, « se trouvant très en l'air » à Vernéville avait obtenu du maréchal Bazaine l'autorisation de se porter à Saint-Privat à la droite du 4ᵉ corps; il s'était mis en marche à 4 heures du soir, mais retardé dans son mouvement à travers champs par le 4ᵉ corps, il n'avait pu installer ses divisions au bivouac qu'entre 9 et 10 heures du soir.

En somme, pour faire exécuter à l'armée française un mouvement de recul, dont l'amplitude maxima n'excédait pas 10 kilomètres, il avait fallu dix-huit heures.

En fixant les emplacements des corps d'armée sur la nouvelle position « au petit bonheur » et sans tenir compte de leurs points de départ, le maréchal Bazaine avait compliqué à l'excès une opération des plus simples, et à lui revient pour une large part la responsabilité des lenteurs, des à-coups, des encombrements, qui se produisirent au cours de la journée du 17 et dont le bref récit qui précède ne peut donner qu'une faible idée.

Toutefois, quelque incomplet qu'il fût, l'ordre de retraite aurait pu s'exécuter avec beaucoup moins de heurts, si les états-majors de l'armée du Rhin aux divers échelons avaient été rompus à la pratique de ces mouvements d'ensemble. Qu'on imagine en effet un état-major quelque peu manœuvrier, ayant à traduire aux troupes l'ordre du 17 août, tel qu'il fut donné.

Dès la pointe du jour il pouvait mettre en marche sur la route de Gravelotte, les voitures du grand quartier général, des parcs et convois et la réserve générale d'artillerie. En même temps, ordre était donné au 2ᵉ corps et à la division de Forton de se rassembler à 5 heures au sud de Gravelotte, à cheval sur la route d'Ars à La Malmaison; à la Garde de se rallier à 7 heures au sud de la grande route vers la maison de poste. Ces deux corps d'armée se mettaient en marche successivement à la suite de la colonne des voitures et leur mouvement était couvert par la division Metman, qui s'installait à Rezonville dès le matin et se repliait, une fois les derniers éléments de la Garde engagés sur la grande route.

Quant aux autres corps de l'armée du Rhin, ils étaient aiguillés successivement vers la coulée Vernéville—Chantrenne.

La division Montaudon du 3ᵉ corps se ralliait à 8 heures vers

Bagneux, pour reprendre ses sacs (1) et se joindre aux autres éléments de son corps d'armée (2ᵉ et 4ᵉ divisions d'infanterie, division de cavalerie, réserve d'artillerie), qui eux se mettaient en route à 4 heures du matin sur Leipzig par l'itinéraire Bagneux—Chantrenne.

De son côté, le 4ᵉ corps levait ses bivouacs à la même heure et se portait par Anoux-la-Grange—Vernéville sur Amanvillers qu'il pouvait atteindre vers 10 heures.

Quant au 6ᵉ corps, il recevait la mission de couvrir la retraite des 3ᵉ et 4ᵉ corps. La division Tixier (1ʳᵉ division) se rassemblait au sud de Saint-Marcel, surveillant les directions de Mars-la-Tour et de Vionville, pendant que les 2ᵉ, 3ᵉ et 4ᵉ divisions, empruntant le chemin de Villers-aux-Bois, se portaient successivement derrière Saint-Marcel en soutien de la division Tixier. La liaison avec la division Metman se faisait par Villers-aux-Bois.

Telle est en quelques mots une des solutions auxquelles on aurait pu s'arrêter pour replier, conformément à l'ordre du maréchal, l'armée du Rhin sur les hauteurs d'Amanvillers. Le mélange des unités était tel dans la région de Gravelotte—Rezonville que, même en procédant ainsi, il aurait été difficile d'éviter complètement les arrêts et les à-coups; du moins, cette façon de faire aurait-elle eu l'avantage appréciable d'apporter un peu d'ordre et de méthode dans une opération, qui en manqua totalement et d'épargner à l'armée du Rhin une grande partie des inutiles fatigues qu'elle dut supporter le 17 août (2).

---

(1) C'est d'ailleurs ce qu'elle fit le 17 août.

(2) Ajoutons en terminant que l'inaptitude des troupes françaises à exécuter des mouvements d'ensemble ne fut pas sans apporter encore un surcroît de confusion aux directions déjà si peu précises du commandement supérieur. Il eût été en effet possible de diminuer de beaucoup les retards et les arrêts constatés au cours de la marche du 17, si nos corps d'armée avaient été familiarisés avec les croisements de colonnes.

Mais nos troupes — comme les Allemands, d'ailleurs — ignoraient le premier mot des procédés permettant à deux colonnes qui se croisent de continuer chacune leur route et de poursuivre leur mission, en perdant le moins de temps possible. Ces procédés, nous ne les rappellerons pas ici : ils sont exposés dans l'*Aide-mémoire de l'officier d'état-major*. Qu'on nous permette seulement d'exprimer le désir de les voir souvent mettre en pratique, car, même dans les mouvements les mieux réglés, les croisements de colonnes seront parfois inévitables.

III — Le 17 août dans l'armée allemande

Dès que les premières nouvelles de l'engagement de Vionville étaient arrivées au grand quartier général à Herny (1), le maréchal de Moltke avait bien senti la nécessité de marcher au secours du IIIe corps. Mais quelle timidité dans les moyens qu'il emploie pour réaliser son idée!

Il ne se préoccupe que de la Ire armée. Dès midi, il envoie un officier au général Steinmetz pour l'inviter à amener les VIIe et VIIIe corps à Corny et à Arry et à les tenir prêts à franchir la Moselle à la suite du IXe corps.

Quant à la IIe armée, il s'en désintéresse, et, en ce qui la concerne, semble s'en tenir à son ordre du 15 août (8ʰ 30 du soir), par lequel il laissait à Frédéric-Charles le soin « de conduire l'opération d'après sa propre inspiration ».

Dans les circonstances actuelles, ce silence du chef d'état-major général constitue une lacune d'autant plus grave que l'inspiration du commandant de la IIe armée, au cours de la journée du 16, est particulièrement fâcheuse. Non seulement Frédéric-Charles ne veut pas encore renoncer complètement à son idée de la marche sur la Meuse, mais durant toute l'après-midi il abandonne la direction de son armée. Arrivé vers 3 heures à francs étriers sur les hauteurs qui dominent Gorze, il ne se préoccupe que des événements qui se déroulent sous ses yeux; il ne paraît pas se douter que quatre de ses corps d'armée sont aiguillés dans une fausse direction. Ce n'est qu'à 11 heures du soir qu'il songera à leur donner des ordres...

A 4 heures de l'après-midi, le grand quartier général arrive à Pont-à-Mousson. Là le maréchal trouve une lettre par laquelle le général de Stiehle, chef d'état-major de la IIe armée, lui fait connaître que le IIIe corps est aux prises avec d'importantes forces françaises et que le Xe corps marche au combat (2). Quelques instants après, le capitaine Thauvenay, du 13e régiment de

---

(1) Vers midi, le 16.
(2) Monographie du 18 août, p. 18 (*Militärische-Korrespondenz*).

uhlans, fait au grand quartier général une communication verbale sur « la situation défavorable du Xe corps (1) ».

Maintenant qu'il est en possession de ces importants renseignements, le maréchal va-t-il enfin se décider à sonner immédiatement le ralliement de la IIe armée sur le plateau de Gorze ? Non, il se contente, à 5 heures du soir, de confirmer à la Ire armée son ordre du matin, en lui enjoignant d'amener le 17 les VIIe et VIIIe corps « le plus rapidement possible sur l'ennemi ».

A 8 heures du soir seulement, il s'occupe de la IIe armée. En réponse à la lettre du général de Stiehle, il écrit :

> Grand quartier général, 16 août, 8 heures soir.

> A mon avis, rejeter vers le nord les forces principales de l'ennemi, qui abandonnent Metz, est chose décisive pour le résultat de la campagne. Plus le IIIe corps aura d'ennemis devant lui, plus grand sera demain le succès, quand on pourra disposer contre lui des Xe, IIIe, IVe, VIIIe, VIIe et éventuellement du XIIe.

> Ce n'est que lorsque ce but capital sera atteint que les Ire et IIe armées pourront se séparer pour continuer la marche vers l'ouest. Les autres corps de la IIe armée pourront faire halte dès maintenant.

> Il n'y a qu'un intérêt secondaire à atteindre rapidement la Meuse ; il y en a un de premier ordre à s'emparer de Toul.

En même temps il adresse au commandant de la IIe armée l'ordre suivant :

> Grand quartier général, 16 août, 8 heures soir.

> Le commandant en chef de la Ire armée est avisé de faire franchir la Moselle demain matin aux VIIe et VIIIe corps, immédiatement derrière le IXe et de les diriger sur l'ennemi par le chemin le plus direct.

> Il pourra se faire plus tard que l'on dispose les Ire et IIe armées en vue de la continuation de la marche vers l'ouest. Mais il est plus important d'abord de refouler vers le nord, en les coupant de Châlons et de Paris, la plus grande partie possible des troupes ennemies et de les poursuivre jusqu'à la frontière du Luxembourg et éventuellement sur le territoire de ce pays.

> Le reste de la IIe armée peut, dès maintenant, faire halte et se reposer. Il suffit de pousser en avant des avant-gardes pour occuper les passages de la Meuse.

> DE MOLTKE.

---

(1) Monographie du 18 août, p. 18

Ainsi donc de Moltke a une vue très nette de la situation. De son rôle de chef d'armée il vient de jouer en virtuose la partie la plus délicate et la plus importante; il tient la vérité. Pour lui, malgré les obscurités qui enveloppent encore les événements du 16, il n'y a plus de doutes : les masses françaises sont à l'ouest de Metz; c'est là que va se décider le sort de la campagne... C'est là, par conséquent, que doivent converger toutes les forces disponibles des Ire et IIe armées.

Et cependant telles ne sont point les conclusions auxquelles il aboutit! Après avoir lumineusement indiqué dans les deux documents que nous venons de citer le but à atteindre, il termine par cette étrange prescription qui jure avec les prémisses posées : « La IIe armée peut dès maintenant faire halte et se reposer. »

Dans le dénombrement des forces « qu'il convoque, pour surmonter la résistance inopinée rencontrée sur les plateaux, ne figure qu'un seul corps nouveau de la IIe armée, le XIIe et encore « éventuellement ». La Garde, les Saxons, le IIe corps, le IVe, qui viendront tous, moins ce dernier, au rendez-vous, ne sont point invités par de Moltke (1) ».

C'est en vain que le grand État-major allemand, dans sa monographie du 18 août, a cherché à excuser la défaillance de son ancien chef, en disant : « Il répugnait au maréchal d'intervenir par des ordres fermes dans l'action d'un chef d'armée, qui était en situation d'apprécier par lui-même les circonstances qui devaient guider ses résolutions. Les instructions du 16 août à la IIe armée ne sont que des points de vue pour la conduite des opérations, mais non des prescriptions déterminées. »

Soit, mais encore fallait-il que ces points de vue ne continssent que des aperçus de la situation et n'incitassent pas le prince Frédéric-Charles à faire stopper quatre de ses corps d'armée. L'invite pouvait être d'autant plus dangereuse que le commandant de la IIe armée, toujours féru de son idée de marcher vers l'ouest, n'était que trop disposé à l'accepter.

Mais heureusement pour les Allemands, le prince Frédéric-Charles a vécu les heures tragiques de Vionville; il a vu le combat du IIIe corps; il a souffert avec lui et, devant ces réalités, les

---

(1) *Les Leçons du 16 août*, général CARDOT. (Berger-Levrault, édit., 1902. 3$^{f.}$)

vastes combinaisons, les projets à longue échéance s'évanouissent. Une seule idée reste : marcher au secours des camarades en détresse.

Et, de fait, lorsque à 11ʰ 30 du soir, le 16, il rentre au quartier général de Gorze, il lance immédiatement des ordres de concentration.

Le IXᵉ corps se rassemblera vers le point du jour sur le plateau à un demi-mille au nord-ouest de Gorze.

Le XIIᵉ corps se portera cette nuit à Mars-la-Tour par Thiaucourt.

La Garde gagnera Mars-la-Tour, par Beney, Chambley ; elle s'y rassemblera en arrière du XIIᵉ corps ; sa division de cavalerie continuera vers la Meuse.

Quant au IIᵉ corps, il atteindra Pont-à-Mousson le 17 et poussera ses têtes de colonnes dans la direction de la Meuse.

Enfin le IVᵉ corps continuera sur Toul.

Concentration bien incomplète, c'est vrai, mais le prince Frédéric-Charles pouvait-il davantage ? N'était-il pas lié par les directives de son chef ? Et à tout considérer, ses résolutions, si discutables qu'elles fussent, n'étaient-elles pas plus adéquates à la situation que celles du grand quartier général, qui se contentait, vers 10 heures du soir, d'ordonner au seul XIIᵉ corps de marcher le 17 au matin sur Thiaucourt ?

Von der Goltz rapporte que, le 19 août, au matin, le maréchal de Moltke rencontrant à Rezonville le général de Stiehle, chef d'état-major de la IIᵉ armée, lui dit : « Voyez ! Tout cela provient de la marche sur la Meuse ! Et maintenant le IVᵉ corps nous manque ! » Étrange manière de comprendre les responsabilités ! Si le IVᵉ corps n'a pas paru à la bataille du 18, la faute en est peut-être un peu à Frédéric-Charles, mais avant tout n'est-ce pas le grand quartier général, qui, par ses atermoiements, est la cause directe de cette abstention ?...

Le 17 août, à 4 heures du matin, Frédéric-Charles se trouve à son poste d'observation de Flavigny. Peu après 6 heures, le Roi et le maréchal de Moltke, après avoir parcouru les bivouacs de la 6ᵉ division, s'installent au sud de Flavigny.

De là, on aperçoit parfaitement les colonnes françaises, « se former sur tous les chemins partant du champ de bataille, mais

principalement dans la direction de Gravelotte et de là vers Malmaison (1) ».

En même temps arrivent les premiers rapports des avant-
postes et des quelques patrouilles lancées par la cavalerie.

Du côté de Gravelotte, on signale des colonnes en marche sur
Metz, d'autres sur Vernéville. Sur l'aile droite française, par
contre, les renseignements sont plus contradictoires. Les uns
montrent les 3e et 4e corps se retirant sur Jarny, d'autres sur
Verdun, d'autres enfin sur Vernéville. Mais peu à peu les mouvements de ces deux corps échappent aux investigations d'ailleurs très discrètes de la cavalerie allemande et, sur ce point, le
contact ne tarde pas à « cesser complètement ».

De cette direction du nord, dont l'importance est capitale,
un seul renseignement arrive : la 12e division de cavalerie saxonne
ayant atteint, à 8h 30 du matin, la route d'Étain, signale que cette
route est libre. Mais ce renseignement ne sera communiqué au
commandant du XIIe corps qu'à 1 heure du soir, c'est-à-dire au
moment où le grand quartier général aura déjà pris sa décision pour
le lendemain, et, d'après la monographie du 18 août, il ne parviendra même pas jusqu'à l'état-major de la IIe armée.

Cette incertitude sur les mouvements de l'ennemi était grosse
de périls ; elle allait être le point de départ d'une série de fausses
interprétations qui devaient peser lourdement sur la journée du
18 août.

Et cependant combien il eût été facile à de Moltke, en face
d'un adversaire inerte, de percer l'inconnu dans lequel il s'enli-
zait comme à plaisir !

Dès le matin du 17, non seulement il pouvait lancer les 5e, 6e
et 12e divisions de cavalerie dans les directions de Thionville,
Briey, Étain ; mais rien ne l'empêchait de diriger en outre, aux
premières heures du jour, le IXe corps en avant des bivouacs
occupés par les combattants du 16.

Ce corps d'armée, disons le mot, cette avant-garde générale
installait tout d'abord son gros dans la région au nord de Flavigny. Elle poussait en même temps des détachements de sûreté
dans les deux directions les plus intéressantes, celle du nord et

_____

(1) *Opérations de la IIe armée*, VON DER GOLTZ.

celle de l'est, puis, au fur et à mesure de la retraite des Français, elle occupait successivement avec ces éléments Rezonville et Gravelotte, d'une part, Saint-Marcel et Caulre, d'autre part. Donner aux reconnaissances de la cavalerie un appui et une audace qu'elle ne pouvait trouver nulle part ailleurs, assurer en même temps à la concentration projetée du gros des forces l'atmosphère de sécurité qui lui était indispensable, tel eût été le double rôle dévolu au IXe corps.

Que les Allemands n'aient point songé à utiliser ainsi ce corps d'armée qu'ils avaient sous la main aux premières heures du 17, il n'y a là rien d'étonnant, car leur haut commandement n'avait pas à cette époque la notion de l'avant-garde générale (1). Mais ce qui est plus bizarre, c'est qu'ils aient cherché par la suite à justifier leur conduite timorée, en prétextant qu'ils désiraient éviter tout engagement prématuré.

La raison est tout au moins discutable. En jetant leur cavalerie et le IXe corps en avant de la zone de réunion de leurs forces, non seulement les Allemands ne s'exposaient pas à provoquer un combat, pour lequel ils ne se sentaient pas prêts, mais au contraire, ils se donnaient ainsi le seul moyen de refuser la lutte, au cas où l'armée française aurait eu l'intention de continuer l'action du 16.

Qu'on s'imagine, en effet, l'armée du Rhin se portant, le 17 au matin, dans la direction du sud-ouest. Au premier coup de fusil les avant-gardes tactiques des VIIe, VIIIe, IXe, IIIe, Xe corps, puis de la Garde et du XIIe corps sont toutes immédiatement engagées, sans que le commandement supérieur puisse intervenir en quoi que ce soit. C'est la bataille générale qui s'allume du ravin de la Mance à Mars-la-Tour. Et dans quelles conditions désavantageuses pour les Allemands, alors qu'à leur aile droite, les corps d'armée débouchent péniblement d'étroits défilés, qu'à leur centre les IIIe et Xe corps sont occupés à recompléter leurs

---

(1) Actuellement, il semble qu'à défaut du mot, les Allemands aient adopté la notion de l'avant-garde générale. En examinant la répartition actuelle de leurs troupes en Alsace-Lorraine et la disposition de leurs quais de débarquement, on peut admettre que, quatre ou cinq jours après la mobilisation, leur état-major disposera, dans la région de Château-Salins, d'une armée de couverture de 80.000 à 100.000 hommes, qui se transformera, au moment de la marche en avant, en avant-garde générale.

munitions, qu'à leur aile gauche le XIIᵉ corps et la Garde sont arrêtés par d'interminables croisements de colonnes!

Impossible au maréchal de Moltke de refuser la lutte et de reporter plus au sud la zone de réunion de ses forces, toutes choses qu'il lui était loisible de faire, s'il avait su s'assurer son entière liberté d'action avec sa cavalerie et le IXᵉ corps.

Mais, heureusement pour les Allemands, l'armée française n'avait nulle intention de troubler leurs mouvements, et nous allons voir les Iʳᵉ et IIᵉ armées opérer dans la plus grande quiétude une concentration qui aurait pu être des plus dangereuses devant un adversaire tant soit peu entreprenant.

Dès la première heure du jour, les VIIᵉ et VIIIᵉ corps commencent à franchir la Moselle. A 8ʰ 30, Steinmetz reçoit à Novéant du grand quartier général l'ordre de pousser le VIIᵉ corps sur Gravelotte par Ars-sur-Moselle et le VIIIᵉ corps sur Rezonville, en laissant Gorze à sa gauche.

Ces ordres sont mis à exécution immédiatement.

En arrivant au moulin Fayon, l'avant-garde du VIIᵉ corps (1) est arrêtée par la fusillade des tirailleurs de la division Metman. Les deux bataillons du 77ᵉ appuyés par les fusiliers du 53ᵉ refoulent ces tirailleurs et atteignent la lisière nord-est du bois des Ognons, mais ne cherchent pas à en déboucher.

D'autre part, les Iᵉʳ et IIᵉ bataillons du 53ᵉ se jettent dans les bois de Vaux, en chassent quelques tirailleurs français et atteignent la lisière des bois à l'est et à l'ouest du chemin d'Ars aux carrières du Point-du-Jour.

A ce moment (1ʰ 30), Steinmetz recevait du Roi l'ordre formel de suspendre tout mouvement offensif. En conséquence le gros du VIIᵉ corps s'installait à l'ouest d'Ars, se couvrant dans la vallée de la Moselle, face à Metz, par la 26ᵉ brigade d'infanterie, la 5ᵉ batterie et un escadron de hussards. Face au nord, il tenait avec le 53ᵉ et le 77ᵉ les lisières des bois de Vaux et des Ognons.

En même temps, le VIIIᵉ corps était invité à ne pas pousser jusqu'à Rezonville; son avant-garde s'arrêtait dans le bois de

_____

(1) Sous les ordres du général de Woyna et comprenant : 1 escadron du 15ᵉ hussards, Iᵉʳ et IIᵉ bataillons du 77ᵉ, 1 batterie du 7ᵉ régiment, le 53ᵉ régiment d'infanterie.

Saint-Arnould, avec avant-postes face à Rezonville ; le gros ins
tallait ses bivouacs autour de Gorze.

A la IIe armée, les choses étaient moins avancées. Si de bonne
heure le IXe corps s'était massé au nord de Gorze, par contre
au XIIe corps et à la Garde les mouvements ne s'exécutaient
pas sans frottements et de laborieux croisements de colonnes re-
tardaient l'arrivée de ces deux corps aux points qui leur avaient
été fixés. La 23e division installait son bivouac près de Mars-la-
Tour à 2 heures, la 24e division à Puxieux, à 4 heures. Quant à
la 1re division de la Garde, elle n'atteignait Hannonville qu'à
5 heures, et la 2e division n'arrivait à Suzémont qu'à 6 heures
du soir.

De son côté, le grand quartier général, qui était resté durant
toute la matinée sur la hauteur au sud de Flavigny, agitait la
question de savoir si on attaquerait le jour même ; c'était, au
début de la journée, l'idée du maréchal de Moltke, qui comptait prendre l'offensive à midi ; mais le prince Frédéric-Charles
ayant représenté que les IIIe et Xe corps avaient « un besoin
pressant de repos », que la Garde et le XIIe corps avaient fait
une marche fatigante et que la journée était déjà fort avancée,
on se ralliait à son idée, et on décidait vers midi de remettre au
lendemain le mouvement en avant des armées allemandes.

En conséquence, ainsi qu'il a été dit plus haut, on avisait
la Ire armée d'avoir à cesser tout combat.

De son côté, le prince Frédéric-Charles donnait à 1 heure l'ordre
suivant à la IIe armée :

Champ de bataille de Vionville, 17 août.

L'ennemi paraît se retirer en partie vers le nord-ouest, en partie
vers Metz.

La IIe armée et les VIIe et VIIIe corps se mettront en marche
demain matin vers le nord, pour rechercher l'ennemi et pour le battre.

Aujourd'hui les corps d'armée camperont sur le champ de bataille
de Vionville, ayant à l'aile droite le IXe corps. Les avant-postes cher-
cheront à se lier dans les bois avec ceux du VIIIe corps, lequel bi-
vouaque à Gorze, et s'étendront par leur gauche jusqu'à la chaussée
Metz—Verdun, en avant de Flavigny.

Le IIIe corps bivouaquera à Vionville et Flavigny ; ses avant-postes
se rallieront avec ceux du IXe corps et s'étendront à gauche jusqu'à
la lisière occidentale du bois au nord de Vionville.

Le XIIe corps établira ses bivouacs à Mars-la-Tour, poussera ses avant-postes jusqu'à l'Yron et enverra des détachements de cavalerie vers Hannonville, pour observer la route de Verdun.

Les corps qui établiront des avant-postes feront reconnaître par des officiers le terrain qui s'étend en avant de leur front, tant au point de vue d'une marche en avant qu'en ce qui concerne l'ennemi.

Le Xe corps conservera ses bivouacs à Tronville.

Le corps de la Garde établira son bivouac à Puxieux.

Le IIe corps quittera Pont-à-Mousson demain matin, à 4 heures, marchera par Arnaville, Bayonville, Onville sur Buxières, puis se massera au nord de cette localité, où il fera la soupe.

Le quartier général de l'armée est aujourd'hui à Buxières.

Enfin, à 2 heures, le grand quartier général lançait son ordre pour la journée du 18 août :

Hauteur sud de Flavigny, 17 août, 1ʰ 45 soir.

La IIe armée rompra demain matin 18, à 5 heures, et s'avancera en échelons par l'aile gauche entre l'Yron et le ruisseau de Gorze (ligne générale entre Ville-sur-Yron et Rezonville). Le VIIIe corps se liera à ce mouvement à l'aile droite de la IIe armée. Le VIIe corps aura d'abord pour mission de couvrir le mouvement de la IIe armée contre les entreprises venant de Metz. Les ordres ultérieurs de Sa Majesté dépendront des mesures prises par l'ennemi. Adresser les comptes rendus destinés à Sa Majesté d'abord sur la hauteur au sud de Flavigny.

DE MOLTKE.

Cet ordre donné, le Roi et son chef d'état-major partaient à 3 heures pour Pont-à-Mousson.

Ainsi donc, à la veille d'une bataille, qui vraisemblablement aura une influence décisive sur l'issue de la campagne, le maréchal de Moltke donne ses ordres pour le lendemain, à 2 heures de l'après-midi, c'est-à-dire à un moment où il ne peut encore avoir que des renseignements très imprécis sur la situation de son adversaire; puis il rentre à son quartier général, qui est à 25 kilomètres en arrière.

Pour justifier la conduite du maréchal, dans cette circonstance, on a prétendu qu'il voulait avant tout éviter de trop lourdes fatigues à son souverain septuagénaire. Étranges explications. Le voyage de Pont-à-Mousson à Flavigny avec retour, c'est plus de 50 kilomètres à parcourir en voiture, sur des ou es encombrées, en pleine chaleur d'août. N'eût-il pas été moins fatigant pour le Roi de passer la nuit soit à Gorze, soit à Chambley, grosses localités, dans lesquelles on pouvait trouver de confortables cantonnements?

Aussi croyons-nous qu'il faut chercher ailleurs que dans des questions de bien-être les raisons du départ prématuré pour Pont-à-Mousson. Si de Moltke a une telle hâte de quitter Flavigny, c'est qu'il estime que la place du général en chef n'est point au milieu de ses troupes (1).

C'est chez lui un système. Malgré son calme, malgré l'empire qu'il a sur lui-même, le maréchal semble craindre de se trouver en contact avec les réalités de la guerre. Sa manœuvre, qu'il a conçue dans le silence du cabinet, loin de toute contingence, il l'a édifiée sur le pur raisonnement. A quoi bon en vérifier les bases? Elles ne sont pas sur le théâtre de la lutte. Elles sortent tout entières de son puissant cerveau. A quoi bon même en vérifier l'exécution? Ne suffit-il pas de s'en rapporter au « papier, à l'ordre journalier, concis, laconique, du soin de faire comprendre et réaliser cette manœuvre (2)? »

Là est évidemment son erreur. La guerre n'est pas seulement une affaire de raisonnement et de calcul. C'est quelque chose de plus vivant, de plus émotif, pour employer une expression moderne. C'est un « drame terrible et passionné », a dit Napoléon, et de fait il n'est pas d'actions humaines qui mettent en jeu des passions aussi violentes.

De parti pris le chef ne doit donc pas s'élever trop au-dessus de ces passions. En se bornant à résoudre froidement comme des équations les problèmes qui se présentent à lui, en se contentant de dicter ses oracles du fond de sa tour d'ivoire, il risque de n'entrevoir qu'un des côtés de la situation, de ne remplir qu'une partie de son rôle.

Pour être un chef complet, il faut qu'il soit dans l'exercice de son commandement un véritable passionné, au sens élevé du

---

(1) Déjà, le 16, en arrivant à 4 heures à Pont-à-Mousson, le Roi avait exprimé le désir de se rendre immédiatement à la bataille; le maréchal l'en avait détourné, sous le prétexte que la journée « était trop avancée ». (VERDY DU VERNOIS.)

(2) *Conduite de la Guerre*, général FOCH.

mot, et qu'à l'occasion il sache faire vibrer son armée, et vibrer
avec elle. Cette noble exaltation, gagnée au contact des hommes
et des choses, loin de troubler la sérénité de ses jugements sera
pour lui la source des plus belles inspirations, des combinaisons
les plus hautes : « Les grandes pensées viennent du cœur », a
dit La Rochefoucauld.

Qu'on lise les lettres qu'entre deux temps de galop Napoléon
adresse à ses maréchaux! A côté des merveilleux enseignements
tactiques qu'il sème à chaque page, avec quel art il sait rester
accessible aux grandes émotions provoquées par la lutte, avec
quel doigté il sait communiquer à son entourage les ardentes
passions qui l'agitent lui-même! Et comme il se montre bien la
vivante incarnation de ce modèle qu'il trace du chef : un cœur
chaud, une tête froide!

Certes, il n'est point nécessaire que le général en chef commande lui-même les lignes de tirailleurs ou pointe les pièces
de canon, comme Bazaine le 16 août, il n'est point non plus
nécessaire qu'il se laisse aller à une sensiblerie de mauvais aloi;
mais de là à s'isoler dans un quartier général inaccessible à
tous les bruits du dehors, il y a loin. C'est bien plutôt en vivant la vie de son armée, en se mêlant à elle, en s'entretenant
avec les commandants de ses grandes unités et de ses organes
d'investigation que le chef aura le plus de chances d'approcher
de la vérité.

En somme, il y a là une question de mesure, dont la solution
constitue l'art difficile du commandement.

Ce que nous venons de dire du général en chef, disons-le aussi
de ses subordonnés. Depuis la guerre russo-japonaise, certains
voudraient voir les commandants de corps d'armée, de division,
de brigade, et même de régiment, dissimulés derrière quelque
levée de terre et ne communiquant avec leurs troupes que par
l'intermédiaire d'un fil téléphonique.

De tels procédés ont pu peut-être réussir avec les soldats japo-
nais, il est douteux qu'ils auraient le même succès auprès de
nos troupiers.....

Pendant que le grand quartier général rentrait à Pont-à-Mousson, Steinmetz arrivait au sud de Gravelotte et observait les
positions sur lesquelles était campée l'armée française. Puis il

regagnait son quartier général à Ars-sur-Moselle, où il trouvait l'ordre du maréchal de Moltke, daté de 2 heures.

Cet ordre était loin de le satisfaire. En somme, la Iʳᵉ armée était disloquée; le Iᵉʳ corps était laissé sur la rive droite de la Moselle; le VIIIᵉ était actionné directement par le grand quartier général. Quant au VIIᵉ corps, le seul qui lui restait, installé dans une région boisée, il avait la difficile mission de couvrir les ponts de la vallée de la Moselle, de tenir la lisière du bois de Vaux, pour protéger le gros du VIIᵉ corps à Ars, enfin d'occuper le bois au sud de Gravelotte, en vue d'assurer le 18 la sécurité du flanc droit de la IIᵉ armée.

A 5ʰ 30 du soir, le commandant de la Iʳᵉ armée faisait part de ses doléances et de ses craintes au maréchal de Moltke dans une longue lettre, qui n'était remise que le 18 au matin au chef d'état-major général. Celui-ci répondait à 4 heures du matin par les directives suivantes :

Le VIIᵉ corps aura à observer une attitude à peu près défensive. La liaison avec le VIIIᵉ corps ne peut être cherchée qu'en avant. S'il arrive que l'armée française se retire sur Metz, on exécutera de notre côté une conversion à droite. La Iʳᵉ armée sera soutenue, s'il est nécessaire, par la 2ᵉ ligne de la IIᵉ armée.

Cette réponse, reçue à 8 heures du matin, ne faisait qu'augmenter l'irritation du commandant de la Iʳᵉ armée. Celui-ci ne comprenant pas, ou ne voulant pas comprendre les instructions du grand quartier général, allait donner, le 18 août, libre cours à ses propres inspirations et risquer de compromettre par une action désordonnée et intempestive tout l'édifice laborieusement conçu par de Moltke.

IV — Les lignes d'Amanvillers

Dans la nuit du 17 au 18 août, l'armée française occupait les positions suivantes :

Le 2ᵉ corps formait la gauche de l'armée, faisant face au sud-ouest. La division Vergé était au sud de la voie romaine par brigades accolées et occupait la ferme du Point-du-Jour avec le

3e bataillon de chasseurs et deux batteries de 4. La division
Bataille et la réserve d'artillerie étaient campées derrière la
division Vergé: enfin, plus en arrière encore, dans le ravin de Châtel se trouvait la division de cavalerie Valabrègue. Quant à la
brigade Lapasset, elle s'était installée en crochet défensif sur la
croupe au nord de Rozérieulles, face au sud.

Le 3e corps occupait avec ses quatre divisions placées côte à
côte le terrain compris entre la ferme de La Folie au nord et la
voie romaine au sud. La 1re division (Montaudon) était disposée
sur deux lignes entre La Folie et Leipzig, la 2e division (Nayral)
également sur deux lignes entre Leipzig et l'Arbre-Mort; la 3e division (Metman) était étroitement massée sur un front de 600 mètres entre l'Arbre-Mort et Moscou; quant à la 4e division (Aymard), elle s'étendait de cette dernière ferme à la voie romaine.
La réserve d'artillerie et la division de cavalerie du 3e corps étaient
rassemblées derrière la division Nayral.

Si discutable que fût le dispositif adopté par les 2e et 3e corps,
du moins doit-on reconnaître qu'il avait l'avantage de faire face
à la direction probable de l'ennemi. Or, au 4e corps, cette élé-
mentaire condition n'était même pas réalisée, et le général de
Ladmirault, sur la foi de renseignements erronés, lui signalant
l'ennemi du côté de l'est, avait placé ses divisions face à trois
directions différentes : la 1re division (de Cissey), sur deux
lignes au nord d'Amanvillers, faisait *face à l'est ;* la 2e division
(Grenier) était formée en bataille, *face à l'ouest,* au sud d'Amanvillers, sa gauche légèrement refusée. Quant à la 3e division
(Lorencez), elle se trouvait en arrière de ces deux divisions, sur
le plateau Saint-Vincent, *face au sud-est.* La réserve d'artillerie
était massée au sud d'Amanvillers, la division de cavalerie au
nord.

Le 6e corps constituait l'extrême droite de l'armée du Rhin.
La division Lafont de Villiers occupait l'intervalle entre Saint-
Privat et Roncourt. A sa droite la division Bisson, réduite au
seul *9e* régiment d'infanterie, formait crochet défensif face à
Roncourt. A l'est de Saint-Privat s'était installée à la nuit noire
la division Tixier, moins le *100e* régiment d'infanterie et le *9e* ba-
taillon de chasseurs. Ces deux unités s'étaient arrêtées près de
Saint-Privat et avaient pris leurs bivouacs, au sud du village,

au milieu de ceux de la division Levassor. La division du Barail se trouvait en avant de Saint-Privat face au sud.

Enfin la Garde et la réserve générale de l'artillerie de l'armée étaient sur le plateau Saint-Quentin. Quant à la division de cavalerie de la Garde et à la division de Forton, elles campaient près de Longeau.

Cette armée de plus de 125.000 hommes, qui, dès le 17 au soir, s'étalait toute déployée à quelques kilomètres de l'armée ennemie, n'avait pour se couvrir que quelques compagnies de grand'gardes, poussées à 500 ou 600 mètres dans la direction de l'ouest. En réalité, il n'existait aucun dispositif d'avant-postes.

Seule, à l'aile gauche, la brigade Lapasset avait porté six compagnies à hauteur de Sainte-Ruffine et de Jussy, à 1.500 mètres environ de son bivouac.

Quant au 2e corps, il n'avait en avant de lui, à quelques centaines de mètres, qu'un bataillon du 77e (1re division), doublé en arrière par un bataillon du 23e (2e division).

Au 3e corps, on avait fait occuper Saint-Hubert par le 2e bataillon du 80e et on avait jeté une compagnie du 3e bataillon de ce même régiment sur la route de Gravelotte, dans le ravin de la Mance. Enfin, le 60e avait envoyé son 3e bataillon dans la bande boisée du ravin, à 600 mètres au nord de la grande route.

Sur le front du 4e corps, seule la division Grenier avait poussé à 500 ou 600 mètres en avant d'elle trois compagnies de grand'-gardes dans la direction de Vernéville.

Quant au 6e corps, arrivé à la nuit noire sur ses positions, il n'avait aucun dispositif d'avant-postes.

Les « lignes d'Amanvillers », sur lesquelles était établie l'armée française, étaient constituées, au sud d'Amanvillers, par une longue croupe, orientée nord-ouest sud-est, qu'encadraient à l'est et à l'ouest les deux ravins boisés et abrupts de Châtel et de la Mance.

Au nord d'Amanvillers, le terrain, plus découvert, remontait en s'épanouissant, et, après avoir formé le plateau sur lequel est construit Saint-Privat, descendait en pentes douces au nord et au nord-ouest sur la vallée de l'Orne.

Le champ de bataille était ainsi divisé en deux zones bien distinctes, dont le village d'Amanvillers marquait sensiblement le point de transition.

Dans la zone sud, la crête Rozérieulles—Moscou—Montigny avait en avant d'elle le ravin et les bois de la Mance et à sa gauche le massif de Vaux et la barrière de la Moselle. Cette accumulation d'obstacles rendait particulièrement difficiles dans cette région du champ de bataille les mouvements offensifs du défenseur aussi bien que ceux de l'assaillant : c'était, pour employer une expression moderne, le champ défensif du champ de bataille.

Au nord, au contraire, le terrain découvert, aux vues étendues, parsemé de points d'appui, facilitait la liaison des trois armes et par suite permettait à l'assaillant comme au défenseur de mener une attaque dans les meilleures conditions : c'était le champ offensif du champ de bataille.

Cette division du terrain en deux régions si différentes n'était pas sans présenter de grands avantages pour l'armée française. Elle diminuait pour elle le champ des hypothèses et lui permettait de prévoir non pas le point où l'ennemi ferait son effort décisif — en réalité il le fit en deux endroits — mais le point où cet effort décisif aurait le plus de chances de réussir. L'armée française pouvait donc de ce fait disposer à l'avance ses réserves vers la droite et était en mesure soit de contre-attaquer la masse offensive de l'ennemi, soit même de prendre l'initiative de l'attaque, dès que le combat d'usure le lui aurait permis.

Par contre, adossée sur toute sa longueur au ravin de Châtel et à la forêt de Jaumont, la position avait le défaut de manquer de profondeur, surtout dans sa partie sud. L'inconvénient était d'autant plus grave que rien n'avait été tenté dans l'armée française pour chercher à y remédier. Conformément aux idées de l'époque, toutes les divisions placées côte à côte présentaient en effet un dispositif purement linéaire; non seulement, comme nous l'avons vu, elles n'étaient couvertes par aucun système d'avant-postes digne de ce nom, mais, presque partout, elles se trouvaient déployées sur la crête, à la même hauteur que l'artillerie, ce qui devait rendre doublement efficaces les coups des batteries allemandes.

Ces fâcheuses dispositions cependant auraient pu être évitées, ou tout au moins atténuées, à condition qu'on *cherchât en avant* du champ de bataille cette profondeur qu'on ne pouvait trouver *sur ses derrières*.

Au lieu d'installer l'infanterie sur la crête topographique, à côté des batteries, ne pouvait-on la pousser à quelques centaines de mètres en avant? La chose était possible, car il ne manquait pas de points d'appui et de mouvements de terrain, qui auraient pu se prêter à une organisation des plus sérieuses. C'étaient les carrières du Point-du-Jour, les Sablières, Saint-Hubert, les pentes ouest de Moscou, le bois de la Charmoise, l'Envie, Champenois, le rebord du plateau Saint-Privat, Roncourt (1). Il est vrai que, pour certains de ces points, le champ de tir eût été assez limité et réduit à 300 ou 400 mètres. Mais les grands champs de tir sont-ils chose si désirable, surtout dans la défensive, et cet inconvé-nient — si inconvénient il y avait — n'était-il pas largement compensé par d'autres avantages, dont le premier était de donner à l'armée française un véritable champ de bataille, c'est-à-dire une ligne de points d'appui se combinant avec des positions d'ar-tillerie en arrière?

Cet ensemble une fois choisi et organisé, il s'agissait de le couvrir. Rien n'était plus facile, puisqu'on trouvait sur son front et à bonne distance — de Gravelotte à Sainte-Marie — une ligne de postes avancés, qui auraient pu être occupés par des avant-gardes détachées des corps d'armée en arrière : une brigade du 3e corps (2) à Gravelotte, une brigade du 4e corps à Vernéville, enfin une brigade du 6e corps à Saint-Ail eussent sans aucun doute assuré à l'armée du Rhin l'atmosphère de sécurité qui lui était nécessaire (Voir carte nº 2).

Qu'on appelle ces brigades avant-postes, avant-lignes, avant-gardes, postes détachés, le mot importe peu; l'essentiel était que cette organisation, en même temps qu'elle couvrait l'armée française, permettait d'offrir à l'ennemi un dispositif en profon-deur susceptible de l'user moralement et physiquement, de lui

---

(1) Tous les points d'appui qui furent occupés le 18 août (Point-du-Jour, Leipzig, La Folie, Montigny, Amanvillers, Saint-Privat) eussent été organisés pour former une ligne de repli.

(2) Nous verrons plus loin que la position principale aurait pu n'être occupée que par les 3e, 4e et 6e corps, le 2e corps passant en réserve. Dans ces conditions les avant-gardes étaient fournies par les trois corps de première ligne.

faire perdre du temps, de l'amener devant la position principale
déjà fatigué et désuni et de l'obliger à reprendre un nouveau
et difficile contact.

Ce n'est point ici le moment de rompre des lances en faveur
des avant-lignes. Toutefois, qu'il nous soit permis de rappeler
que, le 18 août, le seul *94e* régiment d'infanterie, isolé dans
Sainte-Marie, mal appuyé par l'artillerie, suffit à provoquer le
déploiement de deux brigades d'infanterie allemande et de quatre-
vingt-huit pièces de canon. Dans cette même journée du 18,
le bataillon du commandant Molière, jeté dans Saint-Hubert,
force au déploiement dix-huit compagnies allemandes, qui n'arrivent à s'emparer de cette ferme qu'après de violents efforts et
ne forment plus alors qu' « une cohue sans consistance ».

De tels résultats obtenus avec d'aussi faibles moyens, cela
donne à réfléchir! Et l'on peut aisément juger de l'influence qu'aurait eu sur la marche générale de la bataille l'organisation d'une
série de postes avancés de Gravelotte à Sainte-Marie (1).

Il y a plus même. Pourquoi n'aurait-on pas fait appuyer par
du canon ces avant-gardes d'infanterie, en leur adjoignant une
partie des artilleries divisionnaires? Les positions ne manquaient
pas et cette ligne de batteries, très suffisamment protégée par
une infanterie munie d'un fusil portant à plus de 1.200 mètres,
se trouvait en situation de jouer un rôle capital. Ce déploiement
sur l'avant-ligne était d'autant plus indiqué que la rupture du
combat pouvait s'opérer dans les meilleures conditions. Outre
que l'artillerie de la position principale était en mesure de protéger la retraite des batteries poussées en avant, les chemine-

---

(1) Les adversaires des avant-lignes disent : « Baser une manœuvre sur le jeu des
avant-lignes, c'est vouloir escompter la pusillanimité..., la bêtise de l'ennemi. »
Mais parfaitement. La guerre ne se fait pas avec des surhommes — qu'on nous
pardonne ce barbarisme — mais avec des hommes en chair et en os. Nerveux, im-
pressionnables, seront-ils toujours capables, lorsqu'ils recevront des coups de fusil,
de discerner s'il s'agit d'une avant-ligne ou d'une position principale? Qu'on n'oublie
pas ces profondes réflexions d'Ardant du Picq : « Quand on raisonne en pleine sécurité, après dîner, en plein contentement physique et moral, de la guerre, du combat,
on se sent animé de la plus noble ardeur et on nie le réel. Combien, cependant, si
on les prend juste à ce moment, seront prêts à jouer leur vie sur l'heure? Mais que
ceux-ci soient obligés de marcher des jours, des semaines, pour arriver à l'heure du
combat; que le jour du combat ils attendent des minutes, des heures, le moment de
donner, et, s'ils sont sincères, ils avoueront combien la fatigue physique et l'angoisse
qui précèdent l'action les auront moralement atténués; combien moins aptes ils sont
que trente jours avant, au sortir de table, à un mouvement généreux. »

ments utilisables par ces batteries étaient nombreux et, pour ne parler que de celles qui eussent été en position de Gravelotte à Mogador, il est facile de se rendre compte, même d'après la carte, qu'il leur suffisait d'amener les avant-trains pour qu'elles fussent presque immédiatement défilées aux coups des Allemands.

Il va sans dire que cette artillerie n'aurait eu à jouer qu'un rôle passager et par conséquent n'aurait emmené que ses pièces avec quelques caissons : tout le reste aurait été maintenu en arrière sur les positions principales pour bien affirmer que la retraite de la ligne avancée était prévue, voulue et que par suite elle ne devait avoir aucune influence sur le moral des défenseurs...

Et maintenant anticipons quelque peu sur les événements. Supposant les avant-gardes françaises poussées jusque sur la ligne Gravelotte—Sainte-Marie, considérons l'armée allemande s'ébranlant le 18 août avec l'idée bien arrêtée qu'Amanvillers marque l'extrême limite de notre droite. A peine en marche, les lourdes masses des Ire et IIe armées tombent sous le feu de nos avant-gardes; elles attaquent tête baissée avec la folle témérité que l'on sait : mais dans quelle situation fâcheuse ne se trouvent-elles pas bientôt? Une fois engagées dans la lutte, auront-elles la liberté d'esprit et d'action nécessaire pour pouvoir, comme le 18 août, rectifier leurs erreurs, modifier leurs dispositions premières, et se prolonger vers le nord? Alors qu'un premier déploiement les aura privées d'une partie de leurs moyens et aura diminué leur capacité de manœuvre, pourront-elles, dans l'étroit couloir formé par l'Yron et la ligne de nos avant-gardes, se mouvoir aussi facilement qu'elles le firent dans la réalité? Cela nous ne le croyons pas.

De la répartition des troupes françaises dans le sens du front nous ne dirons qu'un mot. De Roncourt au Point-du-Jour on compte environ 12 kilomètres. Pour occuper ces 12 kilomètres, il y avait 100.000 fantassins (non compris les 12.000 fantassins de la Garde), ce qui donnait par mètre courant huit à neuf hommes immobilisés pour la défense du front. Ce rapport était beaucoup trop élevé (1), et il eût été possible de réduire sensi-

(1) On admet, en effet, comme très suffisante pour assurer une résistance énergique et longue, une moyenne, par mètre courant, de cinq à six fantassins immobilisés par la défense du front.

blement l'effectif des troupes de front, de façon à permettre de renforcer d'autant la masse destinée à la défense extérieure.

On pouvait, semble-t-il, répartir ainsi l'armée du Rhin. Affecter à la défense du front les 3e, 4e et 6e corps (1), soit dix divisions d'infanterie. Ces divisions tenues à l'abri des vues et des investigations de l'ennemi eussent été massées en arrière des crêtes ; elles se seraient portées sur leurs emplacements de combat, sous la protection des avant-gardes et n'eussent tout d'abord engagé qu'une partie de leurs forces.

Disposer les 1re et 2e divisions du 2e corps (peut-être même la 3e division laissée sur la rive droite de la Moselle) en réserves partielles derrière la droite et derrière le centre, pour jouer le rôle d'étai et, le cas échéant, agir offensivement.

Rassembler à proximité de notre droite, autant que le permettait le terrain, la Garde, sa division de cavalerie et la division de Forton, pour constituer la réserve générale ou masse de manœuvre.

Quant à l'artillerie de la réserve générale de l'armée, il était indiqué de la donner au 6e corps qui en manquait totalement. De même les batteries de réserve du 2e corps étaient mises à la disposition du 3e corps, qui avait dans sa zone d'action des positions permettant le déploiement d'une grande masse d'artillerie.

Enfin, les divisions de cavalerie des corps d'armée, après avoir coopéré avec les avant-gardes à la couverture de l'armée, se fussent repliées soit dans les lignes, pour prendre part aux luttes sur le front, soit sur les flancs pour parer aux mouvements enveloppants.

Ce dernier point était en effet de la plus haute importance et le maréchal Bazaine, en se contentant de refuser les ailes de son armée, n'avait fait que faciliter l'enveloppement par l'ennemi. Il est évident que la sécurité de ses flancs ne pouvait être assurée que par des détachements placés en échelons défensifs. « Le meilleur appui des flancs, a dit Bugeaud, ce sont les échelons de cavalerie et d'infanterie, qui obligent l'ennemi à se placer dans une position critique, ou à faire un grand détour, qui l'étend, le désunit, et par conséquent l'affaiblit. »

_____

(1) Moins la division Bisson ne comprenant que le 9e régiment d'infanterie.

A droite, la division Bisson (9ᵉ régiment), appuyée par la cavalerie du général du Barail et ses deux batteries, eût occupé Malancourt se couvrant vers Montois.

A gauche, la brigade Lapasset, renforcée de la division de cavalerie du 2ᵉ corps, eût installé son gros dans le ravin de Rozérieulles et surveillé par des détachements d'une part la lisière des bois de Vaux, d'autre part la vallée de la Moselle.

Sans nul doute, l'action de ces échelons eût été des plus efficaces et, pour ne parler que de notre aile droite, il n'est pas besoin d'insister sur les difficultés qu'aurait rencontrées la manœuvre enveloppante de la IIᵉ armée, si le corps saxon eût trouvé Malancourt solidement occupé par nos troupes.

V — La matinée du 18 août dans l'armée allemande

Jamais peut-être l'histoire militaire n'a enregistré situation plus saisissante que celle qu'offraient au matin du 18 août les armées française et allemande. Plus de 300.000 hommes sont là, séparés par quelques kilomètres à peine, et qui s'ignorent totalement. Avant qu'il soit midi, ces masses vont s'entrechoquer dans une bataille, qui sera l'une des plus grandes du siècle, tant par ses conséquences que par les effectifs engagés, et cependant, d'un côté comme de l'autre, nul ne sait rien — ou à peu près — de l'ennemi avec lequel il va se mesurer.....

Mais si au début de cette journée du 18, par ce clair soleil d'août, une égale cécité semble avoir frappé les états-majors et les chefs des deux armées, bientôt la situation va se modifier.

Alors que de notre côté, une déplorable apathie, un complet laisser-aller vont continuer à présider aux actes de notre commandement, chez les Allemands, au contraire, une activité de tous les échelons, un besoin de savoir, un ardent désir de joindre cet ennemi qu'on ignore ne tarderont pas à se manifester et de ce concert de volontés agissantes jaillira bientôt la lumière.

Sans doute, les préludes de la bataille seront laborieux; devant un adversaire aux contours apparents très insuffisamment définis, les prises de contact seront coûteuses et les masses des Iʳᵉ et IIᵉ armées arriveront presque à découvert jusque sous le feu de nos canons et même de nos fusils. Mais dès ce moment, tout le monde chez les Allemands marchera carrément et droit sur nos positions; tout le monde tapera dans le tas et finira par taper ensemble, et il n'en faudra pas davantage pour dissiper l'opaque brouillard dans lequel se meuvent depuis si longtemps les Ire et IIe armées. Ah! Que la guerre est donc une chose simple!

Les Allemands jusqu'à 9 heures du matin. La IIe armée. — A 4 heures du matin, Frédéric-Charles monte à cheval. Vers 5 heures, les commandants de la Garde, des XIIe et Xe corps sont réunis près de Mars-la-Tour; les commandants des IIIe et IXe corps se trouvent à la sortie de Vionville. Le prince se rend successivement auprès de ces deux groupes et leur donne ses instructions pour la journée. La monographie du grand État-major allemand les résume ainsi qu'il suit :

« La IIe armée continuera ce matin sa marche en avant avec la mission de rejeter l'ennemi hors de sa direction de retraite Verdun—Châlons et de le battre là où il se trouve. Dans ce but, le XIIe corps formant échelon d'aile gauche se mettra en route immédiatement; à droite et en arrière suivra la Garde; à droite et en arrière de la Garde le IXe corps. Le XIIe corps a pour direction Jarny; la Garde, Doncourt. Le IXe corps, après s'être avancé tout d'abord entre Vionville et Rezonville, défilera tout près et à gauche de Saint-Marcel. Le VIIIe corps s'avancera à droite et en arrière du IXe; le VIIe corps plus loin marchera contre Metz. Le IIIe corps suivra le IXe. La 6e division de cavalerie recevra ses ordres du général Alvensleben. Le Xe corps auquel a été adjointe la 5e division de cavalerie, suivra le XIIe.

« Où se trouve l'ennemi, il est difficile de le dire. Il est à présumer qu'hier soir il était en marche *sur les deux routes en avant et vers Conflans* (auf den beiden Strassen vor und gegen Conflans). Les trois divisions qu'on a observées hier au bivouac près de Gravelotte doivent vraisemblablement être en retraite; sinon le général Steinmetz les attaquera. Dans cet ordre d'idées il est possible que le IXe corps s'engage. On ne peut déterminer si cela occasionnera *pour la IIe armée une conversion à gauche ou à droite*. Les trains resteront là où ils ont passé la nuit. L'artillerie de corps du IIIe corps restera à ma disposition comme artillerie de réserve de l'armée. Le IIIe corps sera surtout employé pour opérer une démonstration.

« La marche en avant ne se fera pas en colonnes, mais les divisions massées l'une à côté de l'autre, les brigades l'une derrière l'autre, l'artillerie de corps entre les deux divisions. Tout d'abord il s'agit de progresser d'environ un mille, pour occuper la route du Nord sur Verdun. On fera repos après midi. Si aujourd'hui l'ennemi s'avance en forces sur nous, nous avons cinq corps d'armée à lui opposer. Le IIe corps sera à 1 heure de l'après-midi là où se trouve actuellement le IXe corps; il pourra donc être à ma disposition dans l'après-midi. Le général Steinmetz dispose de 50.000 hommes. L'ennemi que nous avons combattu avant-hier comptait de 100.000 à 120.000 hommes. Il n'a pas été renforcé, il avait alors des forces doubles des nôtres, environ 10 à 12 divisions. Je me tiens à la tête du IIIe corps. »

En somme, depuis la veille, la situation n'a fait que s'obscurcir : le prince Frédéric-Charles lance son armée en avant, sans savoir quoi que ce soit de l'ennemi. Puissance de l'idée préconçue! Le commandant de la IIe armée n'a pas reçu le moindre renseignement qui puisse lui faire croire à une marche des Français vers le nord-ouest. Mais, comme d'autre part, il n'a aucune nouvelle — et pour cause — des autres directions, il n'hésite pas à donner aux hypothèses qui lui sont chères, la certitude de la réalité et à indiquer à ses subordonnés « l'ennemi en marche sur les deux routes en avant et vers Conflans ».

Certes, l'affirmation était audacieuse, et elle eût été grosse de dangers, si le prince n'en avait corrigé les fâcheuses conséquences par cette simple mais précieuse prescription : « On attaquera l'ennemi partout où on le rencontrera. »

Pénétrés de cette idée, les chefs des trois corps de première ligne oublieront bientôt les fausses indications du commandant de la IIe armée. Dès que l'ennemi leur sera signalé à l'est, ils ne penseront qu'à lui faire face pour l'attaquer, et, sans la moindre hésitation, sans la moindre arrière-pensée, de leur propre initiative, ils tourneront le dos à cette direction de la Meuse vers laquelle ils avaient été tout d'abord si malencontreusement aiguillés.

Dès 5ʰ 30, le XIIᵉ corps quitte ses bivouacs en colonne de route. La 23ᵉ division se masse au nord de Mars-la-Tour, puis se met en marche sur Jarny, précédée à 2 kilomètres par son avant-garde (1 régiment de cavalerie, 108ᵉ régiment d'infanterie, 1 batterie, 1 compagnie de pionniers) sous le commandement du général de Craushaar. Vers 8ʰ 45, au moment où l'avant-garde atteint Jarny, un renseignement émanant du capitaine d'état-major de Treitschke signale des « colonnes d'infanterie entre le bois d'Abbeville et Valleroy, d'autres colonnes d'infanterie à l'est de Jarny, au nord de Doncourt ». Le général de Craushaar jette aussitôt le 1ᵉʳ bataillon du 108ᵉ dans Labry, le 3ᵉ bataillon sur la hauteur entre Doncourt et Jarny. Le 2ᵉ bataillon reste dans Jarny, détachant une compagnie sur Conflans : c'est la tombée en garde.

Mais bientôt le capitaine de Treitschke fait connaître que son premier renseignement est faux. Le commandant du XIIᵉ corps décide alors de ne pas dépasser Jarny et de rassembler son corps d'armée au sud de la localité.

Par suite des ordres du prince Frédéric-Charles, la Garde, obligée de croiser ses colonnes avec celles du XIIᵉ corps, a dû s'arrêter près de Mars-la-Tour et ne s'est mise en route sur Doncourt qu'à 9 heures (1).

De son côté le IXᵉ corps se rassemble de bon matin au sud-ouest de Rezonville et à 7 heures s'ébranle dans la direction de la ferme de Caulre, les deux divisions à la même hauteur, la 25ᵉ à gauche, la 18ᵉ à droite, l'artillerie de corps derrière la 18ᵉ. Chaque division a une avant-garde particulière (2). Quant à la brigade de cavalerie hessoise, elle marche en avant de la 25ᵉ division.

Vers 9 heures, le gros du IXᵉ corps s'arrête près de la ferme de Caulre, couvert dans la direction de Vernéville par l'avant-garde de la 18ᵉ division, au nord par l'avant-garde de la 25ᵉ divi-

---

(1) Toutefois, dès 6 heures le commandant de la 1ʳᵉ division a envoyé en recon-naissance sur Jouaville un escadron des hussards de la Garde.

(2) Avant-garde de la 18ᵉ division ; 6ᵉ dragons, 9ᵉ bataillon de chasseurs, 36ᵉ régi-ment d'infanterie, 1 batterie.

Avant-garde de la 25ᵉ division : 2ᵉ bataillon de chasseurs hessois, 4ᵉ régiment hes-sois, 2 batteries hessoises.

sion. La brigade hessoise pousse un escadron sur Anoux-la-Grange.

La Iʳᵉ armée. — Le général de Steinmetz avait reçu, à 6ʰ 30, à Ars la lettre du maréchal de Moltke, datée de 4 heures du matin : « Le VIIᵉ corps aura d'abord à observer une attitude défensive... » Ainsi qu'on l'a vu, cette lettre était loin de calmer les susceptibilités du commandant de la Iʳᵉ armée. Du moment où on semblait vouloir lui faire jouer un rôle de comparse dans l'action qui se préparait sur les plateaux à l'ouest de Metz, il ne lui restait plus qu'à se chercher un champ de bataille à lui. Aussi, dès 7 heures, ordonnait-il au Iᵉʳ corps, resté sur la rive gauche, de pousser une brigade dans la direction de Vaux, afin de prendre en flanc toute offensive française qui se produirait sur Ars, où se trouvait déjà la 26ᵉ brigade du VIIᵉ corps. Cet ordre donné, il montait à cheval et se dirigeait sur le plateau de Gravelotte, où il arrivait à 8ʰ 20.

De là il inspecte longuement les positions françaises, pendant que le VIIᵉ corps, en exécution des ordres du 17 au soir, commence à se masser dans la région au sud de Gravelotte, couvert à l'est par la 28ᵉ brigade qui occupe les bois de Vaux et de la Mance.

De son côté, le VIIIᵉ corps, en exécution des prescriptions du grand quartier général, se met en marche à 6 heures de Gorze sur Rezonville, où il se rassemble couvert par son avant-garde (1) à Villers-aux-Bois. Vers 8 heures, la cavalerie ayant fait connaître que l'ennemi occupe fortement le Point-du-Jour, on dirige en flanc-garde sur Bagneux le 8ᵉ bataillon de chasseurs.

A 8ʰ 30, le général de Gœben commandant le VIIIᵉ corps rend compte de ces dispositions au commandant de la IIᵉ armée et ajoute : « Jusqu'à maintenant je n'ai aucune nouvelle de ce qui se passe à ma gauche, et je n'entends de ce côté aucun bruit de fusillade. Dans ces conditions, je me place à l'est de Rezonville, prêt à marcher soit à gauche, soit à droite (2). » Cette dernière phrase se passe de commentaires et donne une idée de

---

(1) Deux escadrons du 7ᵉ hussards, 67ᵉ et 28ᵉ régiments d'infanterie, 8ᵉ bataillon de chasseurs, une compagnie de pionniers, une batterie.

(2) Monographie du 18 août.

l'incertitude qui pesait encore à cette heure sur les états-majors des corps allemands en contact presque immédiat avec l'armée française.

Le grand quartier général et l'état-major de la IIe armée. — A 6 heures du matin, le grand quartier général arrive sur la hauteur au sud de Flavigny. Comme on n'a aucune nouve'le de ce qui se passe à la Ire et à la IIe armée, on ne tarde pas à détacher le lieutenant-colonel Brandenstein auprès du prince Frédéric-Charles, le major de Holleben auprès du général Steinmetz « avec mission de faire connaître immédiatement tout événement important ».

Peu après le départ de ces officiers, le maréchal reçoit du prince Frédéric-Charles le compte rendu de la mise en marche de la IIe armée, auquel est joint le renseignement suivant, daté de Vionville, 6^h 15 : « Dans la direction de Saint-Marcel et jusqu'à Doncourt aucune fraction ennemie n'est en marche. Le camp qui se trouvait hier près de Saint-Marcel est évacué. *Pendant la nuit on a marché sur la route.* »

Ce message sybillin, n'est, hâtons-nous de le dire, que le reflet des impressions du prince et de son entourage, il ne s'appuie sur aucun renseignement positif, car c'est seulement à partir de 7 heures que parviennent à Vionville les rapports des avant-postes.

Une grand'garde de la 5e division de cavalerie fait connaître qu'à l'est de Gravelotte il y a encore 6.000 à 8.000 fantassins, que l'artillerie s'est retirée presque en totalité, que tout donne l'impression d'une retraite sur Metz.

A la même heure, un rapport des avant-postes de la 18e division annonce que Gravelotte est inoccupé, qu'on entend battre la générale dans le camp français et qu'on observe des mouvements de retraite vers le nord-ouest.

Comme de l'endroit où il se trouve, le prince Frédéric-Charles entend depuis quelque temps une assez vive fusillade (1) vers Gravelotte, il envoie aux nouvelles dans cette direction le capitaine de Bergen, de son état-major.

---

(1) C'était le bruit de la fusillade échangée entre les avant-postes du VIIe corps et les grand'gardes du 2e corps.

A 7ʰ 30, on reçoit de cet officier le rapport suivant : « Le camp français observé hier s'est retiré dans la direction du nord et du nord-est. »

A 8ʰ 10, un deuxième renseignement contredisant le premier fait connaître que le camp ennemi « situé sur la montagne du bois de Génivaux est encore en place, bien que le nombre des troupes françaises paraisse avoir diminué ».

Enfin, à 8ʰ 30, les hussards de la Garde signalent que Doncourt est libre.

Sur ces entrefaites, le colonel de Verdy du Vernois, parti du grand quartier général vers 8 heures, arrive à l'état-major de la IIᵉ armée, porteur des instructions verbales suivantes : « Le maréchal de Moltke estime que les forces principales de l'ennemi sont devant Metz et qu'elles s'étendent jusque vers Amanvillers. Il est à désirer qu'on suspende la marche entreprise ce matin. Si l'idée du maréchal de Moltke se confirme, la Iʳᵉ armée attaquera de front. La Garde servira de réserve. Le IXᵉ corps enveloppera la droite ennemie. Les autres corps doivent d'abord s'arrêter. Il est à désirer que la situation s'éclaircisse le plus tôt possible. »

Au reçu de cette communication, Frédéric-Charles prescrit à ses corps d'armée de faire halte sur la route Doncourt—Jarny. Certes, la solution est loin d'être élégante et cette mesure dilatoire derrière laquelle le prince est trop heureux de se retrancher, ne résout en rien l'énigme posée; mais dans les circonstances présentes, le haut commandement allemand peut-il faire autre chose que temporiser? A 9 heures du matin, non seulement la situation n'a pas avancé d'un pas mais le désaccord est plus complet que jamais entre le grand quartier général et les états-majors des Iʳᵉ et IIᵉ armées.

A la Iʳᵉ armée on n'a de craintes que pour la vallée de la Moselle.

Au grand quartier général, au contraire, on a une vue plus nette de la situation et on semble, avec juste raison, admettre la présence de toute l'armée française à l'est de Metz.

Quant au prince Frédéric-Charles, s'il n'ose plus avouer ouvertement qu'il croit encore à une retraite des Français sur la Meuse, du moins se refuse-t-il à adopter l'idée du chef d'état

major général. Il envisage alors une nouvelle solution, et à
9 heures, par l'intermédiaire du lieutenant-colonel Verdy du
Vernois, il fait connaître au grand quartier général que, d'après
lui, « une retraite de l'ennemi dans la direction du nord et du
nord-est est vraisemblable à cause de la voie ferrée Metz—Thionville (1) ».

Quel désarroi ! L'armée française aurait-elle le don d'ubiquité ?
Et s'épanouirait-elle réellement dans toutes les directions de la
rose des vents ? On serait tenté de le croire, en voyant les diver-
gences de vues des chefs allemands.

Pauvre armée française ! Elle ne songe guère cependant à
tromper son adversaire. Étroitement pelotonnée sur sa position,
non seulement elle étale aux yeux de tous la ligne de ses bivouacs,
mais elle révèle encore sa présence par des sonneries de clairons
et des bruits de musique. Dès 7 heures, en effet, le chef d'état-
major du VIIe corps adressait au commandant de la Ire armée
un rapport qui se terminait ainsi : « On voit beaucoup de mouvement dans le camp français, on entend les tambours, les clairons,
la musique ! »

Les Allemands de 9 heures à 10 heures. — Mais revenons à
l'état-major du prince Frédéric-Charles, car c'est ici que se joue
l'action principale.

Vers 9 heures, parviennent successivement le premier rapport
du capitaine de Treitschke sur la présence des Français à Val
leroy et un compte rendu du général de Manstein, faisant connaître de la ferme de Caulre que le IXe corps n'a rencontré l'ennemi ni dans la direction du nord, ni dans celle du nord-est. Une
demi-heure après, le prince de Saxe mande que le premier renseignement du capitaine de Treitschke est faux et que les forces
ennemies se sont probablement retirées dans la direction du
nord-est.

Presque en même temps arrive à Vionville le général de Sperling, chef d'état-major de la Ire armée. Envoyé par Steinmetz
auprès du maréchal de Moltke, il a pensé non sans raison qu'il

---

(1) Monographie du 18 août.

aurait intérêt à s'arrêter, au passage, à l'état-major de la IIe armée, pour y échanger ses vues sur la situation.

Il annonce que des forces ennemies importantes se trouvent encore sur les hauteurs du Point-du-Jour. En retour on lui communique les renseignements reçus à l'état-major de la IIe armée et on le charge de porter au chef d'État-major général un billet ainsi conçu : « Le prince de Saxe annonce à 8^h 50 que le XIIe corps est arrêté à Jarny, de nouvelles reconnaissances ont infirmé le renseignement précédent..... Valleroy n'est pas occupé par l'ennemi. L'ennemi semble s'être dirigé vers l'est. »

Enfin, vers 9^h 50, un troisième rapport du capitaine de Bergen, daté du bois de Gravelotte à 8^h 45, s'exprime ainsi : « Beaucoup de mouvement dans le camp ennemi. Concentration de l'infanterie plus en arrière. La crête est encore occupée par l'artillerie. »

Il faut reconnaître que devant cet afflux de renseignements contradictoires, il n'est pas facile au prince Frédéric-Charles de dégager la vérité. Une nouvelle communication du grand quartier général, arrivée un peu avant 10 heures, va encore ajouter aux difficultés d'une situation déjà très obscure.

Cette communication est ainsi conçue :

Hauteur sud de Flavigny, 9^h 20 matin.

A l'aile droite du VIIe corps, combat de tirailleurs insignifiant. Les troupes que l'on pouvait voir sur les hauteurs vers Metz paraissent s'être mises en mouvement vers le nord, par conséquent dans la direction de Briey. La Ire armée ne semble pas avoir besoin d'autres secours que le IIIe corps venant de Vionville.

Ainsi donc la volte-face est complète. Alors qu'à 8 heures du matin, le maréchal de Moltke croit l'armée française tout entière vers Metz, deux heures plus tard il la voit dans la direction du nord.

La monographie du 18 août explique de la façon suivante le revirement qui vient de s'opérer dans l'esprit du chef d'État-major général :

« Ainsi le maréchal reprenait pour son propre compte la conception que l'on s'était tout d'abord faite à la IIe armée. En même temps, il rejetait l'idée qu'il avait communiquée au prince Frédéric-Charles par l'intermédiaire du lieutenant-colonel Verdy du Vernois (communication de 8ʰ 30), et qu'il avait partagée au début, à savoir que l'ennemi était encore à l'ouest de Metz.

« Ce revirement peut s'expliquer. Les premiers renseignements de la journée, qui avaient tout d'abord confirmé le prince Frédéric-Charles dans son hypothèse sur la marche de l'ennemi vers Briey, influaient maintenant sur le maréchal de Moltke. Ses observations personnelles sur les mouvements des Français qui semblaient marcher dans la direction du nord pouvaient également agir dans le même sens. En tout cas, la communication qui venait d'être faite à la IIe armée devait être accueillie avec réserve; elle avait principalement pour but d'éviter à la IIe armée de prendre des dispositions trop hâtives.

« Le prince Frédéric-Charles vit aussitôt, en recevant cette communication, que la décision du maréchal de Moltke avait été prise avant l'arrivée à Flavigny du général de Sperling, qui apportait des renseignements sur la région de Gravelotte et sur ce qui se passait à l'état-major de la IIe armée. Il prévoyait que le maréchal, après avoir entendu le général de Sperling, reviendrait à sa première manière de voir..... Comme on avait déjà perdu beaucoup de temps, que tous les renseignements indiquaient l'ennemi vers Metz et comme, d'autre part, aucune nouvelle ne venait de la direction de Briey, le prince Frédéric-Charles, bien que la situation fût encore très obscure, décidait de mettre à exécution la première conception du maréchal de Moltke. »

En conséquence, il ordonnait au IXe corps à 10 heures :

Le IXe corps, se mettant en marche, s'avancera sur La Folie par Vernéville, et, si l'ennemi y a sa droite, engagera tout d'abord le combat, en déployant une nombreuse artillerie. Le corps de la Garde marche sur Vernéville.

Un quart d'heure après, il adressait à la Garde l'ordre suivant :

La Garde continuera sa marche par Doncourt jusqu'à Vernéville et se formera sur ce point en soutien du IXe corps, qui s'avance sur La Folie contre l'aile droite ennemie. Il est à désirer qu'on éclaire à gauche vers Amanvillers et Saint-Privat-la-Montagne et qu'on envoie rapidement des rapports.

Si ingénieuses que soient les explications données par la monographie du 18 août, si flatteuses soient-elles pour le prince Frédéric-Charles, elles n'en mettent pas moins à nu les graves imperfections de la méthode de commandement adoptée par le maréchal de Moltke. Un général en chef ne doit pas, en effet, se contenter de recevoir des renseignements, il faut qu'il les provoque, sinon il ne conduit pas la bataille, il est conduit par elle.

Non seulement les nombreux rapports, comptes rendus qui affluaient, dans la matinée du 18, aux états-majors d'armée et de corps d'armée, auraient dû tout d'abord être adressés et centralisés au grand quartier général, qui seul pouvait les interpréter en connaissance de cause, mais, pour que ce faisceau de renseignements présentât un réel intérêt au point de vue de la conduite de la bataille, il eût fallu qu'il émanât d'organes directement actionnés et aiguillés par le chef suprême.

En étudiant la journée du 17, nous avons constaté combien il eût été avantageux pour les Allemands, de pousser en avant de leurs gros les 5e et 6e divisions de cavalerie, appuyées par le IXe corps.

Le 18, il n'y avait rien à changer à ces dispositions et tout ce système de forces, auquel venait s'ajouter la division de cavalerie de la Garde n'avait qu'à continuer la mission qui lui avait été tracée la veille.

De bonne heure, le maréchal de Moltke pouvait ainsi avoir de précieuses indications sur l'armée française et déterminer en partie son contour apparent. Au cas où des doutes eussent encore subsisté dans son esprit, le IXe corps était tout indiqué pour compléter la reconnaissance de la cavalerie, en s'engageant dans la direction Vernéville—Amanvillers. Mais au lieu de tomber, comme il le fit, tête baissée sur nos positions, ce corps aurait agi à la façon d'une avant-garde, c'est-à-dire avec prudence, en utilisant les avantages du site, et en élargissant à l'aide de ses détachements avancés, sa zone d'action du bois de Génivaux jusqu'à Habonville.....

Les Allemands à partir de 10 heures du matin. Grand quartier général. — Au moment où le prince Frédéric-Charles donne au IXe corps l'ordre de marcher sur Vernéville et La Folie (ordre de 10 heures), le major de Holleben, officier de liaison de la Ire armée, et le général de Sperling, chef d'état-major de cette armée, arrivent au grand quartier général à Flavigny.

Le major de Holleben rend compte que des forces ennemies importantes occupent le bois de Génivaux, semblant prêtes à accepter le combat. Quant au général de Sperling, il confirme cette manière de voir et donne en outre des nouvelles sur ce qui se passe à l'état-major de la IIe armée.

Au reçu de ces renseignements, un nouveau revirement — le deuxième depuis le matin — s'opère dans l'esprit du maréchal de Moltke. Rejetant l'idée qu'il a exprimée dans sa communication de 9^h 30 (Retraite de l'ennemi sur Briey) il revient à sa première conception et donne à 10^h 30 l'ordre suivant à la IIe armée.

Hauteur au sud de Flavigny, 10^h 30 matin.

D'après les renseignements reçus, on peut admettre que l'ennemi veut se maintenir entre le plateau du Point-du-Jour et Montigny-la-Grange.

Quatre bataillons ennemis se sont avancés dans le bois des Génivaux. Sa Majesté estime qu'il y a lieu de mettre le XIIe corps et la Garde en marche dans la direction de Batilly, afin, soit d'atteindre l'ennemi près de Sainte-Marie-aux-Chênes, dans le cas où il se retirerait sur Briey, soit de l'attaquer à Amanvillers, dans le cas où il se retirerait sur la hauteur. L'attaque devrait être donnée simultanément par la Ire armée venant du bois de Vaux et de Gravelotte, par le IXe corps contre le bois de Génivaux et Vernéville, et par l'aile gauche de la IIe armée venant du nord.

On communique cet ordre au général de Sperling et on le charge en outre de faire savoir au général Steinmetz qu'il devra attendre, pour attaquer, que la IIe armée soit en mesure de s'engager.

Quartier général de la IIe armée. — L'ordre du maréchal de Moltke arrive à 11 heures à la IIe armée. Bien qu'il n'apporte qu'une demi-solution à l'angoissant problème qui se pose depuis le matin cet ordre est le bienvenu : il confirme en partie les instructions données à 10 heures au IXe corps et à la Garde, il resserre le champ des hypothèses et achève de libérer le prince

Frédéric-Charles de toutes les hésitations que peut encore entretenir dans son esprit la fâcheuse conception d'une retraite des Français vers la Meuse. Dès lors, il n'est plus douteux pour le commandant de la IIᵉ armée que des forces ennemies importantes se trouvent à l'ouest de Metz et les derniers renseignements reçus à Vionville ne font que le confirmer dans cette manière de voir.

Le Xᵉ corps, en effet, annonce que, d'après le dire de blessés français, l'armée du Rhin s'est repliée tout entière sur Metz; la Garde fait savoir, d'autre part, que la région au sud de Briey est libre; enfin un quatrième rapport du capitaine de Bergen s'exprime ainsi : « Une position de combat a été prise à mi-hauteur des pentes, où était établi le camp principal. Mouvements de troupes importants dans la direction du nord; feu très vif sur le front des avant-postes. »

Toutefois, un point noir subsiste encore : ni l'ordre du grand quartier général, ni les rapports de reconnaissance n'apportent d'éclaircissements sur la situation exacte de la droite française, et à ce point de vue, « l'incertitude est complète ».

Il est cependant de la plus haute importance d'être fixé à ce sujet et on s'explique difficilement l'indifférence avec laquelle le commandant de la IIᵉ armée accueille les deux importants rapports qui lui sont remis peu après 11 heures.

Le premier, daté de 10ʰ 45, émane du général de Manstein et rend compte qu'aux dires d'habitants, des troupes ennemies sont massées au nord de Jouaville, et que les patrouilles de cavalerie ont aperçu de la cavalerie au nord-est de Vernéville.

Le deuxième, plus décisif encore, est adressé par le lieutenant Scholl de la brigade de cavalerie hessoise (IXᵉ corps). Il s'exprime ainsi :

Hauteur de Batilly, 10ʰ25.

Patrouilles ennemies sur la hauteur de Sainte-Marie-aux-Chênes et d'Amanvillers. Colonnes de troupes sur la grande route. Camp à Saint-Privat; des patrouilles ennemies s'avancent au trot.

« Ce rapport, dit la monographie du 18 août, indiquait un point d'appui certain de la droite ennemie. Jusqu'alors le Prince croyait

la trouver à La Folie, le maréchal de Moltke d'abord à Amanvillers, puis plus tard à Montigny; mais ce n'étaient là que des con-
jectures, et tous les ordres donnés jusqu'à cette heure reposaient
sur une incertitude. Malgré cela, ni le premier, ni le deuxième rapport n'attirèrent particulièrement l'attention du commandant de
la IIe armée. Le premier se basait en partie sur les dires des habitants et dès lors ne méritait pas une confiance absolue; le deuxième
n'indiquait pas la force de l'ennemi, qui occupait ou avait occupé
Saint-Privat, et par la suite il ne fut confirmé par aucun autre
renseignement..... Dans ces conditions il ne vint pas à l'esprit du
prince Frédéric-Charles que l'ennemi pouvait occuper Saint-
Privat, pour s'y défendre : on prit le camp et les colonnes pour
une partie seulement de l'armée française, qui, cherchant à se
retirer vers l'intérieur de la France, faisaient front, pour se dégager des Allemands..... Les dispositions du prince Frédéric-
Charles se ressentirent de cette conception. »

Le commandant de la IIe armée, en effet, au lieu d'admettre
sur la foi du renseignement du lieutenant Scholl que la droite
française s'étend jusqu'à Saint-Privat, ne prend, comme on va
le voir, que des demi-mesures et dicte à 11ʰ 30 les ordres suivants :

Ordre au IXᵉ corps

La Garde reçoit l'ordre, en ce moment, de se porter par Vernéville
sur Amanvillers et de là, éventuellement contre la droite ennemie.
Si le front de l'adversaire se prolongeait plus au nord, le IXᵉ corps
attendrait, pour s'engager sérieusement, que la Garde entrât en ligne
par Amanvillers. Les troupes auront donc, vraisemblablement, le temps
de faire le café.

Ordre a la Garde

L'ennemi paraît être en position de combat sur la ligne de hauteurs
qui s'étend des bois de Vaux au delà de Leipzig. La Garde hâtera son
mouvement par Vernéville et le prolongera jusqu'à Amanvillers,
d'où elle prononcera, de concert avec le IXᵉ corps, une vigoureuse
attaque enveloppante contre la droite ennemie. Le IXᵉ corps attaquera en même temps de Vernéville dans la direction de La Folie.
La Garde peut suivre le chemin qui passe par Habonville.
Le XIIᵉ corps marche sur Sainte-Marie.

Ordre au XIIe corps

Il est ordonné au XIIe corps de se porter sur Sainte-Marie-aux-Chênes, de se couvrir par de la cavalerie sur Briey et Conflans et de jeter, autant que possible, des troupes à cheval jusque dans la vallée de la Moselle, pour couper la voie ferrée et la ligne télégraphique de Thionville.

Les VIIe, VIIIe et IXe corps, ainsi que la Garde, attaqueront, dans deux heures, l'ennemi en position sur les hauteurs de Leipzig au bois de Vaux.

Ils seront soutenus en deuxième ligne par les IIIe, Xe, XIIe corps, ainsi que par le IIe.

Les corps de deuxième ligne étaient également mis en mouvement; on ordonnait au IIIe corps de marcher sur Vernéville, au Xe corps de se porter sur Saint-Ail. Quant au IIe corps, il devait former à Rezonville la réserve de la Ire armée.

Quartier général de la Ire armée. — Pendant que le prince Frédéric-Charles ordonne le vaste mouvement de conversion à droite qui doit amener son armée au contact de l'ennemi, le général de Steinmetz s'impatiente de rester inactif. Croyant apercevoir des indices de retraite chez les Français, il mande à 11h 30 au grand quartier général qu' « en toute certitude » l'ennemi se replie avec le gros de ses forces vers Metz et avec une faible partie dans la direction du nord et du nord-ouest.

Ce rapport arrive au grand quartier général vers 11h 50, alors que les premiers coups de canon du combat livré par le IXe corps se font entendre. Craignant que la Ire armée ne se lance dans une attaque prématurée, le maréchal de Moltke envoie au général Steinmetz l'ordre suivant :

Hauteur au sud de Flavigny, midi.

Le combat qu'on entend en ce moment n'est qu'un engagement partiel devant Vernéville, et n'entraîne pas l'attaque générale de la Ire armée. Il n'y a pas lieu pour elle d'engager de fortes masses de troupes, mais, éventuellement, d'employer son artillerie à préparer l'attaque qui sera ultérieurement donnée.

MOLTKE.

Nous verrons plus tard l'accueil fait à cet ordre par le général Steinmetz. Pour le moment, afin de ne pas rompre l'enchaînement des événements, revenons à la IIe armée et examinons dans quelle situation se trouvent les subordonnés du prince Frédéric-Charles au moment où ils reçoivent les ordres de 11ʰ 30.

Marche des corps de la IIe armée. — Initiative, tel est le mot qui résume l'activité des commandants de la Garde et du XIIe corps, au cours de la matinée du 18.

A 11ʰ 30, à peine le XIIe corps a-t-il terminé son rassemblement au sud de Jarny, que le prince de Saxe reçoit la copie des ordres adressés à 10 heures et à 10ʰ 15 au IXe corps et à la Garde. En même temps, il lui est ordonné de ne pas dépasser Jarny.

La prescription est impérative. Mais qu'importe! D'après les derniers renseignements de la cavalerie saxonne, la région de Briey est libre de tout ennemi. A n'en plus douter, c'est vers l'est qu'il faut chercher l'armée française. L'ordre du prince Frédéric-Charles est donc caduc, il ne cadre plus avec la situation, telle qu'elle apparaît aux acteurs de premier plan. Aussi, sans la moindre hésitation, le commandant du XIIe corps aiguille-t-il son corps d'armée dans la direction de Saint-Privat et ordonne-t-il ce qui suit :

L'avant-garde se dirigera par les deux rives de l'Orne sur Valleroy et Moineville. La 23e division portera la 45e brigade sur Tichémont et occupera le bois de Ponty. La 46e brigade restera à Jarny à la disposition du commandant du corps. La 24e division marchera sur Sainte-Marie par le château de Moncel, Jouaville, Batilly. L'artillerie de corps gagnera Giraumont-en-Jarnisy.

Vers midi, le prince de Saxe reçoit l'ordre de Frédéric-Charles (daté de 11ʰ 30) lui enjoignant de se porter sur Sainte-Marie. Comme l'heureuse initiative du commandant du XIIe corps a devancé les intentions du commandant de la IIe armée, il n'y a aucune modification à apporter à la marche du corps saxon. Seule, la 46e brigade reçoit l'ordre de marcher sur le bois de Ponty à la suite de la 45e.

Ainsi que nous l'avons vu, la Garde n'a pu se mettre en route qu'à 9 heures (1).

A 11 heures, c'est-à-dire au moment où la 1re division suivie de l'artillerie de corps atteint Doncourt et la 2e division Bruville, le commandant de la Garde reçoit l'ordre de marcher sur Verné- ville (ordre de 10^h 15). En même temps, l'escadron d'avant-garde lui signale que Sainte-Marie est occupée par les Français et que de nombreuses tentes couvrent les hauteurs de Saint-Privat. De même que le prince de Saxe n'a pas hésité à transgresser les ordres de son commandant d'armée, le prince de Wurtemberg, de son côté, décide d'étendre son mouvement vers le nord, pour s'adapter à la situation telle qu'elle résulte des renseignements reçus. Seule la 2e division reçoit l'ordre de continuer sur Verné- ville; quant à la 1re division et à l'artillerie de corps, elles sont dirigées sur Habonville.

Ces ordres donnés, le commandant de la Garde en rend compte par la note suivante :

Doncourt, 11^h 30 matin.

D'après un rapport de la cavalerie parvenue sur la hauteur de Ba- tilly et daté de 10^h 50, l'infanterie occupe Sainte-Marie, et des troupes nombreuses sont près de Saint-Privat. Par suite et en exécution des ordres reçus, la Garde quitte Doncourt; *mais en raison des circons- tances, le général commandant croit devoir marcher non pas sur Verné- ville, mais bien sur Habonville.*

Ces mouvements sont déjà en voie d'exécution, lorsque le commandant de la Garde reçoit l'ordre d'armée (daté de 11^h 30), lui prescrivant de prolonger son mouvement jusqu'à Amanvil- lers. Il juge avec raison que cette prescription pas plus que la précédente ne correspond à la situation et il ne modifie en rien les ordres qu'il vient de donner.

Il était alors midi. Le canon du IXe corps commençait à se faire entendre dans la direction de Vernéville et le quartier géné- ral de la IIe armée était encore à Vionville, occupé à assurer l'ex- pédition des ordres de 11^h 30 aux corps de deuxième ligne. A

---

(1) Ordre de marche de la Garde, *avant-garde :* régiment de hussards, régiment de fusiliers, 1 batterie. Bataillon de chasseurs. *Gros :* 3 batteries, 4 régiments d'infan- terie de la 1re division, artillerie de corps, 2e division, division de cavalerie.

12ʰ 30, lorsque les derniers officiers d'ordonnance furent partis, le prince Frédéric-Charles, suivi de tout son état-major, se portait sur Saint-Marcel. En cours de route il recevait communication des ordres donnés par les commandants de la Garde et du XIIᵉ corps, les approuvait et se contentait de prescrire à la 2ᵉ division de la Garde de marcher comme la première sur Habonville.

Quel magnifique exemple nous donne là le prince Frédéric-Charles, et comme l'on comprend toute la justesse de ces réflexions de von der Goltz dans la *Nation armée :* « En 1870, notre commandement suprême, quand il se trouvait en présence de faits accomplis, ne perdait pas son temps à se quereller avec les auteurs. Le résultat étant désormais irrévocable, il se bornait à l'enregistrer. Par ce moyen, il réussit à développer chez tous les subordonnés le goût pour l'initiative, en même temps que la confiance, quels que soient les risques à courir. Chacun savait en effet qu'il ne serait pas laissé dans l'embarras, mais qu'il pouvait être sûr d'être appuyé par en haut. La force d'ensemble de l'armée était ainsi doublée. »

Dans une lettre qu'il adressait à sa femme le 17 août, au soir, le général de Gœben, développant les mêmes idées, écrivait : « Il y en a qui disent : pas un pas sans un ordre. Moi j'applique le principe : celui qui n'aide pas quand il le pourrait est une canaille (*Hundsfott*). J'ai prescrit à mes généraux d'agir de leur propre initiative dans ce sens, en les assurant que je couvre tout. De cette façon j'espère que chacun pensera qu'il fait bon d'être près de mon corps d'armée et je m'en honorerai. » Paroles profondes, qui, sous leur forme familière, caractérisent bien la largeur de vues du haut commandement allemand en 1870!

C'est avec des chefs imbus de ces idées que nos ennemis ont pu remporter tous leurs succès, dénouer les situations les plus difficiles, et ce n'est pas sans raison que, dans leurs règlements, ils considèrent l'initiative comme une qualité militaire de premier plan qu'on ne saurait assez développer.

Certes, il est des bornes à l'initiative, mais ces bornes, qu'on ne craigne pas de les reculer jusqu'aux plus extrêmes limites, car l'initiative c'est le mouvement, c'est l'activité, c'est par conséquent l'essence même de la guerre.

N'est-ce pas, en effet, la grande leçon qui se dégage des événements que nous venons d'étudier? Lorsque le prince de Saxe et le prince de Wurtemberg transgressent les ordres de leur chef et, sur de simples renseignements de cavalerie, aiguillent leurs corps d'armée vers l'est, ils ne font pas autre chose qu'obéir à ce besoin d'agir si profondément ancré dans les cœurs et les cerveaux de tous les chefs allemands.

On leur a dit d'attaquer l'ennemi partout où ils le rencontreraient, c'est leur règle de conduite; pour eux, seule l'inaction marque les limites dans lesquelles doit s'exercer leur initiative, et c'est pourquoi ils ne s'embarrassent pas de « mais » et de « si », c'est pourquoi ils marchent carrément de l'avant.

Mais, qu'on ne s'y méprenne point, initiative ne veut pas dire licence, et à s'employer sans direction et sans but les activités les plus généreuses risqueraient fort de rester infécondes : à la guerre, plus que partout ailleurs, la nécessité de coordonner tous les efforts individuels s'impose, et c'est au chef qu'il appartient d'assurer cette cohésion, en montrant à tous le *but à atteindre*, l'*idée à réaliser*.

Grâce à cette indication, les subordonnés, une fois livrés à eux-mêmes, auront toujours « un fil conducteur » qui leur permettra, lorsque les ordres donnés ne pourront s'exécuter comme ils auront été conçus, de diriger leur conduite, de régler leurs initiatives en conformité de pensées avec leur chef, bref, de « taper dans le tas, *tous ensemble* ».

Là est en somme le secret de la victoire, et ce n'est pas le moindre mérite du maréchal de Moltke et du prince Frédéric-Charles que d'avoir su, le 18 août, malgré les obscurités de la situation, orienter vers un but commun toutes les forces vives de la IIe armée.

Sans doute leur conception, d'abord confuse, ne s'adaptera que difficilement à la situation réelle, et les imperfections de leur méthode de commandement, s'ajoutant aux imprudences de leurs subordonnés, compromettront plus d'une fois la manœuvre qu'ils auront entrevue. Mais peu à peu les yeux se dessilleront. La bonne semence jetée dans les ordres de 10[h] 30 et de 11[h] 30 germera tard; mais elle finira par germer et par porter ses fruits. Simple et puissante à la fois, l'idée de la concentration des forces allemandes sur la droite française — où qu'elle se trouve — fera son chemin et, guidés par elle, les commandants des corps de la II⁰ armée se rencontreront tous sur la voie triomphale de la victoire.

VI — La matinée du 18 août dans l'armée française

En étudiant l'occupation des lignes d'Amanvillers, nous avons eu l'occasion de constater combien les dispositions prises par l'armée française répondaient peu à une idée d'ensemble, à une conception génératrice, émanant du chef suprême. L'attitude du maréchal Bazaine et de ses commandants de corps d'armée dans la matinée du 18 août va nous montrer plus clairement encore toute l'indigence de notre haut commandement, tout le néant de son organisation.

Ne recevant du général en chef aucun ordre, chaque commandant de corps d'armée va agir à sa guise : les uns déploieront une activité, qui d'ailleurs, ne trouvera aucun écho auprès de l'autorité supérieure, d'autres se résigneront à une attitude passive et dans un complet laisser-aller attendront l'attaque de l'ennemi..... pendant que le maréchal Bazaine, retiré sous les calmes ombrages de la villa Bouteillier, s'occupera avec son état-major de rechercher une « nouvelle position plus en arrière ». Quel fâcheux prélude à une bataille qui allait décider du sort de la France!

Dès les premières heures du 18, une fusillade assez vive s'engage entre les grand'gardes du général Frossard et les avant-postes du VII⁰ corps, qui occupent la lisière est du bois de Vaux. Comme, d'autre part, des forces allemandes sont signalées dans la région d'Ars, on se décide de bonne heure au 2⁰ corps à prendre quelques dispositions préparatoires en vue de résister à une offensive ennemie.

Les deux artilleries divisionnaires et les deux batteries de 12 de la réserve s'installent sur les hauteurs du Point-du-Jour, en même temps qu'on pousse deux compagnies du *32⁰* dans la bande boisée du ravin de la Mance.

Vers 10 heures, les rassemblements ennemis du plateau de Gravelotte, qu'on peut observer des hauteurs du Point-du-Jour, paraissant de plus en plus denses, le général Vergé déploie une partie de sa division (cinq bataillons) dans les fossés de la grande route au sud du Point-du-Jour.

Quant à la division de cavalerie du 2e corps, elle ne pousse que quelques timides et inutiles reconnaissances vers Jussy et Sainte-Ruffine.

A midi, le général Frossard fait enfin son apparition sur le plateau du Point-du-Jour.

Au 3e corps, le maréchal Lebœuf montre plus d'activité, et de bonne heure il cherche à se renseigner, en envoyant en reconnaissance les pelotons d'éclaireurs de la 3e division de cavalerie.

Vers 6 heures, des hauteurs de l'Arbre-Mort, où se trouve le quartier général du 3e corps, on commence à apercevoir « des troupes prussiennes marchant en bataille dans les plaines basses situées en arrière de Gravelotte ». Le maréchal Lebœuf transmet immédiatement cet important renseignement au maréchal Bazaine et donne en même temps l'ordre de mettre en état de défense Moscou, Leipzig, La Folie, de construire des tranchées pour l'infanterie et des épaulements pour les batteries.

A partir de 8 heures, les renseignements de la cavalerie commencent à arriver, signalant la marche sur Rezonville et sur Caulre des VIIIe et IXe corps allemands. Devant ce déploiement de forces qu'il peut d'ailleurs observer directement, le maréchal Lebœuf croit devoir prévenir le maréchal Bazaine par une deuxième note plus pressante que la première.

« Des forces considérables (infanterie et cavalerie) s'avancent vers Gravelotte sur un front assez étendu et parallèle au front de bandière des 2e et 3e corps. Il me semble qu'une affaire se prépare pour aujourd'hui. »

Il ordonne, en outre, à ses divisions de tenir solidement le massif de Génivaux et la bande boisée du ravin de la Mance, d'occuper les tranchées-abris de la position principale et de reporter les réserves en arrière de la crête.

En exécution de ces ordres, la 4e division (Aymard), placée à la gauche du 3e corps, maintient six bataillons en réserve. Des sept autres bataillons quatre et demi occupent Moscou et les tranchées avoisinantes; en avant d'eux le 2e bataillon du *80e* tient

Saint-Hubert, la 6e compagnie du $\dfrac{3^e}{80}$ est sur la route de Gravelotte dans le fond du ravin de la Mance, deux compagnies du $\dfrac{1^{er}}{85}$
sont à 200 mètres au nord de Saint-Hubert ; enfin le 3e bataillon
du *60*^{e} se trouve depuis la veille dans le bois du ravin de la Mance.
Quant aux trois batteries elles s'installent dans des épaulements,
à 200 mètres en arrière des lignes d'infanterie.

A la 3e division (Metman) on déploie cinq bataillons dans les
tranchées construites de Moscou à l'Arbre-Mort ; quatre bataillons et demi sont en réserve en arrière de la crête. Dans le bois
de Génivaux, on a poussé trois compagnies du $\dfrac{2^e}{71}$, le 7e bataillon
de chasseurs et le 2e bataillon du *29*^{e}. Les trois batteries se placent sur la crête près de Moscou.

La 2e division (Nayral) occupe avec ses cinq bataillons Leipzig
et les tranchées construites entre cette ferme et l'Arbre-Mort.
Quatre bataillons sont envoyés dans le bois de Génivaux. Le
41e régiment d'infanterie et le *15*^{e} bataillon de chasseurs forment
la réserve de la division au nord de l'Arbre-Mort, près de l'artillerie divisionnaire qui reste au parc.

Enfin à la droite, la 1re division (Montaudon) occupe avec une
brigade la position principale de Leipzig à la Folie et a toute la
brigade Clinchant dans le bois de la Charmoise.

Ainsi donc, dans le massif boisé Charmoise—Génivaux, le
3e corps a entassé quinze bataillons et demi, appartenant à huit
corps différents. Bien entendu, aucune idée d'ensemble ne pré-
side à l'occupation de ces bois, le commandement n'y est pas
assuré et dans chaque division on opère pour son propre compte :
sur la lisière est, qui est au plus haut point intéressante, il ne se
trouve que quatre compagnies du *69*^{e} (de la 2e division) et deux
compagnies du 7e bataillon de chasseurs ainsi qu'une compagnie
du 7e d'infanterie (de la 3e division) ; tout le reste est maintenu
sur la rive gauche du ruisseau de Chantrenne, n'ayant aucune
vue sur les terrains libres à l'ouest des bois.

Remarquons également que le commandant du 3e corps déploie tout son corps d'armée, avant que le premier coup de fusil
soit tiré. Disposant ses quatre divisions côte à côte, il ne garde

à sa disposition pas le moindre bataillon et s'enlève ainsi toute possibilité d'agir dans le combat. Mais ces réserves faites, il faut reconnaître que le maréchal Lebœuf témoigne au cours de la matinée d'une activité et d'un réel souci d'éviter toute surprise qui contrastent étrangement avec l'indolente attitude du 4e corps.

Ici, en effet, c'est la quiétude complète, et bien que le général Montaudon ait, dès 9 heures, signalé au général de Ladmirault la présence de fortes colonnes ennemies vers Saint-Marcel, bien que l'apparition des premières fractions du IXe corps, dans la région de Vernéville, n'ait pas échappé à la grand'garde placée en avant de Montigny, on ne prend pas la moindre mesure pré-paratoire en vue du combat.

La communication vers 10 heures par le maréchal Bazaine des renseignements graves qui viennent du 3e corps, ne parvient pas non plus à secouer le laisser-aller des divisions du 4e corps, et il faudra qu'à midi le canon du général de Manstein vienne les rappeler au sentiment des réalités.

Au 6e corps, le maréchal Canrobert envoie de bonne heure des reconnaissances de cavalerie en avant de son front et recom-mande à ses divisionnaires « d'exécuter les moyens de défense nécessaires pour s'établir solidement ». Malheureusement, cet ordre ne peut être mis à exécution, le 6e corps manquant tota-lement d'outils. Vers 9 heures, trois escadrons du 2e chasseurs partent en reconnaissance et signalent à partir de 10 heures, la marche des Saxons par la vallée de l'Orne et la présence de masses prussiennes, qui s'avancent dans la direction de Batilly. Malgré la précision de ces nouvelles, les divisions du 6e corps ne bougent pas de leurs bivouacs et ne font rien pour se préparer à une attaque des Allemands.

Quant à la Garde, elle reste, durant toute la matinée, inactive à Plappeville, où elle a passé la nuit. Elle ne se préoccupe pas de reconnaître les cheminements qu'elle pourra être appelée à suivre pour se porter sur la position principale, et se contente d'envoyer de timides pointes de cavalerie dans la vallée de la Moselle, ainsi que sur Saulny et Amanvillers. Le maréchal Bazaine qui s'est réservé la libre disposition de cette magnifique troupe, ne sup-porterait pas d'ailleurs qu'elle fit preuve d'activité et d'initiative.

C'est la victime déjà choisie pour servir ses criminelles fantaisies; il importe donc qu'elle soit préparée par l'inaction au rôle néfaste qu'on s'apprête à lui faire jouer et qu'elle ne fasse rien pour troubler la belle insouciance qui règne au grand quartier général.

Dans l'entourage du maréchal, en effet, la consigne est d'affecter un calme qui frise l'indifférence et d'envisager avec la plus grande confiance l'attaque d'un ennemi, dont on se préoccupe au reste fort peu. Ce n'est pas qu'on manque de nouvelles; pendant toute la journée du 17, les postes d'observation de la cathédrale et des forts de Metz ont signalé des mouvements de troupes considérables dans la région au sud de Metz; d'autre part, on sait que l'ennemi se trouve à Gorze et à Gravelotte. Mais qu'importent au général en chef ces renseignements! Du moment que son armée occupe de belles positions, il n'est pas besoin de s'inquiéter, et de fait, il montre durant toute la matinée un imperturbable optimisme.

Vers 6ʰ 30, il se promène dans les jardins de sa villa, lorsqu'un officier de l'état-major du 3ᵉ corps se présente, annonçant que des masses ennemies sont en marche vers Doncourt. Le maréchal « l'accueille très aimablement, lui répond que le maréchal Lebœuf doit tenir bon dans la position qui lui a été assignée, et cueillant une fleur, la donne à l'officier, en le congédiant (1) ». Puis, il rentre dans son cabinet et peu après se met au travail avec le général Jarras.

A 9 heures, le capitaine de Couprey, de l'état-major du 3ᵉ corps, se présente porteur de nouvelles plus précises sur les mouvements de l'ennemi. Le maréchal répète ce qu'il a dit deux heures auparavant et exprime à nouveau l'avis que la position défensive occupée par son armée le rassure complètement (2).

Vers 10 heures, il écrit une longue lettre au maréchal Canrobert. Après lui avoir fait part des renseignements envoyés par le maréchal Lebœuf, et lui avoir parlé d'une nouvelle position plus en arrière, il ajoute cette phrase lapidaire, qui montre que chez lui les raisons tactiques savent céder le pas aux raisons hygiéniques : « Si ce mouvement s'exécute (le mouvement sur la

---

(1) D'après Germain Bapst.
(2) *Souvenirs du général Jarras.*

deuxième position) ce ne sera que pour rendre les ravitaillements plus faciles, donner une plus grande quantité d'eau aux animaux et permettre aux hommes *de se laver.* »

Cette lettre est à peine expédiée qu'il dévoile à nouveau les mesquines préoccupations qui l'agitent, en écrivant au commandant de la Garde, pour le prier d'assurer la sécurité des convois sur la route de Moulins à Longeville.

Enfin vers 10ʰ 45, le commandant Guioth de l'état-major général, envoyé auprès des 2ᵉ et 3ᵉ corps, rentre au grand quartier général; il rend compte que sur le front du 3ᵉ corps l'ennemi paraît devenir plus pressant; qu'au 2ᵉ corps, le général Frossard « estime (1) que sa position est difficile à défendre, que ses troupes ont beaucoup souffert le 16, et qu'en cas d'affaire sérieuse, les chefs de corps ne croient pas pouvoir compter sur leurs hommes ». Pour la troisième fois, le général en chef répète que les positions sont bonnes et que le 2ᵉ corps n'a pas à se plaindre de la sienne. Puis il ajoute : « Que faire d'un corps d'armée, où le commandant n'a pas confiance dans ses troupes et les troupes dans leur chef (2) ! »

Vers 11ʰ 30, le maréchal Bazaine, satisfait de sa matinée, se met à table pour déjeuner.

A la même heure, à quelques kilomètres plus à l'ouest, le vieux roi de Prusse et son chef d'État-major, en route depuis 4 heures du matin, attendent anxieux l'exécution des ordres qu'ils viennent de lancer.....

(1) D'après Germain Bᴀᴘsᴛ.

(2) D'après Germain Bᴀᴘsᴛ.

II

LE 4ᵉ ET LE 6ᵉ CORPS FRANÇAIS
LA DEUXIÈME ARMÉE JUSQU'A 5 HEURES DU SOIR

I — Le combat du IXᵉ corps jusqu'à 3 heures

L'avant-garde du IXᵉ corps engage le combat. — Au cours de la longue halte que le IXᵉ corps avait faite à la ferme de Caulre, le général de Manstein avait cherché à se faire — d'après la carte française au 1/80000ᵉ — une idée du terrain sur lequel il allait vraisemblablement s'engager : il lui avait semblé, dit la monographie du 18 août, que « la crête entre le ravin de Chatel et le ravin de la Mance n'avait qu'une faible profondeur à hauteur de Vernéville et qu'il était possible, avec l'artillerie, de battre les pentes en arrière, où probablement devaient se trouver des emplacements de réserves ennemies ».

N'insistons pas sur cette première erreur du commandant du IXᵉ corps, qui sera, comme nous le verrons plus tard, la cause déterminante du déploiement prématuré de son artillerie; contentons-nous de remarquer que vouloir atteindre les réserves de l'ennemi, avant d'avoir pris contact avec cet ennemi, c'est ce qu'en bon français on appelle : « mettre la charrue avant les bœufs »; ajoutons en outre que, dès qu'on arrive dans la zone d'action de l'ennemi, ce n'est plus le moment de consulter ses cartes; c'est avec ses yeux qu'il faut voir le terrain.

Vers 10ʰ 30, arrive, à la ferme de Caulre, l'ordre par lequel le prince Frédéric-Charles prescrit au IXᵉ corps « de se mettre en marche dans la direction de Vernéville et de La Folie, et, *si l'ennemi y a sa droite*, d'entamer l'action avec une nombreuse artillerie ».

Le général de Manstein accueille cet ordre avec d'autant plus de satisfaction et d'empressement que, depuis le début de la campagne, il n'a pas encore eu l'occasion de conduire tout son corps d'armée au feu et qu'il brûle du désir de se distinguer.

Persuadé que le prince Frédéric-Charles n'a tant retardé l'ordre d'attaque que pour permettre à la Garde de se rapprocher du IXᵉ corps (1), escomptant, par conséquent, l'appui prochain du corps du prince de Wurtemberg, il prescrit, immédiatement, à la 18ᵉ division de marcher sur Vernéville et La Folie avec son avant-garde (36ᵉ d'infanterie, 9ᵉ bataillon de chasseurs, 1ʳᵉ batterie, 6ᵉ dragons). Le général commandant la 18ᵉ division transmet cet ordre et le complète, en ajoutant qu'on devra « occuper la ferme et le bois qui se trouve à proximité, mais sans dépasser ce point (2)».

Le gros de la 18ᵉ division et l'artillerie de corps suivront, à un quart d'heure de distance, l'avant-garde. Quant à la 25ᵉ division, elle ne se mettra en marche qu'à 11ʰ 30.

A 11 heures, au moment où le général de Blumenthal débouche avec son avant-garde des bois Doseuillons, on remet au commandant du IXᵉ corps le renseignement du lieutenant Scholl sur la présence du camp français à Saint-Privat. Loin de troubler le général de Manstein, cette nouvelle ne fait que le confirmer dans son idée qu'une grande partie de l'armée française est en retraite vers le nord et que les troupes vues par le lieutenant Scholl sont « des fractions se retirant sur Briey, par Sainte-Marie, et qui, selon les habitudes de l'armée française, sont occupées à faire la soupe (3) ». En conséquence, il ne change rien aux dispositions prises et laisse l'avant-garde de la 18ᵉ division continuer sur La Folie.

En arrivant à hauteur du château de Vernéville, vers·11ʰ 45, cette avant-garde est accueillie par des coups de feu partant des bois de Génivaux et de Chantrenne. Le général de Blumenthal dirige aussitôt le IIᵉ bataillon du 36ᵉ sur le bois et le IIIᵉ bataillon sur Chantrenne. Ce dernier bataillon parcourt rapidement le terrain découvert, qui le sépare de Chantrenne et occupe cette

---

(1) Communication du major Bronsart, chef d'état-major du IXᵉ corps (d'après la monographie du 18 août).

(2) *Den dortigen Wald und das Vorwerk zu besetzen über diesen Punckt, aber einstweilen nicht vorzudringen.* Le bois.dont il s'agit est le bois de la Charmoise.

(3) Communication du major Bronsart, chef d'état-major du IXᵉ corps (d'après la monographie du 18 août).

ferme, pendant que le IIᵉ bataillon, bientôt suivi de trois compagnies du 9ᵉ chasseurs, pénètre dans le bois de Géni-vaux. Quant au Iᵉʳ bataillon du 36ᵉ, à la 3ᵉ compagnie du 9ᵉ chasseurs et à la 1ʳᵉ batterie, ils restent en réserve à Verné-ville.

Le général de Manstein arrive à Vernéville. Déploie-ment de l'artillerie de la 18ᵉ division et de l'artillerie de corps du IXᵉ corps. — A 11ʰ 45, le général de Manstein arrive sur la hauteur à l'ouest de Vernéville et y reçoit du lieu-tenant de Moltke, commandant la pointe de cavalerie, l'avis que des camps français se voient vers Montigny. Il constate, lui-même, le fait à l'aide de sa jumelle. Quelle aubaine! Et aussi quelle joie!..... « Voyez, dit-il, ils ne sont pas encore partis; pour eux la route n'est pas encore libre; ils font la soupe; ils n'ont pas d'avant-postes! »

Sans attendre d'autres renseignements, il en conclut que La Folie marque bien la droite française, que les troupes vues à Saint-Privat ne sont que des fractions en marche et donne l'ordre de déployer, immédiatement, l'artillerie de la 18ᵉ division et l'ar-tillerie de corps sur la croupe entre Champenois et le bois de la Cusse. A une observation de son chef d'état-major, lui faisant remarquer qu'il serait peut-être prudent de prendre pied tout d'abord avec de l'infanterie à l'est de Vernéville et dans le bois de la Cusse, il répond que « les bataillons de Chantrenne protè-gent complètement l'artillerie à droite, qu'à gauche, le bois de la Cusse est libre, et que d'ailleurs de ce côté le 6ᵉ dragons suffit à cette tâche (1) ».

Il se porte alors sur la hauteur au nord-ouest de Vernéville et, trouvant que l'artillerie se fait beaucoup trop attendre, ne tarde pas à donner à la batterie d'avant-garde l'ordre de prendre position au nord de Vernéville et d'ouvrir le feu sur Montigny. En même temps — c'est l'observation du chef d'état-major qui produit son effet — le Iᵉʳ bataillon du 36ᵉ doit envoyer deux compagnies sur L'Envie, deux compagnies sur le bois de la Cusse. Enfin il est prescrit au 84ᵉ (tête du gros de la 18ᵉ division) de

---

(1) Communication du major Bronsart.

jeter deux bataillons dans le bois de la Cusse et un bataillon dans Vernéville.

Ces ordres viennent à peine d'être donnés que la batterie d'avant-garde lance ses premiers projectiles sur les bivouacs de la division Grenier et y donne l'alarme (1) (11ʰ 50).

Au même moment, l'artillerie de la 18ᵉ division se dirigeant vers sa position de tir passe, à grande allure, à hauteur du général de Manstein. Le général de Puttkammer, commandant l'artillerie du IXᵉ corps, s'approche et demande à déployer tout d'abord les batteries dans le vallon à l'ouest de 326-330 et à les porter ensuite sur la crête. Mais le général de Manstein, de plus en plus impatient, s'y oppose et prescrit de déployer les batteries sur la crête au fur et à mesure de leur arrivée : c'est ainsi que la 2ᵉ batterie légère s'étant arrêtée à hauteur de la batterie d'avant-garde, il l'apostrophe violemment et lui ordonne de se porter plus en avant.....

A 12ʰ 30, toute l'artillerie de corps est installée et ses cinq batteries s'ajoutant aux quatre batteries de la 18ᵉ division, forment sur la croupe 326-330 une longue ligne de pièces orientée nord-est sud-ouest, qui fiche complètement dans la direction d'Amanvillers et dont la situation ne tardera pas, de ce fait, à être des plus critiques.

Le simple récit des faits et gestes du général de Manstein, entre 11 heures et 12ʰ 30, est assez éloquent par lui-même, sans qu'il soit besoin de le commenter longuement.

Le moins qu'on puisse dire du commandant du IXᵉ corps, c'est qu'en cette occasion il manque totalement du calme et du sang-froid nécessaires à un chef. Dès qu'il aperçoit les campements de la division Grenier, qu'on nous passe l'expression, il voit rouge. Non seulement il n'applique pas le prudent précepte de de Moltke : *Erst wiegen, dann wagen*, mais il ose plus qu'il ne pèse.

Sans doute son désir d'engager, au plus tôt, le combat pour surprendre et en même temps reconnaître l'ennemi est fort louable en soi, mais il y a la manière, et il faut bien reconnaître que celle qu'emploie le général de Manstein est particulièrement fâcheuse.

---

(1) Les coups étaient de 700 à 800 mètres trop courts. Aussi le général de Manstein va bientôt donner à la batterie d'avant-garde l'ordre de se porter plus à l'est.

Non seulement, il ordonne de déployer une longue ligne d'artillerie sans avoir fait une reconnaissance préalable de l'ennemi
et sans avoir couvert cette ligne par l'infanterie de l'avant-garde
jetée dans les bois de la Cusse, Champenois, L'Envie, mais, passant par-dessus la tête de ses divisionnaires et de ses brigadiers,
il intervient à chaque instant dans la conduite des unités infé-
rieures et ne laisse même pas, à ses subordonnés, le choix des
moyens à employer. Impatient et violent à la fois, il compromet
par sa précipitation l'effet de surprise qu'il escomptait, et au
lieu de ne frapper l'ennemi qu'après avoir mis en main tous
ses moyens, il donne l'alarme à la division Grenier par l'engagement prématuré de la batterie d'avant-garde.

Bugeaud a dit quelque part : « A la guerre, il faut savoir attendre. » Rien ne peut mieux faire comprendre toute la sagesse de ce
conseil que l'attitude du général de Manstein au matin du 18 août.

***La division Grenier et la réserve d'artillerie du 4ᵉ corps
entrent en ligne.*** — Au moment où la batterie d'avant-garde
de la 18ᵉ division ouvrait le feu sur Montigny, les troupes de
la division Grenier se rassemblaient pour l'appel de midi; les
hommes n'eurent donc qu'à rompre les faisceaux et à se porter
en avant de leurs bivouacs.

Immédiatement toute la division (à l'exception du 3ᵉ bataillon
du *98ᵉ* laissé en réserve à Montigny) entre en action. Le *5ᵉ* bataillon de chasseurs forme l'extrême droite, déployé sur le chemin
de terre qui mène de La Folie à la maison du garde-barrière.
Les six bataillons de la brigade Bellecourt (*13ᵉ* et *43ᵉ*) se placent
parallèlement à ce chemin et à 300 mètres en arrière, ayant sur
le chemin même de nombreux tirailleurs. Plus au sud, à la brigade Pradier, les trois bataillons du *64ᵉ* s'installent à 100 mètres
environ en avant du chemin de terre, se couvrant par deux compagnies dans la direction de Champenois. Les 1ᵉʳ et 2ᵉ bataillons
du *98ᵉ* occupent à l'extrême-gauche le chemin lui-même.

En même temps les six batteries de la réserve d'artillerie, qui
étaient déjà attelées, se portent en avant. Les deux batteries
de 4 s'installent au sud-ouest d'Amanvillers sur le sommet de
la longue croupe 326-330, que va occuper l'artillerie allemande.
Les quatre autres se mettent en batterie à l'ouest de Montigny,

où elles sont peu après rejointes par les mitrailleuses de la division Grenier. Quant aux deux batteries de 4 divisionnaires, elles vont se placer à la droite des deux batteries de 4 de la réserve d'artillerie, c'est-à-dire, à 500 mètres à l'ouest d'Amanvillers. Toute cette artillerie, après avoir dirigé son feu sur les quelques compagnies allemandes qui débouchent de Vernéville, s'attaque bientôt aux batteries du IXe corps qui ne tardent pas à apparaître sur la croupe 326-330.

En somme l'effet de surprise était médiocre, et, après quelques flottements, l'aile gauche du 4e corps s'était vite ressaisie pour faire face aux Allemands. « Nous avons été surpris, nous nous le rappelons, a dit le général Maillard, mais démoralisés..... ? Non pas. Avec un calme parfait, les hommes ont pris les armes et se sont formés en ordre ; les régiments sont venus, avec une rapidité surprenante, border la position. »

Toutefois il est bien certain que la précipitation avec laquelle avait dû s'engager la division Grenier n'avait pas été sans exercer une influence fâcheuse sur les dispositions qu'elle avait prises. Formé d'une série de croupes parallèles, orientées sud-ouest nord-est, qui localisaient étroitement les vues, le terrain sur lequel allait agir la 2e division du 4e corps n'aurait dû être occupé qu'après une minutieuse préparation. Pour battre les différents couloirs, par lesquels pouvait se présenter l'attaque, il eût fallu rechercher au préalable les emplacements de tir les plus favorables et étudier, avec soin, le flanquement de la ligne de feu. Or, non seulement aucune organisation de ce genre n'avait été prévue, mais devant l'urgence de la situation, la division Grenier, courant au plus pressé, s'était instinctivement arrêtée au premier couvert qu'elle avait rencontré : au lieu de pousser jusqu'aux crêtes militaires des différentes croupes dont il vient d'être question, elle s'était, en majorité, installée le long du chemin de terre de La Folie à la maison du garde-barrière, d'où les vues étaient fort limitées (1).

_____

(1) Le 5e bataillon de chasseurs ne voyait que la lisière est des bois de la Cusse. Le 13e régiment d'infanterie n'avait qu'un étroit champ de tir de 500 mètres. Le 43e battait Champenois mais n'avait aucune action sur la croupe 326-330. Quant au 64e, seules ses deux compagnies de grand'garde voyaient Champenois et L'Envie. Enfin le 98e avait des vues sur L'Envie, mais la lisière nord du bois de la Charmoise lui échappait complètement (d'après la _Revue d'Histoire_).

Remarquons en outre que, dès le premier coup de canon de la
batterie d'avant-garde du IXᵉ corps, avant même que les Allemands aient montré quelque peu d'infanterie, les Français
avaient déployé 12 bataillons sur 13. Conformément aux errements de l'époque, le général Grenier s'enlevait ainsi toute possibilité de manœuvrer et d'ores et déjà se condamnait à l'inaction et à la passivité. On ne manœuvre pas, en effet, avec des
lignes de tirailleurs, mais avec des troupes en main, c'est-à-dire
des troupes massées et disposées en profondeur.

*La division Montaudon (1ʳᵉ du 3ᵉ corps) entre en ligne
à gauche de la division Grenier, en même temps que la
division de Cissey (1ʳᵉ du 4ᵉ corps) se porte à sa droite.* —
Le général Montaudon averti, vers 11ʰ 30, par sa cavalerie, de
l'entrée des Allemands dans Verneville, avait pris immédiatement
ses dispositions de combat. Il avait appelé deux de ses batteries
divisionnaires (1) sur le mamelon 343 (nord-ouest de La Folie),
puis déployé, de part et d'autre de ces batteries, les 1ᵉʳ et 2ᵉ bataillons du *51ᵉ*, ainsi que deux compagnies du *18ᵉ* chasseurs. Le
reste du *18ᵉ* chasseurs, le *62ᵉ* régiment d'infanterie et le 2ᵉ bataillon du *51ᵉ* avaient été maintenus en réserve au sud de La Folie.
Aussi, lorsque à midi les Allemands ouvrent le feu sur Montigny,
le général Montaudon est-il prêt à entrer en action et à apporter
au général Grenier le concours immédiat de la brigade Dauphin,
la seule dont il dispose.

Quant à sa deuxième brigade, la brigade Clinchant (2), dès
11ʰ 45, ainsi que nous l'avons vu plus haut, elle a engagé une
vive fusillade avec l'avant-garde de la 18ᵉ division. L'attaque
de l'artillerie du IXᵉ corps sur Montigny ne la surprend donc
point et vers midi elle occupe solidement, avec le 3ᵉ bataillon
du *95ᵉ*, la corne nord du bois de Génivaux et, avec le 2ᵉ bataillon
du *81ᵉ* et les 1ᵉʳ et 2ᵉ bataillons du *95ᵉ*, le bois de la Charmoise
et ses abords.

De son côté le général de Cissey (1ʳᵉ division du 4ᵉ corps) pré-

_____

(1) La troisième restera en réserve toute la journée à l'est de Leipzig.
(2) La brigade Clinchant (*95ᵉ* et *81ᵉ*) occupait en avant de la position principale
les bois de la Charmoise et de Génivaux.

venu par le général de Ladmirault de l'imminence d'une attaque, avait rassemblé sa division dans ses bivouacs. Au premier coup de canon, elle se porte en avant. La 2ᵉ brigade (*57ᵉ* et *73ᵉ*) dispose cinq de ses bataillons au nord de la voie ferrée, en arrière du mamelon 328. Quant au 3ᵉ bataillon du *73ᵉ* il s'installe dans la tranchée du chemin de fer, poussant ses tirailleurs vers l'ouest dans la direction du bois de la Cusse. La 1ʳᵉ brigade (*1ᵉʳ* et *6ᵉ*) forme ses six bataillons en ligne, à 300 mètres en arrière de la 2ᵉ brigade. Enfin les trois batteries divisionnaires, soutenues par cinq compagnies du *20ᵉ* chasseurs, se mettent en batterie sur le mamelon 328, dont il vient d'être parlé.

Le général de Manstein dirige sur le bois de la Cusse la 25ᵉ division. — Ainsi, contre toute attente, le IXᵉ corps qui croyait attaquer la droite de l'armée française, tombe en plein sur son front. Avec une instantanéité surprenante, les hauteurs qui s'étendent de La Folie à Amanvillers s'allument des feux de nos pièces et de nos fusils, et le général de Manstein commence à se rendre compte du danger que court son aile gauche. Aussi fait-il hâter la marche vers le bois de la Cusse des deux bataillons du 84ᵉ $\left(\frac{F}{84} \text{ et } \frac{I}{84}\right)$, qui forment la tête du gros de la 18ᵉ division, et prescrit-il à la brigade de cavalerie hessoise de « coopérer à la couverture de l'artillerie de corps » pendant que de sa personne il se porte vers le bois de la Cusse.

Au moment où il atteint les boqueteaux situés au nord de Vernéville (vers 12ʰ 15), on lui remet l'ordre du commandant de la IIᵉ armée (ordre de 11ʰ 30) prescrivant au IXᵉ corps, au cas où « l'ennemi aurait sa droite au nord de La Folie, d'éviter tout engagement sérieux, tant que la Garde n'attaquera pas sur Amanvillers ».

La monographie du 18 août, d'habitude si minutieusement documentée sur l'état d'esprit des chefs allemands, se garde bien de nous dire l'effet produit par l'ordre de Frédéric-Charles sur le général de Manstein. En fait, la désobéissance est formelle ; d'ores et déjà la situation du IXᵉ corps est en contradiction flagrante avec les prescriptions du prince : Au lieu d'éviter « tout engagement sérieux » on a déchaîné une véritable bataille, et, ce qui complique la situation, la Garde atteint à peine, à 12ʰ 15, avec sa 1ʳᵉ division, la région d'Anoux-la-Grange. Mais la farouche énergie du commandant du IXᵉ corps n'est pas pour faiblir dans ces circonstances critiques. Le vin est tiré, il s'agit de le boire..... si aigre soit-il..... Du reste, à ce moment, il est loin de voir la situation sous son vrai jour. Il croit encore que la droite française ne dépasse pas Amanvillers, et dans sa pensée il lui suffit d'attendre l'arrivée de la Garde à Habonville, pour reprendre l'attaque et agir de concert avec elle sur Amanvillers.

Dans ces conditions, il prescrit à la 25ᵉ division de marcher sur le bois de la Cusse, pour s'y placer en réserve et y attendre l'arrivée de la Garde, à la 18ᵉ division « de couvrir à droite la ligne des batteries et de tenir solidement Vernéville ». Puis il continue sa route sur Habonville.

Ces ordres sont bientôt mis à exécution et, vers 1 heure, l'infanterie du IXᵉ corps est dans la situation suivante :

A gauche, la 25ᵉ division a son avant-garde (1) groupée face au nord, à 1 kilomètre sud-est d'Habonville; les deux batteries de l'avant-garde sont installées au sud d'Habonville, face à la division de Cissey.

Le gros de la 25ᵉ division (2) commence à se rassembler face au nord dans les terrains libres situés au sud du bois de la Cusse, à l'ouest de la route d'Habonville—Vernéville.

De son côté, la 18ᵉ division occupe Vernéville, organisé défensivement, avec la compagnie de pionniers et le IIᵉ bataillon du 84ᵉ; le boqueteau au nord de Vernéville est tenu par le bataillon de fusiliers du 85ᵉ; enfin, derrière le village, sont massés les quatre derniers bataillons de la division, formant réserve (3).

La 18ᵉ division a, en outre, cinq bataillons en première ligne: dans le bois de la Cusse bordant la lisière nord, face à la division de Cissey, se trouvent le bataillon de fusiliers du 84ᵉ (envoyé vers 12ʰ 15) et les 2ᵉ et 3ᵉ compagnies du 36ᵉ (envoyées dès

---

(1) Colonel de Lyncker (4ᵉ régiment hessois à deux bataillons, 2ᵉ bataillon de chasseurs, 2 batteries). Les régiments hessois sont à deux bataillons.

(2) 1ᵉʳ, 2ᵉ, 3ᵉ régiments hessois, 1ᵉʳ bataillon de chasseurs, 3 batteries.

(3) $\frac{1}{85}$, $\frac{II}{85}$, $\frac{II}{11}$, $\frac{F}{11}$. Le $\frac{I}{11}$ était resté en arrière à la garde des bagages.

11ʰ 50). Quant au 1ᵉʳ bataillon du 84ᵉ (envoyé vers 12ʰ 15) il garnit avec deux compagnies la lisière est, face à Amanvillers; les deux autres compagnies restent à la lisière sud. Toutes ces unités sont soumises à un violent feu d'artillerie et d'infanterie, qui leur cause des pertes très sensibles.

Dans la ferme de L'Envie, les 1ʳᵉ et 4ᵉ compagnies du 36ᵉ se trouvent également dans une situation critique et sont réduites à l'impuissance par la forte ligne de feu du général Grenier.

Enfin, plus au sud, dans la région de Chantrenne, le général de Blumenthal, sentant l'impossibilité de continuer son offensive sur La Folie, groupe les IIᵉ et IIIᵉ bataillons du 36ᵉ ainsi que les 1ʳᵉ, 2ᵉ et 4ᵉ compagnies du 9ᵉ chasseurs et pousse sa ligne de feu à environ 200 mètres à l'est de Chantrenne, face aux lisières de la Charmoise.

Quant au général de Manstein, il atteint à 1 heure la clairière au sud-est d'Habonville. De ce point, il aperçoit l'avant-garde de la 1ʳᵉ division de la Garde, qui, en arrivant à hauteur d'Habonville, est saluée par des projectiles tirés des hauteurs situées au sud-ouest de Saint-Privat. « C'est pour lui une nouvelle surprise. La droite française ne se trouve donc pas encore à Amanvillers, mais plus au nord. Son point d'appui extrême est enfin connu (1). »

Devant cette constatation, le général de Manstein se rend compte qu'il ne peut plus être question d'une attaque enveloppante sur Amanvillers de concert avec la Garde; pour lui, le IXᵉ corps est désormais destiné à mener le combat sur le front et à se maintenir avant tout dans les bois de la Cusse, dont l'importance est à ses yeux primordiale. Quant à la Garde, à son avis, elle n'a plus qu'à se diriger sur Saint-Privat, pour y attaquer l'ennemi.

Le commandant du IXᵉ corps communique aussitôt sa manière de voir au général de Pape, commandant la 1ʳᵉ division de la Garde (2); il ajoute que, pour le moment, le IXᵉ corps n'a pas besoin d'être soutenu, mais que, cependant, en raison du violent combat livré à l'aile droite, il serait bon que la Garde

_____

(1) Communication du major Bronsart (Monographie du 18 août).
(2) Qui se trouve à ce moment près d'Habonville.

laissât une brigade de réserve à Anoux-la-Grange ou à Vernéville.

En même temps, pour renforcer les fractions qui occupent les
bois de la Cusse, il ordonne au colonel de Lyncker, commandant
l'avant-garde de la 25ᵉ division, de pousser avec le 2ᵉ bataillon
de chasseurs hessois jusqu'au chemin de fer et de suivre avec
l'avant-garde. Les cinq batteries hessoises, de leur côté, reçoivent
l'ordre de gagner le terrain à l'est d'Habonville et d'ouvrir le feu
sur l'artillerie de la division de Cissey.

Ces cinq batteries ne vont pas tarder à prendre la supériorité
du feu et à réduire au silence les pièces du général de Cissey. Mais
ce succès n'aura qu'une influence très localisée et l'intervention
des batteries hessoises, au nord des bois de la Cusse, ne sera d'aucune aide à la grande batterie de la croupe 326-330, dont la
situation, ainsi qu'on va le voir, est, dès 1 heure de l'après-midi,
extrêmement critique.

Situation critique de l'artillerie de la croupe 326–330.
— A peine, en effet, les neuf batteries de l'artillerie de corps et
de l'artillerie de la 18ᵉ division ont-elles eu achevé leur déploiement (12ʰ 30), qu'elles se sont trouvées immédiatement exposées
à un violent feu de mousqueterie et de mitraille, partant principalement de la région de Montigny.....

En peu de temps, les pertes sont considérables, surtout à l'aile
gauche, où les batteries obligées, pour riposter, de s'installer en
avant de la crête, se trouvent de ce fait exposées au feu de flanc
venant de la direction d'Amanvillers. La IVᵉ batterie, en particulier, placée à l'extrême gauche, face à Montigny, est bientôt
obligée de se porter à une centaine de mètres en avant, pour
pouvoir tirer sur Amanvillers.

Elle vient à peine de gagner sa nouvelle position (12ʰ 45) que
les mitrailleuses de la division Lorencez (1), devançant leur
infanterie, s'installent au sud-est d'Amanvillers, et couvrent la
batterie allemande d'une rafale de balles. Puis soudain, le tir
des mitrailleuses cesse, et le 3ᵉ bataillon du *13ᵉ* d'infanterie, se

_____

(1) 3ᵉ division du 4ᵉ corps. Cette division ainsi qu'on l'a vu, se trouvait au moment
de l'ouverture du feu sur le plateau Saint-Vincent, face au sud-est.

portant en avant « dans le plus bel élan (1) », bondit sur la IVe batterie, s'empare de deux pièces, et oblige les artilleurs allemands à se retirer vers le bois de la Cusse (2).

Il est alors 1ʰ 15. La situation des batteries allemandes devient de plus en plus critique, et le général de Puttkammer, commandant l'artillerie du IXe corps, se dirige à 1ʰ 30 vers le bois de la Cusse pour réclamer le secours de l'infanterie.

La division Grenier est renforcée par des batteries de réserve du 3e corps et par la division Lorencez. — Ce secours est d'autant plus urgent que, depuis quelque temps, les Français reçoivent d'importants renforts en artillerie.

Dès 1 heure, une des batteries de 4 de la division Lorencez s'est établie sur la chaussée menant au château de Montigny (3). Un quart d'heure après, les deux batteries de 4 et les deux batteries à cheval de la réserve du 3e corps,s'installent au sud de Montigny, à gauche des batteries du 4e corps.

Ce renfort porte à quinze le nombre des batteries françaises qui, de 1 heure à 2 heures, sont en action entre Amanvillers et La Folie. C'est une masse imposante, mais dont malheureusement le commandement n'est pas organisé. Aucune répartition d'objectifs n'est faite; la concentration des feux n'est pas préparée; encore moins s'occupe-t-on de régler la consommation des munitions : bref, chaque capitaine commandant opère pour son propre compte.

Toutefois, malgré ce défaut d'organisation, malgré le faible rendement de son matériel, l'artillerie française, grâce à sa supériorité numérique, peut, non sans avantage, combattre l'artillerie allemande. Elle le peut d'autant mieux qu'en réalité les Français luttent à deux armes contre une. Alors que les Allemands n'ont pas un seul fantassin en avant de leur grande batterie,

---

(1) Rapport du général de brigade Bellecourt.

(2) Les Allemands ne peuvent, faute d'attelages, emmener que deux pièces. Le 3ᵉ bataillon du 13ᵉ ne peut également en emmener que deux. Deux pièces restent abandonnées sur le terrain.

(3) La batterie de mitrailleuses de cette division, nous l'avons vu, est entrée en action vers 12ʰ 45. Quant à l'autre batterie de 4, elle est restée sur le plateau Saint-Vincent.

la division Grenier au contraire a déployé sur son front une nombreuse infanterie — peut-être même trop nombreuse — et tous ces chassepots combinant leur feu avec celui de nos pièces couvrent d'une nappe de projectiles toute la crête 330. Par la force des choses, la liaison des armes s'opère d'elle-même; elle ne va pas tarder à affirmer son irrésistible toute-puissance (1).

Ajoutons en outre qu'à ce moment la division Lorencez (3ᵉ division du 4ᵉ corps), qui, au premier coup de canon, a quitté son bivouac du plateau Saint-Vincent, pour marcher sur Amanvillers, vient d'achever son déploiement et forme réserve en arrière de la division Grenier : seul le 2ᵉ bataillon de chasseurs a été engagé en première ligne, à l'ouest d'Amanvillers, face aux bois de la Cusse. Quant aux quatre régiments d'infanterie, ils sont disposés parallèlement à la division Grenier sur une seule ligne, qui s'étend de la région au sud de La Folie jusqu'au delà d'Amanvillers : le *33ᵉ* et le *15ᵉ* (2) à gauche; le *65ᵉ* et le *54ᵉ* à droite. Enfin, la dernière batterie de la division Lorencez vient s'installer à l'ouest d'Amanvillers en avant du *54ᵉ*.

Ainsi, vers 2 heures, entre Amanvillers et La Folie, c'est-à-dire sur un front de 2 kilomètres, les Français ont accumulé huit régiments d'infanterie, deux bataillons de chasseurs, appuyés par quinze batteries. C'est une véritable sursaturation du terrain et le moment est évidemment venu de passer à une vigoureuse contre-offensive..... Mais ce serait trop demander aux chefs de l'époque et nous allons voir ces deux divisions — dont l'une est intacte — s'épuiser goutte à goutte dans un combat stérile et assister immobiles aux efforts tentés par l'infanterie allemande pour sauver son artillerie.

---

(1) Au dire de la monographie du 18 août, les tirailleurs du 4ᵉ corps étaient si bien dissimulés qu'ils ne se révélaient aux artilleurs allemands que par la fumée ou la lueur de leurs coups. Peut-être y a-t-il là quelque exagération, car déjà à 2 heures, les pertes des régiments de la division Grenier sont très sensibles, et le 64ᵉ qui s'étale sur les pentes descendant sur Champenois est obligé de ramener derrière Montigny ses 2ᵉ et 3ᵉ bataillons assez éprouvés et presque sans munitions. Le général Pradier porte alors en avant la seule unité de la division qui soit en réserve : le 3ᵉ bataillon du 98ᵉ. Mais ce bataillon, au lieu de gagner l'emplacement occupé par les deux bataillons du 64ᵉ, qui se sont repliés, s'installe à gauche de son régiment et laisse ainsi sur la ligne de feu un vide de plus de 300 mètres.

(2) Le 15ᵉ n'a que deux bataillons. Le 3ᵉ est resté dans les carrières d'Amanvillers.

L'infanterie allemande tente vainement de dégager les batteries de la croupe 326-330, qui sont obligées de se retirer. — On se rappelle qu'à 1ʰ 30, le général de Puttkammer, commandant l'artillerie du IXᵉ corps, s'est dirigé vers les bois de la Cusse, pour réclamer le secours de l'infanterie. Déjà, une demi-heure auparavant, il a envoyé dans le même but un de ses officiers d'ordonnance à la lisière est de ces bois, et, à la suite de cette démarche, deux pelotons de la 1ʳᵉ compagnie du 84ᵉ se sont portés en avant de la lisière et à gauche de la position occupée par la IVᵉ batterie lourde, mais devant le feu terrible des Français, ces éléments, après avoir perdu tous leurs officiers et la moitié de leurs hommes, ont dû se replier en arrière.

Peu après, une nouvelle tentative est faite par le capitaine de Stuckradt. Avec quatre pelotons du 84ᵉ, auxquels se sont jointes des fractions du 36ᵉ, cet officier parvient à se porter à environ 200 mètres en avant de la position occupée par la IVᵉ batterie lourde et à s'y maintenir; mais cette poignée d'hommes, soumise à un feu d'une intensité croissante, se trouve dans l'impossibilité de riposter et est réduite à se terrer sur l'emplacement qu'elle a atteint.

Bien qu'il apparaisse jusqu'à l'évidence que tous ces efforts décousus, tentés par des troupes déjà fort éprouvées, ne peuvent qu'aboutir à un échec, le général de Manstein, loin de chercher à monter une action d'ensemble, va encore s'arrêter à des demi-mesures. Il a sous la main sept bataillons de la division hessoise (1), qui, à cet instant même, commencent à se diriger sur la lisière nord du bois de la Cusse, pour s'y former en réserve derrière la voie ferrée. C'est évidemment le moment de les faire agir en forces sur Amanvillers avec l'appui des batteries hessoises, et sous la direction d'un seul chef : il n'est pas d'autre moyen de sauver l'artillerie de la croupe 330.

Mais toujours hanté par la crainte de perdre la liaison avec la Garde, il n'ose s'y résoudre. Après avoir engagé la lutte avec une imprudence déconcertante, il témoigne maintenant d'une circonspection et d'une timidité exagérées. Il s'adresse à la fois à ses deux divisionnaires, et sans chercher à coordonner leurs efforts,

---

(1) 1ᵉʳ, 2ᵉ, 3ᵉ régiments hessois, 1ᵉʳ bataillon de chasseurs hessois.

il prescrit au général Wrangel, commandant la 18ᵉ division de porter au secours de l'artillerie le bataillon de fusiliers du 85ᵉ (1), en même temps qu'il ordonne au prince de Hesse, commandant la 25ᵉ division, « d'occuper avec le 3ᵉ hessois le bois de la Cusse et de pousser de l'avant, pour soutenir l'artillerie de corps très compromise ».

En exécution de cet ordre, le colonel du 3ᵉ hessois — qui se trouve avec son régiment à 1.500 mètres au nord de Vernéville — dirige son IIᵉ bataillon sur la lisière est du bois et le Iᵉʳ bataillon sur la gauche de la ligne des batteries. Mais ce dernier, surpris par un feu violent dans une formation trop dense, est repoussé, fait demi-tour et vient se placer dans le bois derrière le IIᵉ bataillon. Le 1ᵉʳ bataillon de chasseurs hessois est aussitôt envoyé à son secours; il cherche lui aussi à progresser en terrain découvert, subit le même sort que le bataillon précédent et rentre également sous bois (vers 2 heures).

Quant au bataillon de fusiliers du 85ᵉ (de la 18ᵉ division) il n'est pas plus heureux. Après avoir déposé ses sacs, il se jette dans un magnifique élan sur la croupe 330 à la gauche des batteries (vers 2ʰ 15), mais subissant des pertes considérables, il ne peut s'y maintenir et est obligé de replier ses débris sur le bois de la Cusse.

La retraite de ce bataillon marque la fin de la lutte inégale soutenue depuis 12ʰ 30 par l'artillerie du IXᵉ corps. Vers 2ʰ 30, en effet, le colonel Darapsky, commandant l'artillerie de corps, ordonne la retraite par échelon de batteries. Les quatre batteries de l'artillerie de corps et la batterie de gauche de l'artillerie de la 18ᵉ division se retirent successivement et se rassemblent au nord de Vernéville. A 3 heures, le mouvement est terminé et il ne reste plus en face de la division Grenier que trois batteries de la 18ᵉ division, auxquelles va bientôt venir se joindre la batterie à cheval hessoise (2).

---

(1) Qui se trouvait depuis 1ʰ 15 dans le petit bois au nord de Vernéville.

(2) On se rappelle que la brigade de cavalerie hessoise, à laquelle était attachée la batterie à cheval èn question, avait reçu vers 12ʰ 10 l'ordre de coopérer à la couverture de l'artillerie de corps. La brigade de cavalerie devançant l'avant-garde de la 25ᵉ division s'était aussitôt dirigée vers Habonville, mais accueillie au débouché nord des bois de la Cusse par le feu violent de la division de Cissey, elle s'était rejetée sous bois et avait gagné Anoux-la-Grange. La batterie d'artillerie, de son côté, s'était mise

Considérations. — Ainsi l'échec du IXe corps est complet et le général de Manstein paie chèrement les erreurs d'un commandement trop impulsif.

Certes, depuis 11 heures, son activité n'a pas faibli un instant, mais que de fautes n'a-t-elle pas accumulées!

Après avoir placé ses batteries dans la plus critique des situations, il ne fait rien ou à peu près pour chercher à les dégager. L'envoi de deux compagnies sur L'Envie, les efforts successifs tentés à la lisière est des bois de la Cusse, toutes ces mesures décousues sont illusoires et fatalement vouées à l'impuissance, parce que la liaison des armes n'est pas assurée. Le IXe corps, en effet, se trouve enfermé dans un cercle vicieux. Son artillerie, lancée sans soutien sur une position des plus aventurées, est trop préoccupée de se défendre elle-même, pour qu'elle puisse songer à appuyer les efforts de son infanterie : les deux armes travaillent donc chacune pour leur propre compte, c'est assez dire que leur échec est inévitable.

D'ailleurs, à supposer même que l'infanterie des bois de la Cusse fût arrivée à déboucher des lisières est de ces bois, et à s'installer, en forces, à gauche et à hauteur de l'artillerie de la cote 330, cette artillerie n'en était pas moins irrémédiablement compromise, car il ne suffisait pas de couvrir les ailes de la ligne de batteries, il fallait, avant tout, *en raison de la faible portée du fusil allemand*, assurer la sécurité de son front par l'occupation de Champenois et de ses abords.

Cette condition, le général de Manstein à aucun moment n'a cherché à la réaliser, et c'est en vain que, pour l'excuser, la monographie du 18 août écrit : « En 1870, on considérait dans l'armée allemande tout tir par-dessus les troupes comme dangereux. Dans un ordre adressé à son armée le 31 juillet 1870, au cours des marches de concentration, Frédéric-Charles disait expressément qu'un tir par-dessus d'autres troupes était à éviter, et qu'il ne pouvait être exécuté très exceptionnellement que par-dessus des lignes de tirailleurs. Au cas où l'artillerie se trouvait masquée par d'autres troupes, il était indispensable, ajoutait le

en batterie à la lisière sud des bois de la Cusse un peu en arrière de la gauche des batteries du IXe corps, et avait été obligée elle aussi, après quelques coups de canon, de se retirer sur Anoux-la-Grange (vers 1 heure). Peu après 3 heures, elle se reportait en avant à la droite des batteries de la 18e division.

prince, qu'elle se portât en avant et qu'elle les suivît dans la zone des feux d'infanterie. »

Soit, mais il n'en est pas moins vrai que depuis longtemps, à la IIᵉ armée, on tenait pour caduques les instructions du 31 juillet et le 6, et le 16 août, l'artillerie du prince Frédéric-Charles ne s'était pas fait faute de tirer par-dessus les lignes de son infanterie.

Aussi, pour nous, la grave erreur commise par le général de Manstein est-elle imputable beaucoup plus à la précipitation dont il fit preuve dans la circonstance qu'au souci de se conformer à des prescriptions, qui étaient tombées en désuétude, du jour où le premier coup de canon de la campagne avait été tiré.

Au reste, de la part du commandant du IXᵉ corps, de pareils scrupules ne peuvent que nous étonner et il suffit de jeter sur la situation de son corps d'armée à 3 heures un rapide coup d'œil, pour se convaincre qu'il sait à l'occasion secouer d'un cœur léger la tutelle de ses supérieurs.

Contrairement aux ordres formels du prince Frédéric-Charles, non seulement il s'est lancé à l'attaque de l'ennemi avant que la Garde soit en mesure de l'appuyer, mais cette attaque s'est produite dans de si fâcheuses conditions, que la capacité offensive de son corps d'armée est pour le moment annihilée, bien qu'il n'ait pas encore épuisé toutes ses réserves.

Formant deux groupements inégaux, reliés entre eux par une artillerie désemparée, le IXᵉ corps n'a plus que huit bataillons et demi dans la région Vernéville—Chantrenne — sa direction initiale, ne l'oublions pas — alors qu'aux abords du bois de la Cusse et dans le bois lui-même sont accumulés quatorze bataillons et demi et cinq batteries.

Bien entendu, on n'a pas manqué à ce propos de souligner l'attirance que les bois exercent toujours sur les troupes. Pauvres bois! Dans le cas particulier qui nous occupe, sont-ils vraiment responsables des méfaits dont on les couvre? Nous nous permettons d'en douter.

Qu'à la place des bois de la Cusse il se fût trouvé un point d'appui, un couvert, une ride de terrain quelconque, il est fort probable que le même phénomène d'attraction se serait produit. Car si le général de Manstein a déplacé vers le nord le centre de gravité de son corps d'armée, c'est avant tout parce qu'il a agi

sous l'influence de la surprise. Surpris, certes il l'a été, et comme
en pareil cas le danger qu'on ne prévoyait point paraît toujours
le plus pressant, il a porté toute son attention sur sa gauche où
apparaissait l'ennemi, négligeant complètement la direction de
La Folie, qui cependant était intéressante à plus d'un titre.

Cette nouvelle orientation donnée au IXe corps était grosse
de conséquences. D'abord, se trouvant en contradiction formelle
avec les ordres du maréchal de Moltke et du prince Frédéric-
Charles, elle risquait de compromettre le plan d'ensemble suivant
lequel devaient s'engager les armées allemandes.

Elle avait en outre le grave inconvénient de laisser entre la
droite du IXe corps et la gauche du VIIIe corps un vide qui
n'était tenu que par deux escadrons du 6e dragons étroitement
pelotonnés à la corne nord-ouest du bois de Génivaux.

Il va sans dire qu'une ligne de bataille ne doit pas forcément
être une ligne continue. Mais c'est à la condition essentielle que
les espaces non occupés soient parfaitement battus par les feux
des unités placées latéralement à droite et à gauche. Ici ce n'était
évidemment point le cas, et le 3e corps français, utilisant le couvert des bois de Génivaux, pouvait en toute liberté déboucher
entre Vernéville et La Malmaison, avant que les quelques bataillons installés dans ces deux points d'appui fussent en mesure
d'intervenir efficacement.

Il y avait donc entre le VIIIe et le IXe corps une véritable
solution de continuité, et de cette grave lacune le IXe corps était
en grande partie responsable. Sans doute, l'ordre lancé par de
Moltke, le 17 août, à 2 heures de l'après-midi, ordonnait au
VIIIe corps de se lier avec la gauche de la IIe armée, mais cette
prescription ne visait évidemment que le cas de la marche vers
le nord, alors que la direction était donnée à gauche par le
XIIe corps, formant échelon de tête. Par contre, dès que le vaste
mouvement de conversion face à l'est était commencé, la situation changeait du tout au tout : c'est à droite, c'est-à-dire du côté
du pivot, que se trouvait la direction, et chaque corps d'armée,
au moment où il entrait en ligne, devait, sans autres ordres,
lier son action avec celle de son voisin de droite.

Or, ainsi que nous l'avons vu, l'activité du général de Manstein
s'exerce dans un sens complètement opposé. Comme l'apparition

successive des forces françaises au nord de La Folie, puis au nord d'Amanvillers, l'inquiète et le surprend, il ne cherche qu'à gauche une liaison, qui devait être assurée par la Garde, alors qu'à droite il s'en remet de ce soin au VIIIᵉ corps, qui, de par sa situation et sa mission, ne pouvait, sans se compromettre gravement, s'étendre vers le nord au delà de La Malmaison.

En résumé, une aile droite anémiée et complètement isolée, un centre qui n'existe plus, une aile gauche congestionnée, mais impuissante à fournir un effort d'ensemble, voilà, à 3 heures, la situation faite au IXᵉ corps par le général de Manstein.

Toutefois, si critiquables que soient les dispositions prises par le commandant du IXᵉ corps, il faut bien reconnaître que son geste énergique n'est pas inutile. Telle est la puissance intrinsèque de l'offensive que, quoi qu'il arrive, ses efforts ne sont jamais complètement infructueux. En cherchant obstinément le contact, non seulement le général de Manstein permet au commandant de la IIᵉ armée de déterminer exactement l'étendue de la droite française, mais, chose plus importante encore, il démoralise son adversaire, lui impose sa volonté et prend sur lui une supériorité que les pertes les plus sanglantes pourront peut-être affaiblir mais non pas supprimer.

« Toute ma vie, dit le général Cardot, alors lieutenant dans un des régiments de la division Grenier, je garderai le souvenir de l'impression pénible que j'ai éprouvée le 18 août, quand le premier obus de Vernéville éclata à côté de mon bataillon à Mon-tigny-la-Grange. Nous étions en train de déjeuner; je jetai ma serviette sur ma cantine et je courus aux faisceaux avec les autres, mais je dus lutter pendant quelques instants dans mon for intérieur contre cette impression ou dépression — car c'était bien une dépression. Ce n'était pas seulement l'effet de surprise de ces coups de canon qui m'agaçait : les coups de canon, même attendus, sont toujours inattendus au moment où ils arrivent, et le champ de bataille est le paradis des surprises; non, ma pensée très nette, trop nette, était autre. Ils nous attaquent encore; ils nous cherchent et nous ne les cherchons point. Ils prennent le contact; ils nous l'imposent; ils ont barre sur nous! Je sentais enfin la mainmise d'une volonté plus forte que la nôtre!

« Dans la bagarre je me débarrassai bien vite de ce sentiment

pénible — je n'étais que lieutenant —, mais comme il a pesé sur
l'attitude, sur les actes du commandement, et comme il explique
bien sa paralysie! Je ne parle point de la paralysie d'en haut, du
cerveau, qui était déjà un fait accompli, mais de la paralysie des
organes, qui fut incurable et qu'aucune des fautes de l'adversaire ne devait plus secouer.

« Chercher l'ennemi, prendre le contact, l'imposer, ne point le subir, mais c'est prendre du poil de la bête, comme on dit. C'est une
première victoire sur l'ennemi du dehors, sans doute, mais surtout
sur l'ennemi du dedans — le premier et le plus difficile à vaincre. »

Hélas! cette première victoire dont parle le général Cardot,
le combat d'Amanvillers ne la met que trop en lumière, et malgré
ses fautes, malgré sa situation critique, le général de Manstein ne
tardera pas à recueillir la récompense de sa vigoureuse et téméraire offensive.

Le 4e corps, en effet, subissant l'ascendant d'une volonté supérieure à la sienne, va, dès le début de l'action, prendre l'attitude
d'une troupe déjà résignée à la défaite. Moralement déprimé par
la crânerie de son adversaire, il ne pourra que s'obstiner dans les
funestes méthodes de combat, alors en honneur dans l'armée
française et s'enlizera dans la plus complète défensive.

Et cependant, entre 2 heures et 3 heures, quelle magnifique occasion s'offrait à l'armée française de punir le IXe corps de son audacieuse attaque! Supériorité du feu d'artillerie, supériorité du
feu d'infanterie, abondance de réserves, fatigue visible de l'ennemi, toutes les conditions se réunissaient pour lui permettre de
tenter avec un succès presque certain une contre-offensive en
avant du front. Pas de combinaisons profondes, pas de mouvements compliqués ni de savante escrime; les quatre divisions
d'infanterie établies dans la région d'Amanvillers n'avaient qu'à
se lever simultanément, à dévaler les pentes du plateau et à
bondir droit sur l'ennemi. Qu'on imagine la division de Cissey
se dirigeant sur le bois de la Cusse, les divisions Grenier et Lorencez s'aiguillant en profondeur sur Vernéville, pendant que la
division Montaudon débouche à gauche des bois de Génivaux,
et que la division de cavalerie de Gondrecourt suit en deuxième
ligne, prête à exploiter le succès de l'infanterie! C'est certes plus
qu'il n'en faut pour culbuter le IXe corps désemparé, couper

en deux tronçons les armées allemandes..... et ramener la victoire sous nos drapeaux.

Quel beau rêve, et qui aurait pu si facilement devenir une
réalité! Car tous ces braves gens, qui s'immobilisaient le long du
chemin de terre de La Folie à Sainte-Marie, étaient capables de
faire autre chose que tirailler du haut de leurs positions. Quelques
années auparavant, sur les champs de bataille de Crimée et
d'Italie, ils avaient étonné le monde par leur entrain et leur
audace, ils avaient rendu légendaire la *furia francese;* et c'est à
eux que Napoléon III avait pu dire, non sans raison, à la veille
de Magenta : « Je ne crains que votre trop grand élan. »

Qu'était donc devenue leur valeur guerrière? Leur cœur était-il
moins chaud, leur courage moins ardent? Non certes, le pur
métal, dans lequel était forgée l'âme de l'armée française, n'avait
subi aucune altération, mais le creuset avait été modifié, le moule
avait été déformé. Depuis les glorieuses étapes de 1855 et 1859,
un fait en apparence insignifiant s'était produit, opérant un bou-
leversement complet. Un nouveau fusil — le chassepot — avait
été donné à l'infanterie : outil merveilleux pour l'époque, et qui
avait déchaîné un véritable engouement. Des expériences faites
sur les polygones on avait conclu que le feu produisait de tels
effets destructeurs qu'on pouvait s'en remettre à sa seule puissance du soin de refouler l'ennemi. « On avait montré aux officiers des panneaux criblés de balles, à 700 ou 800 mètres; on leur
avait raconté que désormais il était impossible de s'exposer à
découvert au feu du fusil sous peine d'une destruction complète
et nos soldats embusqués attendaient les Prussiens, se croyant
sûrs de les traiter comme les panneaux du camp..... (1) »

Bref, les qualités balistiques de l'arme avaient eu raison des
qualités morales de la race et notre belle énergie d'antan « était
restée dans les landes du camp de Châlons ». Se défendre immobiles sur des positions, faire de la conservation de ces positions
le but final de la bataille, tel était alors le dernier cri de la tactique
française.

Est-il besoin de souligner l'erreur de cette décevante théorie,

---

(1) Lieutenant-colonel BOISSONNET, *Un peu de tactique* (*Revue Militaire générale*,
avril 1907).

à laquelle les faits allaient d'ailleurs donner le plus éclatant dé-
menti?

Se condamner de prime abord à l'immobilité, ne voir dans la
bataille qu'une défense inerte de belles positions à coups de fusil
et de canons, mais c'est nier l'essence même de la guerre. Car la
guerre ne se conçoit pas sans le mouvement, sans l'action, sans
l'offensive. « *Agere bellum*, disaient les Romains, faire la guerre,
c'est agir, c'est se mouvoir (1). »

Certes, le feu est un facteur important du combat, mais il est
loin d'en être le plus essentiel, — les inutiles tirailleries de la
guerre russo-japonaise en sont la preuve, — et dans la force vive
(mv^2) nécessaire pour détruire l'ennemi, la masse de plomb (m)
lancée sur lui serait de bien peu de valeur, si le facteur mouvement (v^2), décuplé par la force morale, dont il s'accompagne toujours, ne venait porter à la plus haute puissance la somme des
efforts dépensés au cours de la lutte (2).

En réalité, la défensive n'est pas un *mode de combat*, elle n'est
qu'un *moment du combat*. Ce n'est, comme l'a dit Bugeaud,
qu'une « fâcheuse extrémité », à laquelle on ne doit se résoudre
qu'avec l'arrière-pensée de passer à une contre-offensive ultérieure. Sans doute, dans les règlements et les traités didactiques,
on a coutume d'opposer la forme offensive à la forme défensive,
mais il est bien entendu que ce n'est là qu'un procédé commode
d'instruction et que seul le mouvement, seule l'offensive permettent d'arriver au succès. « Vaincre, c'est avancer. »

Qu'on nous pardonne cette trop longue digression sur la défensive. Peut-être paraîtra-t-elle superflue, car notre armée, revenant aux saines et vieilles traditions nationales, a depuis longtemps fait litière des funestes doctrines, qui ont conduit à sa
perte l'armée de 1870. Mais cependant il n'est pas sans intérêt
d'insister sur ce sujet; l'histoire est un perpétuel recommence-
ment et à chaque perfectionnement de l'armement reparaissent
les mêmes errements, les mêmes théories, qu'on affuble d'un

---

(1) Colonel MAILLARD, *Éléments de la guerre*.

(2) En disant ceci, nous n'entendons pas prétendre que le succès de l'attaque
réside dans une augmentation de vitesse. Avec l'armement actuel, il n'y faut point
songer. Ce que nous voulons dire, c'est qu'il est illusoire de chercher à débusquer un
ennemi, si au feu ne vient pas se joindre le mouvement.

faux nez, pour leur donner un air de jeunesse. « Il est un fait remarquable, a dit le général Langlois (1). A chaque progrès important dans les armes de guerre, les mêmes opinions se font jour infailliblement et toujours l'histoire les démontre fausses ; encore aujourd'hui, à propos des conséquences des poudres sans fumée et des armes à tir rapide, reparaissent les mêmes théories : supériorité de la défensive, utilisation des extrêmes portées des armes à feu, préparation lointaine de l'attaque par l'artillerie, immobilité de l'artillerie pendant l'attaque, diminution de l'importance de la cavalerie, impossibilité d'une attaque de front, nécessité des mouvements tournants, etc., etc.

« Il nous semble nécessaire d'étouffer à leur naissance même de pareilles doctrines, qui ne tendent à rien moins qu'à nous paralyser, à détruire les qualités guerrières les plus précieuses de notre race, à nous rendre timides, alors que la rapidité des progrès à l'heure actuelle demande l'audace et la rapidité dans les conceptions, l'audace et la rapidité dans la préparation à la guerre, l'audace et la rapidité dans l'exécution. »

Cette audace et cette rapidité, qui ne se conçoivent point sans l'offensive, sont en effet des conditions premières du succès à la guerre, mais qu'on ne l'oublie pas, nous parviendrons à les réaliser non pas tant en perfectionnant nos canons et nos fusils qu'en perfectionnant les cœurs de ceux qui sont appelés à s'en servir : « Le secret de la victoire est dans le cœur des hommes », a dit Maurice de Saxe.

II — L'attaque de Sainte-Marie-aux-Chênes

Le 6ᵉ corps fait face à l'attaque de la 1ʳᵉ division de la Garde. — Placé à l'aile droite de l'armée française, le 6ᵉ corps, de par sa situation, avait à jouer, le 18 août, un rôle de première importance. Il était facile de prévoir que sur lui les Allemands porteraient un effort décisif, et, si le maréchal Bazaine eût été soucieux de ses devoirs, il n'eût pas manqué de donner au commandant du 6ᵉ corps des instructions spéciales sur la mission particulièrement délicate qui lui était dévolue.

---

(1) *L'Artillerie en liaison avec les autres armes.*

Tout au moins eût-il été indispensable de déterminer l'ensemble de la position à défendre, le point d'appui extrême de la droite (1) et de faire connaître au maréchal Canrobert s'il pouvait compter sur l'appui éventuel de la réserve générale de l'armée.

Or, loin d'éclairer son subordonné sur ces différents points, le maréchal Bazaine ne lui avait donné que de brèves indications, dont la forme conditionnelle cachait mal l'imprécision.

Lorsque, le 17 août, le maréchal Canrobert avait fait part au grand quartier général des craintes que lui inspirait la situation de son corps d'armée à Vernéville, le général en chef lui avait répondu : « Je vous autorise à quitter cette position et à aller vous établir sur le prolongement de la crête occupée par les autres corps. Vous *pourriez* occuper Saint-Privat et vous relier par votre gauche au 4e corps établi à Amanvillers. »

Le 18, à 10 heures du matin, il lui avait adressé une nouvelle lettre (2), dans laquelle il disait : « Installez-vous le plus solidement possible sur vos positions. Reliez-vous bien avec la droite du 4e corps. Que les troupes soient bien campées sur deux lignes et sur un front aussi restreint que possible... » Puis il ajoutait qu'il faisait reconnaître des positions plus en arrière, et qu'en cas de repliement de l'armée sur ces positions le 6e corps aurait à jouer le rôle d'arrière-garde, en tenant solidement Saint-Privat. Mais sur cette bataille, qui s'annonçait comme imminente, sur cet ennemi dont on pouvait déjà voir les longues colonnes se profiler dans la plaine, aucun renseignement, pas la moindre précision, bref, rien qui pût éclairer le 6e corps sur la ligne de conduite à suivre.

De son côté, le maréchal Canrobert, il faut bien le reconnaître, n'avait point cherché à parer à ce manque d'ordres et de directives. Durant toute la matinée, nous l'avons vu, il ne se prépare pas à la lutte, et c'est en vain qu'on chercherait la réalisation d'un plan mûri d'avance dans les dispositions successives qu'il prend à partir de midi. Surpris par les événements, le héros de Zaatcha n'écoutera que son ardeur, et dépensera son activité généreuse en improvisations souvent discutables.

---

(1) Qui, par le fait même, était le point d'appui extrême de la droite de l'armée.
(2) Arrivée à Saint-Privat à 1ʰ 30.

A midi, son corps d'armée est ainsi disposé face à l'ouest. La division Levassor (4ᵉ division) se trouve entre le 4ᵉ corps et Saint-Privat, la division La Font de Villiers (3ᵉ division) entre Saint-Privat et Roncourt, la division Bisson (2ᵉ division réduite au 9ᵉ régiment d'infanterie) forme crochet défensif à l'est de Roncourt, et la division Tixier (1ʳᵉ division) est en réserve à l'est de Saint-Privat; quant aux escadrons du général du Barail, ils occupent encore leurs emplacements de bivouac à l'ouest de Saint-Privat.

Bien que manquant de profondeur, ce dispositif n'est pas sans présenter quelques avantages; il est simple, répond à l'idée d'une vigoureuse défense du plateau dont Saint-Privat marque le centre, et, grâce au maintien en réserve d'une division tout entière, permet d'exercer, au moment voulu, une puissante action extérieure.

Une heure plus tard, à peine la 1ʳᵉ division de la Garde a-t-elle montré quelques paquets d'infanterie vers Habonville, et déployé au nord-ouest de ce village ses quatre batteries, que le maréchal Canrobert modifie complètement le dispositif de son corps d'armée.

Au nord de Saint-Privat, il ne laisse plus face à l'ouest que la 2ᵉ brigade (91ᵉ et 75ᵉ) de la division La Font de Villiers, deux bataillons du 9ᵉ régiment et la division du Barail. Tout le reste du corps d'armée, c'est-à-dire deux divisions et une brigade est reporté dans la région au sud-ouest de Saint-Privat.

La division Levassor a ses deux brigades déployées l'une derrière l'autre, face au sud-ouest, la gauche de la 1ʳᵉ brigade (25ᵉ et 26ᵉ) appuyée au 4ᵉ corps, la droite à 800 mètres au sud-ouest de Saint-Privat.

En arrière de la division Levassor vient se masser la division Tixier tout entière (sauf un bataillon du 12ᵉ).

Enfin la 2ᵉ brigade de la division La Font de Villiers reçoit l'ordre d'occuper Sainte-Marie-aux-Chênes, face au sud avec deux bataillons et demi du 94ᵉ et de se relier à la droite de la division Levassor avec deux bataillons et demi du 93ᵉ.

Trois compagnies du 93ᵉ, trois compagnies du 94ᵉ, un bataillon du 12ᵉ, un bataillon du 9ᵉ doivent former la garnison de Saint-Privat.

Quant à l'artillerie, elle afflue elle aussi à l'aile gauche du corps d'armée. Les huit batteries (1) des 1re et 4e divisions sont déployées sur les pentes situées au sud-ouest de Saint-Privat. Deux des batteries de la 3e division $\left(\dfrac{5 \text{ et } 6}{14}\right)$, bientôt rejointes par les deux batteries à cheval de la division du Barail $\left(\dfrac{5 \text{ et } 6}{19}\right)$, ne tardent pas à venir s'installer à l'ouest et au nord-ouest de Saint-Privat pour prendre part à la lutte entamée par les huit batteries précédentes. Seule la 3e batterie de la 3e division $\left(\dfrac{7}{14}\right)$ restera sur le plateau Saint-Privat—Roncourt.

Certes, loin de nous la pensée de critiquer cette concentration de l'artillerie vers la gauche du corps d'armée. Cette arme, toujours disponible, à condition qu'elle s'engage avec prudence, ne saurait entrer en ligne de trop bonne heure, et il est certain que si l'action des douzes batteries déployées à l'ouest et au sud de Saint-Privat eût été coordonnée, les résultats eussent été tout autres qu'ils le furent dans la réalité. Mais par contre, que dire des dispositions adoptées par l'infanterie. La 2e brigade de la 3e division, répartie face au sud-ouest, en avant de la route Saint-Privat—Sainte-Marie et dans Sainte-Marie même, fiche complètement dans la direction par où se présentera le corps saxon et se trouve dans une situation d'autant plus critique qu'aucune réserve ne l'appuie (2). Derrière elle il y a bien l'autre brigade de la 3e division, déployée de Roncourt à Saint-Privat, mais elle est trop éloignée pour pouvoir agir efficacement vers Sainte-Marie, et son dispositif en ordre linéaire paralyse son aptitude à la manœuvre.

Ainsi donc l'aile la plus menacée, celle sur laquelle se porteront vraisemblablement les efforts des Allemands, au lieu d'être étroitement concentrée, s'épanouit à partir de Saint-Privat sui-

---

(1) La 4e division n'avait que deux batteries; la 1re division en avait six.

(2) Nous verrons plus tard que le *94*^e, placé dans Sainte-Marie, jouera, en qualité de détachement avancé, un rôle de première importance et gênera singulièrement les combinaisons des Allemands; mais ce rôle, le commandement français ne l'aura pas prévu, et le *94*^e le remplira inconsciemment et en quelque sorte par la force des choses.

vant deux directions divergentes, sur Sainte-Marie, d'une part, sur Roncourt, d'autre part.

Quant à la 1ʳᵉ division — réserve du 6ᵉ corps — qui de toute évidence devait renforcer l'aile droite, elle est transportée à la gauche du corps d'armée, où elle n'aura que faire et d'où, sous la pression des événements, on la rappellera bientôt. Le commandement français pouvait-il montrer plus crûment l'indigence de ses conceptions, l'absence totale d'un but nettement défini?

Quel contraste avec ce qui se passe à quelques kilomètres plus à l'ouest, dans les rangs de la Garde et du XIIᵉ corps! Ici, il y a une mission, un but, que tout le monde connaît et à la réalisation duquel tout le monde travaille. Il s'agit, selon les ordres du maréchal de Moltke et du prince Frédéric-Charles, d'attaquer l'aile droite française en l'enveloppant. Cette aile droite, au moment où la bataille commence, le chef d'état-major général ainsi que le commandant de la IIᵉ armée ignorent jusqu'où elle s'étend. Mais les exécutants, grâce à leur initiative, redresseront, d'eux-mêmes et successivement, l'erreur du haut commandement et de ses prescriptions ne retiendront que l'idée essentielle d'attaque et d'enveloppement. Cette idée simple, ils ne la perdront pas de vue un seul instant, ils s'en pénétreront, et grâce à leur ténacité, finiront par nous l'imposer et par réaliser ainsi le but qui leur a été assigné.

La Garde s'avance d'Habonville sur Saint-Ail et sur Sainte-Marie. — On se rappelle que la Garde, dirigée tout d'abord sur Vernéville, avait, de sa propre initiative, en apprenant la présence des camps français à Saint-Privat, poussé sur Habonville sa 1ʳᵉ division (1) et l'artillerie de corps. De son côté, le prince Frédéric-Charles avait approuvé cette décision et avait donné l'ordre à la 2ᵉ division de marcher également sur Habonville.

---

(1) Ordre de marche de la 1ʳᵉ division de la Garde : avant-garde : régiment de fusiliers de la Garde, une batterie légère, bataillon de chasseurs, distance 400 mètres. Gros : trois batteries divisionnaires, 2ᵉ brigade d'infanterie, 1ʳᵉ brigade d'infanterie, compagnie de pionniers, cinq batteries de l'artillerie de corps. Les bataillons marchent massés les uns derrière les autres. Les cinq batteries de l'artillerie de corps sont en bataille les unes derrière les autres.

Vers 12ʰ 45, le général de Pape, commandant la 1ʳᵉ division, suivi de son état-major, s'avance sur la hauteur au nord d'Habonville : « D'après les renseignements des hussards de la Garde, il sait que l'ennemi est à Sainte-Marie et à Saint-Privat. De l'endroit où il se trouve, il peut compter environ vingt bataillons auprès de ce dernier village, et il voit au sud et à l'ouest de nombreuses batteries en position, qui enveloppent dans un vaste arc de cercle l'aile gauche du IXᵉ corps. A sa droite, il aperçoit la division hessoise dans les boqueteaux au sud d'Habonville, ainsi que d'autres fractions du IXᵉ corps, qui sont engagées au sud-est dans un violent combat. Quant à la brigade de cavalerie hessoise, poursuivie par le feu de l'artillerie française, elle se replie à ce moment sur Anoux-la-Grange. Dans ces conditions, il se rend compte qu'il ne peut marcher sur Amanvillers, sans exposer son flanc et ses derrières aux coups de l'ennemi, installé sur le plateau de Saint-Privat et pressent que c'est sur ce plateau qu'il faut chercher la décision comme on l'a cherchée à Chlum, le 2 juillet 1866.

« Sachant, d'autre part, que la 2ᵉ division de la Garde le suit, que le corps saxon s'avance de Jarny, il décide de marcher à l'ouest de la ligne Habonville—Saint-Ail—Sainte-Marie sur Auboué, Montois et Malancourt pour, de là, prendre en flanc et par derrière la position de Saint-Privat (1). »

En même temps, pour assurer son flanc droit et secourir le IXᵉ corps, il prescrit à son artillerie divisionnaire de s'installer au nord du bois de la Cusse. Quant à l'avant-garde, elle reçoit l'ordre de s'engager dans le ravin d'Auboué, et de jeter un bataillon dans Habonville, afin de couvrir le déploiement des batteries de la 1ʳᵉ division (2).

A ce moment, le prince de Wurtemberg, commandant la Garde, arrive à l'ouest d'Habonville. Il voit l'ensemble de la situation, reçoit du général de Pape le compte rendu des dispositions qui viennent d'être arrêtées, et décide aussitôt d'appeler sur Habonville la 2ᵉ division de la Garde.

(1) Souvenirs du général de Pape (Monographie du 18 août).

(2) Mais cette artillerie, disposée trop loin de l'adversaire, amènera bientôt ses avant-trains et quittera sa position où elle sera remplacée par les batteries hessoises, pour aller s'installer au nord-ouest d'Habonville.

Quelle unanimité de vues ! Quelle entente entre tous ces chefs !
Le prince de Wurtemberg ignore que la 2ᵉ division de la Garde
a déjà été aiguillée sur Habonville par une intervention directe
du commandant de la IIᵉ armée, et cependant son premier ordre,
dès qu'il arrive sur le terrain de la lutte, est pour confirmer
inconsciemment les prescriptions de son chef.

A l'échelon inférieur, l'accord n'est pas moins intime. Voyant
les batteries de la 1ʳᵉ division s'installer au sud d'Habonville,
le prince de Wurtemberg prescrit à l'artillerie de corps de prolonger cette ligne de batteries. L'artillerie de corps de la Garde —
on s'en souvient — avait l'ordre de marcher derrière l'infanterie de la 1ʳᵉ division ; mais son chef, le colonel de Scherbening, dès qu'il a entendu le canon du IXᵉ corps, s'est porté sur la
hauteur de Jouaville. Apercevant de l'artillerie française sur le
plateau de Saint-Privat, il a immédiatement porté ses batteries
en tête de la 1ʳᵉ division, où l'ordre du prince de Wurtemberg
vient le trouver. Il est donc en situation de l'exécuter immédiatement et, sans attendre d'être soutenu par l'infanterie, il franchit la voie ferrée, et installe ses batteries à la gauche de celles de
la 1ʳᵉ division.

Certes, il faut bien reconnaître que ce déploiement était dans
le cas actuel des plus dangereux (1) ; il n'y avait alors dans Saint-
Ail pas le moindre fantassin, et les batteries de la Garde, ainsi
lancées sans soutien, eussent pu payer cher leur audace.

Mais, toutefois, ne critiquons pas trop le colonel de Scherbening, car son geste, si imprudent soit-il, comporte un précieux
enseignement, sur lequel on ne saurait trop insister, c'est que
l'artillerie ne doit pas craindre d'engager la lutte *de bonne heure*
et *à distance efficace de tir*.

C'est là, semble-t-il, une vérité banale et admise de tous, et
cependant n'a-t-on pas vu, au moment de l'apparition du canon
à tir rapide, certaines théories insister sur les effets foudroyants
du feu, pour préconiser un timide emploi de l'artillerie ? N'a-t-on
pas vu, dans la guerre de Mandchourie, les batteries japonaises
s'installer à 4 et même 5 kilomètres des positions russes et s'im-

---

(1) Moins dangereux cependant que le déploiement de l'artillerie du IXᵉ corps,
que nous avons étudié précédemment, car ici la ligne de batteries ne fichait point
dans les positions françaises mais leur était parallèle.

mobiliser des heures entières sur ces premiers emplacements, pendant que l'infanterie poussée très en avant supportait seule tout le poids de la lutte?

Évidemment l'artilleur, qui a à sa disposition un canon susceptible d'agir aux plus lointaines distances, a toujours une tendance à jouer de son merveilleux outil dès qu'il entre dans la zone où il peut espérer un effet utile (1). Mais qu'il ne s'abuse pas sur les résultats qu'il obtiendra ainsi. Sans aller jusqu'à appliquer à l'artillerie le mot du maréchal Bugeaud sur l'infanterie : « Tirer de loin est le type d'une mauvaise infanterie », on peut hardiment conseiller à l'artillerie de chercher à engager la lutte en s'approchant le plus près possible de l'ennemi. Ce faisant, non seulement elle produira des effets matériels plus considérables mais, chose non moins importante, elle exercera un effet moral des plus salutaires sur l'infanterie amie, qui se sentira ainsi moins seule et mieux appuyée.....

Pendant que s'opère le déploiement de l'artillerie de la Garde, l'avant-garde de la 1re division suivie à un quart d'heure par le gros de la division, marchant en masse de guerre, continue à progresser vers le nord. Elle jette le Ier bataillon du régiment de fusiliers de la Garde (2) dans Habonville et s'engage dans le ravin à l'ouest de ce village. Quant au général de Pape il devance son infanterie, et galope jusqu'à Saint-Ail. De là, il aperçoit des fantassins français dans Sainte-Marie et constate que « la marche de sa division sur Auboué n'est pas possible, tant que Sainte-Marie ne sera pas enlevé (3) ».

Il prescrit en conséquence au colonel von Erckert, commandant l'avant-garde, de se déployer face à Sainte-Marie : en exécution de cet ordre, le bataillon de chasseurs et le IIe bataillon du régiment de fusiliers sont formés en première ligne à hauteur et à l'ouest de Saint-Ail; le IIIe bataillon est maintenu en réserve.

Mais, à peine ces dispositions sont-elles prises, que le général

---

(1) Dans certains cas, on pourra utiliser l'action lointaine du canon (arrière-garde, détachement de contact, artillerie des divisions de cavalerie), mais surtout comme procédé de manœuvre.

(2) La 1re division de la Garde comportait cinq régiments d'infanterie : les quatre régiments de la Garde à pied, et le régiment de fusiliers de la Garde.

(3) Souvenirs du général de Pape (Monographie du 18 août).

de Pape aperçoit sur la crête, entre Sainte-Marie et Saint-Ail, une compagnie d'infanterie française, marchant sur ce dernier village ; immédiatement il ordonne au IIIᵉ bataillon d'occuper Saint-Ail (1). Ce bataillon s'y installe pendant que de leur côté les chasseurs et le IIᵉ bataillon font un bond en avant pour pouvoir riposter au feu violent qui part de Sainte-Marie.

Il est alors 2ʰ 15 et à ce moment même le prince Frédéric-Charles arrive dans la région à l'ouest d'Habonville : il constate *de visu* la force des positions françaises et se rend compte « que la Garde et le IXᵉ corps n'ont qu'à mener le combat sur le front, pendant que le XIIᵉ corps enveloppera l'aile droite française et que le IIᵉ et le Xᵉ corps resteront disponibles (2) ».

Bientôt rejoint par le prince de Wurtemberg, il approuve pleinement les dispositions prises par la Garde, mais ordonne « de n'entamer tout d'abord le combat qu'avec l'artillerie, et de ne passer à l'attaque d'infanterie qu'après que le XIIᵉ corps sera entré en ligne (3) ».

En conséquence, le général de Pape, auquel cet ordre est transmis, prescrit à son avant-garde de « n'entreprendre aucune attaque » et demande au prince de Hohenlohe, commandant l'artillerie de la Garde, de faire agir l'artillerie de la 1ʳᵉ division sur Sainte-Marie. Mais le général de Hohenlohe, estimant que la grande batterie, installée au sud de Saint-Ail, lui est indispensable, pour mener à bien la lutte contre l'artillerie du 6ᵉ corps, refuse d'en distraire une partie, pour battre Sainte-Marie, et dans ces conditions le général de Pape, n'a d'autre ressource que de renforcer sa ligne d'infanterie, pour parer, dans la mesure du possible, au manque d'artillerie. Aussi autorise-t-il le colonel von Erckert à rappeler d'Habonville le Iᵉʳ bataillon du régiment de fusiliers et fait-il porter le IIIᵉ bataillon à hauteur et à droite du IIᵉ bataillon, face à Sainte-Marie (4).

En outre, comme à ce moment les hussards de la Garde lui signalent que l'infanterie française débouche de Sainte-Marie,

---

(1) Au même moment, la compagnie française recevait l'ordre de se replier sur Sainte-Marie.

(2) Monographie du 18 août.

(3) *Ibid.*

(4) Il se trouve à environ 800 mètres au sud de Sainte-Marie.

pour envelopper l'aile extérieure du bataillon de chasseurs, il fait immédiatement déployer à la gauche de ce bataillon deux compagnies du 4e régiment de la Garde à pied (tête du gros de la 1re division). Mais on reconnaît bientôt qu'il ne s'agit nullement d'une offensive des Français et que les mouvements observés par les hussards ne sont que des mesures de défense prises par la garnison de Sainte-Marie contre le XIIe corps, dont les têtes de colonnes commencent à apparaître vers l'ouest.

Marche des Saxons sur Sainte-Marie et sur Auboué. — C'est en effet le XIIe corps qui, lui aussi, accourt à la fête.

On a vu que, dès 11ʰ 30, le prince de Saxe, de sa propre initiative, avait mis son corps d'armée en marche vers le nord-est, et avait acheminé la 23e division vers le bois de Ponty et Moineville et la 24e division, suivie de l'artillerie de corps, vers Batilly et Sainte-Marie. Une avant-garde (1), commandée par le général de Craushaar, suivait la vallée de l'Orne sur les deux rives...

Pendant que le XIIe corps se dirige sur les points qui lui ont été fixés, le prince de Saxe, se porte sur la hauteur entre Batilly et Jouaville; de là il aperçoit une épaisse fumée, sur le plateau de Saint-Privat et apprend de sa cavalerie et des hussards de la Garde que Roncourt est également occupé par les Français. En même temps, le capitaine de Planitz, de son état-major, arrive de Sainte-Marie (2), confirme ces renseignements et rend compte que la position de Saint-Privat est excessivement forte sur son front.

Le commandant du XIIe corps décide aussitôt de tourner la droite française, et à 2 heures donne à la 23e division l'ordre de marcher sur Roncourt, en passant par Coinville et les bois à l'est d'Auboué; à la 24e division et à l'artillerie de corps l'ordre de s'avancer sur Sainte-Marie. La 48e brigade doit rester à la disposition du commandant du XIIe corps derrière Batilly (3).

---

(1) 3 bataillons du 108, 1 batterie légère, 1 régiment de cavalerie.

(2) Qu'il a quitté à midi 30, c'est-à-dire avant son occupation par les Français.

(3) Au sujet des mouvements du XIIe corps, la monographie du 18 août s'exprime ainsi : « Les ordres du prince de Saxe étaient clairs et simples, mais l'exécution ne répondit pas à la conception, du moins à la 23e division. Bientôt apparurent les

A la 24ᵉ division, ces prescriptions ne tardent pas à être mises
à exécution. Pendant que la 48ᵉ brigade se rassemble derrière
le petit bois au nord de Batilly, la 47ᵉ brigade s'engage dans
le ravin d'Auboué et vers 2ʰ 50 vient se déployer, au nord de
la 1ʳᵉ division de la Garde, face à la lisière ouest de Sainte-
Marie.

A la 23ᵉ division, par contre, on est loin de réaliser la pensée du
commandant du XIIᵉ corps avec la même précision. Le prince
Georges fixe tout d'abord Coinville comme point de ralliement
de sa division. La 45ᵉ brigade (100ᵉ, 101ᵉ, 108ᵉ régiments d'infanterie) ne parvient à se rassembler à Coinville que vers 3ʰ 50,
et encore ne peut-elle récupérer le 108ᵉ régiment, que le général
de Craushaar a dirigé sur Sainte-Marie, pour prendre part à l'attaque de ce point d'appui. Quant à la 46ᵉ brigade, par suite d'une
erreur de transmission, au lieu de se diriger sur Coinville, elle se
rassemble à Moineville, à 2 kilomètres plus au sud.

L'artillerie allemande prépare l'attaque de Sainte-Marie.
— Pendant que l'infanterie du XIIᵉ corps exécute ces mouve-

---

désavantages d'une trop grande dispersion de la 45ᵉ brigade, qui s'étalait de Valleroy
à Batilly. Il lui fallut deux heures pour se rassembler à Auboué, qui n'était distant de
Batilly que de 4 à 5 kilomètres. La marche s'exécuta dans un relâchement complet
des liens des régiments et même des bataillons, et le régiment d'avant-garde échappa
à toute direction en s'engageant, de sa propre autorité, sur Sainte-Marie. A cela,
vint s'ajouter l'erreur de la 46ᵉ brigade qui, au lieu d'aller à Coinville, se rendit à
Moineville. Toutes ces circonstances diminuèrent la capacité manœuvrière de la
23ᵉ division, à laquelle était échu l'important devoir de l'enveloppement, et cette
capacité fut réduite à zéro, lorsque la 45ᵉ brigade, une fois rassemblée, fut engagée
dans le bois d'Auboué. Dès lors, il fallait désigner une troupe fraîche pour l'enveloppement : la 46ᵉ brigade avait manqué son rendez-vous, et il ne restait plus que la
48ᵉ brigade, qui se trouvait au nord de Batilly. Cela fit encore perdre du temps.

« Enfin, à 5 heures, trois heures après que le prince de Saxe eut donné ses ordres,
l'enveloppement était commencé. Par une succession de frottements, on avait
retardé cet acte important. Si, au contraire, on eût entrepris la marche sur
Auboué immédiatement avec la 23ᵉ division, suivie de la 48ᵉ brigade, l'enveloppement aurait pu être réalisé de meilleure heure. Peut-être alors la Garde ne se serait-
elle pas lancée, à 5 heures, comme elle le fit, à l'assaut de Saint-Privat, alors que la
colonne enveloppante était encore à 4 ou 5 kilomètres de Roncourt. » Le jugement de
l'état-major de Berlin, sur le corps saxon, est peut-être un peu sévère. Il se plaint
que trois brigades furent employées sur le front; nous verrons plus tard qu'elles n'y
furent pas inutiles. Quant au reproche d'avoir dispersé le corps d'armée dans sa
marche de Jarny vers le nord-est, est-il fondé? La disposition du corps saxon en un
carré de quatre brigades rendit peut-être difficile la transmission des ordres; mais
elle donna à l'ensemble plus de souplesse, et facilita grandement le changement de
front face à l'est.

ments, l'artillerie divisionnaire (1) et l'artillerie de corps se mettent en batterie face à Sainte-Marie.

Trois batteries de la 24e division s'installent au nord-ouest de Saint-Ail, la quatrième reste provisoirement dans le ravin « faute d'emplacements convenables ». Vers 2ʰ 30, les sept batteries de l'artillerie de corps prennent position sur la crête à l'ouest du ravin d'Auboué. Enfin deux batteries de la 23e division prolongent au nord l'artillerie de corps; une troisième se place à gauche des batteries de la 24e division.

De son côté, sur de nouvelles instances du général de Pape, le prince de Hohenlohe a formé face à Saint-Privat dix pièces empruntées à l'aile gauche de l'artillerie de corps de la Garde, de sorte que quatre-vingt-huit bouches à feu couvrent de projectiles les malheureux défenseurs de Sainte-Marie, sans que ceux-ci puissent recevoir le secours d'une seule pièce.

Occupation de Sainte-Marie par le 94e. — Ainsi qu'on l'a vu plus haut, le maréchal Canrobert, en voyant déboucher de la région d'Habonville les premiers éléments de la Garde, avait constitué, vers 1 heure, une nouvelle « ligne de combat » face au sud-ouest, avec la 2e brigade de la division La Font de Villiers, pour former en quelque sorte barrage à la progression des Allemands. Le *94e* (moins trois compagnies) ayant été chargé de la défense même de Sainte-Marie, le 2e bataillon s'était installé, entre 1ʰ 30 et 2 heures, à la sortie nord-ouest du village, le long de la route d'Auboué, poussant ses tirailleurs face au sud-ouest. Les neuf autres compagnies s'étaient rassemblées en colonnes par division à la lisière sud de Sainte-Marie, couvertes également par des tirailleurs.

Vers 2 heures, les premiers éléments de la 1ʳᵉ division de la Garde apparaissant sur la crête de Saint-Ail, le *94e* dirige aussitôt sur eux un feu très vif, auquel l'ennemi riposte difficilement, en raison de la faible portée de son arme. Mais bientôt l'action des Saxons se fait sentir : le 108e apparaît au sud d'Auboué, et le 2e bataillon du *94e*, ainsi menacé sur ses derrières, est obligé

---

(1) A l'exception de la 1ʳᵉ batterie lourde de la 23e division, laissée avec la 46e brigade à Moineville.

de quitter la route, pour venir occuper la lisière ouest du village.

C'est dans cette situation que se trouve le *94ᵉ*, lorsque, vers 3 heures, les Allemands se lèvent pour donner l'assaut.

Les Allemands donnent l'assaut à Sainte-Marie. — « Vers 2ʰ 45, dit le général de Pape, dans ses Souvenirs, je vis s'avancer vers moi le commandant de la 24ᵉ division saxonne. Il me vint à l'idée qu'au point de vue politique, comme au point de vue militaire, il serait bon de mener de concert avec nos alliés un combat que je prévoyais favorable, car j'étais certain de pouvoir enlever Sainte-Marie seul avec mon avant-garde soutenue par quelques bataillons. Je galopais au-devant du général de Nehrhoff, qui m'était bien connu, le saluai, et lui fis part de mes intentions qu'il approuva. Nous convînmes que j'attaquerais Sainte-Marie par le sud-ouest et les Saxons par le nord-ouest, et que je donnerais moi-même le signal de l'attaque... »

Au moment (3 heures) où le général de Pape se décide à enlever Sainte-Marie, les troupes prussiennes et saxonnes sont ainsi disposées : au nord de Saint-Ail, les IIIᵉ et IIᵉ bataillons du régiment de fusiliers de la Garde ont déployé cinq compagnies et ont trois compagnies en soutien. Le Iᵉʳ bataillon du même régiment forme réserve derrière l'aile droite. Plus à gauche et face à la lisière sud-ouest de Sainte-Marie se trouve le bataillon de chasseurs de la Garde, prolongé par le bataillon de fusiliers du 4ᵉ régiment de la Garde à pied (1). Les Iᵉʳ et IIᵉ bataillons de ce régiment sont en réserve. Face à la lisière ouest, la 47ᵉ brigade a le 12ᵉ bataillon de chasseurs en première ligne; les 104ᵉ et 105ᵉ régiments, accolés et disposés chacun sur trois lignes suivent à 200 mètres en arrière. Enfin à l'extrême gauche, les IIᵉ et IIIᵉ bataillons du 108ᵉ, appuyés par le Iᵉʳ bataillon, occupent la crête est du ravin d'Auboué.

A 3 heures, le général de Pape donne le signal de l'assaut. Le colonel von Erckert s'avance sur la ligne des tirailleurs et crie

---

(1) Les chasseurs ont trois compagnies en première ligne, une en soutien; dans chaque compagnie, deux pelotons sont en colonne, le troisième est en tirailleurs. Le bataillon de fusiliers a ses quatre compagnies en première ligne.

d'une voix tonnante : « Debout, Marche! » Toute la ligne des tirailleurs de la Garde se lève. Suivie par les réserves et les soutiens en colonnes, elle bondit dans Sainte-Marie en poussant des hourras et sans tirer un coup de fusil, en même temps que les Saxons envahissent le village par l'ouest.

Les défenseurs de Sainte-Marie, après avoir exécuté un feu rapide sur les assaillants se retirent en majorité par le nord-est. Quelques groupes seuls, ralliés par le colonel de Geslin s'embusquent dans le vallon au nord de Sainte-Marie.

A 3ʰ 30, le général de Pape adresse au prince de Wurtemberg le billet suivant : « Sainte-Marie est pris à 3ʰ 30; faibles pertes. » Le commandant de la Garde lui répond aussitôt d'assurer la prise de possession du village et de ne continuer une action ultérieure que sur de nouveaux ordres.

Considérations. — Nous verrons plus tard que la recommandation n'était pas inutile et que de son côté le commandant du XIIᵉ corps eût été bien avisé d'imposer à ses troupes la même circonspection.

Mais n'anticipons point sur les événements et, avant de poursuivre l'étude de la bataille du 18, jetons un dernier coup d'œil sur le combat de Sainte-Marie-aux-Chênes : peut-être en tirerons-nous quelques conclusions intéressantes.

D'abord la défense. Sur l'ordre du maréchal Canrobert, quinze compagnies (1) du *94ᵉ* sont envoyées vers 1 heure dans Sainte-Marie. Elles s'y installent en grande hâte et dans les conditions les plus défavorables : faute d'outils et de temps, elles ne peuvent en assurer l'organisation défensive; aucune artillerie ne les appuie; extérieurement au village, il n'y a pas la moindre réserve susceptible de s'opposer à l'enveloppement; enfin cette infanterie n'a reçu aucune indication sur la mission à remplir.

Et cependant, si précaire que soit sa situation, voici que cette maigre mais héroïque garnison parvient à elle seule à provoquer le déploiement de *dix-sept bataillons d'infanterie et de quatre-vingt-huit pièces de canons.*

Soulignons ces chiffres. Dix-sept bataillons, quatre-vingt-huit

_____

(1) Deux bataillons et demi. Les bataillons français sont à six compagnies.

pièces pour déloger quinze compagnies sans artillerie! Le résultat est éloquent et mérite de retenir l'attention. Pour la première fois, la puissance d'action d'un détachement isolé, muni
d'une arme rayée, se manifeste en pleine lumière, et à ce titre
l'on peut dire que le combat de Sainte-Marie constitue une véritable innovation dans l'histoire de la tactique.

Avant 1870, en effet (1), avec les armes à canon lisse, la portée
utile du fusil ne dépassait pas 250 à 300 mètres; dans ces conditions, non seulement toute action lointaine par le feu était
interdite à l'infanterie, mais, comme le combat exigeait une rigoureuse union des forces dans l'espace, les détachements étaient
chose très rare, et ils étaient en tout cas poussés à des distances
si rapprochées de la ligne de bataille qu'ils ne faisaient en quelque
sorte qu'un avec elle. Il en résultait que toutes les phases préli-
minaires de la lutte — aujourd'hui si longues et si délicates —
étaient considérablement simplifiées. Dès que les deux adversaires arrivaient à la distance des feux efficaces, ils pouvaient
voir de leurs propres yeux l'ennemi qui leur était opposé et par
conséquent le reconnaître en partie; par la force même des choses
la prise de contact et la reconnaissance se confondaient donc en
un seul et même acte, très bref, et aussitôt après le premier coup
de fusil, le combat battait son plein — toutes les cartes sur
table, pourrait-on dire.

Avec les progrès de l'armement, la physionomie du combat
se modifie profondément; l'augmentation de portée des armes,
et plus tard l'absence de fumée, l'utilisation du terrain poussée
dans ses dernières limites, tout cela se réunit pour imprimer à
la lutte un caractère nouveau : les préludes de la bataille s'enveloppent d'un redoutable inconnu; les prises de contact devien-
nent de plus en plus laborieuses.

Qu'on s'imagine en effet une troupe arrivant dans la zone
des feux efficaces d'un adversaire muni d'un armement moderne ; soudain elle est accueillie par une rafale de coups de
fusil et de coups de canon ; en vain interroge-t-elle l'horizon ;

_____

(1) En 1866, les Allemands avaient déjà le fusil Dreyse, à canon rayé; mais cette
arme n'était qu'une arme de transition; par sa portée, par la tension de sa trajectoire
elle se rapprochait beaucoup des armes à âme lisse. Au fond, le premier fusil moderne
est le chassepot.

l'adversaire ne se révèle par aucun indice ; partout c'est le vide (1).

Quelle redoutable énigme pour le chef de cette troupe ! Quelle incertitude dans son esprit ! Comment va-t-il pouvoir prendre une décision, apprécier les forces qui lui sont opposées, doser ses propres forces ? Et comme l'on comprend qu'à ce moment même, un détachement adverse de toutes armes, habilement conduit et utilisant à plein la portée de ses armes (2), puisse exploiter l'incertitude de ce chef, peser sur ses déterminations, le tromper et l'obliger à de faux déploiements !

Au fond, c'est ce qui s'est passé devant Sainte-Marie, le 18 août. Le général de Pape a prétendu que le déploiement des Allemands était justifié par de hautes raisons politiques; il voulait, dit-il dans ses Mémoires, faire intervenir le XIIe corps, pour consacrer par un premier succès obtenu en commun l'alliance des troupes prussiennes et saxonnes. Certes, rien de plus naturel. Mais était-il besoin pour cela de déployer un nombre de bataillons équivalent à trois brigades ? Et le XIIe corps et la Garde ne pouvaient-ils tout aussi bien sceller leur pacte d'union, en ne faisant intervenir l'un et l'autre qu'une fraction des effectifs dont ils disposaient ?

Aussi, à notre avis, les raisons invoquées par le général de Pape semblent-elles bien fragiles; en réalité, le commandant de la 1re division de la Garde et le commandant de la 23e division se sont laissé tromper par le détachement de Sainte-Marie; ils ont cru avoir devant eux des forces très supérieures à ce qu'elles étaient en réalité, et dans l'incertitude où ils se trouvaient, ils ont engagé tout ce qu'ils avaient sous la main, sans proportionner l'effort à produire à la résistance à vaincre...

Que cette leçon ne soit pas perdue pour nous ! Les Allemands, de nos jours, affectent de ne pas croire à l'efficacité des détachements de contact. Il n'est pire sourd que celui qui ne veut pas

---

(1) Cette impression de vide du champ de bataille est une des caractéristiques qui ont le plus frappé les attachés militaires qui ont suivi la campagne de Mandchourie.

(2) Ici, un mot d'explication est nécessaire. Quels que soient les perfectionnements de l'armement, le précepte de Bugeaud est vrai : « Tirer de loin est le type d'une mauvaise infanterie ». Mais cela s'entend dans le combat normal. Par contre, dans certains cas particuliers (arrière-garde, détachements de contact, etc...), l'infanterie pourra utiliser son fusil aux grandes distances, comme procédé de manœuvre.

entendre. Laissons-les donc à leur négation ; et, le cas échéant, à leur manière forte, à leur manière brutale ne craignons pas dans les prises de contact d'opposer la souplesse, l'activité de petits détachements mixtes, dans la manœuvre desquels pourront se développer toutes les qualités militaires de notre race.

Évidemment, hâtons-nous de le dire, ces détachements ne sont point une panacée universelle à employer dans tous les cas ; ils ne contiennent pas à eux seuls la recette de la victoire ; mais cette victoire, ils pourront la préparer, en contribuant à reconnaître l'ennemi, à le ralentir, à l'user moralement et physiquement et à lui enlever, par des déploiements inopportuns, une partie de son aptitude à la manœuvre. C'est en somme dans ce sens, que, le 18 août, s'est exercée, bien inconsciemment d'ailleurs, l'action du détachement de Sainte-Marie. Si, en raison de la faible distance à laquelle il a été poussé en avant du gros du 6ᵉ corps, on ne peut guère l'assimiler à un détachement de contact, au sens moderne du mot, il n'en reste pas moins que les résultats obtenus par *lui seul*, doivent donner à réfléchir. C'est un timide essai, mais qui a son importance, et nous devons être reconnaissants au 94ᵉ de nous avoir légué, en même temps qu'un magnifique exemple d'héroïsme, un procédé de combat dont les luttes futures consacreront sans aucun doute toute la valeur (1).

Examinons maintenant les dispositions prises du côté allemand.

En raison de l'énorme disproportion des forces en présence, l'attaque menée par les généraux de Pape et de Nehrhoff n'est en quelque sorte qu'une manœuvre contre ennemi figuré. Se déroulant avec la méthode et la précision d'un exercice exécuté

---

(1) On objecte que les détachements isolés seront exposés à de telles pertes qu'ils seront en quelque sorte voués d'avance à une destruction complète. C'est fort douteux. Pendant tout le cours de la journée du 18, le 94ᵉ, après avoir été engagé dans l'après-midi à Sainte-Marie, et le soir sur le plateau de Saint-Privat, n'a perdu que 317 hommes tués, blessés, disparus. La plupart des autres régiments du 6ᵉ corps ont été beaucoup plus éprouvés : le 4ᵉ a perdu 570 hommes, le 10ᵉ, 416 hommes, le 12ᵉ, 639 hommes, le 93ᵉ, 436 hommes, le 28ᵉ, 652 hommes, etc...

On dit aussi souvent que la retraite des détachements de contact est une cause de démoralisation. Dans certains cas peut-être, mais en tout cas, le 18 août, la retraite exécutée par le 94ᵉ n'influe en rien sur le moral de ce beau régiment. Nous verrons, en effet, plus loin, que le 94ᵉ après s'être rallié à l'est de Saint-Privat, combattit vaillamment de 7 heures à 9 heures du soir et, par son attitude énergique, permit au 6ᵉ corps de se retirer sur Metz.

sur le Tempelhoff, ne rencontrant devant elle qu'un minimum de résistance, cette attaque permet de saisir sur le vif les procédés de combat employés par les Allemands en 1870, et à ce point de vue elle n'est pas sans présenter quelque intérêt. Tout d'abord une nombreuse artillerie se déploie devant Sainte-Marie et couvre d'un ouragan de projectiles les défenseurs de ce point d'appui; pendant ce bombardement, l'infanterie (arrivée à 600 ou 700 mètres des lisières) se terre sans avancer d'un pouce; puis, quand le commandement estime suffisante la préparation par l'artillerie, le signal de l'attaque est donné; l'artillerie se tait; une faible ligne de tirailleurs suivie de compagnies de soutien et de bataillons de réserve, en formations denses, se lève, et, sans tirer un coup de fusil, se précipite en poussant des hourras sur Sainte-Marie, que le *94e* évacue rapidement...

Si, sur le champ de bataille du 18, les Allemands ont pu nourrir quelque illusion sur ce facile succès, ils ont bien été obligés de reconnaître par la suite qu'il était dû beaucoup plus à leur « colossale » supériorité numérique qu'à l'excellence de procédés de combat des plus discutables. « On ne doit pas se dissimuler, dit la monographie du 18 août, que cet assaut méthodique et ordonné n'aurait été mené à bonne fin qu'avec de grandes difficultés, si Sainte-Marie avait été défendu non par de faibles forces, mais par une garnison puissante.

« On ne pouvait pas savoir que Sainte-Marie était aussi faiblement défendu et il eût été en tout cas prudent de conduire l'attaque de telle façon qu'avant l'assaut final l'infanterie française fût combattue par le feu de notre infanterie agissant en combinaison avec le feu de notre artillerie. On ne tenta rien de semblable. Les bataillons de la 47e brigade ne tirèrent pas un coup de fusil et parcoururent d'un bond l'espace qui s'étend du ravin d'Auboué jusqu'à Sainte-Marie : les fusiliers du 4e régiment de la Garde à pied et les chasseurs tirèrent de beaucoup trop loin; quant au régiment de fusiliers, il tira à une distance plus rapprochée, mais pendant trop peu de temps, et lorsque le signal de l'attaque fut donné, il parcourut sans utiliser ses fusils le long glacis, qui s'étendait jusqu'aux lisières de Sainte-Marie. Dans ces conditions, qu'on imagine les abords de Sainte-Marie balayés par un feu de mousqueterie aussi violent que celui qui s'abattit plus tard devant Saint-Privat! N'est-il pas à présumer que l'attaque, sans arrêt, telle qu'elle eut lieu, n'aurait pas été couronnée de succès? »

Rien de plus juste et nous n'aurions pas un mot à ajouter à ces lignes, si la question ne dépassait pas le cadre du cas particulier qui nous occupe, et si les conclusions de la omnographie du 18 août n'étaient en somme la condamnation même des procédés de combat employés en 1870 par l'infanterie allemande. Aussi nous permettra-t-on de clore cette discussion en faisant encore un large emprunt à cette monographie et en citant tout au long les considérations d'ordre général, dont elle accompagne le jugement porté sur l'assaut de Sainte-Marie.

« L'infanterie allemande ne possédait pas alors dans son règlement des prescriptions de combat analogues à celles de la deuxième partie du règlement actuel; dans leurs dispositions essentielles, ces prescriptions étaient remplacées par la pratique des manœuvres d'automne.

« L'année 1866 ne fit faire que peu de progrès à l'art de la guerre, car le fusil à aiguille se montra si supérieur au fusil autrichien qu'on ne put tirer aucune conclusion précise sur la façon de se comporter en face d'un fusil égal ou supérieur, et après la guerre de Bohême, on continua à s'exercer avec une ardeur nouvelle dans les formations en ordre serré. Deux principes qui forment aujourd'hui l'alphabet de notre tactique d'infanterie, étaient alors complètement inconnus : à savoir que l'essaim de tirailleurs est la formation normale de combat de l'infanterie et que la supériorité du feu est une condition nécessaire pour la réussite d'une attaque.

« Ce n'est pas que le monde militaire d'alors ignora ces principes; nous les retrouvons dans les prescriptions adressées en 1869, par de Moltke au haut commandement, et dans l'Instruction du 17 juin 1870 sur le service en campagne. Mais ils n'étaient pas depuis assez longtemps en pratique. En réalité, les bataillons de première ligne ne déployaient que de faibles lignes de tirailleurs et conservaient deux compagnies en ordre serré. Quant aux colonnes d'assaut, elles étaient en colonne double.

« On préférait ainsi les formations serrées, sans se rendre compte combien elles étaient exposées aux pertes, par suite de l'action puissante de l'armement moderne. On ne cherchait pas à écraser l'adversaire par le feu d'infanterie de l'attaque, car on partait de ce point que le défenseur se trouvait toujours pour agir par le feu dans des conditions plus favorables que l'assaillant. Par suite, l'artillerie seule devait s'efforcer de produire cet écrasement, et ce n'est qu'après cette action de l'artillerie que l'infanterie, qui s'était dissimulée aussi près que possible du point d'attaque, devait, tirailleurs en avant, soutiens et réserves en arrière, être menée à l'assaut, pour empoigner le défenseur dans un combat à l'arme blanche et assurer la possession du terrain conquis.

« Évidemment, on n'allait pas jusqu'à renoncer complètement au combat de feu d'infanterie, mais en aucun cas, on ne devait lui donner cette allure puissante, qui annihile le défenseur, et facilite la progression de l'attaque.

« A la vérité, Moltke, après la campagne de 1864, avait reconnu que l'infanterie de l'attaque pouvait et devait prendre la supériorité, en portant la ligne de feu jusqu'à faible distance de l'ennemi et en l'ébranlant par cela même. Mais à quoi cela servirait-il que dans des opuscules, dans des voyages d'état-major, dans des manœuvres, de Moltke exprimât cette pensée et, peu avant la guerre de 1870, lui donnât une consécration quasi-officielle dans des prescriptions de service! Comme le règlement d'exercices restait intact, comme on ne se préoccupait que de la manœuvre rigide et non du combat, de puissants courants s'élevaient contre la pensée de de Moltke, et ses idées avaient aussi peu de succès que les communications (1) faites au début de la campagne par l'ancien attaché militaire à Paris, le colonel de Waldersee, sur la manière de combattre les Français d'après leur armement et leurs méthodes de combat. »

Il va sans dire que depuis 1870, les idées de nos voisins sur le mode d'emploi de l'infanterie se sont modifiées, et qu'ils ont donné au feu de mousqueterie, la place qui lui revenait de droit

_____

(1) Le colonel de Waldersee avait recommandé : 1° d'éviter le terrain libre dans les terrains coupés, d'utiliser la capacité manœuvrière des troupes et l'intelligence des officiers; 2° d'éviter, le plus possible, un combat d'infanterie de 500 à 1.000 pas, de raccourcir cette distance en utilisant le terrain et de conduire le combat aux distances plus rapprochées; 3° de former de forts essaims de tirailleurs; 4° de chercher à agir sur le flanc de l'ennemi.

dans le combat. Peut-être même, avec leur outrance coutumière, sont-ils allés un peu trop loin dans cette voie, et ont-ils exagéré le rôle du feu en faisant dire à leur règlement d'infanterie : « La première des conditions est le plus souvent d'avoir la supériorité momentanée du feu. »

Cette prescription n'est-elle pas trop rigoureuse? Dire à une infanterie que la première des conditions à réaliser est de chercher la supériorité du feu, n'est-ce pas diminuer en elle le sentiment de l'offensive? Quand pourra-t-elle savoir qu'elle aura la supériorité même momentanée du feu? Pour peu qu'elle ait à sa tête un chef hésitant, timoré, ne risquera-t-elle pas de s'immobiliser sur sa position de tir, sous prétexte qu'elle n'a pas réalisé cette condition qu'on lui dit être essentielle? « Avec la poudre sans fumée, qui donne peu d'indications sur les emplacements et les forces de l'adversaire, la lutte pour l'acquisition de la supériorité du feu risque de dégénérer en simple lutte pour l'intensité du feu, qui ne conduit qu'à un gaspillage stérile de munitions (1). »

Remarquons, en outre, que l'infanterie ne combat presque jamais seule, qu'elle a sans cesse besoin de la collaboration de l'artillerie et que c'est bien plus au canon qu'au fusil, qu'il appartient de constituer dans l'attaque « *cet élément fixe de la supériorité du feu* », qui doit permettre au fantassin de poursuivre sa laborieuse progression.

Enfin, si violent qu'il soit, le feu de l'infanterie, même doublé par le feu de l'artillerie ne parviendra pas toujours à réduire au silence des tirailleurs bien abrités et ne les forcera que difficilement à se découvrir. Surtout il ne déterminera pas ce sentiment d'angoisse et de terreur, que le défenseur éprouve en voyant l'attaque monter peu à peu vers lui et en se sentant impuissant à en enrayer les progrès. Ce qui revient à dire que, pour user l'adversaire, physiquement et moralement, le premier moyen consiste à le menacer d'un abordage, et une telle menace l'infanterie seule peut la produire par le mouvement en avant.

·Aussi, à notre avis, notre règlement est-il beaucoup mieux inspiré que le règlement allemand, lorsqu'il dit : « Le mouvement en avant se produit le plus longtemps possible, sans tirer... Lorsque

---

(1) Général KESSLER, *La Guerre* (Berger-Levrault, éditeur. 2ᶠ).

les pertes obligent à suspendre la marche, le feu devient l'unique
moyen de préparer la reprise du mouvement. »

Ce n'est peut-être là qu'une querelle de mots, mais elle a son
importance et nous préférons de beaucoup la formule française
à la formule allemande, car elle indique nettement que le feu n'est
pas un but, mais un moyen et elle met en pleine lumière, la prée-
minence du facteur mouvement sur le facteur feu.

III — Le retour offensif de la brigade de Sonnay

Le 6ᵉ corps pendant le combat de Sainte-Marie. — De
l'emplacement qu'il occupait au sud de Saint-Privat (1), le maréchal Canrobert avait pu suivre les péripéties de la lutte engagée
par le *94ᵉ* et modifier, *d'après les indications de ce combat,* l'orientation première donnée au 6ᵉ corps. En voyant l'artillerie saxonne
s'étendre au nord de Sainte-Marie, il n'avait pas tardé à avoir
des inquiétudes pour sa droite très dégarnie, et, vers 2ʰ 30, il avait
ordonné au général Tixier de ramener deux de ses régiments vers
Saint-Privat, afin « de parer à une attaque vers la droite ». En
exécution de cet ordre, les *10ᵉ* et *12ᵉ* régiments (moins le 1ᵉʳ bataillon du *12ᵉ* déjà dans Saint-Privat), sous le commandement du
général Leroy de Days (2), avaient rapidement contourné Saint-
Privat par l'est et s'étaient installés : les deux bataillons du *12ᵉ*,
derrière les lisières nord-ouest, les trois bataillons du *10ᵉ* au nord
du village, parallèlement à la route de Roncourt.

Vers 3 heures de l'après-midi, le général Colin (3) ayant fait
savoir qu'il « pouvait tenir au village, mais qu'il était urgent de
le soutenir à droite », le général Leroy de Days s'était contenté
de porter à quelques centaines de mètres en avant de leurs positions, le *10ᵉ* de ligne et le 3ᵉ bataillon du *12ᵉ*, mais il n'était pas
intervenu dans la lutte. Par contre, au même moment, le 3ᵉ ba-

---

(1) Le maréchal se tint, pendant les premières heures du combat, auprès du
9ᵉ bataillon de chasseurs, à la sortie sud de Saint-Privat (Historique du 9ᵉ bataillon,
V. *Revue d'Histoire*).

(2) Le 10ᵉ appartenait à la 1ʳᵉ brigade de la 1ʳᵉ division; le 12ᵉ appartenait à la
2ᵉ brigade.

(3) Commandant la brigade à laquelle appartenait le 94ᵉ régiment. Le général
Colin se trouvait à Sainte-Marie avec ce régiment.

taillon du *93ᵉ* et deux compagnies du 1ᵉʳ bataillon, installés au
sud de la route Saint-Privat—Sainte-Marie, avaient fait face à
l'ouest et avaient pu agir par leur feu avec assez d'efficacité sur
l'aile droite de la 1ʳᵉ division de la Garde, qui s'avançait sur
Sainte-Marie.

Bref, lorsqu'à 3ʰ 30, les Allemands étaient entrés dans ce point
d'appui, seuls le *94ᵉ* et quelques compagnies du *93ᵉ* avaient été
engagés et le maréchal Canrobert disposait encore à ce moment
de la presque totalité de son infanterie pour la défense de la position principale.

Malheureusement, d'ores et déjà, son artillerie était dans l'impossibilité de lui apporter une aide efficace. Engagée de bonne
heure contre les batteries hessoises et les batteries de la Garde,
elle avait dû, devant la puissance du canon ennemi, et faute de
munitions, cesser presque complètement son feu. Sur les sept batteries qui avaient été placées à la gauche du 6ᵉ corps, pour contrebattre l'artillerie hessoise, deux avaient quitté la lutte et s'é-
taient reportées au nord de Saint-Privat, à l'est de la route de Roncourt (1), quatre étaient réduites au silence, une seule batterie
de 12, installée sur la croupe 333, continuait un tir très lent sur
les batteries hessoises.

A droite, la situation n'était pas plus favorable. Après avoir
cherché à contrebattre l'artillerie de la Garde, les cinq batteries
placées à l'ouest et au nord-ouest de Saint-Privat avaient dû
renoncer à la lutte et avaient pris pour objectif les troupes de la
Garde et du XIIᵉ corps, qui se montraient autour de Saint-Ail
et de Sainte-Marie. Mais, faute de munitions, elles avaient été
bientôt obligées de limiter la vitesse de leur tir et n'avaient pu
apporter qu'une aide très précaire aux défenseurs de Sainte-
Marie.

Enfin, à l'extrême droite, une batterie de la 3ᵉ division $\left(\frac{7}{4}\right)$
n'avait pas encore été engagée.

Telle était donc, résumée à grands traits, la situation du
6ᵉ corps, au moment où les Allemands, après être entrés dans
Sainte-Marie, allaient tenter d'en déboucher.

---

(1) C'étaient les deux batteries de la 4ᵉ division (commandant Kessner).

*Les Allemands, après la prise de Sainte-Marie, cher-
chent à progresser vers l'est.* — Quoique l'attaque de Sainte-
Marie n'eut rencontré qu'un minimum de résistance, les dix-sept
bataillons qui y avaient pris part, se trouvaient après l'assaut dans
le plus grand désordre. « Les troupes, dit l'Historique officiel allemand, continuaient à affluer de toutes parts dans le village, où
elles ne tardaient pas à se mélanger et les commandants des deux
divisions avaient grand'peine à rallier leurs bataillons et à les
reformer. » La monographie du 18 août est encore plus explicite :
« Dans les bataillons saxons surtout, dit-elle, on subissait les conséquences des grands efforts que le XIIᵉ corps avait dû fournir
les jours précédents par une chaleur torride. Déjà, pendant l'assaut, un certain nombre d'hommes étaient tombés d'épuisement.
Dans le village même, la confusion était si grande que les liens
tactiques se desserrèrent complètement et que les officiers furent
dans l'impossibilité *de trouver une seule compagnie à opposer à
l'ennemi qui s'avançait de l'est* ».

Concurremment avec les troupes de la 2ᵉ brigade de la Garde (1),
la majeure partie de la 47ᵉ brigade (2) s'était engouffrée dans
Sainte-Marie. Seul le IIᵉ bataillon du 105ᵉ avait dépassé les lisières et s'était déployé au nord du village, face à Saint-Privat.
Quant aux IIIᵉ bataillons des 104ᵉ et 105ᵉ (troisième ligne de l'attaque), conformément aux ordres reçus, ils avaient contourné
par le nord le point d'appui conquis, et vers 4 heures ils commençaient à montrer leurs tirailleurs sur le versant est du ravin de
Sainte-Marie à Homécourt. Plus au nord, le IIIᵉ bataillon du 108ᵉ
(de la 45ᵉ brigade) prolongeait cette ligne de tirailleurs.

Pendant que ces mouvements s'exécutaient, le colonel Funcke,
commandant l'artillerie de corps saxonne s'occupait de porter
ses batteries en avant. Laissant le 4ᵉ groupe en position à l'ouest
du ravin d'Auboué, il gagnait avec le 3ᵉ groupe un emplacement
au nord-ouest de Sainte-Marie. Une batterie se plaçait derrière
la route d'Auboué, pendant que les deux autres, franchissant cette
route, s'installaient plus en avant sur la croupe au nord de Sainte-

---

(1) La 1ʳᵉ brigade, suivant en deuxième ligne, viendra se rassembler à 700 mètres
au sud-ouest du village.

(2) 1ᵉʳ bataillon des 104ᵉ et 105ᵉ, 2ᵉ bataillon du 104ᵉ, 12ᵉ bataillon de chasseurs.

Marie. Quant aux batteries de la 24ᵉ division, l'une d'elles (la 3ᵉ légère) se portait en même temps que l'infanterie à 200 mètres à l'ouest de Sainte-Marie, d'où elle tirait sur l'artillerie française au sud-est du bois d'Auboué (1), puis, quelques instants après, elle se réunissait à la 4ᵉ lourde (de la même division) et toutes deux venaient s'installer derrière la route d'Auboué (2). Les deux autres batteries de la même division restaient sur leurs premiers emplacements de tir, pendant que celles de la 23ᵉ division rejoignaient leur infanterie à Auboué.

De son côté, l'artillerie de la Garde, avant même la prise de Sainte-Marie, avait fait un bond de 400 mètres en avant, et s'étendait au sud-est de Saint-Ail, appuyant sa gauche à ce village.

La brigade de Sonnay exécute un retour offensif. — Au moment où l'infanterie allemande envahissait Sainte-Marie, la brigade de Sonnay (*75ᵉ, 91ᵉ*) déployée depuis 1 heure de l'après-midi entre Roncourt et Saint-Privat recevait l'ordre « d'exécuter un mouvement en avant et de se rabattre à gauche pour dégager le village de Sainte-Marie et protéger la retraite de la 2ᵉ brigade » (Rapport du général de Sonnay).

Laissant un bataillon du *75ᵉ* en position à l'ouest de Roncourt, le général de Sonnay, en exécution de cet ordre, porte droit sur Sainte-Marie et ses abords nord les 2ᵉ et 3ᵉ bataillons du *91ᵉ*. Le 1ᵉʳ bataillon suit peu après, formant échelon en arrière à droite et prolongé par les deux bataillons du *75ᵉ*, qui marchent sur le bois d'Auboué. En deuxième ligne, derrière le *91ᵉ*, le général La Font de Villiers fait avancer, comme soutien, le 2ᵉ bataillon du *12ᵉ* de ligne (de la division Tixier).

Six batteries (3) déployées entre Roncourt et Saint-Privat appuient ce mouvement dans la mesure de leurs moyens, pendant qu'une batterie à cheval de la division du Barail $\left(\dfrac{6}{19}\right)$, accompa-

---

(1) Monographie du 18 août. Il s'agit évidemment ici de la batterie à cheval de la division du Barail, qui accompagnait le retour offensif de la brigade Sonnay.

(2) A côté de la batterie du troisième groupe de corps.

(3) Trois batteries de la division La Font de Villiers $\left(\dfrac{5,\,6,\,7}{14}\right)$. Deux batteries de la division Levassor $\left(\dfrac{7,\,8}{18}\right)$. Une batterie à cheval de la division du Barail $\left(\dfrac{5}{19}\right)$.

gnant au plus près la marche de l'infanterie, suit pas à pas l'aile droite du *91ᵉ*.

La brigade de Sonnay, échappant presque complètement au feu de l'ennemi, s'avance rapidement sur les objectifs qui lui ont été assignés, lorsque, arrivée à 600 mètres environ de Sainte-Marie, elle s'arrête pour cribler de projectiles les lignes ennemies (1), qui commencent à déboucher du village et du ravin au nord.

Surpris par ce feu violent, auquel ils ne peuvent que difficilement riposter, en raison de la faible portée de leur arme, les bataillons saxons s'arrêtent; ils subissent bientôt de telles pertes que le général de Nehrhoff leur donne l'ordre de rompre le combat et de se rassembler au nord-ouest de Sainte-Marie. En même temps, les deux batteries de l'artillerie de corps saxonne, aventurées au nord de Sainte-Marie, sont obligées de se reporter en arrière de la route d'Auboué, non sans avoir été, elles aussi, très éprouvées.

De leur côté, les fractions de la Garde, qui cherchent à déboucher de Sainte-Marie, sont vivement prises à partie par un bataillon et demi du *93ᵉ*, installé au sud de la route de Saint-Privat et ne peuvent dépasser les clôtures des jardins du village.

L'échec des Allemands est donc incontestable. Mais, au lieu de poursuivre ce premier succès, le général de Sonnay s'immobilise sur sa position et se contente d'agir par le feu.

Cette passivité ne tardera pas d'ailleurs à lui être funeste, car les Allemands, n'étant pas inquiétés, vont bientôt pouvoir rétablir leurs affaires un instant compromises.

L'artillerie de corps saxonne et l'artillerie de la 24ᵉ division, après s'être rassemblées derrière la route d'Auboué, commencent, à partir de 4ʰ 45, à s'installer sur la croupe entre les bois d'Auboué et Sainte-Marie et à diriger un feu très vif sur la brigade de Sonnay.

En outre, dès 4ʰ 30, les premiers bataillons de la 45ᵉ brigade apparaissent à la lisière est des bois d'Auboué, menaçant ainsi la droite du *75ᵉ*.

_____

(1) $\dfrac{\text{III}}{104}$, $\dfrac{\text{III}}{103}$, $\dfrac{\text{II}}{104}$.

Dans ces conditions, le général de Sonnay ne peut que ramener en arrière ses bataillons (à l'exception du $\frac{1}{91}$, laissé sur son emplacement) et leur faire reprendre les positions qu'ils occupaient auparavant sur le plateau de Saint-Privat (1) (vers 5 heures).

Considérations. — Bien que le retour offensif esquissé par la brigade de Sonnay n'ait donné que d'assez médiocres résultats, il n'en faut pas moins louer hautement l'idée qui avait inspiré ce mouvement.

Dès qu'il voit Sainte-Marie aux mains des Allemands, le général La Font de Villiers, avec un coup d'œil et un à propos remarquables, lance sur eux sa 1ʳᵉ brigade (2). L'ordre est aussitôt exécuté et les cinq bataillons des *75ᵉ* et *91ᵉ*, dévalant les pentes du glacis de Saint-Privat, arrivent d'un bond et avec des pertes minimes jusqu'à 600 mètres des lignes allemandes. Malheureusement, à ce moment, ils s'arrêtent pour tirer, leur bel élan se rompt, l'ennemi peut se replier sans être bousculé, ni poursuivi. C'est l'avortement d'un mouvement conçu et entamé sous les plus heureux auspices...

Ce brusque arrêt est d'autant plus regrettable qu'au moment où elle s'immobilise sur sa position de tir, la brigade de Sonnay, échappant presque complètement à l'action du feu ennemi, se trouve dans la situation la plus favorable pour continuer son mouvement en avant. Désunis par l'effort qu'ils viennent de fournir — effort bien minime cependant, — les bataillons allemands ne sont pas encore capables de résister à une force compacte et organisée. Sur les dix-sept bataillons qui ont pris part à l'attaque, trois seulement sont en ligne, et de toute la formidable artillerie, qui, une demi-heure auparavant, a tonné sur Sainte-Marie, seules deux batteries de la 24ᵉ division sont en mesure d'agir efficacement et immédiatement sur le retour offensif

---

(1) Pour faciliter la retraite du 75ᵉ, le général La Font de Villiers fait avancer le 2ᵉ bataillon du 10ᵉ.

(2) Les historiques ne donnent pas l'heure exacte à laquelle le mouvement fut ordonné. Mais, étant donné que la brigade de Sonnay se trouvait à 4 heures à 600 mètres de Sainte-Marie, on peut inférer que l'ordre du général La Font de Villiers dut être donné entre 3ʰ 30 et 3ʰ 45, c'est-à-dire au moment de la prise de Sainte-Marie.

français; toutes les autres ou bien sont occupées à gagner une position plus rapprochée, ou bien sont restées sur leurs premiers emplacements de tir.

N'y avait-il pas là pour la brigade de Sonnay un ensemble de conditions qui devait lui assurer le succès, et n'est-il pas évident, qu'en agissant rapidement, vigoureusement et à fond, elle pouvait presque, sans coup férir, bousculer les Allemands et rentrer dans Sainte-Marie?

Le beau résultat, dira-t-on, puisque finalement il faudra toujours abandonner ce point d'appui! Certes, nous en convenons, la brigade de Sonnay sera bien obligée à un moment donné de se replier sur les positions principales du 6e corps, mais aura-t-elle fait œuvre inutile, si elle oblige les Allemands à s'user dans une nouvelle attaque de Sainte-Marie? Nous avons vu précédemment un faible régiment français provoquer le déploiement de dix-sept bataillons; qui sait si, à son tour, la brigade de Sonnay, une fois dans Sainte-Marie, ne forcera pas les Allemands à renouveler leur attaque avec des moyens encore plus puissants, à dépenser ainsi sur le front une partie des forces affectées à l'enveloppement, à perdre enfin un temps précieux?

Mais quittons le champ des hypothèses. Si nous avons envisagé la prolongation du mouvement de la brigade de Sonnay, ce n'est pas tant pour remporter sur le papier une facile victoire que pour souligner la situation critique des Allemands après la prise de Sainte-Marie.

On ne saurait, en effet, trop insister sur ce point : l'attaque, au moment où elle arrive sur la position conquise, passe presque toujours par une période de crise, au cours de laquelle elle est à la merci de son adversaire. Le cœur humain est ainsi fait qu'à tout effort doit succéder une détente, qu'à toute action doit correspondre une réaction. L'attaque, qui constitue la forme supérieure de l'action et qui, pour aboutir, à dû dépenser une somme considérable d'efforts physiques et moraux, n'échappe pas à cette loi, dont les nécessités dominent la phase finale de tout combat. Aussi, l'assaillant, même victorieux, ne saurait prendre trop de précautions, pour consolider sa victoire à l'aide des troupes de l'arrière et s'assurer la possession définitive de sa conquête. Et, de son côté, le défenseur repoussé ne saurait trop se rappeler que

dans la plupart des cas, c'est en exploitant la situation momentanément difficile de son vainqueur qu'il pourra réparer son
échec.

En disant cela, nous n'entendons point faire le procès de l'offensive. Bien au contraire, puisque nous montrons que le moment
critique pour elle est précisément celui où, par la force des choses,
l'attaque est obligée de se recueillir et de passer, pour un instant,
à la défensive.

IV — Situation générale, vers 5 heures du soir, de la IIᵉ armée et des 4ᵉ et 6ᵉ corps français (1)

Le XIIᵉ corps. — Arrivé un peu avant 4 heures à l'ouest de
Sainte-Marie, le prince de Saxe avait pu observer, dès le début, le
mouvement de la brigade de Sonnay en avant de Saint-Privat.
Craignant que l'aile droite de la ligne française ne mît la main sur
les bois d'Auboué, il avait aussitôt ordonné au prince Georges,
commandant la 23ᵉ division, « de s'emparer en hâte des boqueteaux, qui s'étendaient dans la direction de Roncourt (2) ». En
outre, comme il avait cru voir de l'infanterie et de l'artillerie (3)
française à Roncourt, il en avait conclu que l'enveloppement
complet de l'ennemi ne pouvait se réaliser, ainsi qu'il l'avait cru
tout d'abord, en dirigeant la 23ᵉ division des bois d'Auboué sur
Roncourt. En conséquence, il avait ordonné à 4 heures au prince
Georges de s'élever davantage vers le nord et avait mis à sa disposition la 48ᵉ brigade.

En exécution de ces ordres, le prince Georges avait aiguillé

---

(1) Notre intention n'est pas de refaire, après tant de plumes autorisées, le récit
complet de la bataille du 18 août. Ce que nous voulons, c'est simplement étudier
les combats de cette journée qui nous paraissent les plus intéressants et en tirer quelques conclusions.

Toutefois, pour ne pas donner à notre travail un caractère trop épisodique, nous
avons cru bon de relier entre eux ces différents combats, en donnant un aperçu
général de la journée du 18, et en résumant à grands traits les phases de la bataille
que nous n'avons pas étudiées en détail.

C'est dans ce but qu'a été écrit le présent chapitre.

(2) Monographie du 18 août.

(3) Il n'y avait pas d'artillerie à Roncourt.

sur les bois d'Auboué la 45ᵉ brigade et, vers 5 heures, les 101ᵉ et 108ᵉ régiments avaient occupé les lisières est de ces bois, engageant une assez vive fusillade avec le 2ᵉ bataillon du *10ᵉ*, pendant que le 102ᵉ régiment s'était rassemblé à l'ouest.

A la même heure, la 46ᵉ brigade, qu'on était enfin parvenu à découvrir à Moineville, se mettait en marche vers le nord par Coinville, et la 48ᵉ brigade arrivait dans la région d'Auboué, se dirigeant, elle aussi, vers le nord (1).

A 5 heures également, ainsi que nous l'avons vu, la 47ᵉ brigade se trouvait rassemblée au nord-ouest de Sainte-Marie et douze batteries saxonnes commençaient à s'installer entre ce village et les bois d'Auboué.

Pour compléter le rapide aperçu que nous venons de donner de la situation, ajoutons qu'à partir de 4ʰ 45, la lutte sur le front du XIIᵉ corps perdait peu à peu de son intensité; un combat d'infanterie assez vif se faisait encore entendre dans la direction des bois d'Auboué, mais dans la région Sainte-Marie—Saint-Privat une trêve tacite semblait avoir été conclue.

La Garde. — Sur le front de la Garde, la même accalmie se produisait et, à 5 heures, la situation de ce corps d'armée était la suivante :

La 2ᵉ brigade occupait Sainte-Marie, et la 1ʳᵉ brigade se trouvait rassemblée à 500 mètres au sud-ouest de ce village.

La 4ᵉ brigade se trouvait au nord de Saint-Ail.

Enfin, la 3ᵉ brigade, sur l'ordre du prince Frédéric-Charles, était en réserve au nord des bois de la Cusse, à la disposition du général commandant le IXᵉ corps.

L'artillerie de corps et l'artillerie de la 1ʳᵉ division occupaient toujours les mêmes positions au sud de Saint-Ail, et exécutaient un tir très lent sur les hauteurs au sud-ouest de Saint-Privat.

_____

(1) A 4ʰ 30, le prince Georges avait donné l'ordre suivant : « La 48ᵉ brigade, renforcée par le 1ᵉʳ régiment de cavalerie et trois batteries, continuera son mouvement dans la vallée de l'Orne jusqu'à hauteur de Jœuf et de Montois et s'avancera, par ce dernier village, sur Roncourt. La 45ᵉ brigade chassera complètement l'ennemi des bois et marchera de l'ouest sur Roncourt, dès que la 48ᵉ brigade, venant du nord, fera sentir son action.

« La 46ᵉ brigade restera à ma disposition ».

Quant à l'artillerie de la 2ᵉ division, elle venait s'installer vers 5 heures entre Saint-Ail et Sainte-Marie (1).

Le 6ᵉ corps. — En voyant les forces allemandes s'élever au nord de Sainte-Marie, le maréchal Canrobert s'était décidé à faire de Saint-Privat le centre de sa résistance, et vers 5 heures, il avait porté en arrière du village, les deux derniers régiments de la division Tixier (*4ᵉ* et *100ᵉ*).

Au sud de la route de Sainte-Marie, il ne restait donc plus que la division Levassor, occupant encore ses positions de midi. Dans Saint-Privat même se trouvaient six bataillons appartenant à cinq corps différents. Au nord du village, le long de la route de Roncourt, le général de Sonnay avait replié quatre de ses bataillons (deux du *75ᵉ*, deux du *91ᵉ*). Roncourt était tenu par un bataillon du *9ᵉ*, couvert en avant par un bataillon du *75ᵉ*. Enfin, sur le glacis descendant vers Sainte-Marie, un bataillon du *93ᵉ*, au sud de la route, deux bataillons des *91ᵉ* et *10ᵉ*, au nord de la route, continuaient à tirailler avec les fantassins allemands, qui apparaissaient aux lisières orientales de Sainte-Marie et des bois d'Auboué.

« Quant à l'artillerie du 6ᵉ corps, elle se trouvait définitivement ou à peu près hors de cause (2). » Six batteries retirées de la lutte étaient installées en position de repli, auprès des carrières de la Croix. Cinq autres étaient réunies en arrière de la route Saint-Privat-Roncourt, ne tirant plus qu'à de très rares intervalles. Enfin, deux batteries s'étaient abritées derrière Saint-Privat.

Le IXᵉ corps allemand. — *Le 4ᵉ corps français et la division Montaudon du 3ᵉ corps.* — Lorsque, vers 3 heures, l'artillerie de corps du IXᵉ corps avait abandonné la lutte et s'était retirée au delà de Vernéville, la situation du général de Manstein était des plus critiques et son corps d'armée se trouvait à la merci du moindre mouvement offensif de notre part. Mais,

_____

(1) Le Xᵉ corps et la 5ᵉ division de cavalerie se trouvaient à Batilly.

(2) *Revue d'Histoire.*

bientôt, grâce à notre passivité, la situation allait complètement changer d'aspect.

A 3ʰ 30, sur l'ordre du prince Frédéric-Charles, les quatre batteries montées de l'artillerie de corps du IIIᵉ corps venaient s'installer au sud-est de Vernéville et entamaient bientôt une lutte vigoureuse avec notre artillerie. Peu après, les deux batteries à cheval du IIIᵉ corps se plaçaient à la gauche des batteries de la 18ᵉ division sur la croupe 330. Elles étaient bientôt suivies de deux batteries du IXᵉ corps, qui avaient pu se reconstituer, de sorte qu'à 4ʰ 15, douze batteries allemandes étaient en ligne dans la région de Vernéville. Elles ne tardaient pas à réduire au silence notre artillerie et, à 4ʰ 30, des douze batteries françaises du plateau de Montigny, il ne restait plus que quatre batteries en état de tirer.

Plus au nord, la situation de notre artillerie n'était pas plus favorable, et les batteries hessoises, après avoir mis hors de cause l'artillerie de la division de Cissey, s'attaquaient aux batteries de la région d'Amanvillers et les obligeaient à se retirer de la lutte.

Pendant que l'artillerie affirmait ainsi sa supériorité, l'infanterie du IXᵉ corps ne faisait que de timides efforts pour progresser, et se bornait à couvrir le déploiement de ses batteries.

Au nord, sept compagnies de la 25ᵉ division se portaient vers 3ʰ 30 à 300 mètres en avant des batteries hessoises, et s'immobilisaient sur cette position.

A la lisière orientale des bois de la Cusse, deux autres bataillons hessois relevaient les bataillons de la 18ᵉ division, qui s'y trouvaient depuis 1 heure.

Quant au 1ᵉʳ bataillon de chasseurs hessois, il se portait à la gauche des batteries installées sur la fameuse croupe 330 et s'y déployait en tirailleurs, soumis à un feu très violent des Français.

Au centre, deux compagnies hessoises chassaient de Champenois la compagnie du 13ᵉ de ligne, qui s'y trouvait depuis le début du combat.

Enfin, à droite, dans la région de Chantrenne, deux bataillons frais de la 18ᵉ division se portaient au sud de la ferme dans les bois de Génivaux et s'arrêtaient dans la pointe nord de ces bois, face à l'aile gauche de la brigade Clinchant (3ᵉ bataillon du 95ᵉ).

Du côté français, la situation de l'infanterie ne s'était pas beaucoup modifiée et notre première ligne occupait toujours ses positions de midi.

A la division de Cissey, un régiment de la brigade de réserve
(6ᵉ régiment) avait été porté à la gauche de la 1ʳᵉ brigade.

Dans la région d'Amanvillers, sept bataillons de la division
Lorencez étaient venus renforcer la droite du général Grenier qui
reportait alors en arrière le 43ᵉ, à bout de munitions.

Enfin, le général Montaudon, sur le plateau de La Folie, avait
disposé sa 2ᵉ brigade sur deux lignes entre Montigny et Leipzig.
Quant à la brigade Clinchant, elle occupait face à l'ouest et au
nord-ouest les lisières de la Charmoise, ainsi que la corne nord des
bois de Génivaux.

Telle est, à 5 heures du soir, la situation générale des deux armées dans la région Saint-Privat—Amanvillers. En somme,
malgré le déploiement de quatre divisions d'infanterie et de l'artillerie de quatre corps d'armée, les résultats obtenus par les Allemands sont des plus modestes; ils se sont bien emparés des quelques
faibles postes que nous avons jetés au hasard en avant de nos
lignes, mais ces avantages partiels ont exigé de leur part la mise
en œuvre de moyens si puissants, comparés aux forces opposées,
qu'on ne saurait les considérer comme des succès pour les armes
allemandes. En tout cas, la IIᵉ armée n'est pas parvenue à entamer
la position principale des 4ᵉ et 6ᵉ corps, et si notre artillerie est
réduite au silence, du moins la grande majorité de notre infanterie
se trouve intacte, et est encore en état de faire bonne figure dans
les combats ultérieurs.

Ainsi, malgré cinq heures d'une lutte souvent acharnée, il
semble qu'à première vue aucun des deux adversaires n'ait pris
sur l'autre un avantage marqué. Tant d'efforts dépensés, tant de
sang versé n'auraient-ils donc réellement abouti qu'à un résultat
négatif? Oui, si nous envisageons le côté matériel de la bataille;
non, si, nous élevant au-dessus des contingences, nous en considérons le côté moral.

En cherchant obstinément le contact, en nous l'imposant de
force, les Allemands ont en effet pris sur nous une incontestable
supériorité morale. Ils nous ont dicté leur loi, et cet enveloppement de notre droite, but suprême indiqué par leur haut com-

mandement, ils sont sur le point de le réaliser malgré nous. Malgré nous? Disons plutôt sans nous et en dehors de nous, car pas un instant l'armée française n'a songé à contrecarrer les projets de son adversaire.

Aussi, dès 5 heures, la mainmise de la IIe armée sur les 4e et 6e corps français est-elle un fait accompli et cette sujétion morale va désormais peser lourdement sur nous et paralyser nos plus héroïques efforts. Certes, dans la suite de la bataille, les occasions de « reprendre du poil de la bête » ne nous manqueront pas, et plus d'une fois, on le verra, les Allemands sentiront passer sur leurs têtes le vent de la défaite; mais, précisément parce que nous serons déjà moralement déprimés, nous ne chercherons pas à exploiter la situation critique de notre adversaire. Nous resterons inertes et nous n'oserons plus opposer à sa volonté, à son but, à son plan, une autre volonté, un autre but, un autre plan.

L'examen de la situation à 5 heures appelle encore une autre réflexion. Nous voyons qu'après une offensive vigoureuse, les Allemands, à partir de 5 heures, restent très nettement sur la défensive. Chez les fils spirituels de Clausewitz, partisan résolu de la continuité dans l'effort, cette attitude expectante est bien faite pour nous étonner. Qu'on ne s'imagine pas cependant qu'elle soit la résultante de causes fortuites; elle est voulue et bien voulue. Si les Allemands s'immobilisent ainsi momentanément en face de nos positions, c'est qu'ils attendent, avant de reprendre l'attaque, que le mouvement enveloppant exécuté par les Saxons sur l'aile droite française soit en voie d'achèvement et commence à faire sentir son action.

Cet arrêt du combat de front dans l'attente de l'enveloppement est, en effet, pour nos voisins, un point de doctrine nettement caractérisé, dont on pourrait retrouver les origines dans les méthodes frédériciennes et que les règlements modernes ont définitivement consacré.

Dans une étude sur les tendances actuelles des Allemands dans la préparation et l'exécution de la bataille (1), le capitaine Culmann écrit : « Ayant tout d'abord à protéger la manœuvre enveloppante, les troupes chargées du combat de front se tiendront

_____

(1) *Revue Militaire générale*, janvier 1907.

momentanément sur l'expectative (1) économisant leur infanterie, et, autant que faire se pourra, combattant avec leur artillerie surtout. Elles apporteront un soin tout particulier dans l'organisation solide des points d'appui, de manière à pouvoir les défendre éventuellement, même contre la masse principale adverse, la victoire alors dépendant surtout de leur résistance. Leur infériorité tactique cessera aussitôt que le mouvement enveloppant commencera à faire sentir ses effets. Elles attaqueront dès lors avec la dernière énergie. Bref, presque toujours, le combat de front sera, *au début*, nettement défensif.

« L'infanterie allemande aura satisfait à sa première mission, dans la partie démonstrative du champ de bataille, lorsqu'elle sera parvenue partout à distance de « feux décisifs », c'est-à-dire à un millier de mètres avec les balles actuelles, en terrain découvert. Là, elle s'arrêtera. Dans une pareille situation, sans doute, elle protège la manœuvre de l'aile enveloppante et menace l'ennemi ; elle est en mesure ainsi de s'emparer rapidement des positions que celui-ci occupe, s'il venait à les évacuer, mais une pareille menace n'immobilise que la première ligne et demeure sans effet sur les réserves.

« Les troupes allemandes, loin de fixer l'adversaire au début du combat, se fixent donc elles-mêmes : un simple rideau suffira à leur faire illusion. »

Toutes choses égales d'ailleurs, ces conclusions s'appliquent en tous points à l'action de la IIᵉ armée dans la première phase de la bataille de Saint-Privat. Le 18 août, devant un adversaire inerte, une telle attitude a pu être sans inconvénient. Mais quelle n'aurait pas été l'issue de la lutte, si, ce jour-là, les Français avaient eu la volonté de vaincre ? Le déploiement de la IIᵉ armée devant un rideau, l'arrêt du combat sur son front, toutes ces circonstances n'étaient-elles pas éminemment favorables à l'armée du Rhin, puisqu'elles lui donnaient le temps et les moyens de porter ses réserves sur le point menacé et de déjouer ainsi la manœuvre sous laquelle on cherchait à la faire succomber ?

_____

(1) Mais, bien entendu, après avoir enlevé les points d'appui qu'elle considère comme nécessaires au déploiement de l'artillerie.

III

LE RAVIN DE LA MANCE
LA 1ʳᵉ ARMÉE ET LES 2ᵉ ET 3ᵉ CORPS FRANÇAIS

I — La Iʳᵉ armée engage le combat

Les artilleries des VIIᵉ et VIIIᵉ corps prennent position sur les hauteurs de Gravelotte. — On se souvient que, vers 11ʰ 30, le général Steinmetz, des hauteurs de Gravelotte, avait cru remarquer des indices de retraite dans l'armée française. Aussitôt, il avait adressé au maréchal de Moltke un long message pour lui faire part de ses impressions et lui dire « qu'en toute certitude » l'ennemi se retirait partie sur Metz, partie vers le nord-est, ne laissant qu'une arrière-garde au Point-du-Jour.

Ce compte rendu venait à peine d'être expédié que le général de Sperling, de retour du grand quartier général, se présentait au commandant de la Iʳᵉ armée et lui transmettait « la recommandation de n'attaquer, qu'autant que la IIᵉ armée serait en mesure de coopérer à l'action ». Il ajoutait, en outre, que « le IXᵉ corps devait s'avancer contre les bois de Génivaux et de Verneville, pendant que l'aile gauche de la IIᵉ armée attaquerait en venant du nord (1) ».

D'après la monographie du 18 août, que nous avons citée textuellement, le général de Sperling se serait borné à ces seules indications. Quant à la prescription si importante pour Steinmetz, d'attaquer *à la fois par Gravelotte et les bois de Vaux,* « *autant que les documents des archives de la guerre permettent*

---

(1) Monographie du 18 août.

de l'affirmer, le général de Sperling n'en aurait rien dit à son chef (1) ».

Cette assertion de la monographie du 18 août, qui renverse toutes les opinions admises jusqu'à ce jour (2), est-elle exacte? Il nous est difficile de l'affirmer. En tout cas, elle peut se justifier, et il est très possible que le général Steinmetz n'ait jamais eu connaissance des intentions du maréchal de Moltke sur le rôle que devait jouer la Ire armée, le 18 août. Qu'on en juge :

La prescription de procéder à une attaque enveloppante à la fois par Gravelotte et les bois de Vaux était, on s'en souvient, contenue dans l'ordre adressé, à 10^h 30, par le maréchal de Moltke à la IIe armée (3). Aucune copie n'en fut envoyée à la Ire armée. Mais, comme le général de Sperling se trouvait à Flavigny, au moment où l'ordre fut rédigé, on se contenta de le lui communiquer, afin qu'il put en faire un compte rendu verbal au commandant de la Ire armée. En même temps, comme on craignait, par dessus tout, au grand quartier général, que Steinmetz ne se lançât dans une action prématurée, le général de Sperling recevait l'ordre verbal d'insister tout particulièrement auprès de son chef sur la nécessité de ne pas attaquer, avant que la IIe armée ne se soit engagée.

C'est sur ces entrefaites qu'il partit pour Gravelotte, où il arriva, ainsi que nous venons de le voir, à 11^h 30. Là, que se passa-t-il? La mémoire du général de Sperling fut-elle en défaut? Ne se souvint-il que de l'insistance qu'on avait mise, au grand quartier général, à parler de l'action simultanée des deux armées,

---

(1) Monographie du 18 août.

(2) En particulier, F. Hœnig reproche à Steinmetz, dans les termes les plus virulents, d'avoir sciemment désobéi et de ne pas s'être conformé aux ordres du maréchal de Moltke, en négligeant d'attaquer par les bois de Vaux.

(3) Ordre de 10^h 30, à la IIe armée :
« D'après les renseignements reçus, on peut admettre que l'ennemi veut se défendre sur le plateau, entre le Point-du-Jour et Montigny.
« Quatre bataillons ennemis se sont avancés dans le bois de Génivaux. Sa Majesté estime qu'il convient de porter le XIIe corps et la Garde dans la direction de Batilly, de manière à joindre l'adversaire sur Sainte-Marie, s'il se retire sur Briey, ou à l'aborder par Amanvillers, s'il reste sur les hauteurs. L'attaque aura lieu simultanément, savoir : pour la Ire armée, par le bois de Vaux et Gravelotte; pour le IXe corps, par le bois de Génivaux et Vernéville; pour l'aile gauche de la IIe armée, par le nord.

et omit-il ainsi la partie la plus importante des communications verbales dont il était porteur? Nous l'ignorons. Il y a là un point d'histoire qu'il est difficile d'élucider complètement. Mais, en tout cas, il est une conclusion que nous pouvons tirer en toute certitude, c'est qu'un ordre de l'importance de l'ordre de 10ʰ 30 aurait dû être communiqué par écrit à la Iʳᵉ armée. Cette précaution était d'autant plus nécessaire que, depuis le 11 août, — et le grand quartier général ne l'ignorait pas, — Steinmetz était brouillé avec le général de Sperling, et que les relations très tendues qui existaient entre le commandant de la Iʳᵉ armée et son subordonné n'étaient pas faites, on en conviendra, pour faciliter les échanges de vues et les communications verbales. Petites causes, grands effets.

Quoi qu'il en soit, aussitôt après l'arrivée de son chef d'état-major, le général Steinmetz adressait au VIIIᵉ corps l'ordre suivant :

Gravelotte, 11ʰ 30.

Le VIIIᵉ corps doit, suivant les progrès de la marche du IXᵉ corps, s'avancer sur Gravelotte et occuper les points d'appui, qui se trouvent là (1). Le mouvement de conversion de l'armée doit s'exécuter par une action d'ensemble des corps d'armée.

A ce moment, le VIIIᵉ corps (moins la 31ᵉ brigade, encore en marche de Gorze sur Rezonville) se trouvait rassemblé entre le bois Leprince et Rezonville.

Quant au VIIᵉ corps, déjà très dispersé, il avait trois bataillons de la 14ᵉ division (2) à la lisière nord des bois de Vaux; le reste de la 14ᵉ division était au débouché du chemin d'Ars à Gravelotte. La 13ᵉ division et l'artillerie de corps se trouvaient encore dans la région d'Ars.

Du côté français, la situation des 2ᵉ et 3ᵉ corps, que nous avons exposée précédemment (chap. VI, 1ʳᵉ partie) n'avait subi que peu de modifications : on avait continué à creuser des épaulements pour les batteries et des tranchées pour l'infanterie;

---

(1) *Die dortigen Lokalitäten.*

(2) $\frac{\mathrm{I,\ II}}{53}$, 3ᵉ chasseurs.

quant aux troupes, elles occupaient sensiblement les mêmes emplacements.

Formant crochet défensif à gauche, la brigade Lapasset tenait la croupe au nord-ouest de Rozérieulles, ayant deux bataillons d'avant-postes à Sainte-Ruffine et à Jussy.

Le 2ᵉ corps avait déployé, dans les fossés de la route du Point-du-Jour, six bataillons appuyés par les trois batteries de la 1ʳᵉ division.

En avant de ces bataillons, dans les Sablières, une compagnie du *55ᵉ*; aux Carrières, une compagnie du *77ᵉ*. Enfin, deux compagnies du *32ᵉ* avaient été poussées dans les bois de la Mance, au sud de la chaussée.

Au 3ᵉ corps, les trois divisions Aymard, Metman, Nayral (1) occupaient, avec onze bataillons, les tranchées et points d'appui s'étendant du Point-du-Jour exclus à Leipzig inclus; sept batteries étaient, en outre, en position sur la crête.

Dans Saint-Hubert, se trouvait le 2ᵉ bataillon du *80ᵉ*, qui était couvert dans la direction de Gravelotte par une compagnie du 1ᵉʳ bataillon du même régiment.

Quant aux bois de la Mance et de Génivaux, on les avait occupés au petit bonheur, en y jetant sept bataillons appartenant à cinq corps différents. Non seulement ces bataillons n'étaient pas groupés sous un commandement unique, mais ils avaient été maintenus en majorité sur la rive gauche du ruisseau de la Mance; à la lisière ouest des bois ne se trouvaient que les tirailleurs du 3ᵉ bataillon du *60ᵉ*, à une centaine de mètres au nord de la chaussée Gravelotte—Saint-Hubert, et, plus au nord encore, une compagnie du 7ᵉ de ligne et une compagnie du 7ᵉ chasseurs.

Vers midi, le canon du IXᵉ corps commençant à se faire entendre, le général de Gœben ordonne, à midi 15, à la 15ᵉ division d'infanterie, « de s'avancer, avec une brigade, d'abord sur Gravelotte, puis sur le point où la chaussée franchit le ravin de la Mance, en se maintenant à droite de la chaussée; avec l'autre brigade, de marcher à gauche du village, sur le bois de la Mance.

---

(1) Nous ne parlons pas de la division Montaudon (1ʳᵉ du 3ᵉ corps) qui, de par sa situation à la droite du corps d'armée, avait à opérer contre le IXᵉ corps allemand.

La 16e division doit suivre en réserve, pendant que toute l'artillerie du VIIIe corps s'installera au nord et au sud de la chaussée Gravelotte—Saint-Hubert (1) ».

A peine les premiers éléments de la 15e division apparaissent-ils au sud du bois Leprince que l'artillerie française ouvre le feu sur eux (2). Afin de pouvoir riposter à ce feu, le général de Gœben fait immédiatement mettre en batterie, au nord-ouest de Gravelotte, l'artillerie de la 15e division, pendant que, sur l'ordre de Steinmetz (3), l'artillerie de la 14e division vient s'installer au sud du village (midi 45).

En même temps, pour couvrir cette ligne de batteries, on envoie le 7e hussards, ainsi que le IIIe bataillon du 67e (30e brigade) sur la Malmaison et le IIe bataillon du 60e (29e brigade) à la sortie nord de Gravelotte. En outre, le 33e régiment d'infanterie (29e brigade) occupe la lisière est de Gravelotte; le IIIe bataillon et deux compagnies du Ier au nord de la route, le IIe bataillon et les deux autres compagnies du Ier au sud. Le reste de la 15e division s'arrête provisoirement dans le ravin entre Gravelotte et Rezonville. Enfin, au VIIe corps, on pousse deux bataillons du 13e régiment (13e division) vers la lisière nord des bois de Vaux, où se trouvent déjà trois bataillons de la 14e division.

Ces diverses dispositions sont en voie d'exécution, lorsque, vers 1 heure, le général Steinmetz reçoit du grand quartier général l'instruction suivante : « Le combat que l'on entend en ce moment n'est qu'un engagement partiel qui se livre en avant de Vernéville; il n'exige pas que la Ire armée s'engage en entier. Elle évitera de montrer des forces considérables et se bornera, le cas échéant, à faire agir son artillerie, pour préparer l'attaque ultérieure. »

Steinmetz communique aussitôt cette note au général de Zastrow, commandant le VIIe corps, qui se trouve auprès de lui. Quant au général de Gœben, dont l'infanterie commence déjà

---

(1) Archives de la guerre.

(2) Il y a 4 kilomètres du bois Leprince aux hauteurs du Point-du-Jour. Si, comme l'affirme la monographie du 18 août, l'artillerie française a réellement ouvert le feu à cette distance, les résultats ont dû être certainement nuls.

(3) En même temps, Steinmetz appelle sur le plateau de Gravelotte l'artillerie de corps du VIIe corps et l'artillerie de la 13e division.

à tirailler avec les compagnies françaises du bois de la Mance, il ne lui adresse pas la moindre indication.

« Comment se fit-il, dit à ce sujet la monographie du 18 août, que le général de Steinmetz ne communiqua pas les instructions de de Moltke à ses deux corps d'armée, mais seulement au VIIᵉ corps? L'artillerie du VIIIᵉ corps était menacée par les tirailleurs ennemis; il fallait que l'infanterie la protégeât, et cette mesure ne pouvait être différée. Mais ce n'était pas tout. Le grand quartier général avait-il pensé au VIIIᵉ corps, lorsqu'il avait voulu arrêter l'attaque générale de la Iʳᵉ armée? Toutes les prescriptions précédentes, à l'exception de l'ordre de 10ʰ 30, avaient insisté sur la différence profonde, qui devait exister entre la mission défensive du VIIᵉ corps et la mission offensive du VIIIᵉ corps, qui faisait en quelque sorte partie de la IIᵉ armée. Évidemment, cette distinction entre les missions des deux corps d'armée influait sur Steinmetz. Le VIIIᵉ corps paraissait être lié à la IIᵉ armée, où le combat était déjà engagé. Il semblait qu'il dépendait plus de cette armée que de la Iʳᵉ armée. »

Ces observations ne manquent pas de justesse, et il est évident que la situation du VIIIᵉ corps, au point de vue du commandement, n'était pas réglée d'une façon nette. Dans son ordre du 17 août, de Moltke avait actionné directement ce corps d'armée, et l'avait en quelque sorte considéré comme momentanément rattaché à la IIᵉ armée. Aucune disposition ultérieure n'étant venue modifier cette situation, le général Steinmetz pouvait, à la rigueur, s'en tenir strictement aux ordres du 17 et ne pas se croire autorisé à arrêter le mouvement du VIIIᵉ corps.

Évidemment, c'était interpréter la situation de la façon la plus étroite. Mais ne devait-on pas s'attendre à cette nouvelle incartade du commandant de la Iʳᵉ armée? N'était-il pas en effet coutumier du fait? Et, de son côté, le maréchal de Moltke n'était-il pas suffisamment averti par l'expérience des journées précédentes, pour prévoir que son subordonné chercherait à secouer sa tutelle, au premier malentendu qui se présenterait?...

Le 17 août, le grand quartier général avait cru bon de modifier momentanément la constitution organique des Iʳᵉ et IIᵉ armées. Il ne s'agit pas ici de rechercher s'il avait eu tort ou raison de procéder à cette opération délicate, à la veille d'une bataille;

mais ce qui est certain, c'est qu'il aurait dû, par des ordres précis, définir plus nettement les attributions et les responsabilités de chacun. En s'en tenant à des demi-mesures, en laissant planer un doute, — favorable non pas à l'accusé, mais à l'enfant terrible qu'était Steinmetz, — il commettait une erreur grosse de conséquences et risquait de laisser ses intentions complètement méconnues.

Et, de fait, c'est ce qui arrive, car nous allons voir, à partir de 1 heure, la 15ᵉ division s'engager en entier et la bataille prendre une allure violente, qui contrastera étrangement avec les prescriptions du chef d'état-major général.

Renforcement et bond en avant de l'artillerie allemande. — A 1 heure, en effet, l'artillerie de corps du VIIIᵉ corps vient prendre position au nord de Gravelotte, partie entre les batteries de la 15ᵉ division, partie à leur gauche. Puis, à 1ʰ 30, toute cette ligne d'artillerie fait un bond en avant et se porte, par échelon de batteries, à l'est de la route Gravelotte—Malmaison. En même temps, l'artillerie de la 13ᵉ division (1) débouche du chemin d'Ars et installe ses trois batteries à côté de celles de la 14ᵉ division.

Ainsi donc, à partir de 1ʰ 30, les Allemands disposent, sur le plateau de Gravelotte, de dix-huit batteries, qui, dès leur entrée en ligne, prennent vivement à partie l'artillerie française de Moscou et du Point-du-Jour, et affirment bientôt sur elle leur supériorité (2).

L'infanterie de la 15ᵉ division (3) s'avance des deux côtés de la route Gravelotte—Saint-Hubert. — Nous avons vu précédemment que le 33ᵉ d'infanterie avait occupé, entre midi 45 et

(1) Trois batteries; la quatrième est à Ars avec la 27ᵉ brigade.

(2) A partir de 2 heures, l'artillerie de corps du VIIᵉ corps arrivera sur le plateau de Gravelotte et ne pourra mettre en ligne qu'une batterie, faute de place. Mais les batteries divisionnaires ayant fait elles aussi un bond avant, à l'est de la route d'Ars, deux nouvelles batteries de corps entreront en action. Quant aux trois autres, elles resteront en position d'attente au sud-ouest de Gravelotte, ainsi que les batteries de la 16ᵉ division.

(3) 33ᵉ et 60ᵉ régiments (29ᵉ brigade), 28ᵉ, 67ᵉ régiments, 8ᵉ bataillon de chasseurs (30ᵉ brigade).

1 heure, la lisière est de Gravelotte, et qu'il n'avait pas tardé
à engager une vive fusillade avec les compagnies du *32ᵉ*, qui
se trouvaient dans le bois de la Mance. Dans ces conditions, le
colonel du 33ᵉ, estimant qu'il était nécessaire de chasser ces
compagnies « pour assurer la protection de l'artillerie et la possession de Gravelotte », avait prescrit, peu après 1 heure, à son
IIᵉ bataillon de s'avancer sur la portion des bois de la Mance,
qui se trouve au sud de la chaussée. Le Iᵉʳ et le IIIᵉ bataillon
devaient appuyer le mouvement.

En exécution de cet ordre, le IIᵉ bataillon (1), prolongé à droite
par les 1ʳᵉ et 2ᵉ compagnies du Iᵉʳ, dévale sur le bois, en chasse
facilement les grand'gardes françaises et s'engage dans l'épais
taillis, qui couvre le fond du ravin. A 2 heures, les six compagnies
atteignent la lisière orientale des bois, la gauche face aux Sablières, la droite face aux Carrières du Point-du-Jour (2). Les
deux compagnies de droite (1ʳᵉ et 2ᵉ compagnies) se jettent dans
les Carrières, dont elles occupent la partie méridionale, ayant, à
une centaine de mètres en face d'elles, une compagnie du *77ᶜ*
(1ʳᵉ division du 2ᵉ corps). De son côté, le IIᵉ bataillon parvient à
gagner le chemin de terre qui mène des Carrières aux Sablières,
mais, accueilli par une vive fusillade, il est obligé de se replier
sous bois, ne laissant aux Sablières que quelques fractions des
6ᵉ et 8ᵉ compagnies.

Quant aux six autres compagnies du régiment (IIIᵉ bataillon,
3ᵉ et 4ᵉ compagnies), elles restent tout d'abord à la lisière est
de Gravelotte, mais exposées, elles aussi, à un « feu violent de
mousqueterie et d'artillerie », elles suivent bientôt l'exemple du
IIᵉ bataillon. Sur l'ordre du commandant du IIIᵉ bataillon, elles
s'élancent sur le bois de la Mance, trois compagnies au nord,
trois compagnies au sud de la route, et atteignent la lisière ouest,
non sans avoir subi des pertes importantes. Continuant leur
mouvement en avant, ces six compagnies arrivent à la lisière
est, se reforment et, malgré le feu de la grand'garde du *80ᶜ*,

----

(1) Il occupait, avec les 1ʳᵉ et 2ᵉ compagnies, la lisière est de Gravelotte, au sud
de la route.

(2) Afin d'éviter toute confusion, rappelons que, dans le récit du combat de la
Iʳᵉ armée, il sera question des Carrières du Point-du-Jour, situées à l'extrême gauche
française, et des Carrières de Saint-Hubert, situées à l'ouest de la ferme.

parviennent à prendre pied dans les carrières en avant de Saint-Hubert (2ʰ 45). A ce moment, le 33ᵉ régiment d'infanterie a ses douze compagnies déployées sur un front de près de 2 kilomètres des Carrières du Point-du-Jour jusqu'au nord de la chaussée de Saint-Hubert : c'est assez dire qu'il a perdu toute capacité offensive.

De son côté, la 30ᵉ brigade s'est portée à l'attaque. A 1ʰ 20, le général de Weltzien, commandant la 15ᵉ division, lui prescrit de « marcher sur la partie du bois de la Mance qui se trouve au nord de la Chaussée ».

Après avoir traversé Gravelotte en colonne, la 30ᵉ brigade (1) se déploie sous le feu de l'artillerie française et des tirailleurs du 60ᵉ, embusqués à la lisière ouest du bois de la Mance (2). Le bataillon de fusilliers du 67ᵉ porte une compagnie en première ligne, deux en seconde ligne (3); il est suivi par le Iᵉʳ bataillon du même régiment, tandis que le 8ᵉ bataillon de chasseurs et le 28ᵉ régiment d'infanterie, se dirigeant vers le nord, prolongent la ligne à gauche.

La 30ᵉ brigade traverse vivement le terrain découvert, qui la sépare du bois de la Mance et atteint, vers 2ʰ 15, la lisière ouest de ce bois. S'appuyant à la chaussée, le 1ᵉʳ bataillon du 67ᵉ bouscule le 3ᵉ bataillon du 60ᵉ, et arrive au débouché de la route face aux Carrières de Saint-Hubert. Il est accueilli par un feu violent; mais, comme il a eu la précaution de remettre de l'ordre dans ses unités, avant de déboucher, il peut coordonner ses efforts, et, malgré des pertes très sensibles, s'avancer en majorité jusqu'à 200 mètres de Saint-Hubert (2ʰ 45), face à l'angle nord-ouest de cette ferme.

A sa gauche, le bataillon de fusilliers du 67ᵉ, moins heureux, se voit immobilisé à la lisière est des bois, face à Moscou.

De son côté, le 8ᵉ bataillon de chasseurs, après avoir traversé le bois de la Mance, débouche en terrain libre, et, prenant comme

---

(1) 8ᵉ bataillon de chasseurs, $\frac{I, II, F}{28}$, $\frac{I, F}{67}$. Le $\frac{II}{67}$ a été envoyé, dès midi 45, sur Malmaison, pour couvrir l'artillerie.

(2) A environ 500 mètres au nord de la Chaussée.

(3) Le $\frac{F}{67}$ n'a que trois compagnies, la quatrième ayant été laissée vers Mogador, en soutien de l'artillerie.

point de direction la lisière nord-ouest de Saint-Hubert, vient prolonger la ligne formée par le Ier bataillon du 67e, à 200 mètres de la ferme.

Enfin, plus au nord, le deuxième régiment de la brigade atteint, avec deux bataillons $\left(\dfrac{\text{I et F}}{28}\right)$ la lisière est du bois de la Mance, mais échoue dans toutes les tentatives qu'il fait pour déboucher. Quant au IIe bataillon du 28e, qui forme l'aile gauche de la ligne, et auquel s'est jointe la 12e compagnie du 67e, il se heurte, dans le fond du ravin, à trois compagnies du *71*^{e}, et s'épuise dans un combat sous bois sans résultat marqué.

Ainsi, les trois régiments de la 15e division qui ont été engagés dans le ravin de la Mance se sont fondus en une longue ligne de tirailleurs, dont les deux ailes bordent la lisière est du bois, et dont le centre, formant saillant, enveloppe en partie Saint-Hubert. Désunis par la traversée du ravin, éprouvés par des pertes très sensibles, surtout en officiers, enfin, n'ayant plus un seul peloton en réserve, ces bataillons sont, pour le moment, immobilisés et se contentent d'échanger une très vive fusillade soit avec les tirailleurs de la position principale, soit avec les défenseurs de Saint-Hubert..... Il est alors 2^h 45, et c'est à ce moment qu'arrive à la lisière est des bois le dernier régiment de la division, le 60e d'infanterie.

Ce régiment, on se le rappelle, avait été tout d'abord maintenu en réserve à Gravelotte. A 2 heures, la 16e division, ayant achevé son rassemblement à l'ouest de Gravelotte, le général de Gœben avait donné l'ordre de porter en avant le 60e, et le commandant de la 15e division avait aussitôt prescrit à ce régiment « de s'avancer au nord de la route jusqu'à la lisière ouest des bois de la Mance, là, de se déployer et de suivre le 33e ». Vers 2^h 30, le 60e avait atteint, sans encombre, la lisière ouest du bois de la Mance. De là, son IIIe bataillon avait continué sa marche vers l'est, en se maintenant au nord de la chaussée; quant au IIe bataillon (1), il avait cheminé sur la chaussée même, prolongé au sud par le Ier bataillon (2).

---

(1) Le 2e bataillon n'avait que deux compagnies.

(2) Les Ier et IIe bataillons, à leur entrée dans le bois, avaient reçu l'ordre du général de Welzien, de se diriger sur la hauteur au sud de Saint-Hubert.

Vers 2ʰ 45, les trois bataillons du 60ᵉ atteignaient à peu près simultanément la lisière est du bois, au moment même où, ainsi que nous allons le voir, les compagnies arrêtées depuis quelque temps devant Saint-Hubert se levaient pour s'élancer à l'assaut de cette ferme.

Enlèvement de Saint-Hubert. — La ferme de Saint-Hubert se compose d'une maison d'habitation à deux étages, construite le long de la chaussée de Gravelotte. Au nord du bâtiment, est attenante une cour entourée de murs; à l'est se trouve un jardin triangulaire, également clos de murs. De la face ouest, on bat la chaussée de Gravelotte jusqu'à son entrée dans le bois de la Mance, ainsi que la lisière est de ce bois, sur une largeur d'environ 400 à 500 mètres; mais, par contre, on n'a qu'une action très limitée sur l'intérieur des Carrières, situées à 200 mètres en avant de Saint-Hubert, de part et d'autre de la chaussée. Sur les faces nord et sud de la ferme, le champ de tir est également peu étendu, et les vues sont bornées par les deux croupes qui, descendant de Moscou et du Point-du-Jour, forment le ravin suivi par la chaussée de Gravelotte. Ajoutons enfin que des environs du Point-du-Jour, on n'aperçoit que les toits de Saint-Hubert, tandis que de Moscou on peut battre la ferme et ses abords immédiats (1).

Le 2ᵉ bataillon du *80ᵉ*, qui occupait Saint-Hubert depuis le 17, avait ébauché une organisation défensive de ce point d'appui. Deux compagnies s'étaient installées partie dans la maison d'habitation, partie derrière les murs, qui avaient été crénelés. Quant aux quatre autres compagnies, elles se tenaient en réserve dans la cour et dans le jardin.

On s'était donc borné à occuper uniquement la ferme et ses clôtures, mais on n'avait pas cherché à renforcer cette occupation, en tenant les deux croupes qui commandaient au nord et au sud le point d'appui, et dont l'une (celle descendant de Moscou) devait, ainsi que nous le verrons, faciliter considérablement la marche de l'attaque.

_____

(1) Toutefois, cette action est limitée par la croupe dont il a été question tout à l'heure, et sur le revers de laquelle se trouvaient le 8ᵉ bataillon de chasseurs et le Iᵉʳ bataillon du 67ᵉ.

De leur côté, les Allemands, vers 2ʰ 45, enveloppaient, avec quatorze compagnies, Saint-Hubert au nord et à l'ouest, et entretenaient, avec ses défenseurs, une fusillade des plus vives.

« Le feu de flanc, venant de Moscou (1) et auquel le Iᵉʳ bataillon du 67ᵉ et le 8ᵉ bataillon de chasseurs ne pouvaient riposter qu'assez difficilement, rendait nécessaire une rapide décision. Déjà, plusieurs tentatives faites par les chasseurs pour pénétrer dans Saint-Hubert avaient échoué. Mais, lorsque, peu avant 3 heures, quelques batteries du VIIᵉ corps, des hauteurs de Gravelotte, tirèrent sur la ferme et que, sous l'action de ces projectiles, le feu des défenseurs commença à diminuer d'intensité, les fractions du 67ᵉ et du 8ᵉ bataillon de chasseurs, qui se tenaient au nord-ouest de Saint-Hubert, se levèrent et, entraînées par les rares officiers encore valides, enlevèrent la ferme d'assaut. En seconde ligne, suivirent les trois compagnies du bataillon de fusiliers du 67ᵉ, partant de la lisière est des bois de la Mance, ainsi que les fractions du 33ᵉ régiment qui se trouvaient dans les Carrières..... Dès que les tirailleurs allemands s'étaient portés en avant, de la position principale française avait éclaté, avec une violence nouvelle, une fusillade, qui avait causé à l'assaillant des pertes considérables. Quant à la garnison de Saint-Hubert, elle n'avait pas attendu le choc, et s'était retirée vivement sur les hauteurs du Point-du-Jour. Il était alors environ 3 heures (2) ».

Considérations. — L'enlèvement de Saint-Hubert par des troupes, en partie usées, et ne disposant plus de réserves, est un épisode caractéristique, qui mérite de retenir l'attention.

D'où est venue cette impulsion qui a porté sur Saint-Hubert le Iᵉʳ bataillon du 67ᵉ et le 8ᵉ bataillon de chasseurs? Doit-on, avec Fritz Hœnig (3), voir dans ce mouvement en avant la conséquence de l'entrée en ligne du 60ᵉ? Nous ne le croyons pas, car contrairement au récit d'Hœnig, il ressort nettement de la monographie du 18 août que le 60ᵉ régiment d'infanterie n'a

_____

(1) Ce feu ne devait pas être très gênant, car de Moscou on ne pouvait voir les pentes de la croupe sur laquelle se trouvaient le 67ᵉ et le 8ᵉ chasseurs.

(2) Monographie du 18 août.

(3) F. Hœnig, *Vingt-quatre heures de stratégie.*

montré ses trois bataillons à la lisière est des bois qu'au moment où l'attaque se levait pour donner l'assaut. Ce régiment n'était donc pas en mesure d'exercer une action quelconque sur un combat qui se déroulait à 300 ou 400 mètres en avant de lui, et dans ces conditions on ne saurait attribuer à son intervention l'heureuse solution de la crise.....

Du reste, qu'on ne s'imagine pas qu'une chaîne de tirailleurs ne puisse progresser que par suite d'une poussée venant de l'arrière. Cela, c'est le cas général, mais il est des circonstances — et le combat de Saint-Hubert le prouve — où la ligne de combat, après une période d'accalmie et d'arrêt forcé est susceptible de fournir, sans l'appoint de troupes fraîches, le suprême effort qui doit la porter sur l'ennemi.

Reprenons en effet la situation des Français et des Allemands, vers 2ʰ 45. Le Iᵉʳ bataillon du 67ᵉ et le 8ᵉ bataillon de chasseurs sont arrivés à 200 mètres des lisières de Saint-Hubert. Non seulement les Français n'ont pu, malgré la violence de leur feu, empêcher l'attaque de s'installer à courte distance, mais ils voient maintenant cette attaque, grâce à l'abri de la croupe descendant de Moscou, envelopper et dominer le point d'appui qu'ils défendent, menacer même leur retraite éventuelle. N'y a-t-il pas, dans cet ensemble de circonstances, de quoi influencer fâcheusement le moral du défenseur? Et la peur, la froide déesse, qui glace souvent le cœur des plus braves, n'a-t-elle pas là un terrain tout préparé pour exercer son action déprimante? Que dans cette période de tension nerveuse suraiguë le moindre effort se produise du côté de l'attaque, que, par exemple, son artillerie intervienne dans la lutte, et immédiatement l'équilibre sera rompu en sa faveur.

Et de fait, dès que des hauteurs de Gravelotte les batteries du VIIᵉ corps viennent à lancer leurs projectiles sur Saint-Hubert, les événements se précipitent : la liaison des armes fait sentir son action féconde et irrésistible. Du côté de la défense, le feu diminue d'intensité. Du côté de l'attaque, quelques officiers vigoureux et attentifs, dont le commandant de Bronikowski, du 8ᵉ bataillon de chasseurs, perçoivent que le dénouement approche, que le fruit est mûr. Par leur action personnelle, ils enlèvent les hommes qui sont auprès d'eux et bondissent en avant; l'élan est donné; toute la ligne les suit et se précipite dans Saint-Hubert que les Français évacuent sans attendre le choc.

Collaboration de l'artillerie, manœuvre enveloppante d'un groupe tactique, conduit par quelques officiers énergiques, tels sont donc les principaux facteurs qui ont permis aux Allemands d'atteindre leur but. Faisons notre profit de cet exemple : il vaut d'être médité.

Admirons tout d'abord l'initiative de ces artilleurs, qui, du haut de leurs positions lointaines, ont su s'intéresser au combat qui se déroulait en avant d'eux. Bien qu'ils n'aient reçu aucun ordre à ce sujet, ils sont venus *proprio motu* au secours de l'infanterie, lui ont ouvert la route, et ont su réaliser d'eux-mêmes, et dans un délai relativement court, la collaboration des deux armes sœurs. C'est un fait qui a son importance, car il montre que, dans bien des cas, il suffira d'avoir des officiers d'artillerie nettement orientés sur le but à atteindre, pénétrés du sentiment de la camaraderie de combat, ayant de bons yeux — ou de bonnes jumelles — pour réaliser la liaison des armes de la façon la plus économique et la plus rapide.

En second lieu, constatons le rôle important joué par les chefs d'infanterie en sous-ordre, qui, en utilisant le terrain, ont su réaliser l'enveloppement de la face nord de Saint-Hubert. Ce que le feu de quatorze compagnies n'avait pu faire, la manœuvre de quelques fractions audacieuses l'a accompli. Ne l'oublions pas et soyons persuadés qu'aujourd'hui, plus encore qu'en 1870, le rôle des petites unités n'a fait que s'accroître avec les progrès de l'armement. En permettant d'étendre les fronts de combat, en supprimant le coude à coude de l'ancienne tactique, les armes modernes ne laissent-elles pas à l'intelligence et à l'initiative des chefs les plus humbles le soin de trouver la solution qui s'impose dans chaque cas particulier et de déterminer, par des manœuvres habiles, le recul de l'adversaire?

Les Allemands, après l'enlèvement de Saint-Hubert. — La prise de Saint-Hubert n'avait pas mis fin à la situation critique des Allemands. Le désordre et la confusion étaient tels dans leurs rangs qu'il était impossible de songer à une occupation méthodique du point d'appui conquis. Seules, quelques fractions du Ier bataillon du 67e et du 8e bataillon de chasseurs avaient été postées derrière les clôtures de la face est de la ferme et dans les fossés de la route, pour riposter à la violente fusillade que les Français dirigeaient des hauteurs de Moscou et du Point-du-Jour. Quant aux compagnies qui s'étaient jetées sur les faces ouest et sud, elles ne formaient plus qu'une foule sans cohésion et sans liens tactiques. Une partie d'entre elles s'étaient précipitées dans la maison d'habitation, où elles avaient fait prisonniers un officier et une quarantaine d'hommes. « Le reste avait cherché derrière la ferme, dans le jardin, dans les carrières, une protection contre le feu venant de Moscou ».

De son côté, le 60e s'était porté en avant au moment de l'assaut. Son IIIe bataillon, laissant deux compagnies à la lisière est des bois, avait poussé deux compagnies à environ 200 mètres en avant. Les six autres compagnies du régiment (1re, 2e, 3e, 4e, 6e, 8e) s'étaient dirigées partie sur Saint-Hubert, partie au sud sur le glacis descendant du Point-du-Jour. Enfin, la 1re compagnie du 28e, conduite par son chef de bataillon, avait débouché des bois de la Mance et s'était jointe aux unités qui occupaient Saint-Hubert.

Ainsi donc, peu après 3 heures, vingt compagnies allemandes (1) étaient accumulées dans Saint-Hubert et dans ses environs immédiats, huit (2) avaient pris position sur les flancs du point d'appui.

Quant aux autres fractions de la 15e division, qui bordaient la lisière est des bois de la Mance, en entendant les hourras qui avaient souligné la prise de Saint-Hubert, elles avaient cherché, elles aussi, à se porter en avant, mais leurs efforts, mal coordonnés, avaient échoué devant le feu violent partant de la position principale française, et elles avaient dû regagner précipitamment et en désordre leurs premiers emplacements.

Considérations. — Ainsi, à 3 heures, la 15e division, éparpillée sur un front de 3 kilomètres, n'ayant plus de réserves, est

---

(1) 1re, 2e, 3e, 4e compagnies du 8e bataillon de chasseurs; 1re, 2e, 3e, 4e, 9e, 10e, 11e compagnies du 67e; 3e, 6e, 8e du 60e; 3e, 9e, 10e, 11e, 12e du 33e; 1re du 28e.

(2) 1re, 2e, 4e, 10e, 12e du 60e, au nord et au sud de la chaussée, en terrain libre; 4e du 33e, dans la carrière, au sud de la chaussée; 9e et 11e du 60e, à la lisière est du bois de la Mance.

réduite à l'impuissance; son rôle est terminé; non seulement elle a épuisé toute sa force offensive, mais elle est, en outre, incapable de résister au moindre choc de son adversaire; seules, quelques fractions présentant encore un peu de cohésion, échangent une fusillade désordonnée avec les 2ᵉ et 3ᵉ corps français; tout le reste ou bien est entassé dans Saint-Hubert ou bien se défile dans les bois de la Mance.

Médiocre résultat, surtout si l'on songe que les douze bataillons du général de Weltzien ne se sont, en somme, heurtés qu'à quatre bataillons français! Mais résultat logique, inévitable conséquence d'une stricte application de la doctrine de guerre allemande! Décidés à ne point s'arrêter aux bagatelles de la porte, nos adversaires, selon leurs habitudes, ont voulu brusquer la prise de contact et, à la première résistance rencontrée dans le bois de la Mance, ont foncé tête baissée, avec toutes leurs forces, sans avant-garde. Une fois déployés devant un simple rideau, loin de chercher à se ressaisir, ils ont poursuivi sans arrêt leur progression et se sont inconsidérément lancés à l'attaque de la position principale française.....

Déjà, en étudiant le combat de Sainte-Marie, nous avons constaté combien dangereuse était cette brutale méthode. Mais, là du moins, des conditions de terrain et de lutte particulières avaient-elles permis de corriger en partie les inconvénients d'un déploiement prématuré. La 47ᵉ brigade et la 1ʳᵉ division de la Garde, agissant dans une région découverte sur un but nettement défini, n'avaient pas complètement échappé à l'action de leurs chefs. Aussitôt après l'assaut, comme tout le monde avait été aiguillé sur Sainte-Marie, le commandement supérieur avait pu coordonner à nouveau les énergies paralysées par une prise de contact tumultueuse : sans trop de difficultés, il avait repris la direction de la lutte, et arrêté à temps la progression de l'attaque.

Dans le ravin de la Mance, il en est tout autrement, et les défauts de la méthode chère à nos adversaires s'y manifestent d'autant plus crûment que la 15ᵉ division s'engage dans un terrain particulièrement difficile, sans avoir été orientée sur un but précis. Du général de Gœben, elle reçoit la vague indication de marcher sur le bois de la Mance, une brigade au sud, une brigade au nord de la route. De son côté, le général de Weltzien se garde bien de compléter cet ordre, en limitant et en répartissant les tâches de chacun : sous ses yeux, il laisse le 33ᵉ s'engager sur la seule initiative de son colonel; à la 30ᵉ brigade, il prescrit simplement de « s'avancer sur la partie du bois de la Mance, située au nord de la chaussée »; quant au 60ᵉ, sa dernière réserve, il lui confie l'imprécise et difficile mission de « suivre le 33ᵉ »..... alors que ce régiment, déjà épuisé et disloqué, étale ses douze compagnies de la chaussée de Saint-Hubert aux Carrières du Point-du-Jour.

Les conséquences de ce manque de direction ne tardent pas à se faire sentir. A peine entrés dans le bois de la Mance, les régiments lancés sans avant-garde s'émiettent rapidement et arrivent déjà désunis à la lisière est des bois. Là, que faire? Doit-on se borner à l'occupation de cette lisière ou continuer à progresser vers l'est? On n'a reçu aucune indication à ce sujet, mais, comme les officiers sont animés d'un ardent esprit d'offensive, comme en outre il y a pléthore de troupes, on se décide à marcher de l'avant. Chaque bataillon, ignorant son voisin, choisit son objectif. On attaque à la fois les Carrières, les Sablières, Saint-Hubert et Moscou, et finalement on n'aboutit à rien ou à presque rien : les Carrières et les Sablières ne peuvent être occupées que par des débris de compagnies, à la merci du moindre mouvement offensif des Français; devant Moscou, l'échec est complet, et si on parvient, vers 3 heures, à enlever Saint-Hubert, c'est au prix de pertes, hors de proportion avec le résultat obtenu.

Bref, dans cette série de violents combats, on ne sent nulle part la pensée du chef; nulle part on ne voit cette pensée se concréter dans une combinaison, dans un arrangement de forces appliquées sur un même point : la seule concentration qui s'opère devant Saint-Hubert n'est pas voulue par le commandement; elle n'est qu'un ramassis d'unités en désordre qui subissent l'invincible attirance du point d'appui.

Sans doute, la mission assignée au commandant de la 15ᵉ division n'était pas sans difficultés, et l'abrupt ravin de la Mance, dans lequel il lui fallait s'engager, n'était pas pour faciliter l'exercice de son commandement. Mais, toutefois, le problème n'était pas insoluble et le général de Weltzien pouvait éviter l'émiettement prématuré de sa division, à condition qu'il usât de précautions et qu'il agît avec méthode (1).

Tout d'abord, il eût dû sérier les questions et ne pas laisser ses bataillons désorientés « en courant plusieurs lièvres à la fois », courir par là même à un échec.

Des hauteurs de Gravelotte, où il se trouvait, il pouvait, après un rapide examen du terrain, constater qu'en face de lui se présentaient trois lignes successives de points d'appui : le bois de la Mance; la ligne Saint-Hubert—Sablières—Carrières; enfin, la position principale Moscou—Point-du-Jour.

Il s'agissait, en premier lieu, de régler la question du bois de la Mance. Quelles forces l'ennemi y avait-il? Il était difficile de le savoir, et c'eût été le rôle de l'avant-garde d'éclaircir ce point. Dans ce but, un régiment au sud, un régiment au nord de la route, ayant chacun un bataillon d'avant-garde, étaient découplés sur le bois de la Mance, avec mission de nettoyer ce bois et d'assurer la possession de sa lisière est. C'était là chose faisable et ces six bataillons pouvaient, sans trop de difficultés, bousculer les faibles postes français et *occuper solidement* la lisière est des bois.

Ce premier point acquis, on commençait déjà à voir plus clair, et, en s'appuyant sur la base constituée par la lisière est, on pouvait songer à aborder la ligne Saint-Hubert—Sablières—Carrières. Il va sans dire qu'il ne pouvait être question d'attaquer sur tout ce front à la fois : on choisissait un des trois points d'appui, Saint-Hubert, par exemple, et on confiait au troisième régiment de la division (2) le soin de faire effort sur ce point. Ce que quatorze compagnies désunies purent faire le 18 août, douze compagnies bien en main pouvaient assurément l'accomplir....., mais avec cette différence que Saint-Hubert une fois pris, on l'organisait solidement et méthodiquement et qu'on se servait de ce point d'appui pour faire tomber successivement

---

(1) Déjà, le 6 août, le général de Weltzien avait été inférieur à sa tâche (Voir *Spicheren*, du lieutenant-colonel MAISTRE. [Berger-Levrault éditeur. 12ᶠ]). Il devait mourir du typhus au cours de la campagne. « C'était un brave homme, a dit le général de Goeben, très honorable, intelligent, mais ce n'était pas un soldat, ce n'était pas un chef. La force d'âme, l'énergie lui manquaient. Il vaut mieux pour lui qu'il soit mort! »

(2) Maintenu à Gravelotte avec le 4ᵉ régiment.

les Sablières et les Carrières, avec l'aide du quatrième régiment de la division.

C'est seulement après avoir mis la main sur cette deuxième ligne que le commandement allemand devait envisager l'attaque de la position principale française. Mais, de cette nouvelle attaque, la 15e division ne pouvait évidemment plus être chargée : c'était le moment de faire appel aux troupes de l'arrière et de laisser la 15e division se recueillir, reprendre son souffle, et assurer, par une occupation méthodique, l'intégrité des points d'appui conquis.

Ainsi remise en main, cette division pouvait d'ailleurs intervenir encore dans le combat de la façon la plus efficace : par son feu, elle contribuait à l'investissement de la position ennemie sur tout le front ; par sa présence dans les points d'appui, elle donnait aux troupes chargées de l'attaque de la position principale française une base solide, un repli assuré ; enfin, d'une façon générale, elle exerçait, sur ces troupes, une action morale des plus heureuses, les mettait en confiance et évitait de leur donner le spectacle démoralisant qu'elle offrit le 18 août, et dont Fritz Hœnig nous a laissé une si pathétique description.

Tel eût été, selon nous, le mode d'action de la 15e division, entre midi et 3 heures. Hâtons-nous de dire qu'en traçant les grandes lignes de ce combat hypothétique, nous n'avons pas eu la prétention de donner la formule de la victoire. Nous avons simplement voulu montrer que l'échec initial des Allemands, dans le ravin de la Mance, a été la conséquence forcée des fausses dispositions prises par leurs généraux, et que le combat de la 15e division, au lieu d'être une série d'efforts méthodiques et *successifs*, n'a été, en réalité, qu'une fuite en avant sans but, qu'un « lâchez tout » héroïque, mais désordonné.

La constatation a son importance, car il semble que les infructueuses tentatives des Allemands, en face de nos positions du Point-du-Jour, aient été parfois interprétées d'une façon trop étroite et qu'on en ait tiré des déductions peut-être injustifiées. C'est ainsi qu'on a voulu conclure, de l'échec de la 15e division, à l'impossibilité, pour une attaque, de déboucher d'un bois en face d'un ennemi en position. Quelle erreur ! Oui, certes, il est impossible à une attaque lancée sans cohésion, sans but, sans avant-garde, sans reconnaissance, — c'est le cas de la 15ᵉ division, — de déboucher d'un bois en face d'un ennemi en position ! Mais qu'on cherche à faire déboucher cette même attaque d'une crête ou d'un couvert quelconque ! N'échouera-t-elle pas également ?

Ce qui est vrai, c'est que les bois favorisent la dispersion des unités, et qu'un débouché de bois réclame, de la part des exécutants, des précautions particulières. Ce qui est vrai encore, c'est qu'une attaque qui, pour agir, aura à choisir entre un terrain découvert et un terrain couvert et boisé, devra, en principe, s'engager de préférence dans le terrain découvert, parce que là elle verra plus clair, parce que là la liaison des armes pourra se faire plus facilement, parce que là enfin la cohésion des unités pourra être plus facilement assurée.

Mais, par contre, si cette attaque n'a à sa disposition qu'un terrain couvert et boisé, il ne faut pas qu'*a priori* et de parti pris elle renonce à agir, sous prétexte qu'on ne débouche pas d'un bois en face d'un ennemi en position. Si la liaison des armes peut être réalisée, — et c'est chose possible, — si les unités peuvent arriver en ordre à la lisière qui fait face à l'ennemi, — et c'est encore chose possible, — il n'y a pas de raisons pour que l'attaque ne réussisse pas. Il y a même d'autant moins de raisons que cette attaque bénéficiera d'un facteur puissamment favorable : la surprise, car elle aura pu utiliser, pour prendre ses dispositions, un couvert impénétrable, non seulement aux investigations des cavaliers de l'ennemi, mais encore aux curiosités beaucoup plus inquiétantes de ses dirigeables et de ses aéroplanes.

Les 2ᵉ et 3ᵉ corps de midi à 3 heures. — Pendant que la 15ᵉ division tente vainement de mordre nos positions du Point-du-Jour, que font les 2ᵉ et 3ᵉ corps ? Hélas ! à l'aile gauche française comme au centre, comme à droite, c'est toujours le même refrain : notre infanterie, figée sur ses positions, se contente de diriger sur son adversaire une violente fusillade, sans songer un instant à marcher de l'avant. Et cependant, vers 3 heures, comme il nous eût été facile de profiter de la détresse de la 15ᵉ division, pour lui reprendre les points d'appui de Saint-

Hubert, des Sablières et des Carrières (1). Nous avions alors en première ligne, de Moscou aux Carrières, près de quinze bataillons (2) ayant acquis, d'une façon incontestable, la supériorité du feu d'infanterie; en deuxième ligne, se trouvaient douze bataillons, étroitement massés, sans compter la brigade des voltigeurs de la Garde, rassemblée à 1.500 mètres à l'est de Moscou. Il suffisait de prélever, sur ces abondantes réserves, quelques bataillons pour bousculer la cohue allemande et la rejeter dans les bois de la Mance.....

Mais, à notre avis, là aurait dû se limiter notre offensive. Nous ne croyons pas, en effet, contrairement à l'opinion de quelques-uns, qu'il eût été prudent de passer à une reprise générale de l'offensive, c'est à-dire de tenter, par notre gauche, une contre-offensive à intention décisive.

D'abord, ainsi que nous avons déjà eu l'occasion de le dire, le terrain s'y prêtait fort mal, et l'abrupt ravin de la Mance ne pouvait que ralentir et gêner notre mouvement en avant.

En outre, si nous avions la supériorité du feu d'infanterie, il n'en était pas de même en ce qui concerne le feu d'artillerie : dès le début du combat, nous avions laissé l'artillerie allemande prendre barre sur nous; au lieu de mettre immédiatement en ligne les trente batteries dont nous disposions sur cette partie du champ de bataille, nous n'avions jamais opposé plus de dix batteries à la fois aux vingt-deux batteries de l'adversaire, et à 3 heures, il était déjà trop tard pour chercher à reconquérir une suprématie à laquelle nous avions renoncé a priori.

Enfin, les Allemands disposaient encore, vers Gravelotte, de réserves importantes, dont nous serions venus difficilement à bout, et il est fort probable que le seul résultat que nous aurions pu obtenir, en progressant au delà du ravin, eût été de transporter le combat sur le plateau de Gravelotte. C'était, on en conviendra, un résultat d'une importance relative et en tout cas hors de proportion avec les efforts qu'il eût exigés. Sans compter

---

(1) Il s'agit des Carrières du Point-du-Jour, dont la partie sud était occupée par des débris du 33e.

(2) Vers 2 heures, le général Frossard avait renforcé la 1re division de quatre bataillons (23e de ligne et 12e chasseurs) empruntés à la 2e division.

que, dans cette situation, nous aurions été exposés à nous voir enveloppés par notre gauche.

Aussi, nous semble-t-il que les 2e et 3e corps eussent été mieux avisés de se borner, « par des remises de mains » et par des actions partielles, courtes, mais vigoureuses, à la reprise des points d'appui conquis par les Allemands, et d'attendre à nouveau leurs attaques. En agissant ainsi, ils n'étaient ni trop audacieux ni trop pusillanimes; ils se montraient économes de leurs forces et imprimaient à la lutte cette allure à la fois prudente et violente qui caractérise le combat d'usure.

II — Engagement de la 31e brigade sur Moscou.
Bond en avant d'une partie de l'artillerie du VIIe corps.
Expédition malheureuse
de la 1re division de cavalerie au delà du ravin de la Mance.

Ordres donnés à 3 heures par le commandant de la Ire armée et les commandants des VIIe et VIIIe corps. — En laissant la 15e division entamer le combat dans les mauvaises conditions que nous venons d'exposer, le général de Welzien avait assumé une grosse responsabilité. Par sa faute, qu'on nous passe l'expression, « l'affaire avait été mal emmanchée », et ces fâcheuses prémisses allaient peser lourdement sur tous les combats ultérieurs.

Ce n'est pas qu'à 3 heures la situation de la Ire armée soit déjà désespérée et irrémédiablement compromise, mais, ce qui est grave, c'est que dans le haut commandement allemand nul n'apprécie exactement cette situation. Chez le général de Gœben, comme chez les généraux de Zastrow et de Steinmetz, la lutte qui vient de se dérouler a laissé à des degrés divers une impression beaucoup trop favorable et cette impression va se traduire par une série d'ordres ne répondant nullement aux circonstances du moment.

Voyons en effet les décisions prises vers 3 heures par nos adversaires.

De la lisière nord-est de Gravelotte, le général de Gœben a suivi les péripéties du combat soutenu par la 15e division. A

3 heures, après la prise de Saint-Hubert, se rendant compte
que cette division est impuissante à continuer sa progression,
il donne au général commandant la 16e division, l'ordre « d'attaquer, avec la 31e brigade, les hauteurs de Moscou, en se
maintenant au sud de la chaussée (1) ». En même temps il
prescrit à l'artillerie de la 16e division d'entrer en ligne.

Certes, considéré en lui-même, l'ordre adressé à la 16e division
est un modèle. Disant dans le minimum de mots tout ce qu'il
est nécessaire de dire, il définit avec une lumineuse concision
la mission imposée à la 31e brigade. Tout y est; le but : attaquer
les hauteurs de Moscou; la direction générale de l'attaque : la
région au nord de la chaussée; enfin, les moyens mis à la disposition de l'attaque : la 31e brigade. Mais si parfait qu'il soit,
cet ordre n'en est pas moins complètement inadéquat à la situation, car il suppose implicitement que la 15e division peut
encore servir de base à l'attaque de la 31e brigade, en contribuant par son feu à l'investissement de la position ennemie sur
tout le front. Or, nous le savons, cette condition est loin d'être
réalisée. Non seulement la cohue qui se presse dans Saint-
Hubert, et les petits paquets d'infanterie qui se terrent dans
les Sablières, les Carrières et à la lisière est des bois ne pourront
intervenir efficacement dans la lutte, mais toutes ces unités en
désordre, privées pour la plupart de leurs chefs, exerceront
en outre une action morale dissolvante sur la 31e brigade. Nous
ne nous étonnerons donc pas de voir l'attaque de cette brigade,
si bien conçue qu'elle soit, échouer misérablement.

De son côté le général Steinmetz (2) voit la situation sous un
jour encore beaucoup plus favorable que le général de Gœben.
Hanté depuis le matin par cette idée qu'il n'a devant lui qu'une
arrière-garde française, le commandant de la Ire armée n'est
en effet que trop disposé à interpréter les événements de la
façon la plus optimiste : « Vers 3 heures, dit la monographie du
18 août, le général de Steinmetz constate que l'artillerie française se tait complètement; ou bien elle est annihilée, ou bien

---

(1) Archives de la guerre (monographie du 18 août).

(2) Pendant le combat de la 15e division, Steinmetz s'était placé, ainsi que le
général de Zastrow, vers la sortie sud de Gravelotte; un peu avant 3 heures, il s'était
porté à la sortie est.

elle s'est retirée. Quant à l'artillerie allemande, elle vient de
faire un bond en avant et tient actuellement sous son feu la
position de l'infanterie française. D'autre part, au moment de
la prise de Saint-Hubert, le commandant de la Ire armée a vu
la garnison de cette ferme se retirer en désordre vers la position
principale, et maintenant l'infanterie du VIIIe corps paraît
faire des progrès des deux côtés de la chaussée (1). Enfin, les
fermes situées sur la crête occupée par l'ennemi sont en flammes
et les tirailleurs du *23e* régiment de ligne, ainsi que le 1er bataillon du *32e* (1re division du 2e corps), qui, au moment de
l'attaque du régiment de fusiliers n° 33 se sont portés en avant
de la crête pour mieux battre le terrain, ont dû, devant la puissance de l'artillerie allemande, se retirer derrière le Point-du-
Jour et dans les tranchées avoisinantes. De ces diverses observations, le général de Steinmetz tire la conclusion que la résistance de l'ennemi est brisée et que, conformément au message
adressé à 11^h 30 au grand quartier général, les Français se retirent sur Metz et couvrent leur retraite par une arrière-garde. »

« Ainsi, à 3 heures, le commandant de la Ire armée en vient
à craindre que l'ennemi ne lui échappe. Bien que dans son état-
major certains officiers, parmi lesquels le lieutenant-colonel de
Wartensleben, soient loin de partager son avis, le général de
Steinmetz, d'accord avec son chef d'état-major, estime que le
moment est venu de jeter au delà du ravin de la Mance de
l'artillerie et de la cavalerie. En conséquence, il fait porter, par
le général de Sperling, l'ordre verbal à la 1re division de cavalerie
« de franchir le ravin et une fois sur l'autre rive, de se tenir à sa
disposition en vue d'éventualités ultérieures ». En faisant cette
communication, le général de Sperling ajoute de son propre
crû l'indication que l'ennemi se retire en pleine déroute et que
l'on doit s'attendre à ce qu'une intervention de la cavalerie
amène d'importants résultats (2). En même temps l'ordre est

---

(1) Étrange constatation ! En somme, le général Steinmetz a vu les événements,
non pas tels qu'ils étaient en réalité, mais tels qu'il voulait les voir.

(2) Telles sont, d'après la monographie du 18 août, les seules instructions qui
auraient été données à la 1re division de cavalerie. On voit qu'il n'y est pas question
de la prescription, qui, au dire d'Hœnig, aurait été faite au général de Hartmann
« de ne pas dépasser les glacis de la forteresse ».

donné à la 26ᵉ brigade à Ars-sur-Moselle, d'agir par Vaux sur
la route Rozerieulles-Metz, afin de couper la retraite à l'ennemi. »

Quant au général de Zastrow, qui, depuis le début du combat
s'est tenu à proximité du quartier-général de la Iʳᵉ armée, il
subit complètement l'influence de son chef; lui aussi il estime
qu'il n'y a plus, au Point-du-Jour, que quelques fractions
ennemies et que « le gros des forces françaises s'est porté au
secours de l'aile droite de l'armée ». Aussi donne-t-il à l'artillerie
de corps du VIIᵉ corps et à l'artillerie de la 14ᵉ division l'ordre
de faire un bond au delà du ravin, pour balayer les détachements ennemis du Point-du-Jour. La 27ᵉ brigade doit en outre
se porter à la lisière ouest du bois de la Mance et pousser à la
lisière est deux bataillons pour la couverture de l'artillerie.
Enfin le 15ᵉ régiment de hussards est invité à se joindre au
mouvement de l'artillerie.

Ajoutons en terminant qu'au moment où ces différents
ordres commencent à s'exécuter, le commandant de la Iʳᵉ armée,
de plus en plus confiant dans le succès de son entreprise, adresse
au grand quartier général le message suivant (1) :

Au grand quartier général, 18 août 1870, 3 heures après-midi.

J'annonce à Sa Majesté le Roi qu'après que notre artillerie a eu
complètement délogé la forte artillerie ennemie et les batteries de
mitrailleuses qui se trouvaient auprès de Leipzig et du Point-du-Jour,
le VIIIᵉ corps a enlevé le bois de Génivaux et l'auberge de Saint-
Hubert, et que des colonnes d'infanterie ennemie paraissant en désordre se replient devant ce corps d'armée. Je viens de prescrire à la
division de cavalerie Hartmann de se porter à la poursuite de l'ennemi, poursuite qui est déjà entamée par les VIIᵉ et VIIIᵉ corps.
Du IXᵉ corps, aucune nouvelle.

*La 31ᵉ brigade commence son mouvement en avant, en
même temps que l'artillerie du VIIᵉ corps franchit le
ravin de la Mance.* — A 3ʰ 30, la 31ᵉ brigade rassemblée en
arrière de l'artillerie du VIIIᵉ corps, entre Gravelotte et Mogador,
se met en mouvement. A gauche, le 69ᵉ régiment a son Iᵉʳ ba-

_____

(1) Ce message parviendra à 4ʰ 30 au maréchal de Moltke.

taillon et son bataillon de fusiliers en première ligne, le IIe bataillon suit en seconde ligne. Afin de ne pas masquer le feu de
l'artillerie, le bataillon de fusiliers oblique vers Mogador, pour
de là s'engager dans le bois de la Mance, pendant que le Ier bataillon et les 5e et 6e compagnies, traversant vivement Gravelotte, progressent vers l'est, les 3e, 4e, 5e et 6e compagnies au
nord de la chaussée, les 1re et 2e compagnies sur la chaussée
même. Quant au 29e, il s'engage sur la chaussée à la suite des
1re et 2e compagnies du 69e (1).

Ces deux compagnies arrivent bientôt à la lisière est du bois
face à Moscou. Là, accueillies par une violente fusillade, elles
se jettent en grande partie dans les Carrières de Saint-Hubert;
seuls quelques éléments de la 2e compagnie parviennent à
s'établir en rase campagne au nord des Carrières.....

Pendant que se déroulait ce premier engagement, la tête de
colonne du 29e atteignait le fond du ravin et se disposait à
franchir le pont de la Mance. Mais, en même temps, arrivaient,
en ce point, quatre batteries du VIIe corps suivies de toute
la 1re division de cavalerie et des 9e et 15e hussards (2). Cet
afflux de troupes de toutes armes se produisant dans un étroit
défilé provoquait une bousculade qui obligeait le 29e à s'arrêter
dans sa marche; de son côté, le général de Zastrow se rendant
compte des difficultés que présentait le franchissement du ravin
de la Mance, revenait en partie sur son ordre de 3 heures et
maintenait sur le plateau de Gravelotte les batteries de son
corps d'armée, qui n'avaient pas encore commencé leur mouvement en avant (3).

Quatre batteries du VIIe corps cherchent à s'installer
sur la rive est du ravin de la Mance. — Non sans difficulté,
les quatre batteries du VIIe corps, Trautmann, Gnugge, Hase,
Lemmer, déjà engagées sur la chaussée dépassent le 29e et dé-

(1) Les compagnies sont accolées deux par deux, chaque compagnie en colonne
de route.

(2) Ces deux régiments appartenaient l'un au VIIe, l'autre au VIIIe corps.

(3) Ces batteries avaient déjà amené leurs avant-trains. Au reçu de l'ordre du général de Zastrow, une partie d'entre elles se remit en batterie, trois restèrent en réserve, de sorte que le VIIe corps, à partir de 3^h 30, n'eut plus en action, à l'ouest du
ravin de la Mance, que six batteries.

bouchent du bois de la Mance. Aussitôt, le feu des Français, qui s'était ralenti après la prise de Saint-Hubert, reprend de plus belle. En particulier deux batteries de mitrailleuses du 3e corps s'installent de part et d'autre de Moscou et criblent de leurs projectiles les batteries allemandes. Des quatre capitaines commandants, qui se sont portés en reconnaissance en avant de leurs batteries, le capitaine Lemmer est tué, le capitaine Trautmann est grièvement blessé. La batterie Lemmer parvient cependant à s'installer au sud-ouest de Saint-Hubert, la batterie Hase se place à sa gauche; toutes deux dirigent leur feu sur Moscou et ses abords. De son côté, la batterie Gnugge s'élance au galop sur la chaussée et dispose ses pièces derrière la lisière sud de la ferme de Saint-Hubert, face à Moscou également. Quant à la batterie Trautmann, c'est en vain qu'elle cherche à se mettre en batterie; elle est obligée de se replier dans le bois de la Mance, où elle restera jusqu'à la fin de la journée. La batterie Lemmer subit bientôt le même sort et, peu après 4h 15, le lieutenant en premier de cette batterie est obligé de ramener en arrière la seule pièce qu'il puisse encore atteler et de laisser les cinq autres sur le terrain. Il ne reste donc plus en position sur la rive gauche de la Mance que les deux batteries Hase et Gnugge, qui, tout en éprouvant des pertes considérables, n'en dirigent pas moins un feu violent sur les hauteurs de Moscou.

Expédition de la 1re division de cavalerie. — Pendant ce temps, la 1re division de cavalerie avait continué son mouvement. L'intention du général de Hartmann avait été de ne jeter tout d'abord qu'une brigade au delà du ravin, mais il avait dû renoncer à ce projet devant l'insistance du général de Sperling, qui avait demandé que toute la division participât à l'attaque.

En tête de la division se trouve le 4e uhlans, qui a pour mission, « aussitôt qu'il aura débouché près de Saint-Hubert, d'attaquer (*attackieren*), en appuyant sa gauche à la chaussée, pendant que le général de Luderitz, avec une brigade, suivra en échelon à droite ».

Le lieutenant-colonel commandant le 4e uhlans, devançant sa troupe, galope vers Saint-Hubert. Ne voyant partout que des unités en désordre, il se rend bientôt compte de la gravité des événements; le général commandant l'artillerie du VIIe corps qu'il rencontre, lui confirme cette impression et lui fait part en outre de la situation critique de ses batteries. Le lieutenant-colonel du 4e uhlans reconnaît qu'une attaque de la cavalerie dans ces conditions serait chose insensée et se décide à prendre position à la gauche des batteries, pour les couvrir. Il retourne à son régiment, l'enlève au galop et le dispose en bataille un peu en avant de la lisière est du bois de la Mance, face au Point-du-Jour, la droite à hauteur des Sablières (1).

De son côté, le général de Hartmann se rend compte lui aussi de l'impossibilité d'une attaque de cavalerie, et à peine arrivé au débouché du bois de la Mance, ordonne au gros de sa division de faire demi-tour et de se rassembler à l'ouest de Mogador. Quant au 4e uhlans, vers 4h 30, il se replie également en arrière; le mouvement s'exécute par demi-régiment à travers le bois de la Mance.

L'échec de la 1re division est complet (2).

Le régiment de fusiliers n° 39 (3) **s'avance jusqu'à la lisière est du bois de la Mance et cherche à occuper les Sablières et les Carrières. Contre-attaque des Français.** — Afin de couvrir les batteries du VIIe corps conformément à l'ordre du général de Zastrow, les Ier et IIe bataillons du 39e avaient traversé le bois de la Mance et étaient venus border la lisière est de ce bois vers 4 heures, par conséquent au moment où l'artillerie du VIIe corps commençait à se mettre en batterie aux environs de Saint-Hubert. Mais dans cette situation la protection de l'artillerie n'était point assurée par le 39e. Aussi le colonel de ce régiment, se portant à la droite de la ligne, ordon-

---

(1) Dans cette position, le 4e uhlans, grâce au changement de pente, était en partie défilé des hauteurs du Point-du-Jour.

(2) Steinmetz ne rend pas compte de ces événements au grand quartier général. Vers 3h 45, il adresse ce message : « Le bois de Vaux est complètement entre nos mains. La division de cavalerie Hartmann et quelques batteries se sont avancées au delà des bois de Vaux et de Génivaux. D'après une communication de la IIe armée, le IXe corps et le IVe corps (?) s'avancent sur Moscou ». (Archives de la guerre, Monographie du 18 août.)

(3) Du VIIe corps.

nait-il bientôt au lieutenant Eltester de se jeter dans les Sablières avec la 2ᵉ compagnie.

Le lieutenant Eltester atteint facilement les Sablières; là il trouve le capitaine Wobeser, qui, depuis 2 heures, occupait ce point avec quelques fractions du 33ᵉ, et n'avait pu en déboucher. A l'arrivée de la 2ᵉ compagnie du 39ᵉ, le capitaine Wobeser se décide à se porter sur les Carrières du Point-du-Jour, qui « paraissent lui offrir un couvert permettant de s'approcher de la position principale française », et, suivi de ses hommes, s'élance au pas de course dans cette direction. Mais assailli par un violent feu de flanc (1), et « manquant de souffle », le détachement Wobeser s'arrête en rase campagne à 200 mètres environ des Carrières, pendant que le lieutenant Eltester, qui l'a suivi en arrière et à droite se rejette dans les bois de la Mance.

A ce moment même, une contre-attaque française débouche de nos positions principales et progresse vers l'ouest. Sur l'ordre du général Jollivet, le Iᵉʳ bataillon du 76ᵉ se porte de la partie nord des Carrières dans la direction des Sablières. A sa droite avancent quelques fractions du 55ᵉ, à sa gauche trois compagnies du 77ᵉ.

Les éléments du 33ᵉ régiment qui occupaient les Carrières depuis 2 heures sont rejetés dans les bois de la Mance par les trois compagnies du 77ᵉ; de leur côté, les fractions établies entre les Sablières et Saint-Hubert, et appartenant en grande partie au 60ᵉ sont prises de panique et reculent elles aussi, jusque dans les bois; mais — contrairement à l'affirmation du major Kunz — le détachement Wobeser se maintient dans sa position, à 200 mètres à l'ouest des Carrières, et la 3ᵉ compagnie du 39ᵉ, qui occupe depuis quelques instants les Sablières, en remplacement de la 2ᵉ compagnie, résiste également en ce point.

D'ailleurs, l'action offensive des Français s'arrête bientôt devant la riposte des Allemands (2).

---

(1) A ce moment, le feu des Français redouble de vigueur, car le général Jollivet, voyant le 39ᵉ qui cherche à déboucher du bois, a renforcé la ligne de feu au sud du Point-du-Jour par les 2ᵉ et 3ᵉ bataillons du 76ᵉ.

(2) Il ne semble pas, d'après la monographie du 18 août, que la contre-attaque française se soit avancée jusqu'aux Sablières; en tout cas, la 3ᵉ compagnie du 39ᵉ n'a pas été délogée de ce point.

Les 7ᵉ et 8ᵉ compagnies du 39ᵉ (placées à l'aile gauche des deux bataillons) débouchent du bois de la Mance et marchent dans la direction du Point-du-Jour. La 3ᵉ compagnie sort des Sablières et se porte également en avant. En présence de ces mouvements, les compagnies françaises des 55ᵉ et 76ᵉ se retirent sur la position principale; seules les trois compagnies du 77ᵉ se maintiennent dans la partie ouest des Carrières du Point-du-Jour.

Le succès obtenu par la contre-attaque française n'était pas négligeable : les Carrières restaient entre nos mains. Malheureusement notre mouvement offensif avait été trop localisé et trop timide; ce n'est pas seulement sur les Carrières, mais aussi sur les Sablières et Saint-Hubert que nous aurions dû tenter de vigoureuses « remises de main ». Étant donné l'état de désagrégation des forces allemandes sur cette partie du champ de bataille, nul doute que nous aurions pu reprendre ces points d'appui, rejeter leurs défenseurs dans le bois de la Mance et obliger ainsi les Allemands à s'user dans de nouvelles et laborieuses attaques.

La 31ᵉ brigade (29ᵉ et 69ᵉ régiments) tente l'attaque des hauteurs de Moscou (1). — On se souvient que le 29ᵉ, en colonne sur la route de Saint-Hubert (1), avait dû, vers 3ʰ 30, s'arrêter dans le fond du ravin de la Mance, pour livrer passage à l'artillerie du VIIᵉ corps et à la 1ʳᵉ division de cavalerie. Le régiment venait de se remettre en marche, lorsque la 1ʳᵉ division de cavalerie faisant demi-tour et les attelages des batteries du VIIᵉ corps désemparées avaient encore ralenti son mouvement. « Dans cette masse terriblement enchevêtrée, dit le major Kunz, s'avancent des avant-trains venant du plateau, attelés de chevaux devenus sauvages et en partie blessés; le 29ᵉ régiment d'infanterie s'efforce de se tirer du désordre, mais il est mis dans la plus mauvaise posture..... Ajoutez à cela un nuage de poussière incroyable, si épais qu'on

(1) Ordre de marche : I, F, II. Rappelons que le 29ᵉ est en colonne sur la route, pendant que le 69ᵉ, séparé en deux fractions, a six compagnies au nord de cette route, et six autres compagnies encore plus au nord, en avant de Mogador. La 31ᵉ brigade, on s'en souvient, a reçu du général de Gœben l'ordre « d'attaquer les hauteurs de Moscou ».

peut à peine voir ses mains, puis le feu meurtrier des Français qui tirent sur cet amas fortement pressé d'hommes et de chevaux. »

Quel fâcheux prélude à une attaque, qui déjà par elle-même offre de si grandes difficultés! Aussi, lorsque vers 4ʰ 15, le 29ᵉ régiment peut enfin déboucher à l'est des bois de la Mance, est-il déjà à moitié désorienté et incapable de mener un combat de longue haleine. Fortement impressionnées par le lamentable spectacle que présentent les débris de la 15ᵉ division, tombant en pleine fournaise, alors qu'elles sont encore en colonne de route, les compagnies du 29ᵉ vont immédiatement perdre de vue le but qui a été fixé par le général de Gœben, et s'épuiser goutte à goutte dans de stériles actions de détail.

C'est ainsi que le général de Gneisenau, commandant la 31ᵉ brigade, contrairement aux ordres du général de Gœben, dirige les deux premières compagnies au sud de la route contre le Point-du-Jour, afin de soutenir les batteries du VIIᵉ corps. Ces deux compagnies ont à peine déployé leurs pelotons de tirailleurs que les pelotons de soutien, qui suivent en arrière, reçoivent des coups de feu semblant venir de Saint-Hubert (1). Croyant Saint-Hubert encore aux mains de l'ennemi, ces pelotons s'élancent sur cette ferme, en poussant des hourras et ne reviennent de leur erreur qu'après avoir atteint les bâtiments d'habitation. Ils s'établissent alors dans le jardin, pendant que les pelotons de tirailleurs vont rejoindre les éléments de la 15ᵉ division qui se trouvent au sud face au Point-du-Jour. Cet épisode se passe de commentaires et en dit long sur le désarroi qui règne en ce moment aux alentours de Saint-Hubert.

De leur côté les deux autres compagnies du Iᵉʳ bataillon se jettent l'une dans les Carrières de Saint-Hubert, l'autre dans la ferme même.

« Du bataillon de fusiliers une partie se dirige vers Moscou et s'arrête à environ 400 mètres de la position ennemie; d'autres fractions occupent la lisière est du bois de la Mance (au nord de la route) où se trouvent déjà des débris du 28ᵉ; une partie s'élance vers le Point-du-Jour jusqu'à hauteur de la ligne de

---

(1) Très vraisemblablement ces coups de feu venaient de Moscou.

tirailleurs du 60e, pendant que le reste se jette dans les Carrières (1). »

Quant au IIe bataillon, il gagne, lui aussi, les Carrières et de
là porte la majorité de ses forces dans Saint-Hubert; seuls
quelques éléments cherchent à marcher sur Moscou, mais ils
échouent dans leurs attaques.

Le 69e n'est pas plus heureux que le 29e. Des six compagnies
de gauche, deux s'égarent dans les bois et vont aboutir dans
la région de Chantrenne; les autres atteignent péniblement,
sans cohésion, la lisière est du bois de la Mance, et ne peuvent
en déboucher. Enfin, les quatre compagnies de droite viennent
se fondre dans les groupes compacts qui occupent Saint-Hubert
et les Carrières (2).

Bref, à 5 heures, la 31e brigade est complètement déployée,
« sans que la situation des Allemands se soit améliorée ». (Monographie du 18 août.)

La batterie Hase se retire du combat. — Pendant ce
combat d'infanterie, la situation de la batterie Hase, établie
au sud de Saint-Hubert, est devenue de plus en plus critique.
A 5 heures elle a épuisé toutes ses munitions, et les échelons
de ravitaillement sont restés à Gravelotte. L'ordre de se replier
lui est donné par le général commandant l'artillerie de la Ire armée; mais comme soixante-dix-sept chevaux ont été mis hors
de combat, il faut attendre que le commandant du groupe
amène lui-même des attelages de l'arrière. La batterie Hase
se retire alors vers Gravelotte (5 heures), de sorte qu'il ne reste
plus à l'est du ravin que la batterie Gnugge, qui, grâce à la
protection offerte par les murs de Saint-Hubert, peut encore
continuer la lutte (3).

---

(1) Monographie du 18 août. Il s'agit ici des Carrières de Saint-Hubert.

(2) Les deux premières compagnies, on s'en souvient, se sont, dès le début, jetées
dans les Carrières.

(3) L'exemple de la batterie Gnugge est caractéristique. Il prouve que l'artillerie
ne doit pas demander sa protection uniquement aux crêtes et qu'elle doit utiliser
largement les masques naturels ou artificiels du terrain tels que bois, villages, cul-
tures.....
« Loin des crêtes » est une idée à développer chez beaucoup d'artilleurs. (Voir
Revue Militaire générale, mai 1910. « Manœuvre à simple action ».)

Considérations. — L'issue malheureuse des combats livrés par les Allemands entre 3 et 5 heures ne saurait nous étonner. A la faute initiale, que nous avons déjà signalée et qui consistait à appuyer l'attaque de la position principale française sur une base — la 15ᵉ division — qui n'existait plus, étaient venues s'ajouter d'autres causes de faiblesse. Loin de chercher à assurer la convergence de leurs efforts, les généraux Steinmetz, Zastrow, Gœben, partant de points de vue différents, avaient agi chacun pour leur propre compte et, sans entente préalable, avaient engouffré sur la même route, *mais non sur le même but*, infanterie, artillerie, cavalerie. De telles dispositions ne contenaient-elles pas en elles-mêmes tous les germes de la défaite?

Quant à l'action sur Vaux, prescrite à la 26ᵉ brigade, il est évident qu'elle ne pouvait en aucune façon aider l'attaque dirigée sur les hauteurs du Point-du-Jour, car elle était beaucoup trop excentrique par rapport à cette attaque et elle n'avait avec elle ni liaison dans le temps, ni liaison dans l'espace (1). Certes l'idée de tenter l'enveloppement de la gauche française était des plus judicieuses, mais cette attaque enveloppante, pour produire son plein effet, aurait dû, en se liant étroitement avec l'attaque de front, déboucher de la lisière nord des bois de Vaux et non pas se dérouler à 3 ou 4 kilomètres plus à l'est.

C'était là, on s'en souvient, la pensée du maréchal de Moltke et si, comme il est probable, le général de Steinmetz ne fut point informé des intentions de son chef, du moins aurait-il dû, de sa propre initiative, suppléer à ce manque d'instructions.

Du haut du plateau de Gravelotte, où il se trouvait, il pouvait apercevoir la lisière nord des bois de Vaux, qui enveloppait complètement l'aile gauche française. Il lui suffisait en outre de lancer en reconnaissance quelques officiers de son état-major, pour se rendre compte que des chemins rudes, mais cependant praticables, permettaient à l'artillerie de traverser du sud au nord les bois de Vaux et que la lisière nord de ces bois, défilée aux vues des positions françaises, donnait à une attaque de

---

(1) L'attaque de la 26ᵉ brigade fut assez molle. La 26ᵉ brigade se borna à enlever à nos faibles avant-postes le village de Jussy et la hauteur au nord de Vaux, vers 6 heures du soir. A partir de ce moment, elle s'immobilisa sur les positions qu'elle venait d'enlever.

flanc des facilités de débouché exceptionnelles. Enfin, dès 2ʰ 20, n'avait-il pas reçu du général de Wedell, commandant la 29ᵉ brigade, qui se trouvait du côté des Carrières du Point-du-Jour, ce billet significatif :

« Si nous tournons maintenant l'aile gauche de l'ennemi, la hauteur qu'il occupe est à nous, car la lisière du bois de Vaux est déjà tenue fortement par notre infanterie. »

Ce message n'aurait-il pas dû lui ouvrir les yeux et le décider à combiner avec l'attaque de front une action enveloppante par sa droite?

Mais, dominé par l'idée préconçue qu'il n'avait devant lui qu'une arrière-garde, le commandant de la Iʳᵉ armée n'avait voulu rien voir ni rien entendre. Loin de chercher à s'adapter à la situation qu'avait créée le combat de la 15ᵉ division, il avait persisté dans son aveugle entêtement et n'avait réussi qu'à accumuler sur les glacis de Moscou et du Point-du-Jour de nouvelles et sanglantes hécatombes.

III — Situation générale vers 5 heures du soir

La Iʳᵉ armée. — « A partir de 5 heures du soir, dit la monographie du 18 août, le combat diminue peu à peu d'intensité. Les forces allemandes qui luttent à l'est du ravin de la Mance sont épuisées, et, après les efforts infructueux qui viennent d'être faits, une accalmie se produit, qui n'est interrompue que par quelques coups de feu isolés. En somme, la situation de la Iʳᵉ armée n'est pas favorable, mais elle n'est pas irrémédiablement compromise. Il est vrai que, à considérer le nombre des troupes engagées, les résultats sont plutôt maigres... »

Mélancoliques réflexions, qu'un coup d'œil sur le champ de bataille va nous permettre de confirmer ! Si, en effet, au point de vue de l'artillerie, la supériorité des Allemands est désormais incontestable, leur infanterie se trouve par contre en fort mauvaise posture. Au VIIIᵉ corps, trois brigades sont complètement usées; il ne reste plus en réserve à l'ouest de Gravelotte que la seule 32ᵉ brigade. Quant au VIIᵉ corps, bien qu'il n'ait pris jusqu'ici qu'une part très indirecte à la lutte, il est lui aussi dans une situation assez critique. Sans parler de la 26ᵉ brigade qui fait cavalier seul à 4 kilomètres plus à l'est, il a ses trois autres brigades éparpillées et mélangées, de Gravelotte à la corne nord des bois de Vaux. A la 27e brigade, le 39e est déployé à la lisière est du bois de la Mance, le 74e est rassemblé à la lisière ouest. Quant aux 25e et 28e brigades, elles ont un bataillon dans Gravelotte, quatre bataillons et demi au sud du village, un bataillon et demi au moulin de la Mance, enfin, quatre bataillons et demi à la lisière nord du bois de Vaux. Aucune liaison n'existe entre ces divers éléments, aucune idée n'a présidé à leur bizarre répartition.

Les 2e et 3e corps. — Du côté français les combats livrés entre 3 et 5 heures n'ont pas modifié sensiblement la situation. L'artillerie a continué ses errements, et à 5 heures, sur les vingt-deux batteries dont peuvent disposer les 2e et 3e corps, huit seulement font face à Gravelotte. Quant à l'infanterie, abritée dans des tranchées ou dans les fossés de la grande route, elle n'a que peu souffert du feu des Allemands et a encore d'abondantes réserves. A 5 heures, il n'y a pas moins de trente-neuf bataillons frais (1), disposés en arrière de la crête qui s'étend de Leipzig au Point-du-Jour.

La Garde impériale. — Vers midi, on s'en souvient, la brigade de voltigeurs Brincourt avait été poussée sur l'éperon de Châtel Saint-Germain, où elle avait pris une position d'attente.

Vers 2h 30, le général Bourbaki, qui avait été avisé à 1 heure qu'une attaque se préparait contre le 6e corps, s'était porté de sa personne sur le plateau Saint-Vincent. Il s'était bientôt rendu compte que la lutte vers Amanvillers—Saint-Privat était des plus vives et avait ordonné à la division de grenadiers Picard de venir au Gros-Chêne. A 4h 30, cette division était rassemblée en ce point et, vers 5 heures, elle faisait un nouveau bond en avant, pour se rapprocher des bois de Saulny.

De son côté, le 3e voltigeurs avait été chargé, vers 3h 45, de relever la brigade Brincourt, qui devait venir reprendre ses sacs

_____

(1) En comptant les neuf bataillons de voltigeurs de la Garde.

à son bivouac de Plappeville. Mais le 3e voltigeurs, une fois arrivé à l'éperon de Châtel-Saint-Germain, avait été envoyé par le général Brincourt à la lisière ouest du bois de Châtel, pour répondre à une demande de secours formée par le maréchal Lebœuf; quant à la brigade Brincourt, elle était restée sur l'éperon de Châtel.

Bref, à 5 heures, il n'y a plus à Plappeville que le 4e voltigeurs, les chasseurs à pied, l'artillerie de la 1re division, la réserve d'artillerie de la Garde et la réserve générale d'artillerie.

Le grand quartier général français. — Au moment où le IXe corps avait engagé le combat, le maréchal Bazaine se trouvait encore à son quartier général. En vain le bruit du canon se faisait-il de plus en plus intense, en vain le général Jarras était-il venu rendre compte que la bataille était engagée sur tout le front, rien n'avait pu décider le maréchal à se rendre sur le terrain de la lutte. Opposant un flegme imperturbable aux pressantes demandes de ses subordonnés, le commandant en chef s'était, jusqu'à 4 heures de l'après-midi, borné à manifester son activité, en prescrivant l'envoi au 6e corps de deux batteries d'artillerie et d'une vingtaine de caissons de munitions.

Enfin, à 4 heures, il monte à cheval et se rend au mont Saint-Quentin. Là, il s'absorbe dans de menues questions de détail, écoute d'une oreille distraite le rapport que le commandant Guioth lui fait sur la situation des 2e et 3e corps et, comme conclusion, ordonne à la division de cavalerie de Forton de se retirer au ban Saint-Martin.

Peu après, il reçoit le compte rendu par lequel le général Bourbaki lui fait connaître le mouvement des grenadiers de la Garde sur le Gros-Chêne et les inquiétudes qu'il a au sujet des routes de Briey et de Thionville. Le maréchal se porte alors sur le plateau de Plappeville et, croyant apercevoir au loin quelque désordre sur les derrières du 6e corps, ordonne à deux batteries de la réserve générale de venir prendre position sur le plateau, afin de pouvoir battre le défilé de Saulny.

Très préoccupé par l'ordre qu'il vient de donner, il se dirige vers le col de Lessy, pour voir si les deux batteries arrivent, et rencontre en chemin le commandant de Beaumont de l'escorte

du général Bourbaki. Après avoir échangé quelques mots avec
le commandant de Beaumont, il charge cet officier de porter
au commandant de la Garde l'ordre de faire rentrer à son bivouac
la division de grenadiers, sous prétexte « que la journée est finie,
et que les Prussiens ont simplement voulu nous tâter ».

La journée est en effet finie pour le maréchal Bazaine, car
à 7 heures il rentre à son quartier général : à 7 heures, c'est-à-dire
au moment où la bataille fait rage des bois de Vaux à Roncourt,
au moment où les Saxons commencent à encercler le 6ᵉ corps!
Quelle preuve plus manifeste de l'inertie du maréchal Bazaine
et de son obstination à rester en marge de la bataille que livre
son armée (1)!...

IV — Ordres donnés entre 5 et 7 heures par le Roi
et le général de Steinmetz

*A partir de 4 heures, le général de Steinmetz revient
sur sa première manière de voir et envisage la situation
sous un jour défavorable.* — Nous avons vu, durant les
premières heures du combat, le général de Steinmetz assister,
le cœur rempli d'espoir, à la lutte qui se déroulait dans le ravin
de la Mance et, à deux reprises différentes, adresser au grand
quartier général des comptes rendus qui n'étaient en réalité
que des bulletins de victoire avant la lettre.

Mais, à partir de 4 heures, il est difficile au commandant de
la Iʳᵉ armée de ne pas se rendre à l'évidence : sous ses yeux,
la 1ʳᵉ division de cavalerie subit un échec complet; les batteries
du VIIᵉ corps, installées près de Saint-Hubert, sont en fâcheuse

---

(1) A peine rentré à Plappeville, il télégraphie à l'Empereur : « J'arrive du plateau;
l'attaque a été vive; en ce moment, 7 heures, le feu cesse (!); nos troupes sont restées
dans leurs positions; un régiment, le 60ᵉ (!) a beaucoup souffert en défendant la
ferme Saint-Hubert. »

Après avoir envoyé ce télégramme, le général en chef dîne, sans songer à envoyer
un seul officier aux nouvelles; il est satisfait, il le dit et le répète.

Mais, vers 9 heures ou 9 heures et demie, se présente essoufflé, tout ému, le commandant Caffarel. Introduit, il fait un tableau saisissant de la lutte suprême du 6ᵉ corps :
« Vous n'avez pas à vous attrister de cette retraite, lui dit le maréchal Bazaine, elle
devait s'effectuer demain matin; nous la faisons douze heures plus tôt. » Ces paroles
mettent le commandant Caffarel hors de lui : « C'était alors inutile de nous faire
battre... »— « Vous le prenez de bien haut... Sortez... », et le commandant doit s'exécuter (d'après Germain BAPST).

posture ; enfin, la 31e brigade ne semble pas faire le moindre progrès. En présence de cette situation, Steinmetz commence à revenir
sur son opinion première ; il sent qu'il serait dangereux d'entretenir plus longtemps dans l'esprit du Roi et de son chef d'état-
major les espérances qu'il a si imprudemment fait naître, et, vers
4h 15, il confesse timidement son erreur par ce billet significatif :

Sur les hauteurs qui montent des bois de Vaux et de Génivaux, le
combat se déroule avec des alternatives diverses et reste indécis. Il
est nécessaire d'*attaquer le flanc droit de l'ennemi,* si l'on veut obtenir
ici contre son front un succès décisif.

Ce message est à peine expédié que les événements se précipitent : au nord de la chaussée, la 31e brigade échoue complètement dans son attaque sur Moscou ; au sud, les Français exécutent une brillante contre-offensive, qui leur rend les carrières
du Point-du-Jour. Cette fois, un revirement complet s'opère
dans l'esprit du commandant de la Ire armée. « A l'optimisme
du début succède chez lui le plus profond pessimisme (1). »
Ainsi qu'il arrive toujours en pareil cas, il s'exagère encore les
difficultés de la situation. Alors que deux heures auparavant
il lançait sa cavalerie aux trousses de l'ennemi, il estime maintenant qu'il lui est désormais impossible « de progresser avec
les forces de la Ire armée qu'il a encore à sa disposition (2) ».
Bien plus, il craint de voir son aile gauche entamée et, comme
à ce moment même le bruit d'un violent combat se fait entendre
dans la direction du bois de Génivaux, il en conclut que les
Français progressent de ce côté et ordonne au général de Gœben,
qui se trouve auprès de lui, « de s'emparer maintenant définitivement du bois (3) ».
Mais cet ordre n'est qu'un expédient destiné à parer au plus
pressé. Pour Steinmetz, il y a un problème autrement angoissant,
c'est celui qui se pose sur les glacis de Moscou et du Point-du-
Jour. Là, il le craint, les affaires sont déjà sinon désespérées,
du moins fort compromises. S'arrêter c'est reculer, et pour

---

(1) Monographie du 18 août.
(2) *Ibidem.*
(3) *Ibidem.*

éviter un irréparable malheur, il est de toute nécessité que de nouveaux renforts aillent relever les débris du VIIIe corps...

Aussi se décide-t-il bientôt à réclamer le secours du IIe corps, dont la 3e division vient d'arriver à Rezonville.

Quelle détresse! Et comme cette décision montre bien le désarroi du commandant de la Ire armée! Lui si orgueilleux, si jaloux de son autonomie, lui qui, le 6 août au soir, « reproche en termes si durs aux officiers de la IIe armée qu'il rencontre tout son mécontentement de trouver leurs troupes mélangées aux siennes sur le champ de bataille (1) », il en est réduit à solliciter l'aide du IIe corps! Vite il dépêche dans ce but le capitaine de During auprès du général de Fransecky, pendant qu'il envoie au grand quartier général son sous-chef d'état-major, le colonel de Wartensleben, pour exposer la situation au Roi et lui demander la libre disposition du IIe corps. Puis, peu après, craignant sans doute que son sous-chef d'état-major ne soit assez persuasif, il se rend de sa personne au grand quartier général.

Le grand quartier général (2). — Il est alors 5ʰ 15, et à ce moment le Roi, suivi de tout son état-major, vient de gagner la hauteur située à 300 mètres environ à l'ouest de Mogador. L'impression qui règne au grand quartier général est nettement défavorable. Dès son arrivée sur le plateau de Gravelotte, le Roi s'est en effet rendu compte que les renseignements qui lui ont été adressés au cours de l'après-midi par le général de Steinmetz ne correspondaient en rien à la réalité et que la Ire armée traversait une crise des plus graves. Le colonel de Wartensleben,

---

(1) *Spicheren*, par le lieutenant-colonel MAISTRE.

(2) A 2 heures, le grand quartier général avait quitté la hauteur au sud de Flavigny, pour se porter à 1.000 mètres au sud de Rezonville. De ce point, il s'était bientôt rendu compte, par la violence du combat, que, contrairement aux renseignements adressés par Steinmetz à 11ʰ 30, la Ire armée était engagée non pas avec une arrière-garde française, mais bien avec l'armée française elle-même.

Vers 2ʰ 30, le grand quartier général s'était encore rapproché du combat et était venu à 800 mètres au sud-est de Rezonville, puis enfin près de Gravelotte (3ʰ 30). Là il était rejoint par le capitaine de Winterfeld, qui revenait de l'état-major de la IIe armée, et qui annonçait que la Garde était près d'Amanvillers, le XIIe corps devant Sainte-Marie, et que le prince Frédéric-Charles comptait attaquer vers 3ʰ 45.

A 4 heures, le général de Fransecky se présentait au grand quartier général et annonçait l'arrivée prochaine de son corps d'armée.

Peu après 4 heures, le grand quartier général se décidait à se rendre sur la hauteur à l'ouest de Mogador.

de son côté, n'a pu que confirmer cette impression, et dans ces conditions le Roi a dû sans tarder prescrire au IIe corps « de s'avancer sur Gravelotte en soutien de l'aile droite (1) ».

Il vient à peine de donner cet ordre que Steinmetz se présente. L'accueil qu'il lui fait est des plus frais; l'entrevue est brève. « Steinmetz rend compte qu'une partie du terrain gagné au début du combat a été perdue à la suite d'une violente contre-offensive des Français. Le Roi, qui voit qu'il a été trompé par les comptes rendus du commandant de la Ire armée, répond que si l'on a perdu du terrain, on doit tout mettre en œuvre pour le reprendre. Puis il ajoute qu'il ne s'explique pas qu'on ait envoyé de la cavalerie contre les hauteurs occupées par l'ennemi (2). »

Après ce court colloque, Steinmetz retourne à Gravelotte, « en proie à une mauvaise humeur de plus en plus grande (3) », et attendant avec anxiété l'arrivée du IIe corps.

Au grand quartier général l'anxiété n'est pas moindre. Aux inquiétudes causées par la situation critique de l'aile droite vient s'ajouter en effet une incertitude complète sur les événements qui se passent à l'aile gauche. Depuis 3h 30, heure à laquelle le capitaine de Winterfeld a apporté des renseignements sans grand intérêt, on n'a pas reçu la moindre nouvelle de la IIe armée. Ce silence est d'autant plus énigmatique que le bruit du canon venant de la direction du nord, qui, vers 5 heures s'était éteint presque complètement a, depuis quelque temps, repris avec une intensité croissante...

Enfin, à 6h 45, arrive du lieutenant-colonel de Brandenstein le renseignement suivant :

Ouest d'Habonville, 4 heures.

La 1re division de la Garde et une fraction d'une division saxonne ont pris Sainte-Marie. Le XIIe corps, laissant Sainte-Marie à droite, est en mouvement dans la direction de Roncourt, pour envelopper complètement l'aile ennemie. La cavalerie saxonne est dirigée dans la vallée de la Moselle. Le Xe corps est derrière le IXe en réserve. Le IIe corps doit arriver à Rezonville vers 5 heures.

Le IXe corps est engagé dans un violent, mais heureux combat;

(1) Monographie du 18 août.
(2) *Ibidem.*
(3) *Vingt-quatre heures de stratégie*, F. HŒNIG.

il est soutenu par l'artillerie du IIIe corps, lequel se trouve tout entier en arrière. Une brigade de la 2e division d'infanterie de la Garde se joint à l'aile gauche du IXe corps. La ligne d'artillerie, qui se trouve en face de la IIe armée, est peu dense. L'ennemi, qui se trouvait dans la partie est du bois de la Cusse, en est maintenant chassé par la 25e division. Des masses ennemies sont visibles aux carrières d'Amanvillers.

Ce message, est-il besoin de le dire, est le bienvenu au grand quartier général. Non seulement il apporte les nouvelles les plus rassurantes sur la marche des événements à la IIe armée, mais, chose plus précieuse encore, il donne la clef de l'énigme qui, depuis la veille, pesait si lourdement sur les opérations de cette armée. Enfin l'emplacement exact de la droite française est connu, et, grâce à l'heureuse initiative de Frédéric-Charles et de ses subordonnés, l'idée en germe dans l'ordre de 10^h 30 est sur le point de se réaliser, l'enveloppement de l'aile droite française se poursuit dans les meilleures conditions.

Immédiatement ces importantes nouvelles influent sur le Roi et l'amènent à donner de nouveaux ordres. « Si l'on parvenait, dit à ce sujet la monographie du 18 août, à remporter la victoire par un enveloppement complet de l'aile droite ennemie, il ne restait plus à l'adversaire que la seule possibilité de se retirer sur Metz. Mais, si cette possibilité même lui était enlevée, ou si tout au moins on arrivait à prendre sous son feu les routes conduisant de la position française sur Metz, la défaite se changeait en catastrophe. Atteindre ce but, pendant que se réalisait l'enveloppement de la droite française, telle était l'intention du Roi. Pour cela, il était nécessaire de s'emparer de Moscou et du Point-du-Jour, afin de pouvoir ainsi dominer la route de la vallée de Montveau et tout le terrain jusqu'à Metz. Mais la nuit approchait, il fallait aller vite, si l'on ne voulait pas que l'ennemi puisse se retirer dans la forteresse (1).... »

Bref, le Roi, pour compléter l'action de la IIe armée, se déterminait peu avant 7 heures à tenter un coup de force contre les 2e et 3e corps français, et, malgré l'avis de de Moltke, faisait

---

(1) D'après les communications du comte de Waldersee, alors aide de camp du roi (Monographie du 18 août).

adresser à Steinmetz la prescription « de mettre en mouvement
contre les hauteurs du Point-du-Jour toutes les forces disponibles ».

Aussitôt le commandant de la Ire armée envoyait au IIe corps
l'ordre « de s'avancer sur la chaussée à l'attaque des hauteurs
de Moscou et du Point-du-Jour ». Au VIIIe corps il prescrivait
d'engager jusqu'à ses dernières réserves (*alles, auch das letzte,
einzusetzen*) (1). Enfin, le VIIe corps recevait l'ordre écrit suivant :

Le VIIe corps débouchera de la forêt contre la chaussée de Metz,
pour soutenir l'attaque du IIe corps, qui s'avance par le défilé. Il y
a lieu de maintenir une brigade en réserve. Sa Majesté désire que
l'attaque commence immédiatement.

Considérations. — La détermination prise à 7 heures par
le Roi était des plus graves. Ne risquait-on pas, en effet, de courir
à un irréparable échec, en voulant diriger, à la nuit tombante,
une masse de trois divisions d'infanterie contre des positions jusqu'alors inviolées ? Question délicate, à laquelle la Monographie
du 18 août s'est efforcée de répondre, en cherchant, bien entendu,
à justifier la décision du chef suprême des armées allemandes.
« L'ordre donné à 7 heures par le Roi au général de Steinmetz,
dit-elle, n'était que la reprise de l'idée directrice du combat,
idée qui visait à anéantir l'ennemi devant les portes de Metz...
De la ferme de Mogador le Roi pouvait voir le plateau Moscou—
Point-du-Jour et la route de Saint-Hubert marquée par une
rangée de peupliers ; d'après la carte au 1/80000e, cette chaussée
formait la seule route de retraite de l'armée française vers la
forteresse. Si l'on parvenait par un nouvel assaut à s'emparer
du plateau et de la route, alors l'aile gauche française était
coincée dans le ravin de Montveau et se trouvait dans une situation très critique pour battre en retraite. Bien plus, ce succès
pouvait en outre être fatal pour l'aile droite ennemie, puisque
cette aile, enveloppée par le nord, se voyait enlever la route de
Saint-Privat par Saulny et n'avait plus à sa disposition que la

_____

(1) Cet ordre n'atteignit pas de Gœben, qui, à ce moment, se trouvait près de
Saint-Hubert.

mauvaise route d'Amanvillers par Lorry et celle du ravin de
Montveau. Évidemment, dans l'ignorance où on était des progrès
de la IIᵉ armée, on ne pouvait pas savoir si le but visé serait
atteint. Mais le Roi ne voulait rien négliger de ce qui pouvait
apporter un succès complet...

« L'ordre du Roi s'adressait à toute la Iʳᵉ armée, y compris
le IIᵉ corps, qui était mis à la disposition du général de Steinmetz. Il lui laissait le choix des moyens, mais il était clair qu'étant
données la direction de marche et l'heure tardive l'attaque ne
pouvait être que frontale. Les objections que de Moltke éleva
contre cette conception d'une attaque directe étaient évidemment fondées, mais il serait erroné de croire qu'une divergence
complète d'idées s'élevât entre le Roi et son chef d'état-major.
Si, plusieurs années après la guerre, dans son histoire de la
campagne de 1870, de Moltke, connaissant l'ensemble de la
situation et le résultat de l'attaque du IIᵉ corps, est arrivé à
conclure que cette attaque n'aurait pas dû se produire, il n'a
fait en cela que s'adresser généreusement un blâme à lui-même.
Le 18 août, il put avoir des scrupules au début de l'engagement
du IIᵉ corps, mais vers la fin de la soirée il fut convaincu du succès de cette attaque. »

Si ingénieux que soit ce plaidoyer, il n'en reste pas moins
qu'en cherchant, à 7 heures du soir, à maîtriser les lignes de
retraite de l'ennemi et à transformer ainsi sa défaite en catastrophe, le Roi supposait le problème résolu. Au fond il commettait
la même faute que Manstein, s'efforçant, avant toute prise de
contact, de détruire les réserves ennemies, que Steinmetz,
faisant sonner à 3 heures par la 1ʳᵉ division de cavalerie l'hallali
des 2ᵉ et 3ᵉ corps solidement campés dans leurs retranchements.

A 7 heures du soir, il ne s'agissait pas pour la Iʳᵉ armée de
précipiter dans un hourra suprême la retraite de l'ennemi, il
importait avant tout de régler la question de Moscou et du Point-
du-Jour. Il y avait là une position extrêmement forte, que tous
les efforts des Allemands n'avaient pu entamer, et c'est cette
position qu'il fallait tout d'abord enlever aux Français, avant
de songer à leur couper la retraite. S'il avait été bien pénétré
de cette nécessité, peut-être le Roi aurait-il modifié ses ordres.

Sans doute il pouvait espérer que par son mouvement enve-

loppant la IIᵉ armée lui viendrait en aide. Mais jusqu'à quel
point était-il en droit d'escompter cette action? N'était-il pas
téméraire de baser une manœuvre sur cette faible lueur d'espérance, précisément au moment où on apprenait que le prince
Frédéric-Charles avait été obligé de s'élever vers le nord et de
chercher à frapper son coup décisif à 3 kilomètres au delà
d'Amanvillers, qui était son but primitif? En réalité, ainsi que
nous le verrons plus tard, la manœuvre enveloppante de la
IIᵉ armée, n'aboutissant tardivement qu'à 8 heures du soir,
n'aura d'effets immédiats que dans la région de Saint-Privat, et
ni la route de Saulny, ni celle de Lorry, ni celle du ravin de
Montveau ne furent interdites à l'armée française.

Mais ces réserves faites, devons-nous critiquer complètement
la détermination du Roi? Sa décision n'est peut-être pas un acte
pleinement mûri par une réflexion sérieuse, mais elle est, par
contre, un geste énergique dicté par un noble sentiment.

« Le cœur a des raisons que la raison ne connaît pas » dit-on.
Il semble que dans la circonstance le Roi ait plus obéi à son cœur
de soldat qu'à son cerveau de général en chef. En jetant dans
la fournaise toutes les forces dont il disposait à l'aile droite, il
a voulu avant tout affirmer son ardent désir de vaincre : donner
un regain d'énergie aux troupes qui depuis si longtemps luttaient
péniblement sur les glacis de Moscou et du Point-du-Jour, en
leur montrant qu'on les soutiendrait par tous les moyens possibles
et même impossibles; en imposer à l'adversaire en faisant preuve
d'une énergie farouche, prête à tous les sacrifices pour se maintenir sur la rive gauche du ravin de la Mance; enfin paralyser
ou tout au moins suspendre chez lui toute velléité de contre-
offensive, tel était au fond le but que se proposait le Roi. Qui
donc, dans ces conditions, pourrait lui reprocher son geste?

V — Derniers combats livrés par les VIIᵉ et VIIIᵉ corps

Le général de Gœben engage la 32ᵉ brigade. — « S'emparer maintenant définitivement du bois », tel était, on s'en
souvient, l'ordre que le général de Steinmetz avait donné au
général de Gœben, lorsque vers 5 heures du soir il avait entendu

le bruit d'un violent combat dans le bois de Génivaux, vers la gauche des batteries du VIIIᵉ corps.

Le général de Gœben, loin de partager les craintes de son chef sur les événements qui se passaient à la gauche de son corps d'armée, n'avait mis qu'un zèle très relatif à exécuter l'ordre reçu. Comme il lui paraissait dangereux de se dessaisir de sa dernière réserve, il avait estimé que l'envoi du Iᵉʳ bataillon du 40ᵉ à la gauche des batteries assurerait d'une façon très suffisante leur protection, et il avait conservé à l'ouest de Gravelotte les cinq autres bataillons de la 32ᵉ brigade (1). Mais peu après 5 heures, Steinmetz, revenant de son entrevue avec le Roi, s'était approché du commandant du VIIIᵉ corps et « sur le ton le plus tranchant (2) » lui avait renouvelé l'ordre de s'emparer définitivement du bois de Génivaux. Dans ces conditions, le général de Gœben avait dû s'incliner et prescrire au général de Barnekow, commandant la 16ᵉ division, d'engager également les deux autres bataillons du 40ᵉ.

En exécution de cet ordre, le IIᵉ bataillon du 40ᵉ, débouchant de Gravelotte, s'avance dans la direction du nord-est, persuadé que toute la partie des bois de la Mance au nord de la chaussée est aux mains de l'ennemi. Arrivé à la lisière de ces bois, le chef de bataillon reconnaît bientôt son erreur et, sans autre ordre, oblique à droite pour arriver aux Carrières de Saint-Hubert, De là, une partie de son bataillon se jette dans Saint-Hubert, pendant que le reste, s'aiguillant de part et d'autre de la ferme, rejoint les faibles lignes de tirailleurs qui font face à Moscou et au Point-du-Jour. Le IIIᵉ bataillon, qui marche en seconde ligne, subit le sort du IIᵉ, et vient comme lui se fondre dans les groupements qui se trouvent aux alentours de Saint-Hubert.

Ainsi donc l'engagement des deux bataillons du 40ᵉ n'a pas amélioré les affaires des Allemands sur la rive gauche du ravin de la Mance; comme leurs devanciers, ces bataillons se sont épuisés goutte à goutte dans un stérile combat et l'on comprend que dans ces conditions le commandant du VIIIᵉ corps hésite

---

(1) $\dfrac{\text{II, III}}{40}$, $\dfrac{\text{I, II, III}}{72}$.

(2) Monographie du 18 août.

à lancer en avant sa dernière réserve, constituée par le 72e, rassemblé à l'ouest de Gravelotte.

Mais bientôt la situation se modifie. Le général de Gœben reçoit de la IIe armée des nouvelles très rassurantes (1); d'autre part, il sait que le IIe corps approche et il voit même son artillerie s'avancer au trot au sud de Gravelotte. Dès lors, il estime qu'il n'est plus nécessaire de garder une réserve et « afin d'assurer par des troupes bien en main les résultats obtenus jusqu'alors », il ordonne au 72e de s'avancer sur Saint-Hubert. Lui-même s'y rend de sa personne, pour se rendre compte de la situation (vers 6h 30).

Le 72e, suivi par le 9e hussards (2), s'engage immédiatement sur la chaussée de Gravelotte en colonne de route, ayant à sa tête les généraux de Barnekow et de Gœben. Ce dernier arrête le régiment, lorsque sa tête arrive au ruisseau, et continue seul sur Saint-Hubert; de là il constate que la position française est encore fortement occupée et qu'un nouvel assaut avec les faibles forces dont il dispose n'aurait aucune chance de succès. Il se décide en conséquence à se borner à l'occupation méthodique des positions conquises, ainsi qu'à faire refluer vers l'arrière et à remettre en ordre les milliers d'isolés qui encombrent Saint-Hubert et ses abords. Il reprend alors la direction de Gravelotte, pour communiquer ses intentions au général de Barnekow resté avec le 72e.

Mais à ce moment même un brusque changement se produit dans la situation. Toute la ligne française, qui depuis quelque temps avait cessé de tirer, se couvre d'épais nuages de fumée, l'artillerie de Moscou (3) entre en action et une pluie de balles s'abat sur les pentes est du ravin (4). Cette réouverture subite

---

(1) Ces nouvelles lui sont apportées par un officier de liaison qu'il a envoyé à la IIe armée.

(2) Sur l'ordre du général de Barnekow, commandant la 16e division.

(3) Il y avait alors neuf batteries du 3e corps en action.

(4) D'après la *Revue d'Histoire*, les Français se seraient bornés à agir par le feu. D'après la monographie du 18 août, qui n'est pas moins catégorique, les Français auraient réellement exécuté une contre-attaque et leurs tirailleurs seraient arrivés jusqu'à une centaine de mètres de la lisière est du bois de la Mance. Il nous est difficile de prendre parti entre deux opinions si contradictoires. Contentons-nous de remarquer que, si cette contre-attaque a eu réellement lieu, il est étrange qu'aucun historique français n'en fasse mention.

du feu, succédant à une période d'accalmie, produit une impression de profonde démoralisation parmi les troupes allemandes. La masse confuse qui se tient aux alentours de Saint-Hubert, « soudainement tirée de la quiétude relative dont elle jouissait depuis longtemps ne peut supporter la perspective d'une nouvelle lutte, est prise de panique et commence à refluer vers le fond du ravin, déjà encombré d'isolés de tous les corps (1) ».

Le tumulte est indescriptible. Tous les groupes, qui se trouvent en terrain libre au sud de la chaussée, y compris le groupe Wobeser, tourbillonnent et se replient en désordre vers les bois de la Mance; les tirailleurs qui se trouvaient à la lisière des bois, croyant avoir affaire à des ennemis, tirent sur ces groupes et augmentent encore la confusion. La batterie Gnugge est prise dans le remous produit par la foule des fuyards; seules trois pièces restent en place; les trois autres sont entraînées jusqu'au bois.

Cette panique se fait sentir jusque sur la rive droite du ravin de la Mance, et les généraux de Steinmetz et de Zastrow, qui se sont portés en avant de Gravelotte, sont persuadés que les Français exécutent une offensive générale. « Ils croient même un moment Saint-Hubert perdu, la batterie Gnugge prise et la lisière est des bois de la Mance aux mains de l'ennemi (2). »

Un nouvel incident vient porter le désordre à son comble. Un détachement de réservistes du 9e hussards, formé en 5e escadron à la gauche du régiment, ne peut maîtriser ses chevaux, fait demi-tour et se lance dans un galop furieux sur Gravelotte, entraînant sur son passage, voitures, chevaux de main, attelages, etc...

Le 72e se porte à l'attaque. — Dès qu'un peu de calme est revenu, le 72e se porte en avant. Au sortir du bois, le Ier bataillon se déploie; laissant une compagnie dans Saint-Hubert, le chef de bataillon cherche avec ses trois autres compagnies à progresser au delà de la ferme, mais il échoue et se replie le long du mur sud du jardin. Les deux autres bataillons se jettent partie dans Saint-Hubert, partie dans les Carrières et de ces deux points, à plusieurs reprises, cherchent mais en vain à s'avancer

---

(1) *Revue d'Histoire.*
(2) Monographie du 18 août.

en rase campagne dans la direction de Moscou : toutes leurs tentatives sont vigoureusement repoussées.

Par contre, au sud de la chaussée, quelques groupes du 39e parviennent à gagner les Sablières, en même temps que le détachement Wobeser entre dans les Carrières du Point-du-Jour, d'ailleurs évacuées par l'ennemi (vers 7h 45).

Pendant que ces événements se déroulent, les généraux Gœben, Barnekow, Wedell, Gneisenau, qui se tiennent à la sortie ouest du ravin, cherchent à remettre de l'ordre dans les bandes de fuyards, qui sans cesse refluent vers l'arrière. Voyant que ses efforts sont inutiles, le général de Barnekow « afin de rendre courage et confiance à l'infanterie » ordonne alors à un escadron de hussards de charger. L'escadron s'avance vers le Point-du-Jour, au milieu d'une buée épaisse faite d'ombre, de brouillard et de fumée, arrive à une centaine de mètres des tranchées françaises et, constatant son impuissance, fait demi-tour, pour revenir prendre position à la lisière du bois de la Mance...

Cependant de nouvelles tentatives sont faites le long de la chaussée, et aux environs de 8 heures un petit détachement d'infanterie du 72e arrive à prendre position au coude de la chaussée.

Les combats du VIIe corps. — Lorsque, peu après 7 heures, le général de Zastrow avait reçu l'ordre que nous avons donné plus haut de soutenir l'attaque du IIe corps, en s'avançant contre la chaussée de Metz, l'infanterie de son corps d'armée (moins la 26e brigade) occupait les emplacements suivants :

A la lisière nord des bois de Vaux, cinq bataillons et demi, appartenant aux 25e et 28e brigades (1).

Au moulin de la Mance, un bataillon et demi appartenant à la 25e brigade (2).

A la lisière ouest du bois de la Mance et devant le Point-du-Jour, six bataillons de la 27e brigade (3).

---

(1) $\dfrac{1/2\ \mathrm{I, II, F}}{13}$, $\dfrac{\mathrm{I, II}}{53}$, 7e bataillon de chasseurs.

(2) $\dfrac{1/2\ \mathrm{I}}{13}$, $\dfrac{\mathrm{I}}{73}$.

(3) 39e et 74e.

Dans Gravelotte, un bataillon (1).

Enfin, à 1.000 mètres environ au sud de Gravelotte, sur la route d'Ars, quatre bataillons et demi appartenant aux 25e et 28e brigades (2).

Cette simple énumération est assez éloquente par elle-même, sans qu'il soit besoin d'insister sur la dissémination des forces disponibles du VIIe corps et sur la rupture complète de leurs liens tactiques. Le général de Zastrow s'en rend d'ailleurs si bien compte que, pour hâter l'exécution du mouvement, il fait porter directement aux généraux de brigade l'ordre d'attaque (3).

Inutile précaution! Le général de Woyna, commandant la 28e brigade, n'est pas touché par l'ordre. Mais comme il entend vers 7h 30 la sonnerie : *Ganz avancieren*, il prescrit au Ier bataillon du 73e de la 25e brigade de se joindre au mouvement du IIe corps qui se porte en ce moment vers le défilé de la Mance. Ce bataillon longeant la lisière ouest du bois de la Mance atteint la chaussée de Saint-Hubert, et là reçoit du commandant de la 3e division l'ordre de marcher sur le Point-du-Jour. Il s'avance jusqu'à environ 200 mètres des lignes françaises, mais il est reçu par un feu si violent qu'il fait demi-tour et vient se reformer auprès de Saint-Hubert, pour renouveler, bientôt après, ses tentatives d'attaque.

Le général d'Osten-Sacken, commandant la 25e brigade, reçoit l'ordre d'attaque vers 7h 30. Il se met immédiatement à la tête des deux seuls bataillons dont il dispose $\left(\dfrac{\text{II, III}}{73}\right)$, s'engage par le chemin du moulin de la Mance à travers le bois de Vaux et vient déboucher vers 8 heures à la lisière ouest de ces bois. Laissant trois compagnies à la lisière, il se dirige avec cinq compagnies sur le coude de la chaussée de Metz (4). Il arrive ainsi

_____

(1) $\dfrac{\text{F}}{77}$.

(2) $\dfrac{\text{II, III}}{73}$, $\dfrac{\text{1/2 I, II}}{77}$, $\dfrac{\text{F}}{58}$.

(3) En même temps il prescrit de maintenir en réserve les quatre bataillons qui se trouvent au sud de Gravelotte.

(4) Le général d'Osten-Sacken ignorait à ce moment que le groupe Wobeser avait réoccupé les carrières. Toutefois il ne semble pas avoir pris des mesures pour couvrir son flanc gauche.

jusqu'à une centaine de mètres de cette route, mais, accueilli par une vigoureuse fusillade, il est obligé de s'arrêter.

Quant aux fractions du VIIᵉ corps, qui, sous les ordres du colonel de Frankenberg, occupent la lisière nord des bois de Vaux, elles ne reçoivent pas l'ordre du général de Zastrow. Mais entendant vers 8 heures le combat reprendre avec intensité vers le Point-du-Jour, le colonel de Frankenberg débouche de la lisière avec les IIᵉ et IIIᵉ bataillons du 13ᵉ auxquels se joignent des fractions du 53ᵉ et du 7ᵉ bataillon de chasseurs, et marche contre la chaussée de Metz. Lui aussi est obligé de s'arrêter à une centaine de mètres de nos lignes et de se borner à entretenir un combat de feu.

Vers 9ʰ 30, les deux bataillons du 73ᵉ s'étant, sur l'ordre du général de Glumer, commandant la 13ᵉ division, repliés dans le bois de Vaux, les troupes du colonel de Frankenberg suivent le mouvement et viennent reprendre leurs positions de l'après-midi (1).

Considérations. — Plus encore que les engagements anté-rieurs, les combats livrés par les VIIᵉ et VIIIᵉ corps à partir de 5 heures sont caractérisés par un manque complet de cohésion. Épuisés et énervés par la violence de la lutte qu'ils ont dû soutenir, les Allemands, au lieu de lier leurs attaques et de combiner leurs efforts, ne font plus que pousser droit devant eux dans la direction de l'ennemi. Il semble que leurs chefs se rendant compte qu'il est maintenant trop tard pour entamer les positions françaises, ne cherchent plus qu'à affirmer « leur droit, leur pou-voir d'attaquer ».

Cela ils le font d'ailleurs avec une opiniâtreté et une ténacité magnifiques, et s'ils ne nous donnent point de leçons de tactique, du moins nous laissent-ils un bel exemple d'énergie que nous ne saurions trop méditer.

Tous ces généraux qui descendent dans le ravin de la Mance,

(1) « Ainsi, dit la monographie du 18 août, se terminait l'attaque du VIIᵉ corps. Par suite d'une répartition vicieuse des forces, quatre bataillons seulement y avaient pris part, et encore ces quatre bataillons n'avaient-ils pu coordonner leurs efforts. Les Iᵉʳ et IIᵉ bataillons du 77ᵉ et le bataillon de fusiliers du 53ᵉ, qui, dans la pensée de Zastrow, devaient participer à l'attaque, ne reçurent aucun ordre et ne bougèrent pas, car ils crurent qu'ils étaient désignés comme réserve. »

s'efforcent de dominer le tumulte de leurs troupes, qui engagent jusqu'à leurs dernières compagnies, « raclent les fonds de tiroir », et, à défaut d'infanterie, lancent contre nos tranchées des pelotons de hussards, ces généraux ne font pas œuvre vaine, car il n'y a de réellement improductif que l'inaction. « Tous les efforts, quels qu'ils soient, dit le lieutenant-colonel Maistre dans son beau livre sur Spicheren, sont productifs; tous les efforts contribuent peu ou beaucoup au succès. En tactique comme dans la nature, aucune source d'énergie ne se dépense en pure perte. Mais il faut qu'il y ait énergie employée, il faut qu'il y ait effort. Un effort qui reste en puissance est inexistant. »

...Le 18 août, sur les glacis de Moscou et du Point-du-Jour, les attaques poussées par la Ire armée jusqu'à la nuit noire n'ont évidemment pas eu de résultats matériels immédiats; elles n'ont cependant pas été inutiles. En répondant à chaque échec par de nouvelles tentatives, en montrant qu'ils n'étaient point découragés, nos ennemis ont d'abord conservé l'ascendant moral qu'ils avaient déjà sur nous; ils ont en outre empêché la panique de leurs troupes de dégénérer en une irrémédiable catastrophe; enfin et surtout ils ont entretenu dans le cœur de leurs hommes cette flamme de l'espérance, sans laquelle il n'est point de victoire.

VI — L'engagement du IIe corps

Mouvements du IIe corps jusqu'à 8 heures du soir. — Avant d'étudier l'engagement du IIe corps sur les pentes orientales du ravin de la Mance, jetons un rapide coup d'œil sur les mouvements exécutés par ce corps d'armée dans la journée du 18.

Parti de Pont-à-Mousson dans la nuit du 17 au 18, le général de Fransecky reçoit, vers 1 heure de l'après-midi, du prince Frédéric-Charles, l'ordre de se porter sur Rezonville. A ce moment le IIe corps, occupé à faire sa grand'halte, se trouve dans la situation suivante : la 3e division est près de Buxières, l'artillerie de corps entre Onville et Buxières, enfin la 4e division entre Arnaville et Vandelainville.

Bien que l'ordre du commandant de la IIe armée spécifie
qu'il n'y a pas urgence à atteindre Rezonville et qu'on a le temps
de faire la soupe, le général de Fransecky prescrit immédiatement
à ses deux divisions et à son artillerie de corps de se mettre en
marche; lui-même se porte dans la direction du nord, pour aller
aux nouvelles : le bruit de la violente canonnade qu'il entend
depuis midi l'inquiète, et il pressent qu'une grande bataille est
engagée.

Vers 4 heures, il rencontre le Roi à l'est de Rezonville, lui annonce l'arrivée prochaine de son corps d'armée, et, cette communication une fois faite, retourne au sud de Rezonville, pour
surveiller le rassemblement de la 3e division.

C'est sur ces entrefaites qu'arrive le capitaine de During,
envoyé, comme nous l'avons vu, par le général Steinmetz, pour
solliciter l'appui du IIe corps. Le général de Fransecky répond
au capitaine de During qu'il peut d'autant moins satisfaire à
la demande du commandant de la Ire armée que le roi vient,
il y a quelques instants à peine, de lui rappeler que le IIe corps,
suprême réserve, ne doit pas s'engager sans un ordre formel de
lui.

Cet ordre d'ailleurs ne se fait pas longtemps attendre : vers
5 heures, le colonel de Bronsart se présente au commandant
du IIe corps et le prie, de la part du Roi, « de porter son corps
d'armée sur Gravelotte en soutien de l'aile droite ».

Aussitôt le général de Fransecky ordonne à l'artillerie de corps,
soutenue par le 3e dragons, de se porter au sud de Gravelotte
et d'engager la lutte, à la 3e division de marcher sur la droite
de la ligne d'artillerie, à la 4e division de suivre la 3e.

Rapidement l'artillerie atteint la ligne des batteries du
VIIe corps, mais elle ne peut, faute de place, mettre en action
que deux batteries et demie. En même temps la 3e division
rompt son rassemblement et, précédée par son avant-garde (1),
se dirige vers l'ouest en formation massée.

Quant au général de Fransecky, aussitôt après avoir mis en

---

(1) Avant-garde : 2e bataillon de chasseurs, 1re batterie, 54e régiment d'infanterie; le bataillon de chasseurs en ligne de colonne de compagnie forme la première
ligne, le 54e en seconde ligne a ses trois bataillons en colonne double les uns à côté
des autres, la batterie est sur le flanc du dispositif.

marche son corps d'armée, il galope vers Gravelotte, et, à la lisière sud de ce village, rencontre les généraux de Zastrow et de Kameke qui le mettent au courant de la situation. « Ils lui annoncent qu'on a pris la ferme de Saint-Hubert, mais que l'ennemi défend opiniâtrément sa position principale sur la ligne Moscou—Point-du-Jour ; ils ajoutent que le bois de la Mance ne saurait être traversé par des colonnes, qu'en réalité les troupes de la Ire armée ont bien pénétré dans ce bois, mais qu'elles ne se sont pas avancées jusqu'à la lisière faisant face à l'ennemi (1). Ces renseignements, s'ajoutant à l'impression personnelle qu'il ressent, persuadent le général de Fransecky qu'il ne peut être question de progresser à travers l'épais taillis de la Mance, à l'approche de la nuit, que d'ailleurs l'heure avancée nécessite une rapide entrée en ligne et qu'il est de toute nécessité qu'il lance l'attaque de son corps d'armée, en prenant la grande route pour axe. Cette décision prise, il quitte le général de Zas-trow et se dirige vers le ravin pour avertir le commandant de la Ire armée de l'arrivée de ses troupes (2). »

Il le rencontre à l'est de Gravelotte, lui expose rapidement la situation du IIe corps et lui annonce que son intention est d'engager la 3e division contre les hauteurs de Moscou et du Point-du-Jour et de maintenir en réserve la 4e division. « *Das ganze Armeekorps muss hinauf ;* le corps d'armée tout entier doit monter là haut ! » lui répond sèchement le général de Stein-metz. Le commandant du IIe corps s'incline et retourne aussitôt sur ses pas pour donner ses ordres....

Mais entre temps le sous-chef d'état-major de la Ire armée, le colonel de Wartensleben, porteur des instructions du général de Steinmetz, avait rejoint l'avant-garde de la 3e division. En l'absence du général de Fransecky, il s'était adressé au général de Hartmann, commandant la 3e division, et lui avait indiqué que « la mission du IIe corps était de soulager, par une attaque sur la chaussée, les troupes engagées depuis le matin, de s'emparer des tranchées ennemies établies sur les hauteurs de Moscou et

---

(1) Le commandant du VIIe corps ne semble pas avoir à ce moment une vue très nette de la situation.

(2) Monographie du 18 août.

du Point-du-Jour et de couper ainsi de Metz l'ennemi qui com-
battait encore près d'Amanvillers, ou tout au moins de l'entamer
sérieusement (1) ».

Le commandant de la 3e division, au reçu de ces instructions,
avait appelé à lui les chefs d'unités de l'avant-garde et leur avait
donné l'ordre de faire déposer les sacs et de s'avancer à l'attaque par la chaussée. Puis il s'était porté en avant pour rendre
compte au général de Fransecky des dispositions prises en son
absence.

Le général de Hartmann rencontre le commandant du IIe corps
presque au moment (7 heures du soir) où ce dernier vient d'avoir
avec le général de Steinmetz le bref colloque que nous avons
rapporté plus haut.

Le général de Fransecky approuve les mesures prises par son
subordonné et les complète en prescrivant que « le bataillon de
chasseurs, qui longe en ce moment la lisière ouest des bois de la
Mance, doit converser à droite aussitôt que possible, traverser
le ravin et occuper la lisière est de ces bois en liaison avec l'aile
gauche du VIIe corps, pour de là soutenir les bataillons qui vont
s'avancer à l'attaque par la chaussée. Quant aux régiments qui
marchent derrière le bataillon de chasseurs, ils doivent gravir
en rangs pressés les pentes orientales du ravin (2) ».

Ces ordres sont aussitôt communiqués à la 3e division, et les
deux généraux viennent se placer près de la chaussée, pour
assister au défilé de leurs troupes, pendant qu'un peu plus loin
le général de Steinmetz, « immobile, telle une statue de marbre »,
fait sonner sans arrêt le *Ganz avancieren* au clairon qui se
trouve à ses côtés... Bientôt les premiers bataillons du IIe corps
commencent à arriver, les tambours battent, les musiques
jouent; les hommes acclament leurs chefs; c'est le prélude de
la marche à l'holocauste; c'est le *Morituri te salutant.*

Magnifique spectacle, bien fait pour aller au cœur du général
de Fransecky! Car, ne l'oublions pas, par leurs rauques hourras,
ces rudes Poméraniens n'entendaient pas seulement souligner
la grandeur du sacrifice librement consenti; ce qu'ils voulaient

_____

(1) Monographie du 18 août.
(2) *Ibidem.*

aussi, c'était affirmer l'inébranlable confiance qui les animait tous, c'était prouver à leur chef qu'ils comprenaient la nécessité des efforts demandés par lui au cours de la journée, c'était glorifier et justifier la généreuse activité qu'il avait dépensée sans compter depuis le matin, pour amener le IIe corps au secours des camarades en détresse.

L'engagement de la 3e division (2e chasseurs, 54e, 14e d'infanterie, 2e grenadiers, 42e d'infanterie). — Vers 7h 30, le 2e bataillon de chasseurs, qui marche en tête de l'avant-garde, franchit le ruisseau de la Mance et commence à gravir en ligne de colonnes de compagnies les pentes orientales du ravin. A peine a-t-il dépassé la lisière des bois qu'il est soumis à une violente fusillade, et qu'il est obligé de s'arrêter à mi-distance entre la lisière des bois et les positions françaises (1).

Le 54e, qui suit en seconde ligne, subit bientôt le même sort. Successivement ses trois bataillons, disposés les uns derrière les autres, franchissent le ravin et débouchent en terrain libre. Fusillés par les Français du Point-du-Jour, fusillés par les camarades qui se trouvent à la lisière du bois de la Mance, fusillant à leur tour les fractions du VIIIe corps qui occupent Saint-Hubert (2), les bataillons du 54e perdent toute cohésion et se disloquent en petits paquets, qui errent dans toutes les directions. Quelques compagnies refluent sur Gravelotte; d'autres s'égarent vers les Carrières du Point-du-Jour; d'autres, enfin, rejoignent la mince ligne de feu qui se trouve soit aux abords de la chaussée soit derrière les murs du jardin de Saint-Hubert, face à Moscou (3).

_____

(1) Vers 9 heures, lorsque le feu des Français sera moins intense, trois compagnies du 2e chasseurs se porteront en avant jusqu'à environ 150 mètres du Point-du-Jour; la quatrième se jettera dans les Carrières du Point-du-Jour.

(2) Au IIe corps on croyait que Saint-Hubert était aux mains des Français.

(3) D'après la monographie du 18 août, l'engagement du 54e se serait ainsi déroulé : Le bataillon de fusiliers marche en tête. Dès le débouché du bois au sud de la chaussée une de ses compagnies s'égare dans la direction des Carrières; l'autre s'avance vers le coude de la chaussée, les deux autres sont maintenues en réserve au saillant est de Saint-Hubert.
Le IIe bataillon arrive en deuxième ligne et s'avance sur la chaussée. La 5e compagnie reste à la lisière du bois et se retire peu après vers Gravelotte. Les trois autres s'avancent au delà de Saint-Hubert, le long de la chaussée. Reçues par un feu violent,

Le gros de la 3e division, qui suit l'avant-garde à peu de distance, n'est pas plus heureux, et deux bataillons du 14e d'infanterie, ainsi que deux bataillons et demi du 2e grenadiers s'égrènent comme leurs devanciers, sans pouvoir gagner un pouce de terrain.

Le désordre est alors à son comble, on ne reconnaît plus ni amis ni ennemis; dès que la lueur d'un coup de feu apparaît dans la nuit noire, immédiatement une violente fusillade est dirigée dans la direction de cette lueur, sans qu'on s'inquiète de savoir qui a tiré ni sur qui on tire.

En vain, le général de Fransecky et ses officiers d'ordonnance cherchent à remettre un peu d'ordre dans la cohue qui se presse autour d'eux. Tous ils parcourent le terrain au sud de la chaussée en criant : « Les Poméraniens en avant, les hommes du VIIIe corps en arrière! ». A plusieurs reprises ils font sonner : « Cessez le feu », mais cette sonnerie n'a qu'un effet momentané; bientôt après, la fusillade reprend intense, désordonnée, fratricide...

Voyant l'inutilité de ses efforts, le général de Fransecky se décide alors à utiliser les forces qui lui restent, pour former sur la rive gauche du ravin de la Mance une sorte de barrière humaine qui arrêtera et limitera la débandade. Déjà, dans ce but, son chef d'état-major a placé en travers de la route de Saint-Hubert les deux dernières compagnies du 2e grenadiers. De son côté, le général de Hartmann a disposé deux bataillons du 42e (1) (dernier régiment de la 3e division), l'arme au bras, au sud de la chaussée, face au Point-du-Jour. Enfin, vers 9 heures, le général de Fransecky prescrit à la 4e division « de s'avancer par le défilé, de relever la 3e division et de prendre, à cheval sur la chaussée de Metz, une position qui couvre le terrain conquis (2) ».

---

ces trois compagnies s'installent derrière les murs du jardin, deux compagnies face à Moscou, une compagnie au saillant est.

Enfin, le Ier bataillon s'avance en troisième ligne au sud de la chaussée. La 1re compagnie, après s'être portée dans la direction du Point-du-Jour, revient sur ses pas et se replie un peu plus tard sur Gravelotte. Les 2e et 4e se jettent dans Saint-Hubert, pendant que la 3e, après avoir erré du côté des Carrières du Point-du-Jour, se retire sur le bois de la Mance et finalement sur Gravelotte.

(1) Le 3e bataillon, pris de panique, retournera sur Gravelotte.

(2) Archives de la guerre (Monographie du 18 août).

La 4ᵉ division franchit le ravin. — Au moment où le général commandant la 4ᵉ division reçoit cet ordre, la 7ᵉ brigade (49ᵉ et 9ᵉ grenadiers) est arrêtée au sud de Gravelotte; la 8ᵉ brigade (21ᵉ et 61ᵉ) se trouve à une demi-heure en arrière, venant de Rezonville.

Le 49ᵉ, après avoir traversé le ravin, vient prendre position en formation massée au sud de la chaussée à la lisière est des Carrières de Saint-Hubert, où il reste toute la nuit l'arme au bras.

Le 9ᵉ grenadiers suit le 49ᵉ. Sur l'ordre du général de Hartmann, le bataillon de fusiliers s'installe aux avant-postes et pousse deux compagnies vers le coude de la route, les deux autres compagnies dans le jardin de Saint-Hubert; quant aux Iᵉʳ et IIᵉ bataillons ils prennent position à 200 mètres à l'ouest de Saint-Hubert, au nord de la chaussée.

A son tour la 8ᵉ brigade franchit le ravin. Le Iᵉʳ bataillon et le bataillon de fusiliers du 21ᵉ viennent se masser au sud de la chaussée en avant du 49ᵉ. Le IIᵉ bataillon, après s'être porté jusqu'à Saint-Hubert, revient sur Gravelotte pour reprendre ses sacs. De là il gagne la lisière est du bois de la Mance au nord de la route, et y passe la nuit, couvert face à Moscou par quelques tirailleurs.

Enfin, vers minuit et demi, le 61ᵉ, laissant deux bataillons à Gravelotte, pousse son IIᵉ bataillon au sud de Saint-Hubert face au Point-du-Jour. Tels sont les derniers mouvements exécutés par les troupes de la 4ᵉ division dans la nuit du 18 au 19 août (1), pendant que les VIIᵉ, VIIIᵉ corps ainsi que la 3ᵉ division se rassemblent péniblement sur le plateau de Gravelotte.

De leur côté les Français occupaient toujours les fossés de la grande route aux environs du Point-du-Jour. Vers 10 heures du soir, le *66ᵉ*, jusque-là en réserve, était venu s'établir de part et d'autre de la ferme et avait pu ainsi maintenir sur cette partie du champ de bataille un ordre relatif. Par contre, plus au nord, du côté du coude de la route, la ligne de combat s'était peu à peu désagrégée; déjà vers 9ʰ 30, les fractions du *8ᵉ* restées en première ligne avaient été rassemblées et ramenées dans le

_____

(1) Ajoutons en outre que vers 10ʰ 30, le capitaine Wobeser, se trouvant trop en l'air dans les Carrières du Point-du-Jour, s'est reporté à la lisière est du bois de la Mance.

voisinage de Moscou, et il n'était plus resté dans les fossés de la route que des isolés appartenant à divers régiments et plus particulièrement au 32e de ligne. Vers 10 heures du soir, ces hommes, pris d'une panique dont il est difficile de déterminer la cause, avaient reflué brusquement vers l'arrière, dans la direction du 8e de ligne. Une partie des fuyards avait pu être arrêtée, grâce à l'énergique attitude de ce régiment, mais le reste avait continué sa course; « entraînant avec lui certaines fractions, qui tentaient de leur barrer le chemin (1) ».

Cet incident marquait la fin du combat, et le silence, qui peu à peu s'étendait sur ces glacis témoins de luttes si ardentes, n'était bientôt plus troublé que par quelques coups de fusil isolés...

Considérations. — La Ire armée était-elle réellement battue, comme quelques-uns l'ont prétendu? Tel n'est pas notre avis, car pour nous une armée n'est point battue, qui jusqu'à la nuit noire montre une telle énergie, et proclame si opiniâtrément, si furieusement, « son droit, son pouvoir d'attaquer ».

Certes, nous en convenons, les moyens employés pour affirmer et maintenir cette attitude agressive sont pitoyables; dans tous les combats livrés par la Ire armée, on ne trouve pas une seule attaque présentant quelque cohésion, et, comme le dit non sans raison Fritz Hœnig, « tout ce qui se passe ici n'est que méprise, agitation, mêlée et choc confus, sans une idée nette de ce qu'on a devant les yeux ».

Mais quelque critiquables que soient les procédés des Allemands, il n'en reste pas moins qu'à 10 heures du soir, au moment où sont tirés les derniers coups de fusil, la Ire armée a enlevé aux Français et a conservé le bois de la Mance, Saint-Hubert et surtout le coude de la route. Maigres résultats, mais résultats qui ont leur importance, par cela même qu'ils sont susceptibles d'agir sur le moral des deux adversaires. Pour les Français, c'est la preuve que, malgré les millions de cartouches brûlées, ils n'ont pu empêcher l'ennemi d'entamer leurs positions, et ce sentiment de leur impuissance, malgré la faiblesse relative de leurs pertes,

---

(1) *Revue d'Histoire.*

ne peut qu'influencer fâcheusement un moral déjà déprimé par une lutte longue et énervante. Pour les Allemands, au contraire, c'est la preuve que les quelques avantages obtenus au cours de la journée ont pu être maintenus, que les efforts dépensés si généreusement n'ont donc pas été complètement inutiles, et cette constatation est évidemment de nature à effacer en partie l'angoissante impression ressentie par nos ennemis à la suite des lourdes pertes de la journée.

Bref, l'ensemble des combats livrés dans le ravin de la Mance a, si l'on peut dire, créé chez les deux adversaires une position d'équilibre instable que le moindre effort peut arriver à rompre en faveur de l'un ou de l'autre; cet effort, ni les 2e et 3e corps d'une part, ni la Ire armée d'autre part ne sont capables de le produire; mais la Ire armée n'est pas seule; plus au nord, les corps du prince Frédéric-Charles ont eux aussi travaillé, et leurs efforts mieux coordonnés ont fini par produire sur la droite française une rupture d'équilibre, dont les effets, bien que lointains, ne tarderont pas à se faire sentir le 19, dès l'aube, jusque dans la région de Gravelotte.

En tout cas, si l'on en croit la monographie du 18 août, l'impression qui régnait dans la soirée au grand quartier général était loin d'être défavorable : « De son point de stationnement auprès de Mogador, dit-elle, le grand quartier général avait pu observer la contre-offensive des Français, la retraite des Allemands et la panique qui, éclatant soudain, s'était fait sentir jusqu'à Gravelotte. A ce moment les projectiles de l'adversaire tombaient dru sur l'emplacement où se trouvait le Roi et blessaient l'aide de camp du ministre de la guerre, le major de Buddenbrock. Bien que le maréchal de Moltke montrât un calme imperturbable et répétât : « Ce n'est rien, c'est la bénédiction ves- « pérale (Abendsegen) avec laquelle ils ont l'habitude de rompre « chaque soir le combat », l'entourage du Roi était inquiet, car visiblement le Maître se trouvait en danger. Malgré sa résistance, il se laissait enfin conduire sur Rezonville. Il s'installait à la sortie ouest du village, pour attendre des renseignements sur l'issue du combat.

« Entre temps le maréchal de Moltke, qui s'était porté avec le grand État-major à la sortie est de Gravelotte, assistait à

l'engagement des Poméraniens du IIe corps. En voyant l'entrée
en ligne de ces troupes fraîches, il ne ressentait plus l'inquiétude
qu'il avait montrée vers 8 heures sur l'issue de la lutte. Le bruit
du combat qui s'éloignait dans la direction de la hauteur du
Point-du-Jour, les signaux d'attaque, les hourras sans cesse
renouvelés, la cessation partielle du feu, tout cela le confirmait
dans l'idée que l'attaque du IIe corps était couronnée de succès.
Vers 9h 30, il s'avançait jusqu'à l'entrée du ravin et, comme le
combat diminuait d'intensité, se décidait à retourner vers le
Roi... Aussitôt arrivé à Rezonville, le maréchal annonçait à son
souverain que le IIe corps s'était avancé avec succès au delà
du ravin, et en disant cela il ne faisait qu'exprimer l'impression
qu'il avait ressentie sur le champ de bataille.

« Quant à la IIe armée, on n'en avait plus de nouvelles
depuis plusieurs heures. On ne savait pas quelle tournure le
combat avait prise de ce côté. Aussi, bien que, d'une façon
générale, on eût l'impression d'une victoire, on n'en devait pas
moins se demander si le combat ne continuerait pas le matin
du 19. Dans l'entourage du Roi, on avait l'intention, étant données les grandes pertes de la journée, d'attendre l'attaque des
Français. Mais de Moltke, contrairement à cet avis, proposait
au Roi de recommencer l'attaque le lendemain, dans le cas où
l'ennemi se tiendrait encore en avant de Metz. Le Roi approuvait
cette proposition et décidait de passer la nuit à Rezonville.

« L'attitude confiante du maréchal de Moltke avait surexcité
chez tous le sentiment de la victoire. Avant de se retirer dans
son cantonnement, le Roi envoyait à la reine un télégramme lui
annonçant le succès de ses armes et insistant sur l'importance
de ce combat, qui coupait les communications de Bazaine avec
la France.

« Dans le cours de la nuit, arrivait enfin la nouvelle que le
combat à l'aile gauche avait pris une tournure favorable.

Nord de Vernéville 18, 7h 35.

« Selon les ordres du prince Frédéric-Charles, une brigade du
IIIe corps doit soutenir le IXe corps, pendant qu'une division du IIIe
s'avancera à droite du IXe. Le général de Voigts-Rhetz est invité
à s'avancer à droite de Saint-Privat avec son corps d'armée ou avec

une division, selon l'opinion qu'il se fera de la situation. Le XIIe corps doit aujourd'hui, si possible, jeter une brigade dans la vallée de la Moselle vers Woippy et couper le chemin de fer et le télégraphe.

« Le combat progresse sur toute la ligne.

« Bien que ce renseignement apportât des nouvelles très rassurantes sur la situation de la IIe armée et montrât que toutes les mesures étaient prises pour encercler l'ennemi par le nord, il était évident qu'à la nuit tombante aucune décision n'était encore intervenue à l'aile gauche. Cela ne pouvait évidemment diminuer en rien la confiance du vainqueur, mais il n'en restait pas moins qu'on s'était exagéré le succès de la Ire armée, en se basant sur les impressions de la dernière heure, et que, d'autre part, on n'avait pas encore reçu de la IIe armée des nouvelles définitives. En tout cas, quelle que fût la situation, la décision qui avait été prise de continuer le combat, au cas où cela serait nécessaire, avait reçu l'agrément du Roi, et c'était la preuve qu'on avait la ferme volonté de compléter la victoire.

« D'ailleurs cette décision ne devait pas être mise à exécution, car tous les renseignements arrivés dès la pointe du jour confirmaient la retraite des Français derrière les remparts de la forteresse (1). »

---

(1) Nous avons tenu à citer *in extenso* ce chapitre de la monographie du 18 août, car il donne sur l'attitude de de Moltke, dans les dernières heures du combat, des renseignements qui diffèrent totalement de ceux qui nous ont été laissés par F. Hœnig et Verdy du Vernois.

IV

LA GARDE ATTAQUE SAINT-PRIVAT

I — L'attaque de Saint-Privat est décidée

Vers 5 heures, le prince de Wurtemberg, commandant la Garde, décide de donner l'attaque de Saint-Privat. — A 5 heures, la situation de la IIe armée est la suivante :

Le IXe corps, renforcé de six batteries du IIIe corps, occupe avec ses fractions avancées la ligne Chantrenne—Champenois—lisière est du bois de la Cusse.

La Garde a sa 3e brigade rassemblée au nord du bois de la Cusse, à la disposition du général de Manstein. La 4e brigade se trouve au nord de Saint-Ail. La 1re division est partie dans Sainte-Marie, partie au sud-ouest du village. Enfin, de part et d'autre de Saint-Ail sont déployées les artilleries divisionnaires et l'artillerie de corps.

Quant au corps saxon, son artillerie commence à prendre position sur la croupe au nord de Sainte-Marie; la 47e brigade est massée près du village, la 45e occupe les bois d'Auboué. Enfin, les 46e et 48e brigades cheminent dans la vallée de l'Orne, avec l'intention de se rabattre par Roncourt sur l'aile droite française (1).

A l'exception de ces deux brigades, toute l'infanterie de la IIe armée a suspendu son mouvement offensif; seule l'artillerie lance à intervalles éloignés quelques coups de canon sur les positions françaises : conformément à leur doctrine de guerre, les Allemands attendent, pour reprendre l'attaque directe, que l'action enveloppante des Saxons fasse sentir ses effets.

---

(1) Le IIIe corps et la 6e division de cavalerie se rassemblent à l'ouest de Vernéville. Le Xe corps et la 5e division de cavalerie sont rassemblés à l'ouest de Batilly.

Sur le front des 4ᵉ et 6ᵉ corps français, l'accalmie est également complète, l'artillerie se tait, pour épargner ses munitions déjà fort entamées; seuls quelques tirailleurs utilisant la longue portée de leurs armes dirigent de temps à autre leur feu sur les rassemblements ennemis, qui apparaissent dans la plaine : conformément aux funestes habitudes de l'époque, les Français attendent pour agir que l'ennemi veuille bien se décider à sortir lui-même de son inaction momentanée.

L'occasion de reprendre la lutte ne va d'ailleurs pas tarder à se présenter. Bien avant que le mouvement sur Roncourt soit achevé, nous allons voir les Allemands rompre brusquement la trêve qui s'était établie entre les deux adversaires, lancer à l'attaque de Saint-Privat trois brigades de la Garde, et renier ainsi d'un cœur léger toute la théorie sur laquelle ils ont cherché à édifier la conduite de la bataille...

Entre 4 et 5 heures, le prince Auguste de Wurtemberg, commandant de la Garde, se tient avec son état-major sur la hauteur à l'ouest d'Habonville, attendant, pour reprendre l'attaque, les progrès du XIIᵉ corps vers le nord. Mais en vain interroge-t-il anxieusement l'horizon avec sa longue-vue, « dans l'espérance de voir apparaître les Saxons à l'est des bois d'Auboué ». Aucun mouvement ne se décèle dans les lignes allemandes. Par contre, dans la région de Roncourt—Saint-Privat, il aperçoit des mouvements importants de troupes ennemies (1). Il rapproche ce fait du silence complet de l'artillerie française depuis la prise de Sainte-Marie, et il en conclut que l'ennemi faiblit, et « que les mouvements observés vers le nord sont les indices soit d'une retraite des Français sur Metz, pour échapper à la défaite, soit d'un renforcement du 4ᵉ corps par des troupes du 6ᵉ ». Dans un cas comme dans l'autre, il estime qu'il est nécessaire de reprendre au plus tôt l'offensive sur le front.

Il est vrai que dans l'entourage du prince de Wurtemberg on n'envisage pas la situation sous le même jour, et le général de Dannenberg, chef d'état-major de la Garde, cherche à calmer

_____

(1) Ces mouvements de troupes sont causés par la retraite de la brigade de Sonnay, après l'exécution de son retour offensif. Ajoutons que de son emplacement le prince de Wurtemberg ne voit que très imparfaitement tout le terrain au nord de la route Saint-Privat— Sainte-Marie.

les impatiences du prince, en lui représentant que les troupes
vues dans la direction de Roncourt ne sont « que de faibles
détachements épuisés par la lutte soutenue contre le IXe corps
et qui vraisemblablement se retirent vers le nord » (1).

Mais le prince de Wurtemberg ne se laisse pas convaincre et
lorsque, entre 4^h 45 et 5 heures, il aperçoit les batteries saxonnes
s'installer au nord de Sainte-Marie et ouvrir le feu, il est persuadé
que ce tir marque le commencement de l'attaque de Roncourt
par les Saxons. Il en est d'autant plus persuadé que ces coups
de canon ne font que corroborer la communication qui lui a été
adressée vers 3 heures par le prince de Saxe. Le commandant
du XIIe corps ne lui a-t-il pas, en effet, annoncé « qu'il ferait
commencer à 5 heures la marche pour l'enveloppement de la
position Roncourt—Saint-Privat (2) »?

Il commence déjà à donner ses premiers ordres, lorsque le
colonel von der Becke, commandant l'artillerie de corps du
X^e corps, arrive sur la hauteur à l'ouest d'Habonville, pour se
mettre au courant de la situation. « Le colonel von der Becke,
en entendant le prince exprimer l'intention d'attaquer Saint-
Privat, se permet de lui demander s'il ne compte pas faire préparer l'attaque par l'artillerie. Le prince lui répond qu'il ne peut
pas en ce moment disposer de ses batteries, qui sont engagées
d'autre part. A quoi le colonel réplique en demandant instam-
ment un délai d'une vingtaine de minutes, pour aller chercher
les dix batteries disponibles du Xe corps et les déployer face
à Saint-Privat. Le prince refuse cette offre en prétextant qu'il
ne peut différer son attaque, jusqu'au moment où ces batteries
seraient en mesure d'agir efficacement. Comme l'enveloppement
par le XIIe corps est sur le point de se réaliser, ajoute-t-il, il y
a urgence à attaquer de front Saint-Privat, si l'on ne veut pas
que le mouvement des Saxons échoue. D'ailleurs, la journée
est déjà très avancée, et retarder plus longtemps l'attaque,

---

(1) Monographie du 18 août.

(2) « La communication du prince de Saxe venant de la région de Sainte-Marie,
il était à présumer que le mouvement enveloppant des Saxons ne pourrrait produire
son effet que vers 6^h 15, au sud de Montois. Mais le prince de Wurtemberg ne fit pas
ce calcul, et s'imagina que les Saxons devaient commencer à 5 heures leur attaque
enveloppante contre Roncourt » (Monographie du 18 août).

c'est s'exposer à manquer de temps, pour exploiter le succès avant l'arrivée de la nuit (1). »

Bref, le commandant de la Garde persiste dans son intention d'attaquer immédiatement Saint-Privat; il décide que la 3e brigade de la Garde partira de Saint-Ail, que la 1re division partira de Sainte-Marie et il charge le général de Dannenberg d'assurer l'exécution de ces ordres et de faire connaître sa décision au commandant de la IIe armée.

Le commandant de la IIe armée approuve l'ordre d'attaque. — Depuis 3 heures, le quartier général de la IIe armée se trouve au sud-ouest d'Habonville, à environ 800 mètres au sud du point où se tient le commandant de la Garde.

Le prince Frédéric-Charles désire vivement, lui aussi, reprendre l'attaque de front. Déjà, à 2ʰ 45, il a annoncé au grand quartier général que son intention était d'entamer l'offensive vers 3ʰ 45, et son impatience n'a fait que croître, lorsqu'après la pseudo-attaque de Sainte-Marie, il a fallu suspendre le mouvement en avant pour permettre l'exécution de la manœuvre enveloppante du XIIe corps... Mais il est maintenant 5 heures et le prince Frédéric-Charles estime que cette manœuvre (2) est sur le point d'aboutir; sa conviction est d'autant plus forte qu'il ignore complètement qu'en présence de l'occupation de Roncourt par les Français, les Saxons ont dû s'élever davantage vers le nord, sur Auboué et Montois. Aussi, pour lui, comme pour le commandant de la Garde, le moment est-il venu de reprendre l'attaque de front.

Il est vrai que sur un point la situation paraît encore très obscure. Si la manœuvre enveloppante du XIIe corps est, comme on le suppose, en pleine exécution à 5 heures, il semble qu'on devrait déjà apercevoir les troupes saxonnes au nord de la route Sainte-Marie—Saint-Privat.

Or, aussi loin que la vue porte de ce côté, on ne voit aucun

---

(1) Communication personnelle du colonel von der Becke (monographie du 18 août).

(2) Manœuvre annoncée par une communication adressée à 2ʰ 30 par le prince de Saxe. Quant au mouvement par Montois, le prince Frédéric-Charles n'en aura pas connaissance.

mouvement de troupes amies. Naturellement on cherche dans
l'entourage du prince à s'expliquer cette anomalie, et finalement
on revient à l'hypothèse, sur laquelle on a vécu durant toute la
matinée; on s'imagine que les Saxons ont été arrêtés dans leur
marche enveloppante par des fractions de troupes françaises
qui se retirent par échelons vers le nord et le nord-ouest; pour
l'état-major de la IIe armée, il n'y a pas de doute, le XIIe corps
doit se trouver dans la situation où se trouvait la Garde, lorsque
la division du général de Pape s'est butée contre les Français
en marche entre Saint-Privat et Sainte-Marie et les a obligés
à s'arrêter pour faire face à son attaque.

Cette supposition paraît d'ailleurs d'autant plus vraisemblable
qu'un peu avant 5 heures on voit de l'artillerie saxonne s'installer au nord de Sainte-Marie et tirer dans la direction du
nord.

Mais, dans le moment même où le prince Frédéric-Charles —
ô puissance de l'idée préconçue! — revient à l'hypothèse qui
lui est si chère, il aperçoit des troupes françaises en mouvement
dans la région de Roncourt—Saint-Privat, et croit remarquer
que ces troupes se portent dans la direction d'Amanvillers.
Cela n'est pas sans l'inquiéter; il craint qu'une partie des forces
ennemies ne cherchent à agir contre le IXe corps, qui vient
déjà de passer par de si rudes épreuves, et il a même l'intention
d'appeler derrière ce corps, le Xe qui, d'après les ordres anté-
rieurs, doit se rassembler en soutien de la Garde, mais il renonce
bientôt à ce projet, pour reporter à nouveau son attention sur
la direction du nord...

« Bref, l'impression qui règne au quartier général de la IIe armée est la suivante : La manœuvre enveloppante est arrêtée;
l'ennemi pousse de sa position principale de Saint-Privat des
troupes vers le sud contre le IXe corps. Ces derniers mouvements
ne peuvent être arrêtés que par une attaque de la Garde. Comme
cette attaque ne peut être soutenue par la manœuvre enveloppante des Saxons, il est nécessaire de tenir prêt le Xe corps en
arrière de la Garde. Aussi bien est-il grand temps de chercher
la décision, si l'on ne veut pas que la journée se passe sans que
les grands sacrifices déjà consentis restent inutilisés. D'autant
plus que l'attaque de la Garde ne semble pas devoir être trop

difficile; l'artillerie ennemie paraît être mise hors de cause, et les batteries de la Garde dirigent contre les positions françaises un feu, il est vrai, très lent, mais par contre continu (1). »

Tel est donc, vers 5 heures, l'état des esprits à la IIᵉ armée. On comprend que dans ces conditions le prince Frédéric-Charles ne peut qu'accueillir favorablement le général de Dannenberg, lorsque ce dernier vient lui annoncer que le prince de Wurtemberg a l'intention de se porter à l'attaque de Saint-Privat. « Immédiatement il donne son acquiescement dans l'intention de faciliter la tâche du commandant de la Garde dans l'exécution de la grave décision dont il vient de prendre la responsabilité (2). »

Considérations. — L'attitude prise à 5 heures par le commandant de la IIᵉ armée nous fait toucher du doigt la fragilité de la théorie allemande sur la conduite de la bataille, et nous montre combien peut être dangereuse la stagnation du combat sur le front dans l'attente de l'enveloppement.

N'oublions pas, en effet, que le prince de Wurtemberg comme le prince Frédéric-Charles sont absolument persuadés de la nécessité de ne reprendre l'attaque directe qu'au moment où le mouvement des Saxons produira ses effets sur la droite française : qu'on examine les ordres donnés par eux avant et après la prise de Sainte-Marie, dans tous apparaît nettement la préoccupation de combiner les deux attaques.

Mais, malheureusement pour eux, une bataille ne se conduit pas comme se règle un ballet d'opéra; il faut, selon le mot de Clausewitz, tenir compte « des puissants obstacles qui s'interposent toujours entre la conception et la réalisation », il faut aussi se méfier des « impressions produites sur les sens, et qui déjouent souvent les calculs les plus rigoureux ».

En fait, le commandant de la Garde et le commandant de la IIᵉ armée, n'ayant pas cherché à reconnaître l'ennemi par le combat de front, ont pris pour des réalités ce qui n'était que de pures hypothèses, et tous deux, sur la simple vue de quelques mouve-

---

(1) Monographie du 18 août.

(2) Communication du major von Hœseler, alors détaché à l'état-major de la IIᵉ armée (Monographie du 18 août).

ments qu'ils pouvaient d'ailleurs fort mal observer, ont jugé que le moment était venu d'agir sur le front des 4e et 6e corps, une heure avant que le mouvement des Saxons soit en voie d'achèvement.

Sans doute on pourra objecter qu'avec les procédés de liaison aujourd'hui en vigueur une telle erreur n'aurait pu se produire, et que le prince Frédéric-Charles et le prince de Wurtemberg eussent été, minute par minute, tenus au courant des progrès du XIIe corps. D'accord, mais cependant n'exagérons rien. Une bataille ne se mène pas à coups de téléphone, et il peut être dangereux de faire reposer l'exécution d'une manœuvre sur un fil métallique susceptible d'être rompu par un cheval au galop, une colonne d'infanterie en marche, ou même par un projectile heureux (1).

Remarquons, au surplus, que la suspension du combat sur le front permet à l'adversaire d'échapper, s'il le veut, — hélas! les Français ne l'ont pas voulu le 18 août! — à l'étreinte qui le menace, de porter ses réserves sur le point dangereux et de déjouer ainsi la combinaison sous laquelle on cherche à le faire succomber.

Aussi, à notre avis, la conception française de la bataille, conforme à la tradition napoléonienne, et consacrée par notre Service en campagne, nous semble-t-elle supérieure à la doctrine de guerre de nos voisins. Dès que le contact est pris, il nous paraît infiniment préférable de donner d'emblée au combat sur le front toute sa vigueur, pour permettre au commandement de « voir », pour fixer l'ennemi, l'user et « s'efforcer de rechercher ou de créer chez lui le point faible sur lequel sera lancée l'attaque décisive ».

II — La 4e brigade de la Garde s'engage

Ordres donnés à la 4e brigade. — Peu après 5 heures, le chef d'état-major de la Garde arrive à Saint-Ail et transmet au général de Budritzki, commandant la 2e division de la Garde,

---

(1) Au moment où ces lignes ont été écrites, les progrès de l'aviation n'avaient pas encore révélé l'importance de l'aéroplane comme moyen de liaison. Il est évident que, le 18 août, quelques tours d'hélice auraient suffi pour donner au prince Frédéric-Charles la situation exacte du XIIe corps.
...Toutefois n'oublions pas que l'aviation présente elle aussi des aléas.

l'ordre « de marcher de concert avec la 1re division, qui a déjà enlevé Sainte-Marie, sur Saint-Privat et plus particulièrement sur la ferme de Jérusalem qui forme la partie sud du village (1) ».

Cet ordre est aussitôt communiqué au général de Berger qui, après avoir réuni les officiers d'état-major de la 4e brigade, donne les instructions suivantes : « La brigade marchera, au sud de la chaussée, sur Saint-Privat et sur la hauteur au sud du village. L'attaque sera soutenue par la 1re division de la Garde, qui s'avancera au nord de la chaussée. Chaque régiment, le régiment François à gauche, le régiment de la Reine à droite, poussera un bataillon en colonne de compagnie; les autres bataillons suivront en colonne de demi-bataillon, et se formeront en colonne de compagnie, lorsque le feu de l'ennemi deviendra efficace (2). »

Au moment où le général de Berger donne cet ordre, la 4e brigade a cinq bataillons rassemblés au nord de Saint-Ail (3). Quant au 1er bataillon du 4e grenadiers, il couvre l'artillerie de la Garde et a deux compagnies à gauche, une compagnie à droite, une compagnie en arrière de la ligne des batteries.

La brigade, après avoir effectué son déploiement le long de la route Saint-Ail—Sainte-Marie, commence, vers 5^h 30, à se mettre en mouvement (4). Aux cinq bataillons disposés au nord de Saint-Ail se joignent deux compagnies du 1er bataillon du 4e grenadiers partant du sud de Saint-Ail et deux compagnies du 1er grenadiers (5) venant d'Habonville.

L'aile droite de la 4e brigade prend pied sur la croupe 320-326. — Dès que la 4e brigade commence à émerger de la

---

(1) Archives de la guerre (Monographie du 18 août).

(2) Remarquons que dans cet ordre on ne semble pas se préoccuper d'assurer la simultanéité de l'attaque de la 4e brigade et de l'attaque de la 1re division. Il en résultera que la 1re division ne sera pas encore en mouvement que déjà la 4e brigade sera complètement engagée.

(3) Les deux régiments sont accolés : le 2e grenadiers à gauche, ayant un bataillon en première ligne, deux bataillons en seconde ligne; le 4e grenadiers à droite, ayant un bataillon en première ligne, un bataillon en deuxième ligne. Dans chaque régiment les bataillons sont en colonne double.

(4) Les deux bataillons de première ligne ont chacun déployé deux compagnies, gardant les deux autres en colonne de demi-bataillon. Les trois bataillons de deuxième ligne sont formés en colonne de demi-bataillon.

(5) De la 3e brigade de la Garde, qui est à la disposition du général de Manstein.

dépression au nord de Saint-Ail, elle reçoit une violente fusillade des *25ᵉ* et *26ᵉ* régiments d'infanterie déployés sur la croupe 320-326. Ses pertes sont bientôt considérables, beaucoup d'officiers tombent, et « involontairement les hommes se précipitent dans les deux ravins (299 et 294) qui montent de Saint-Ail vers l'est, bien que ces ravins n'offrent qu'une médiocre protection ».

L'aile gauche (1) du 4ᵉ grenadiers se jette dans le ravin 299, où elle est rejointe par deux compagnies du 2ᵉ grenadiers (2) (commandant Siefart); l'aile droite (3) dans le ravin 294. Afin de boucher le vide produit par ce mouvement dans la ligne de bataille, le colonel de Waldersee pousse en avant le IIᵉ bataillon du 4ᵉ grenadiers, pendant que, plus au sud, les deux compagnies du 1ᵉʳ grenadiers viennent prolonger la droite de la chaîne.

Bref, lorsque, arrivés à 500 ou 600 mètres des tirailleurs français, les Allemands sont obligés de s'arrêter pour tirer, l'aile droite de la 4ᵉ brigade forme trois groupes distincts :

A droite, cinq compagnies (4) sous les ordres du major de Rosenberg, font face à l'aile droite du *26ᵉ*.

Au centre, trois compagnies (5) sous les ordres du colonel de Waldersee, ont en face d'elles la gauche du *25ᵉ*.

Enfin, à gauche (6), six compagnies sous les ordres du major Siefart, engagent la lutte contre la droite du *25ᵉ*.

Les deux premiers groupes, s'avançant par bonds successifs, ne tardent pas à prendre pied sur le versant sud-ouest de la croupe 320-326, au moment même où le *26ᵉ* et bientôt après le *25ᵉ* abandonnent brusquement leurs positions pour se retirer sur Saint-Privat.

---

(1) $\dfrac{F}{4 \text{ GG}}$.

(2) $\dfrac{9 \text{ et } 12}{2 \text{ GG}}$.

(3) $\dfrac{1 \text{ et } 2}{4 \text{ GG}}$.

(4) $\dfrac{5, 1, 2}{4 \text{ GG}}$ et $\dfrac{2 \text{ et } 4}{1 \text{ GG}}$.

(5) $\dfrac{6, 7, 8}{4 \text{ GG}}$.

(6) $\dfrac{F}{4 \text{ GG}}$ et $\dfrac{9, 12}{2 \text{ GG}}$

Les Allemands veulent alors continuer leur progression, mais les *25e* et *26e* ont été immédiatement remplacés par deux bataillons du *70e* et deux bataillons du *28e* (1) qu'appuient trois batteries d'artillerie et devant ce rapide déploiement de forces fraîches, très gênés d'ailleurs sur leur droite par le feu de la division de Cissey, les groupes Waldersee et Rosenberg s'arrêtent le long de la ligne de faîte descendant de la croupe 320-326. Dans cette situation, ils se contentent d'entretenir un feu très vif avec la division de Cissey et avec la gauche du 6e corps.

« A ce moment, dit la monographie du 18 août, le colonel de Waldersee, sous l'impression des fortes pertes qui augmentent de minute en minute, et eu égard aux lourds sacrifices qu'ont coûté précédemment la marche d'approche et l'assaut, se voit obligé d'annoncer au général de Berger qu'il peut, à la vérité, tenir la position conquise, mais qu'il ne saurait progresser. En même temps il demande à l'artillerie de la Garde de lui apporter un appui immédiat. »

Nous allons voir que cet appel sera inutile et que les batteries de la Garde vont, de leur propre initiative, amener leurs pièces jusque dans les rangs de l'infanterie.

L'artillerie de la Garde vient appuyer l'infanterie. — Le prince de Hohenlohe, commandant l'artillerie de la Garde, n'avait pas été mis au courant des projets d'attaque du prince de Wurtemberg. Aussi avait-il été très étonné, lorsque, entre 5 heures et 5h 30, il avait vu les hauteurs de Saint-Privat se couronner d'épais nuages de fumée et la lutte reprendre de plus belle. Interrogeant le colonel de Scherbening, qui se trouvait à ses côtés, il s'était écrié : « Qu'est-ce que cela signifie! Pour Dieu ! Voilà l'infanterie qui attaque sur le front avant que les Saxons aient achevé leur mouvement enveloppant! »...

Mais cette absence de nouvelles n'est pas pour embarrasser longtemps le prince de Hohenlohe. A sa place, d'autres auraient peut-être envoyé aux renseignements, auraient attendu ces renseignements, bref auraient perdu du temps. Le commandant

---

(1) Les deux bataillons du *70e* occupent le chemin bordé de haies, ceux du *28e* forment échelon défensif à gauche.

de l'artillerie de la Garde, imbu, comme tous les chefs allemands, de l'esprit d'initiative, ne s'attarde pas à se poser et à poser aux autres des points d'interrogation. Les camarades se battent; il n'y a qu'une chose à faire : les aider. Aussi prescrit-il immédiatement à ses batteries (artillerie de corps et artillerie de la 1re division) de diriger un tir aussi rapide que possible partie sur Saint-Privat, partie sur les tirailleurs ennemis de la croupe 320-326.

Les événements ne tardent pas, d'ailleurs, à lui montrer que son initiative est pleinement justifiée. Bientôt il aperçoit la 4e brigade marcher à l'ennemi et, aux environs de 6 heures, ainsi que nous l'avons vu, prendre pied avec son aile droite sur la croupe 320-326.

Comme dans cette situation, l'infanterie allemande masque en partie le tir des pièces de la Garde, la batterie Prittwitz (1) se porte en avant et vient s'installer immédiatement derrière les tirailleurs du groupe Rosenberg.

Son arrivée est des plus opportunes, car au moment où elle atteint la crête, trois bataillons de la division de Cissey s'avancent de la hauteur 328 contre le groupe Rosenberg et menacent son flanc droit. La batterie Prittwitz lâche contre ces bataillons un tir rapide et est assez heureuse pour briser leur élan et les obliger à s'arrêter.

Bientôt après les trois autres batteries de la 1re division de la Garde viennent s'installer à côté de la batterie Prittwitz; elles engagent vivement la lutte avec l'artillerie de la division de Cissey et l'obligeront vers 7 heures de se retirer en arrière de la hauteur 328.

De son côté l'artillerie de corps de la Garde, à laquelle vont bientôt se joindre deux batteries à cheval de la division de cavalerie, s'est mise en batterie à mi-pente de la croupe 320-326 et dirige son feu sur Saint-Privat et ses abords sud.

Toute cette artillerie ne tarde pas à affirmer sa puissance. Entre 6h 30 et 7 heures, les tirailleurs des *28e* et *70e*, qui occupent le chemin bordé de haies, *menacés de flanc par le groupe Wal-*

---

(1) Artillerie de la 1re division. C'est à ce moment que le colonel de Waldersee réclame, comme nous l'avons vu plus haut, le secours de l'artillerie.

dersee, attaqués de front par le groupe Siefart, très éprouvés en outre par le tir de l'artillerie de corps, se replient sur Saint-Privat.

Le groupe Siefart s'installe alors derrière le chemin bordé de haies.

L'attaque du 2ᵉ grenadiers (régiment de gauche de la 4ᵉ brigade) s'infléchissant vers le nord-est aboutit à la chaussée de Sainte-Marie à Saint-Privat. — A 5ʰ 30, le 2ᵉ régiment de grenadiers se met en mouvement en même temps que le 4ᵉ régiment. Il a son IIᵉ bataillon en première ligne ; ses deux autres bataillons suivent en seconde ligne, formés par demi-bataillons. A peine la marche est-elle commencée que le bataillon de fusiliers du régiment de droite se jette, comme on l'a vu précédemment, dans le ravin au nord de Saint-Ail. Ce mouvement exerce une pression sur le 2ᵉ grenadiers, qui peu à peu, s'infléchit vers le nord-est et se trouve bientôt séparé du régiment de droite par un intervalle d'environ 300 mètres.

En même temps une violente fusillade, dirigée par les tirailleurs du *93ᵉ,* produit dans les rangs du 2ᵉ grenadiers des pertes considérables et vient augmenter le trouble et le flottement occasionnés par l'involontaire changement de direction dont nous venons de parler. Les compagnies du bataillon de tête se fondent aussitôt en une épaisse ligne de tirailleurs qui s'arrête à environ 800 mètres de l'ennemi : privé de la plupart de ses chefs, ce bataillon, subissant l'attirance du couvert, s'infléchit de plus en plus à gauche; il s'avance par bonds successifs jusqu'à la route de Saint-Privat et, complètement à bout de souffle, se terre partie dans les fossés de la route, partie en rase campagne. A sa droite viennent s'installer deux compagnies du bataillon de fusiliers, pendant qu'à sa gauche le 1ᵉʳ bataillon gagne lui aussi les fossés de la route (1).

_____

(1) Ajoutons qu'en même temps que le 1ᵉʳ bataillon atteint la route, les trois batteries de la 2ᵉ division de la Garde viennent s'installer à 300 ou 400 mètres en arrière. Mais leur action mal coordonnée est peu efficace. La batterie de gauche, gênée par sa propre infanterie, ne peut tirer; la batterie du centre dirige son feu à l'ouest de Saint-Privat, pendant que la batterie de droite prend à partie des batteries ennemies au sud de ce village.

A ce moment le Ier bataillon reçoit l'ordre de s'arrêter. Cet ordre provenait du général de Berger qui, en s'apercevant que la 1re division de la Garde n'était pas encore en mouvement, avait estimé « que l'attaque isolée de sa brigade en face de la forte position ennemie était sans grande chance de succès » et avait envoyé à ses deux régiments l'ordre de stopper.

Certes, l'idée était bonne; elle n'avait qu'un défaut, c'était de se faire jour une heure trop tard.

Considérations. — Quel était en somme le résultat de l'attaque exécutée par la 4e brigade de la Garde?

A cette question des réponses bien différentes ont été faites suivant le point de vue auquel on s'est placé.

Les uns ne tenant compte que des énormes pertes subies, des fautes sans nombre commises, et particulièrement impressionnés par la piteuse issue du mouvement du 2e grenadiers, ont prétendu que la 4e brigade n'avait abouti qu'à un échec et, par voie de conséquence, ont bien vite proclamé « la faillite de l'attaque ».

D'autres, au contraire, s'exagérant peut-être l'importance de la prise de possession par le 4e grenadiers des pentes sud-ouest de 320-326 ont voulu voir dans l'attaque de la 4e brigade « le premier succès important de la journée, amenant la rupture du front de l'ennemi, la séparation du 4e et du 6e corps, et l'isolement dans la région Roncourt—Saint-Privat, de ce dernier corps, maintenant menacé par le nord, l'ouest et le sud-ouest » (1).

Tout bien considéré, il semble que le combat de la 4e brigade ne mérite « ni cet excès d'honneur, ni cette indignité ».

Lancée sans combinaison aucune, s'aiguillant dès le début sur deux objectifs divergents, échouant à gauche, réussissant à droite, cette attaque, à notre avis, échappe à toute appréciation d'ensemble et ne présente au surplus qu'un intérêt relatif au point de vue de la conduite générale de la bataille.

Mais toutefois ne médisons pas trop des événements qui se sont déroulés entre 5 et 7 heures au sud-ouest de Saint-Privat. Ils ne sauraient nous laisser indifférents, car nous allons pouvoir, à leur lumière, faire ressortir une fois encore ce principe de la liaison

---

(1) Monographie du 18 août.

des armes, sur lequel nous avons déjà si souvent insisté. Qu'on
en juge.

Voilà un régiment — le 4e grenadiers — qui commet les mêmes
fautes que son régiment frère — le 2e grenadiers. Comme lui, il
prend des formations beaucoup trop denses, comme lui, il
dispose sa deuxième ligne trop près de la première, comme lui
enfin, il subit des pertes sanglantes. Et cependant, au lieu de
s'arrêter au milieu de sa course, il peut avancer, il peut prendre
pied sur la croupe 320-326, appuyé qu'il est pas à pas par l'artillerie de la 1re division et l'artillerie de corps. Non seulement
il peut avancer, mais, malgré les trouées faites dans ses rangs,
malgré l'inévitable désordre qui succède à l'assaut, il est assez
heureux pour arrêter le retour offensif de la division de Cissey,
et cela uniquement parce que la batterie Prittwitz lui prête son
généreux concours! *Et nunc erudimini!*

Mais le combat de la 4e brigade ne nous montre pas seulement
la nécessité de combiner l'action des armes; il nous apporte
encore un enseignement non moins précieux, en nous faisant
saisir toute l'importance de la manœuvre des petites unités dans
les luttes sur le front.

Déjà, en étudiant le combat de Saint-Hubert, nous avons pu
constater que la prise de cette ferme avait été due surtout à
l'action enveloppante de quelques fractions du 8e chasseurs et
du 67e. Ici, nous voyons les mêmes causes produire les mêmes
effets, et les Allemands, grâce à la menace exercée par le détachement Waldersee sur la gauche des *70e* et *28e*, arriver à s'emparer du chemin bordé de haies.

C'est là un fait sur lequel nous ne saurions trop insister. Que
d'officiers subalternes s'imaginent que leurs compagnies, leurs
pelotons — infiniment petits perdus dans ce grand tout qu'est
une armée moderne — n'auront, après le déploiement initial,
qu'à pousser brutalement droit devant eux! Quelle erreur!
Qu'ils soient au contraire fermement persuadés que les petites
unités, bien qu'encadrées, trouveront toujours assez de couloirs,
de dépressions, et de mouvements de terrain, pour pouvoir
manœuvrer et amener par d'heureuses combinaisons, le recul de
l'adversaire! En agissant ainsi, ils ne feront d'ailleurs que se
conformer à cette prescription de notre règlement d'infanterie

que trop souvent l'on perd de vue : « Les unités au combat, saisissent toutes les occasions d'exécuter des feux d'enfilade, qui agissent puissamment sur le moral des troupes adverses. »

III — Attaque de la 1ʳᵉ division de la Garde

Le général de Pape reçoit l'ordre d'attaque. — En même temps que le général de Dannenberg galopait vers Saint-Ail pour porter l'ordre d'attaque à la 4ᵉ brigade, le prince de Wurtemberg, suivi de tout son état-major, quittait son point de stationnement à l'ouest d'Habonville et se dirigeait sur Sainte-Marie.

A 5ʰ 30, il entre dans le village et rencontrant, dans la rue principale, le général de Pape, lui dit sans autre préambule : « Maintenant attaquez Saint-Privat avec votre division et emparez-vous en ». Le général de Pape au reçu de cet ordre ne peut s'empêcher de hasarder quelques objections et fait remarquer qu'on n'a pas encore tiré un coup de canon sur Saint-Privat. A quoi le prince répond que depuis une heure l'artillerie de corps tire sur le village. — « Je vous demande pardon, reprend le commandant de la 1ʳᵉ division, l'artillerie se tait depuis une heure ; Saint-Privat est encore intact. » — Mais de plus en plus impatient, le commandant de la Garde ne veut rien écouter : « Le prince de Saxe m'a fait dire qu'il attaquerait Roncourt à 5 heures ; il est maintenant 5ʰ 30, nous sommes déjà en retard ; marchez en avant ».

Une dernière fois le général de Pape se permet d'insister et de faire remarquer qu'une grande partie du XIIᵉ corps n'est pas encore en mouvement. — « Que votre Altesse, ajoute-t-il, veuille bien faire quelques pas hors du village ; elle pourra ainsi se rendre compte de la situation des Saxons et du silence de l'artillerie. » — « Non, non, réplique vivement le commandant de la Garde, le prince de Saxe me l'a fait dire et là — montrant Saint-Ail — l'autre division s'ébranle déjà ; elle est complètement isolée. Agissez. D'ailleurs avec vous tout dure toujours si longtemps ! » (1).

_____

(1) Souvenirs du général de Pape (Monographie du 18 août).

Devant cette apostrophe, le général de Pape s'incline et, faisant faire demi-tour à son cheval, sort de Sainte-Marie pour se rendre à la 1re brigade (1) qui est rassemblée à 600 mètres au sud-ouest du village.

Après avoir croisé sur son chemin le général de Dannenberg, qui lui donne comme point d'attaque les fermes les plus élevées de Saint-Privat, il arrive au rassemblement de la 1re brigade et y trouve le général de Kessel en proie à une vive émotion.

Le général de Kessel vient, en effet, d'avoir un entretien avec le général de Dannenberg et, en recevant de ce dernier l'ordre d'attaquer il n'a pu s'empêcher de faire, lui aussi, des objections à ce projet qu'il considère comme insensé dans l'état actuel des choses.

Le chef d'état-major de la Garde lui ayant dit : « La brigade doit s'avancer immédiatement de l'autre côté de la route et attaquer de concert avec la 4e brigade, qui est déjà engagée », le général de Kessel avait répondu : « Ce sera à peine possible ; la brigade se tient ici depuis une heure et demie ; nous avons vu plusieurs bataillons français intacts se déployer sur la hauteur de Saint-Privat, et, autant qu'on en peut juger, se dissimuler dans des tranchées. » — « Mais ce sont simplement les troupes battues par le IXe corps », avait répondu le général de Dannenberg. — « Non, non, elles sont intactes et n'ont pas encore été canonnées par l'artillerie. » Alors, le général de Dannenberg plus pressant avait ajouté : « Nous devons attaquer ; si nous ne prenons pas Saint-Privat, les Saxons le prendront ; votre brigade doit recueillir la moisson de la journée. » A quoi le commandant de la 1re brigade avait répliqué, montrant du doigt la direction d'Auboué : « C'est là que se trouvent les Saxons ; il n'y a pas longtemps qu'ils se sont mis en route ; j'attends les ordres de la division. »

Sur ces paroles le général de Dannenberg s'était éloigné, laissant le général de Kessel très perplexe sur le sens qu'il fallait attribuer à ces mots : « La moisson de la journée. » « Finalement ce dernier en arrivait à conclure que, contraire-

---

(1) La 2e brigade se trouve dans Sainte-Marie.

ment à l'évidence, le général commandant la Garde croyait Saint-Privat rempli de troupes battues et complètement ébran- lées (1). »

C'est sur ces entrefaites qu'arrive le général de Pape. Il ordonne aussitôt au général de Kessel « de s'avancer avec ses deux régi- ments à l'assaut (*Sturm*) des fermes de Saint-Privat les plus élevées » et comme ce dernier lui demande s'il sera soutenu, le commandant de la 1re division répond : « Il n'y aura que la 4e brigade sur votre flanc droit ; la 2e brigade et l'avant-garde (2) resteront à ma disposition. »

Ces ordres donnés, le général de Pape prescrit alors au colonel du 2e régiment de la Garde à pied (2e brigade) de suivre la 1re brigade en échelon débordant à gauche et à une dis- tance de 400 mètres. Le 4e régiment de la Garde à pied res- tera dans Sainte-Marie à la disposition du général de division. Enfin le régiment de fusiliers et le bataillon de chasseurs for- meront la garnison de Sainte-Marie et serviront de repli en cas d'échec.

Nous nous garderons bien d'affaiblir par d'oiseux commentaires la portée des suggestifs dialogues que nous venons de donner d'après les souvenirs des généraux de Pape et de Kessel. Conten- tons-nous de remarquer que le prince de Wurtemberg, par sa précipitation, est l'auteur directement responsable de l'effroyable hécatombe dans laquelle la Garde va succomber. Il est tellement impatient de reprendre la marche en avant qu'il ne cherche ni à coordonner les deux attaques lancées au sud et au nord de la chaussée, ni à préparer et appuyer celle du nord par la puissante artillerie dont il peut disposer.

C'est encore sa précipitation qui lui fait commettre dans la désignation du point d'attaque une lourde faute : Au lieu de chercher d'abord à investir *l'ensemble de la position de Saint- Privat*, il fixe comme but initial à toute la 1re division « les mai- sons les plus élevées du village », négligeant ainsi *a priori* toute la puissante ligne de feu ennemie qui s'étend le long de la terrasse de Saint-Privat jusqu'à Roncourt.

---

(1) Monographie du 18 août.
(2) Chasseurs de la Garde, régiment de fusiliers.

Situation des Français dans la région Roncourt—Saint-Privat. — Au moment où l'infanterie de la Garde va se porter à l'attaque de Saint-Privat, le 6ᵉ corps est dans la situation suivante :

En avant de Saint-Privat, face à l'ouest et sur le rebord de la terrasse, une ligne de six bataillons (1).

En avant de Roncourt, face à l'ouest et au nord-ouest deux bataillons (2).

Enfin une ligne de trois bataillons (3) et demi, formant crochet défensif face au nord-ouest, relie les deux bataillons de Roncourt à la gauche des défenseurs de la terrasse.

Quant aux autres éléments du 6ᵉ corps, ils sont entassés soit dans Saint-Privat, soit dans ses environs immédiats.

Ajoutons que quatre batteries sont installées sur le plateau entre Roncourt et Saint-Privat.

La 1ʳᵉ brigade s'avance sur Saint-Privat. — Après avoir rassemblé les officiers montés de sa brigade et leur avoir indiqué comme point d'attaque les maisons les plus élevées de Saint-Privat, le général de Kessel transmet verbalement à ses colonels les ordres du général de Pape; il ajoute « qu'il pense se placer face à son objectif par deux huitièmes de conversion à droite, exécutés l'un avant la chaussée, l'autre après la chaussée et qu'il enverra les tirailleurs en avant après la première conversion ».

A 5ʰ 45, la 1ʳᵉ brigade rassemblée face au nord entre Sainte-Marie et Saint-Ail se met en marche. Les régiments sont accolés, et dans chaque régiment les trois bataillons formés en colonne de demi-bataillon sont disposés l'un derrière l'autre dans l'ordre F, II, I (4). Bientôt le général de Kessel commande la

---

(1) $\frac{3,\ 1/2\ 1}{93}$, $\frac{1,\ 1/2\ 3}{10}$, $\frac{3,\ 2,\ 1}{91}$.

(2) $\frac{1}{9}$, $\frac{1}{75}$.

(3) $\frac{1/2\ 3}{10}$, $\frac{3,\ 2}{75}$, $\frac{2}{10}$.

(4) En somme, la brigade est disposée en profondeur sur trois lignes, chaque ligne comprenant deux bataillons : la première ligne $\frac{F}{1^{er}\ G,\ 3^e\ G}$, la deuxième $\frac{II}{1^{er}\ G,\ 3^e\ G}$, la troisième $\frac{III}{1^{er}\ G,\ 3^e\ G}$.

première conversion à droite et, en exécution de cet ordre, la masse de la brigade commence insensiblement à faire face à Saint-Privat. Puis peu après, conformément aux prescriptions données antérieurement, les tirailleurs des bataillons de tête se portent en avant. Mais, comme la brigade continue à marcher, ces tirailleurs ne peuvent gagner que peu de terrain et restent collés à leurs bataillons.

Le général de Pape, qui observe les mouvements de la brigade de la lisière est de Sainte-Marie, s'en aperçoit et envoie un officier au général de Kessel pour lui recommander de faire « décoller » ses tirailleurs et de déployer sa brigade. Le prince de Wurtemberg, de son côté, lui adresse les mêmes observations.

Pour se conformer à ces prescriptions, le général de Kessel s'efforce alors de ralentir la marche de ses bataillons, et trois fois il envoie à la compagnie de direction des ordres dans ce sens; mais c'est en vain; la brigade commence déjà à échapper à toute direction et presse vivement le pas.

D'ailleurs d'autres préoccupations viennent absorber le général de Kessel. Depuis quelques instants il remarque que la 4e brigade appuie toujours de plus en plus vers la chaussée et il craint que ses régiments, s'ils continuent à marcher dans la direction qu'ils suivent, ne viennent tomber derrière la gauche de la 4e brigade. Le moment lui semble donc venu de gagner du terrain vers le nord, et il commande : «demi-à-gauche, marche », dès que l'aile gauche de sa brigade commence à franchir la chaussée.

Le mouvement, gêné par les profonds fossés de la route et aussi par le feu des Français, est des plus laborieux; le demi-à-gauche devient un à-gauche complet, et toute l'épaisse masse de la 1re brigade, « s'avançant d'abord vers le nord-est, puis finalement presque vers le nord », présente ainsi son flanc droit à l'ouragan de balles qui arrive de Saint-Privat.

Le général de Kessel sent alors qu'il est absolument nécessaire de remettre de l'ordre dans sa brigade, de la disposer face à son objectif et de la déployer. Il l'arrête un court instant dans la légère dépression qui se trouve au nord de Sainte-Marie. Mais les pertes sont telles que déjà tout commandement est impossible. Seuls les deux bataillons de tête peuvent être replacés face à

Saint-Privat. Quant aux bataillons de deuxième et de troisième lignes, ils continuent vivement la marche vers le nord-est « comme s'ils cherchaient à échapper par ce mouvement au feu venant de Saint-Privat », et ne se remettent, pour la plupart, face à l'est qu'après avoir atteint le vallon qui descend de la corne nord-ouest du village.

Le capitaine de Holleben, qui, de Saint-Privat, observait les mouvements de la 1re brigade, a dépeint d'une façon saisissante cette marche oblique vers le nord-est accomplie par les bataillons de deuxième et troisième lignes. « C'était, dit-il, absolument le mouvement d'hommes qui, luttant contre la tempête, la pluie, le vent, s'arrêtent involontairement et cherchent à marcher de l'avant par un mouvement de côté. »

Bref, la brigade offre bientôt le dispositif suivant : Les deux bataillons de fusiliers sont arrêtés à environ 600 mètres de la terrasse de Saint-Privat. Leur droite est à 300 ou 400 mètres au nord de la chaussée. Dans l'intervalle qui existe entre ces deux bataillons se trouve le IIe bataillon du 3e grenadiers. Les trois autres bataillons de la brigade sont plus à gauche, formés par groupe de une à deux compagnies et faisant face les uns au nord, les autres au nord-est.

Ajoutons que, pendant tous ces mouvements, l'artillerie de la Garde, tout entière installée au sud de la chaussée Sainte-Marie—Saint-Privat, n'a pu intervenir dans le combat de la 1re brigade. Quant à la puissante ligne des batteries saxonnes, établies au nord de Sainte-Marie, elle n'a apporté à cette brigade qu'une aide très précaire. Comme aucun ordre ne leur a été donné, la plupart des batteries ont ouvert le feu sur Roncourt; seules trois d'entre elles, placées à l'aile droite, ont pris à partie l'artillerie française au nord de Saint-Privat, et ont ainsi appuyé indirectement la marche de la 1re brigade.

Mais cet appui ne va pas tarder à manquer, car, vers 6h 30, le groupe de la 24e division « par suite d'un ordre mal compris », amène les avant-trains et se porte vers les bois d'Auboué, abandonnant ainsi complètement la 1re brigade.

Le général de Pape se décide à engager le 2e régiment de la Garde à pied (2e brigade). — De la lisière est de Sainte-

Marie le prince de Wurtemberg avait observé le déploiement de la 1re brigade, et grande avait été sa surprise de voir que les Français, loin de n'avoir que quelques faibles détachements à Saint-Privat, résistaient avec la plus grande vigueur aux attaques des Allemands.

Quant au général de Pape, qui avait suivi sur la chaussée la progression de la 1re brigade, « il avait été moins surpris de la violence de la fusillade — qu'il avait d'ailleurs prévue — que de la façon dont le général de Kessel s'était avancé en formation dense sans tenir compte des effets du feu (1) ». Mais ce qui lui paraissait surtout grave, c'était de constater que, par suite du mouvement des 1er et 3e régiments vers le nord, il existait un large intervalle de plus de 300 mètres entre la droite de la 1re brigade et la gauche de la 4e brigade. Aussi avait-il bientôt ordonné au 2e régiment de la Garde à pied, qui primitivement devait former échelon à gauche de la 1re brigade, « de combler cet intervalle et d'attaquer le long de la chaussée ».

Nous verrons plus loin les mouvements exécutés par ce régiment. Pour le moment, afin de ne pas rompre le fil des événements, revenons à la 1re brigade, que nous avons laissée arrêtée à environ 600 mètres de la terrasse.

L'attaque de la 1re brigade se partage en deux tronçons. — Au moment où le bataillon de droite (2) de la brigade arrive à 600 mètres de l'ennemi, il a seulement déployé ses deux compagnies de première ligne ; les deux autres sont encore en colonne de demi-bataillon. Mais ces deux compagnies viennent bientôt renforcer la chaîne, qui, sous cette impulsion, gagne environ une centaine de mètres. Puis, par deux bonds successifs, elle s'approche jusqu'à 250 mètres de l'ennemi et là s'arrête complètement épuisée et à bout de souffle : à ce moment le bataillon ne compte plus que trois officiers et deux cent cinquante hommes.

_____

(1) Monographie du 18 août.

(2) $\dfrac{F}{3^e \text{ régiment}}$.

En arrière de ce bataillon et à sa gauche, le IIe bataillon du 3e régiment (deuxième ligne de la brigade) a ses deux demi-bataillons disposés l'un derrière l'autre en demi-colonne de peloton. Les deux premières compagnies se déploient en tirailleurs et par plusieurs bonds se portent à hauteur du bataillon de fusiliers. Quant aux compagnies de deuxième ligne, privées de tous leurs officiers, elles se dispersent, et seuls quelques isolés atteignent la ligne de feu.

Encore plus à gauche, le bataillon de fusiliers du 1er régiment, ayant deux compagnies déployées, et deux compagnies formées en colonne de demi-bataillon, gagne de l'avant par bonds successifs, et, sous l'impulsion énergique du général de Kessel, arrive jusqu'à 300 mètres de la terrasse, ne formant plus qu'une « épaisse nuée de tirailleurs ».

Quant aux IIe et Ier bataillons du 1er régiment, rejetés complètement vers le nord-est — ainsi que nous l'avons vu précédemment — ils reçoivent de leur colonel l'ordre « de se porter à l'aile gauche extérieure du combat de front, en vue d'envelopper Saint-Privat ». Vers 6^h 15, ces bataillons, très éprouvés eux aussi, font face en majorité à Roncourt et engagent le feu avec les défenseurs de ce point d'appui.

Enfin, le Ier bataillon du 3e régiment, encore en ligne de demi-bataillon, vient également se placer face à Roncourt, formant échelon à gauche des deux bataillons précédents.

La 1re brigade pénètre dans la position abandonnée par les Français et s'arrête. — Ainsi donc la 1re brigade forme deux groupes nettement aiguillés sur deux buts différents : à gauche, deux bataillons et demi environ sont engagés contre Roncourt; à droite, le reste de la brigade est déployé à une distance de 250 à 300 mètres du bord de la terrasse occupée par les Français. De cet emplacement les tirailleurs allemands « aperçoivent très nettement les retranchements créés à l'aide de caisses à biscuits et de caisses à cartouches et derrière ce couvert les képis et les têtes des Français ». Durant dix minutes ils restent dans cette situation, échangeant une fusillade très vive avec nos tirailleurs. Mais bientôt ils aperçoivent des indices de faiblesse dans les rangs français, ils voient des hommes se retirer en arrière; le feu diminue d'intensité (1); leurs officiers se décident à donner l'assaut, et dans un dernier hourra la ligne allemande vient se blottir au pied du ressaut de terrain, que les Français abandonnent au même instant. Complètement épuisés par ce suprême effort, recevant de la lisière de Saint-Privat un feu violent auquel il peuvent difficilement riposter en raison de la distance, les débris de la 1re brigade sont dès lors incapables de faire un pas en avant.

Deux escadrons de chasseurs français sont lancés en fourrageurs sur la ligne allemande. — « A ce moment — il est environ 6h 45 — apparaissent, sur la crête entre Roncourt et Saint-Privat, des escadrons français qui se dirigent sur le bataillon de fusiliers du 1er régiment. L'impression produite par ces cavaliers est considérable. Sur tout le front de combat de la 1re brigade règne une vive inquiétude. Les débris de ces deux régiments, qui étaient rassemblés au complet il y a deux heures, à peine, ressentent d'autant plus le sentiment de leur faiblesse que leur cavalerie divisionnaire est encore trop loin pour arriver à temps, si la cavalerie française poursuit son mouvement. Heureusement pour eux, cette éventualité ne se produit pas. Mais, avant que l'infanterie allemande se soit rendu compte qu'il ne s'agit que d'une chevauchée d'un ou deux escadrons, sa détresse s'est déjà donné libre cours (2). »

Au régiment François (3), on forme en hâte des carrés, offrant ainsi de larges buts au feu de l'infanterie française.

Au 2e régiment de la Garde à pied, qui vient d'entrer en ligne à la droite de la 1re brigade, les tirailleurs sont plus calmes. Mais par contre, à la 1re brigade, les troupes sont loin de se comporter toutes avec une égale fermeté, et le général de Kessel n'est pas sans éprouver de sérieuses inquiétudes. A l'aile droite de sa brigade, dès l'apparition des chasseurs français, un des

---

(1) A partir de ce moment, en effet, la ligne française qui occupait le léger ressaut de terrain formé par le changement de pente se retire sur Saint-Privat, par suite du manque de munitions et, aussi peut-être, comme le dit la *Revue d'Histoire,* « découragée en constatant que malgré un feu des plus vifs il n'était pas possible d'enrayer la marche de l'assaillant ».

(2) Monographie du 18 août.

(3) Qui se trouve au sud de la chaussée et appartient à la 4e brigade.

derniers officiers du bataillon de fusiliers du 3ᵉ régiment reporte
les débris de son bataillon — environ 150 hommes — à quelques
centaines de mètres en arrière, estimant « qu'il n'est plus possible ni de supporter de nouvelles pertes, ni de repousser la
cavalerie, si elle arrive en masse ». Le mouvement se fait au pas,
mais l'officier éprouve les plus grandes difficultés à replacer sa
troupe face à l'ennemi et il faut que le général de Pape qui, à
ce moment, arrive de Sainte-Marie, intervienne pour remettre
un peu d'ordre.

Au IIᵉ bataillon du 3ᵉ régiment un mouvement de retraite
se produit également ; quelques hommes lâchent pied et le général
de Pape est obligé là aussi d'intervenir vigoureusement pour
obliger les fuyards à faire face à l'ennemi.

Par contre, plus au nord, les défaillances sont moins nombreuses et les tirailleurs allemands restent sur leurs emplacements ;
courant de groupe en groupe, le général de Kessel s'efforce de
remonter le courage de ses hommes et de diriger leur tir sur les
cavaliers français.

Enfin, au IIᵉ bataillon du 1ᵉʳ régiment, après un commencement de panique, les hommes sont remis en main par le
lieutenant de Brause, qui s'écrie : « que tout le monde attende
mon commandement, tirez avec calme ; visez le poitrail des
chevaux. »

Laissant arriver la charge à environ 250 mètres, il commande
alors un feu de salve, puis le feu rapide. Les cavaliers français
font demi-tour et disparaissent derrière la crête Roncourt—
Saint-Privat.

Mouvements du 2ᵉ régiment à pied. — Nous venons de
voir que le 2ᵉ régiment à pied était arrivé sur la ligne de feu,
au moment où se produisait la charge des deux escadrons français.

Ce régiment, primitivement destiné à former échelon à gauche
de la 1ʳᵉ brigade avait, on s'en souvient, reçu vers 6 heures
l'ordre du général de Pape de se porter à la droite de la 1ʳᵉ brigade
et d'attaquer le long de la chaussée.

Parti de la lisière ouest de Sainte-Marie, le 2ᵉ régiment, ayant
ses trois bataillons disposés l'un derrière l'autre dans l'ordre

normal, avait contourné le village par le sud. A environ 400 mètres à l'est de Sainte-Marie, son Ier bataillon avait franchi la chaussée, et, après s'être placé face à Saint-Privat, s'était porté péniblement jusqu'à hauteur de la 1re brigade. Le IIe bataillon, puis enfin le bataillon de fusiliers étaient venus peu après le rejoindre et avaient ainsi comblé l'intervalle qui existait entre les deux divisions de la Garde.

Mouvements du 4e régiment à pied. — Lorsque le général de Kessel avait atteint avec ses troupes épuisées le rebord de la terrasse de Saint-Privat, il s'était bien rendu compte de l'impossibilité dans laquelle il se trouvait de continuer son mouvement en avant. Aussi avait-il envoyé deux officiers de son état-major au prince de Wurtemberg et au général de Pape « pour leur demander du secours, les prévenir qu'il se tenait devant Saint-Privat et leur annoncer qu'il avait donné à sa brigade l'ordre de s'arrêter, parce qu'il se trouvait trop faible, étant données ses pertes, pour marcher à l'assaut sans renforts (1) ».

Le prince de Wurtemberg avait reçu cette communication alors qu'il se trouvait à la lisière est de Sainte-Marie. Après avoir approuvé les mesures prises par le général de Kessel, il avait décidé de porter le 4e régiment à pied au secours de la 1re brigade et, dans le but de donner les ordres nécessaires, était rentré dans Sainte-Marie. Mais là, son intervention avait été inutile, car déjà le général de Pape avait disposé du 4e régiment à pied, et ce régiment, conformément à l'ordre qu'il avait reçu « de se porter en soutien de l'aile gauche de la brigade Kessel », commençait à sortir de Sainte-Marie (2).

Les trois bataillons l'un derrière l'autre suivaient d'abord le ravin d'Homécourt, puis, en arrivant à la dépression qui descend du saillant nord-ouest de Saint-Privat, se redressaient face à l'est, et se dirigeaient, par cette dépression, vers l'aile gauche de la 1re brigade. Mais la fumée était si épaisse sur toute cette partie du champ de bataille que le 4e régiment ne distinguait plus ni ligne amie, ni ligne ennemie et était obligé, pour

---

(1) Mémoires du général de Kessel (Monographie du 18 août).

(2) Le 1er bataillon sortait par l'est, les deux autres par le nord de Sainte-Marie.

se porter de l'avant, de prendre comme point de direction le clocher de Saint-Privat. Enfin, vers 7 heures, les trois bataillons rejoignaient non sans difficultés la 1re brigade et se plaçaient face au saillant nord-ouest de Saint-Privat.

Situation de la 1re division de la Garde vers 7 heures. État d'esprit des généraux de Kessel, de Pape et du prince de Wurtemberg. — « Vers 7 heures, dit la monographie du 18 août, la 1re division de la Garde occupait une position qui, s'étendant de la région au sud-ouest de Roncourt jusqu'à la chaussée, permettait aux troupes de prendre sous un feu assez efficace les lignes françaises les plus rapprochées. Par leur entrée en ligne, les 2e et 4e régiments avaient apporté aux débris de la 1re brigade un appoint de forces fraîches, qui semblait rendre l'assaut possible. Le général de Kessel, qui se tenait à l'aile gauche du 1er régiment, avait l'impression qu'une attaque décisive partant du milieu de la ligne allemande contre le saillant nord-ouest de Saint-Privat devait avoir des chances de succès. Contre le front sud, par contre, l'attaque lui paraissait très difficile.

« Quant au général de Pape, il entrevoyait la situation sous un jour beaucoup moins favorable. Lorsqu'après avoir engagé le 4e régiment à pied, il était revenu sur la chaussée à l'aile droite du 2e régiment, la longue ligne formée par la 1re brigade lui était apparue si morcelée, si épuisée, qu'il ne pensait point qu'elle fût capable de reprendre l'offensive. A cela venait en outre s'ajouter l'impression défavorable causée par les lourdes pertes en officiers et par la vue des quantités de soldats qui se repliaient vers l'arrière.

« Aussi lorsque le commandant du 1er régiment de la Garde était venu lui rendre compte que l'attaque n'avançait plus, mais qu'il espérait avec son Ier bataillon enlever bientôt le saillant nord-ouest de Saint-Privat, le général de Pape avait-il prié le colonel de ne pas se hâter et d'attendre l'arrivée du 4e régiment de la Garde.

« D'ailleurs, dans son for intérieur, il pensait que même l'entrée en ligne de ce régiment ne pourrait pas amener la décision. Mais, d'autre part, il lui paraissait complètement im-

possible de laisser inexécuté l'ordre qu'on lui avait donné d'enlever Saint-Privat. Aussi se décidait-il bientôt à appeler de
Sainte-Marie le régiment de fusiliers de la Garde, afin de le
mener personnellement à l'assaut contre la face sud-ouest de
Saint-Privat, pendant que le 4e régiment attaquerait la face
nord-ouest.

« Cette décision prise, il chargeait le capitaine de Holleben,
de son état-major, d'en assurer l'exécution; mais cet officier,
avant de se diriger sur Sainte-Marie, faisait remarquer à son
chef que déjà trois régiments entiers étaient entrés en ligne,
qu'un quatrième allait les suivre et qu'en engageant le cinquième
régiment de la division contre le front de l'ennemi, on n'obtien-
drait probablement pas encore le résultat désiré. A son avis,
ajoutait-il, il y avait quelque chose de plus pressant à faire que
de sacrifier un nouveau régiment; il y avait d'autres moyens
à employer.

« Ces moyens auxquels le capitaine de Holleben faisait allusion,
le général de Pape ne les ignorait pas. Ils consistaient à s'assurer
cette coopération de l'artillerie, dont il avait si longtemps
regretté l'absence. Aussi, se rendant aux raisons du capitaine de
Holleben, envoyait-il immédiatement le lieutenant von Esbeck
vers l'aile gauche, pour voir si quelques batteries saxonnes ne
pourraient pas agir sur le village, et pour s'enquérir des intentions et de la situation du XIIe corps. En même temps il priait
le major d'Isenbourg de galoper au sud de la chaussée vers l'artillerie de la Garde et de demander que l'on amenât quelques
batteries aussi près que possible de Saint-Privat, pour prendre
le village sous un feu violent et l'incendier dans l'espace de dix
minutes.

« C'est seulement après le départ de ces deux officiers que le
capitaine de Holleben se dirigeait vers Sainte-Marie pour chercher le régiment de fusiliers et pour rappeler au bataillon de
chasseurs qu'en aucun cas il ne devrait abandonner Sainte-Marie
sans ordre...

« Après le départ du 4e régiment à pied, le prince de Wurtemberg était revenu à la lisière est de Sainte-Marie, et la vue du
champ de bataille de la 1re division avait produit sur lui l'impression la plus pénible. Aussi loin que le regard s'étendait, le

terrain était couvert de morts et de blessés; de nombreux groupes d'hommes à la recherche des postes de secours refluaient en torrent sur la chaussée. Dans toutes les directions apparaissaient des isolés couverts de sang, se traînant péniblement, qui cherchaient à se soustraire au feu ennemi.

« Plus le prince de Wurtemberg arrêtait ses regards sur ce champ de dévastation, plus il se rendait compte que le 4e régiment à pied ne mettrait pas fin à cette lutte, qui se déchaînait avec une rage ininterrompue. Pour venir à bout de l'ennemi, il sentait qu'il était absolument nécessaire que des forces fraîches intervinssent, et pour cela on ne pouvait compter que sur les Saxons, dont il attendait l'arrivée depuis deux heures.

« Combien cruelles étaient alors les désillusions du commandant de la Garde! L'ennemi, qu'il avait cru affaibli et facile à vaincre, était, au contraire, fort et inviolable. Au lieu du rapide succès espéré, il n'avait abouti qu'à un long et coûteux combat, et il devait regretter amèrement l'absence de ces Saxons, dont il avait cru pouvoir se passer, pour achever la victoire.

« Placé, de par sa situation de commandant de corps d'armée, loin en arrière de la ligne de combat, le prince de Wurtemberg ne pouvait réchauffer son cœur à la vue de la bravoure et de l'esprit de sacrifice, dont les régiments de la Garde donnaient un si magnifique exemple. Il n'était influencé que par les scènes saisissantes de misère humaine qui se passaient en arrière du front; aussi, sous l'influence de cette impression, envoyait-il bientôt l'ordre d'arrêter le combat, jusqu'à ce que les Saxons puissent intervenir efficacement. Mais l'ordre arrivait trop tard, car déjà à ce moment les Saxons paraissaient devant Roncourt et leur action n'allait pas tarder à se faire sentir dans les rangs de la 1re division. »

Considérations. — Nous verrons en effet plus loin que la manœuvre enveloppante du XIIe corps sur la droite française permettra à la Garde de donner le suprême effort qui la conduira jusque dans Saint-Privat. Mais avant d'en arriver à cette dernière phase de la lutte, qu'on nous permette de jeter encore un coup d'œil sur les événements dont nous venons de donner le récit : ils ont été parfois interprétés avec un tel parti pris, et ils ont conduit à de si étranges conclusions qu'ils valent d'être examinés de près.

Dans son étude sur le 18 août, le général Maillard, parlant de l'attaque de Saint-Privat, écrit : « Cet acte présente, au point de vue du commandement, un ensemble de fautes telles qu'il est de mode en Allemagne de dire : « C'est comme à Saint-Privat », quand on veut parler d'un combat mal conduit ».

Cela, nous le comprenons sans peine, car, on a pu le voir par le simple récit des événements, il est peu de faits de guerre dans lesquels le commandement ait accumulé autant de défaillances que dans le combat de Saint-Privat.

Déjà nous avons fait remarquer combien les impatiences du prince de Wurtemberg avaient été préjudiciables à une bonne et méthodique exécution de l'attaque. Mais, du moins, l'erreur du commandant de la Garde pouvait-elle s'expliquer sinon se justifier. De la hauteur à l'ouest d'Habonville, où il avait pris sa décision, il n'avait pu se rendre un compte exact de ce qui se passait au nord de la chaussée; ayant mal choisi son point de stationnement, il avait été trompé par les apparences, et la responsabilité de sa détermination incombait moins à une aberration de son sens tactique qu'à une illusion de ses yeux abusés.

Mais ce qui est plus étrange, c'est de voir le général de Pape, parfaitement au courant de la situation, comme nous le savons, exécuter l'attaque de Saint-Privat, en commettant les fautes mêmes contre lesquelles il avait cru devoir mettre en garde son chef. Faut-il attribuer cette attitude à un accès de mauvaise humeur causé par la dure algarade du prince de Wurtemberg? Nous l'ignorons. En tout cas, ce qui est certain, c'est que le commandant de la 1ʳᵉ division reprend, pour son propre compte, et en les accentuant, toutes les erreurs du commandant de la Garde (1).

_____

(1) La monographie du 18 août rapporte que, vers 9 heures du matin, le 18 août, le général de Pape avait rencontré près de Bruville, le général d'Alvensleben, et que ce dernier, résumant ses impressions de la journée du 16, lui avait dit : « Nous ne tenons pas assez compte du feu des chassepots et même du feu des mitrailleuses. Il est impossible de marcher de l'avant avec notre tactique de terrain de manœuvres. Nous devons manœuvrer davantage; nous devons chercher et utiliser les plus petits couverts du terrain. Avant tout il faut faire agir l'artillerie le plus longtemps possible.

De cette collaboration de l'artillerie, qui à 5 heures lui paraissait indispensable, il ne semble plus se soucier, dès que ses régiments sont engagés, et à aucun moment il ne songe à demander
aux nombreuses batteries saxonnes installées au nord de Sainte-
Marie d'ouvrir la voie à son infanterie. Étant donné l'esprit de
solidarité qui animait l'armée allemande, nul doute que ces
batteries eussent répondu à son appel et apporté à la 1re division
un efficace appui.

En outre, au lieu de donner à sa division un *front d'attaque*,
il lui désigne un *point d'attaque* : le village de Saint-Privat,
négligeant ainsi de fixer sur tout son front la puissante ligne
de feu que les Français ont installée sur le rebord du plateau
Saint-Privat — Roncourt.

Cette erreur, il l'accentue encore, en employant dans son ordre
le mot assaut (*Sturm*) au lieu du mot attaque (*Angriff*). Faute
vénielle, c'est vrai, mais qui aura cependant de graves conséquences. Le général de Kessel, en effet, ne pourra s'empêcher
de rapprocher de cette malencontreuse expression l'énigmatique
langage que lui a tenu le général de Dannenberg, lorsqu'il lui
a parlé « de récolter la moisson de la journée »; il finira par
s'imaginer qu'il ne s'agit plus pour lui que d'aller dans un suprême hourra cueillir à Saint-Privat de faciles lauriers. Les
procédés qu'il emploiera se ressentiront évidemment de cet état
d'esprit.

Enfin, pourquoi le général de Pape désigne-t-il la brigade
Kessel pour marcher en première ligne sur Saint-Privat? Probablement parce que cette brigade n'a pas donné dans l'attaque
de Sainte-Marie. Mais était-ce bien le moment de faire intervenir
de pareils calculs et d'apporter dans la désignation des unités
les scrupules d'un adjudant-major de semaine soucieux d'assurer une égale répartition du service entre ses compagnies? Il y
avait en effet de gros inconvénients à engager d'abord la brigade
Kessel. Rassemblée face au nord, cette brigade devait, pour marcher sur Saint-Privat, opérer une conversion complète face à

Les Français sont très vulnérables sur leurs flancs. » Si, à 7 heures du soir, le général
de Pape s'est souvenu de ces paroles prophétiques, avec quelle amertume il a dû
constater que tous ses actes étaient en complète opposition avec les sages conseils
du vainqueur de Vionville !

l'est, et comme on ne lui laissait pas le loisir de contourner Sainte-Marie par l'ouest — tant on était pressé en haut lieu — elle était fatalement obligée d'opérer son changement de direction sous le feu même de l'ennemi.

Aussi eût-il été beaucoup plus simple de mettre en première ligne la 2e brigade de la Garde. Rassemblée face à l'est dans Sainte-Marie, elle pouvait sans difficultés faire déboucher deux de ses régiments directement face à l'objectif, pendant que la 1re brigade venait, hors des vues de l'ennemi, se placer en réserve à l'ouest de Sainte-Marie.

Toutes ces erreurs dans la conception n'allaient pas d'ailleurs tarder à se traduire dans les deux brigades par des fautes capitales d'exécution que nous avons déjà relevées en faisant le récit des événements. A la 1re brigade l'obligation d'exécuter deux mouvements de conversion successifs obligeait le général de Kessel à maintenir trop longtemps sa brigade en formations massées, retardait le déploiement de sa première ligne et l'envoi en avant de ses tirailleurs. A la 2e brigade la nécessité de courir au plus pressé, la préoccupation de sauver une situation qui paraissait désespérée amenaient les 2e et 4e régiments à s'engager dans deux directions divergentes, sans qu'apparût, dans leurs mouvements, trace d'une combinaison d'efforts ou d'une idée de manœuvre.

Bref, pour nous résumer, il est impossible de trouver réalisée, dans l'action de la 1re division de la Garde, une seule des conditions nécessaires pour assurer le succès d'une attaque. Aussi y a-t-il lieu de s'étonner que l'on ait cherché à tirer argument de ces événements, pour généraliser ce cas particulier et décréter *ex cathedra* la faillite de l'attaque à dater du 18 août 1870. Certes, nous en convenons, le combat de la Garde est bien la faillite de l'attaque menée contre toutes les règles de la tactique et du bon sens, ce qui est tout un, mais il n'est rien autre chose.

D'ailleurs est-ce même le cas de parler de faillite? En somme la 1re division est parvenue à bousculer sans le secours de l'artillerie la première ligne de feu ennemie forte de neuf bataillons et à prendre sa place; cela, il est vrai, péniblement, et au prix de sanglants sacrifices, mais enfin, elle y est parvenue et, étant données toutes les fautes commises, étant données les difficultés

particulières du terrain (1), il faut avouer que ce résultat est
déjà appréciable.

Que les apôtres du dogme de l'inviolabilité des fronts cherchent donc d'autres arguments en faveur de leur thèse. Ce n'est
pas en nous conduisant sur le glacis de Saint-Privat qu'ils arriveront à nous convaincre. Le glacis de Saint-Privat est sans
aucun doute le tombeau de la Garde prussienne, mais il n'y a
pas de raisons pour qu'on en fasse, par voie de conséquence, le
tombeau de l'Attaque.

---

(1) Le glacis de Saint-Privat est, au point de vue topographique, une exception.
Combien pourrait-on trouver en France de glacis de Saint-Privat?

V

LA FIN DE LA BATAILLE

I — Le combat d'Amanvillers de 5 à 7 heures

La 3e brigade de la Garde et la 49e brigade d'infanterie attaquent les hauteurs d'Amanvillers. — Dès que le général de Manstein aperçoit, vers 5 heures, la 4e brigade de la Garde se déployer au nord de Saint-Ail, il donne l'ordre de reprendre l'attaque : la 3e brigade de la Garde, rassemblée à l'ouest des bois de la Cusse, et qui a été mise à sa disposition, « marchera sur Amanvillers en se tenant à droite de la division hessoise ». A cette attaque participeront toutes les troupes disponibles du IXe corps. Seules resteront en réserve générale les fractions de la 18e division, qui viennent d'être rassemblées dans le bois de la Cusse, ainsi que sept compagnies du 4e régiment hessois.

En exécution de cet ordre, six bataillons (1) de la 3e brigade de la Garde s'avancent au sud des bois de la Cusse. Soumise immédiatement à une violente fusillade, et subissant de ce fait des pertes considérables, la brigade progresse péniblement et arrive, entre 6h 30 et 7 heures, à s'installer à environ 400 mètres des positions françaises sur une longue ligne s'étendant de la voie ferrée à Champenois. Dans cette situation, elle est à plusieurs reprises vigoureusement contre-attaquée par des fractions de la 2e division du 3e corps, et elle ne doit son salut qu'à l'efficace appui des batteries des IXe et IIIe corps à sa droite et des batteries de la Garde à sa gauche. Elle n'a plus alors comme ré-

---

(1) Bataillon de tirailleurs de la Garde; $\dfrac{\text{II, F}}{\text{1 G}}$; $\dfrac{\text{2, 3, II, F}}{\text{G 3}}$; deux compagnies de pionniers.

serve que le IIe bataillon du 3e Grenadiers et deux compagnies
de pionniers. « On ne pouvait, dans ces conditions, songer à
continuer l'attaque, dit la monographie du 18 août. Seuls, des
groupes de tirailleurs clairsemés, sans troupes de soutien, occupaient la position que la brigade venait de conquérir. A cela
venait s'ajouter un manque de munitions, qui se faisait de plus
en plus sentir. Aussi le colonel commandant la 3e brigade avait-il
bientôt donné l'ordre de s'arrêter et de se contenter de défendre
le terrain conquis. Un peu plus tard, le chef d'état-major du
IXe corps faisait connaître qu'une brigade du IIIe corps allait
s'avancer en soutien de la 3e brigade de la Garde et que l'attaque
reprendrait dès que l'action enveloppante des Saxons sur la
droite française commencerait à faire sentir ses effets. »

En même temps que la 3e brigade de la Garde se porte à l'attaque d'Amanvillers, le général de Wittich dirige au nord et le
long de la voie ferrée trois bataillons hessois (1). A cette attaque
viennent bientôt se joindre des compagnies du 3e hessois, du
4e hessois et du IIe bataillon de chasseurs hessois ainsi que des
fractions du 84e et du 36e (18e division).

Tous ces éléments disparates agissant sans cohésion, sans
plan d'ensemble, de part et d'autre de la voie ferrée, ne peuvent
que refouler les tirailleurs avancés de la division de Cissey.
Arrivés à 400 mètres de nos positions, ils sont arrêtés par le feu
de cette division et sont dès lors incapables de progresser. Leur
épuisement est tel que « certains hommes sur la ligne des tirailleurs s'endorment (2) ».

Combat dans la région de Chantrenne. — Enfin, du côté
de Chantrenne, le général de Blumenthalen, entendant le combat
de la 3e brigade, donne l'ordre de se porter à l'attaque du bois de
la Charmoise. Mais ses efforts sont infructueux et, à 7 heures, la
brigade Clinchant maintient énergiquement la lisière de ce bois,
malgré la violente canonnade que dirigent sur elle quatre batteries

---

(1) $\dfrac{\text{I, II}}{\text{1 hessois}}$ et $\dfrac{\text{II}}{\text{2 hessois}}$. Rappelons que les régiments hessois sont à deux bataillons.

(2) Monographie du 18 août.

du IIIᵉ corps, qui viennent de s'installer au sud-est de Verné-ville.

Situation du 4ᵉ corps français. — Ainsi donc, à 7 heures, le 4ᵉ corps a pu enrayer sur tout son front les attaques des Allemands. Malheureusement sa capacité de résistance commence à s'épuiser. Non seulement son artillerie, depuis long-temps réduite de quinze batteries à une seule batterie, est impuissante à appuyer son infanterie, mais cette infanterie elle-même n'a plus de réserves. Dix-huit bataillons des 2ᵉ et 3ᵉ divisions sont engagés en première ligne du chemin de fer à la cote 336. Un seul bataillon (1) est encore disponible.

Il est vrai que le général de Ladmirault a été prévenu vers 5 heures par le général Bourbaki « que la division des Grenadiers de la Garde venait d'arriver au Gros Chêne et qu'elle allait continuer sa route pour se rapprocher d'Amanvillers (2) », et c'est très probablement dans l'espoir d'être soutenu à bref délai que le commandant du 4ᵉ corps a cru devoir engager tous ses bataillons. Malheureusement cet espoir va être bientôt déçu. En vain, le général de Ladmirault envoie-t-il successivement deux officiers de son état-major au général Bourbaki pour lui demander de hâter son arrivée. Celui-ci, après avoir débouché sur les derrières du 4ᵉ corps, croit remarquer « que l'extrême droite de l'armée du Rhin plie complètement » et il donne l'ordre à la division de Grenadiers de reprendre sa position du plateau Saint-Vincent (3).

II — Le combat d'Amanvillers à partir de 7 heures du soir

Le prince Frédéric-Charles donne l'ordre aux IXᵉ et IIIᵉ corps d'attaquer les hauteurs d'Amanvillers. — Au moment où l'offensive allemande est ainsi arrêtée devant les

---

(1) Le $\frac{2}{54}$.

(2) *Revue d'Histoire.*

(3) Cf. dans la *Revue d'Histoire* le dramatique récit de cet événement.

positions du 4ᵉ corps, le prince Frédéric-Charles arrive à la lisière ouest des bois de la Cusse. De la hauteur, située à l'ouest d'Habonville qu'il vient de quitter, il a pu suivre en partie les mouvements de la Garde. Il a vu la 4ᵉ brigade s'emparer de la hauteur au sud-ouest de Saint-Privat et atteindre le chemin bordé de haies situé sur cette croupe. « Comme les frondaisons de ce chemin, vues d'Habonville, se confondent avec la lisière ouest des bois qui se trouvent sur la rive gauche de la Moselle (1), il a cru remarquer que l'infanterie de la Garde, après s'être arrêtée un moment devant cette lisière, s'était levée, était entrée dans le bois et avait disparu. De cette observation il a conclu que la 4ᵉ brigade se trouvait déjà de l'autre côté de Saint-Privat et qu'en tout cas la partie sud du village était tombée entre ses mains. Du combat de la 1ʳᵉ division, il n'a vu que peu de chose, car au nord de la route la fumée était si épaisse qu'à peine a-t-il aperçu l'aile droite de la 1ʳᵉ brigade s'avancer sur la pente montant vers Saint-Privat (2). » Mais le bond en avant de l'artillerie de la Garde, ainsi que l'apparition d'une ligne de batteries vers 6ʰ 30 dans la région de Roncourt ont levé ses dernières hésitations et *l'ont définitivement convaincu que Saint-Privat était aux mains des Allemands.*

Bref, lorsqu'il arrive un peu avant 7 heures à l'ouest des bois de la Cusse, la situation lui apparaît sous un jour des plus favorables, et, bien qu'à ce moment d'assez nombreux fuyards du IXᵉ corps sortent des bois de la Cusse, il commence à envisager la possibilité « de compléter par une attaque générale de la IIᵉ armée la victoire de son aile gauche ».

Il se prépare à donner ses premiers ordres, lorsque le général de Manstein se présente à lui. Le commandant du IXᵉ corps, s'abandonnant à ses impressions personnelles, expose au prince « qu'il est convaincu que le IXᵉ corps a réussi à empêcher l'ennemi de se retirer et l'a obligé à livrer un combat pour lequel il ne s'était point préparé. A son avis, ce combat doit vraisemblablement se terminer par la retraite des Français sur Metz, mais il ne croit pas que la 3ᵉ brigade de la Garde et la 49ᵉ brigade puis-

---

(1) Il s'agit de la lisière des bois de Jaumont et de Saulny.
(2) Monographie du 18 août.

sent obtenir ce résultat en continuant leur attaque de front, car dans la région d'Amanvillers le combat a repris avec une violence nouvelle (1) ». Il ajoute, répondant à une question que lui pose le prince, que du côté de Saint-Privat la lutte est en bonne voie.

Après avoir entendu cet exposé, le commandant de la IIᵉ armée communique au général de Manstein son intention de procéder à une attaque générale et l'invite à y coopérer avec toutes ses forces. Mais le commandant du IXᵉ corps fait ressortir toutes les difficultés que ses troupes ont dû surmonter au cours du long et sanglant combat qu'elles viennent de livrer, et objecte qu'il ne croit pas pouvoir engager les faibles réserves qui lui restent. Il insiste avec tant de force que le prince, se rendant à ces raisons, décide qu'une brigade du IIIᵉ corps se portera en soutien du IXᵉ. Ordre est en outre donné au général d'Alvensleben « d'attaquer en même temps avec le reste de son infanterie ou une partie seulement de cette infanterie, en s'avançant au sud du bois de la Cusse (2) ».

Cet ordre, qui va mettre fin à la longue inaction du IIIᵉ corps, le général d'Alvensleben l'attend depuis longtemps; déjà, lorsqu'il avait vu la Garde s'engager sur Saint-Privat, il avait demandé au commandant de la IIᵉ armée l'autorisation de s'avancer de Vernéville sur la Folie (3). « Il avait en effet remarqué qu'à l'aile gauche du IXᵉ corps, devant le bois de la Cusse, le combat était excessivement violent, alors que plus au sud, dans la région de la Folie, la lutte était beaucoup moins vive, et il espérait, en poussant une attaque dans cette dernière direction avec son corps d'armée concentré, rompre facilement le front ennemi, et influer par ce succès de la façon la plus heureuse sur la situation des troupes allemandes, qui luttaient plus au nord (4). »

... Bien que l'ordre de 7 heures ne lui donne qu'une demi-satisfaction, le général d'Alvensleben fait immédiatement mettre en

(1) Monographie du 18 août.

(2) Archives de la guerre (Monographie du 18 août).

(3) Le prince Frédéric-Charles avait refusé d'accéder à cette demande; croyant à ce moment que le combat de la Garde était en bonne voie, il avait jugé inutile d'engager le IIIᵉ corps.

(4) Monographie du 18 août.

marche la 6e division, puis bientôt après la 5e. Mais au moment
où la 12e brigade d'infanterie, qui se trouve en tête du corps
d'armée, atteint la région au nord de Vernéville, le bruit du
combat (1) qu'on entend dans la direction de Gravelotte devient
si intense « que le général est persuadé que l'ennemi exécute
une contre-offensive, en débouchant par le bois de Génivaux
dans l'intervalle qui existe entre les Ire et IIe armées ». En
même temps l'artillerie du IIIe corps, installée au sud-est de
Vernéville, fait connaître qu'elle est exposée à un feu d'infanterie
très violent partant du bois de Génivaux. Le général d'Alvensleben, craignant pour son flanc droit, fait alors face avec tout
son corps d'armée au danger qui semble le menacer. Le IIIe corps,
conversant vers le sud, se dirige sur le bois de Génivaux et arrive
vers 8h 30 derrière la corne nord-ouest de ce bois. Ordre est alors
donné à la brigade de tête d'enlever le bois à la baïonnette.
« Mais cet ordre n'était pas mis à exécution, car le combat dans
cette région du champ de bataille cessait avec la nuit tombante. »

L'avortement de l'attaque du IIIe corps est un épisode des
plus caractéristiques. Comment le général d'Alvensleben a-t-il
pu se laisser impressionner à ce point par le bruit d'une canonnade, violente c'est vrai, mais lointaine? « Le général d'Alvensleben, dit à ce sujet la monographie du 18 août, n'était pas
homme à abandonner une résolution une fois prise, s'il n'avait
pas de sérieuses raisons d'agir ainsi. Depuis longtemps il avait
remarqué combien était dangereuse la solution de continuité
existant entre les Ire et IIe armées et qui pouvait permettre aux
Français de déboucher subitement des bois de Génivaux. Lorsque
soudain le bruit d'un violent combat se fit entendre dans la
direction du sud, la crainte d'une irruption des Français dans
son flanc droit agit sur son esprit et il lui sembla plus important
de parer à ce pressant danger que de continuer son attaque...
Cet incident fait voir combien l'obscurité naissante ou la nuit
surexcite les nerfs et fait prendre la possibilité d'une menace
pour un danger réel. En plein jour, le général se serait contenté
de faire vérifier la cause de la recrudescence du combat et il ne
se serait point écarté de sa direction d'attaque. »

---

(1) Ce bruit était causé par l'entrée en ligne du IIe corps.

Quoi qu'il en soit, le IIIᵉ corps, par suite de l'erreur commise par son chef, n'intervient pas dans le combat. A la division hessoise l'épuisement et le désordre sont tels que de ce côté toute tentative d'attaque est impossible. Il ne reste donc plus, pour exécuter l'offensive générale ordonnée par le prince Frédéric-Charles, que la seule 3ᵉ brigade de la Garde, déjà fort éprouvée, comme nous le savons.

La 3ᵉ brigade de la Garde pénètre dans la position ennemie. — Aussitôt après son entretien avec le prince Frédéric-Charles, le général de Manstein avait ordonné aux bataillons de première ligne de la 3ᵉ brigade de reprendre l'attaque. En même temps il avait prescrit aux six compagnies de cette brigade qui étaient encore en réserve au sud-est du bois de la Cusse, ainsi qu'aux fractions de la 18ᵉ division rassemblées dans ce bois, de se joindre à cette attaque (1).

A ce moment (7 heures environ) la situation de la 3ᵉ brigade est des plus critiques ; ses compagnies épuisées par le laborieux combat qu'elles viennent de mener depuis 5 heures, souffrent cruellement du manque de munitions, et, si elles peuvent se maintenir sur la position conquise, ce n'est que grâce à l'appui de l'artillerie des IIIᵉ et IXᵉ corps à leur droite et de l'artillerie de la Garde et de la 25ᵉ division à leur gauche.

En face de la 3ᵉ brigade, le 4ᵉ corps est ainsi disposé : à droite, la division de Cissey, sur l'ordre du général de Ladmirault, a commencé, à partir de 7 heures, à abandonner ses positions au nord de la voie ferrée, pour se rassembler à la lisière est du bois de Saulny et y former repli. Au centre et à gauche, les 2ᵉ et 3ᵉ divisions occupent toujours le chemin de terre de la Folie à la maison du garde-barrière ; toutefois, peu après 7 heures, trois bataillons de l'aile droite de la 2ᵉ division (2), pris d'écharpe par les batteries de la Garde et se croyant d'autre part menacés sur leur droite par des compagnies hessoises, quittent brusquement leurs positions et se retirent vers l'est.

_____

(1) En réalité, de la 18ᵉ division, deux compagnies du 84ᵉ viendront prolonger à gauche la 3ᵉ brigade.

(2) $\frac{1}{54}$, 2ᵉ, 5ᵉ bataillons de chasseurs.

Telle est, résumée à grands traits, la situation des deux adversaires, lorsque vers 7ʰ 45 les deux premières compagnies du IIᵉ bataillon du 3ᵉ Grenadiers (bataillon de réserve) atteignent le centre de la ligne formée par la 3ᵉ brigade. Au lieu de chercher à pousser cette ligne en avant, les deux compagnies du 3ᵉ Grenadiers se contentent de s'intercaler dans les vides de la chaîne. Comme nous allons le voir, c'est la droite de la brigade qui, par suite d'un événement fortuit et sans l'intervention de troupes venues de l'arrière, va s'élancer sur la position française et entraîner avec elle toute la chaîne.

A peu près au moment où les deux compagnies de réserve entraient en ligne, la droite de la brigade (1) était en effet en butte à une vigoureuse contre-offensive exécutée par le 1ᵉʳ bataillon du *65ᵉ*. « Les silhouettes des Grenadiers, éclairées par les derniers rayons du soleil couchant, se détachent nettement sur la croupe au nord de Champenois; cela permet aux Français d'ouvrir sur eux un feu rapide inattendu et de s'avancer avec impétuosité, en poussant des cris et en sonnant du clairon. Le manque de munitions rend la situation des Allemands critique. Mais on crie : Cessez le feu, tirez seulement à 100 pas. Ces ordres sont exécutés, et l'ennemi reçoit à courte distance une grêle de balles qui provoque dans ses rangs un arrêt, puis, bientôt après, une rapide retraite. Comme les Allemands manquent de cartouches pour exécuter des feux de poursuite, les 6ᵉ, 7ᵉ et 8ᵉ compagnies s'élancent à la baïonnette. S'avançant par échelons, elles rejoignent l'ennemi et s'engagent dans un combat à l'arme blanche (2). »

Entraîné par l'exemple de ces compagnies, le bataillon de fusiliers du 3ᵉ Grenadiers se porte à son tour en avant, et la droite de la brigade, suivie alors des deux dernières compagnies du bataillon de réserve, vient occuper, vers 8 heures, les environs de la cote 327. Ce mouvement se propage de la droite à la gauche; le signal : « *Schnell avancieren* » se fait entendre, et toute la brigade, progressant par petits groupes que dirigent soit des officiers soit des sous-officiers, vient s'installer le long du chemin

_____

(1) $\dfrac{\text{II}}{1\ \text{GG}}$, $\dfrac{\text{F}}{3\ \text{GG}}$.

(2) **Monographie du 18 août.** Il est à remarquer que ce récit du combat de la 3ᵉ brigade diffère sensiblement du récit donné par Kunz.

de terre 327-331. De leur côté, les bataillons français se retirent en arrière et prennent position partie à l'ouest d'Amanvillers, partie au sud-ouest du village, pendant que le *41e* de ligne (1), envoyé par le maréchal Lebœuf, vient se déployer entre Amanvillers et Montigny.

La dernière phase de la lutte soutenue par la 3e brigade de la Garde, nous donne sur le combat d'infanterie une indication qu'il n'est pas sans intérêt de mettre en lumière.

En somme, comme on vient de le voir, c'est par ses propres moyens et sans le secours des troupes de réserve que la droite de la brigade s'est avancée jusqu'au chemin de terre 327-331. Manquant de cartouches, les compagnies du IIe bataillon du 1er Grenadiers ne peuvent exécuter des feux de poursuite; elles s'élancent alors à la baïonnette et ce bond en avant, entraînant successivement toute la ligne, amène la brigade jusque dans la position ennemie.

Épisode des plus caractéristiques et qui vaut d'être retenu, car il montre, contrairement à une opinion malheureusement trop répandue, qu'une ligne de tirailleurs peut fort bien marcher de l'avant sans l'intervention des troupes de réserve.

Sans doute, la progression de la chaîne doit être en principe provoquée par la poussée d'unités venues de l'arrière, mais il est à cette règle de nombreuses exceptions et — le combat de la 3e brigade le prouve — les causes les plus diverses peuvent permettre à la première ligne de s'avancer, sans attendre l'arrivée de ses soutiens. On ne saurait trop le répéter, il se produira toujours sur la ligne de feu des incidents fortuits qu'un chef ardent, attentif, pourra exploiter pour enlever au bon moment sa troupe et la porter jusque dans la position ennemie.

C'est ce qu'a voulu rappeler notre règlement d'infanterie lorsqu'il dit dans son chapitre : « Mouvement en avant » : « Les différents groupes qui combattent sur le front, s'efforcent de gagner le plus de terrain possible *à l'aide de leurs seuls moyens.* » C'est ce qu'à notre tour nous résumerons en disant : « Avant

---

(1) Deux autres bataillons du *71e*, envoyés également par le maréchal Lebœuf, s'arrêtent à hauteur de la Folie, face à Amanvillers.

de compter sur les troupes de l'arrière, les tirailleurs au combat doivent compter sur eux-mêmes. »

A partir du.moment où la 3ᵉ brigade arrive sur le chemin de terre 327-331, l'offensive allemande ne fait plus de progrès et le combat se réduit à de courtes mais violentes fusillades entre les deux adversaires. Vers 9 heures, les bataillons de la 3ᵉ brigade commencent à se rassembler sur leurs positions de combat, et, peu après, se retirent vers le bois de la Cusse, ne laissant que deux compagnies de grand'garde sur le plateau d'Amanvillers. Ajoutons enfin qu'à droite et à gauche de la 3ᵉ brigade, les 25ᵉ et 18ᵉ divisions, sur l'ordre du général de Manstein, poussent également des avant-postes face à l'est.

De leur côté, les Français, sentant leur droite complètement en l'air depuis la retraite du 6ᵉ corps, abandonnent dans le courant de la nuit Amanvillers et Montigny.

Considérations. — Ainsi se terminait la lutte dans la région d'Amanvillers. Ici encore, l'armée allemande n'arrivait pas à obtenir un résultat décisif; après avoir entamé nos positions sur un point, elle s'arrêtait épuisée et les troupes du général de Ladmirault, obligées par la défaite du 6ᵉ corps de battre en retraite, pouvaient se replier sur Metz sans être inquiétées.

Est-ce à dire que les efforts dépensés par les Allemands sur le front du 4ᵉ corps avaient été inutiles? Certes non. Sans doute le 4ᵉ corps n'avait pas été battu, mais il avait été immobilisé, fixé, usé par d'incessantes attaques, et, si elle n'avait pu arracher la victoire, cette pression constante exercée par les Allemands sur notre centre avait eu du moins pour effet de faciliter le succès du XIIᵉ corps à notre droite et par là même le succès de l'armée allemande tout entière.

Tel est, en effet, le rôle du combat de front, autrement dit du combat d'usure. Il ne consacre point la défaite de l'ennemi, mais il la prépare. Afin de donner au chef la possibilité de porter son effort sur un point donné au moment voulu, il doit surtout chercher à attirer à lui le plus grand nombre de forces ennemies ou tout au moins empêcher l'adversaire de se dégarnir pour se constituer de nouvelles réserves; il ne vise pas par conséquent

à concentrer dans le temps et dans l'espace des moyens extraor-
dinairement puissants; avant tout, il s'efforce de « durer »; aussi
est-il caractérisé par une succession non interrompue d'actes
offensifs et défensifs, menés avec le minimum de forces nécessaires,
mais, cela va sans dire, avec le maximum de vigueur. Sa mission
est, de ce fait, « rude et laborieuse »; ses progrès sont lents, et,
pour apprécier ses résultats définitifs, il faut moins tenir compte
de la quantité de terrain qu'il a conquis sur l'ennemi, que de la
somme d'énergies adverses qu'il a réussi à paralyser.

III — Le XIIᵉ corps et la Garde enlèvent Saint-Privat

Mouvements du XIIᵉ corps jusqu'à 6ʰ 45. — Au moment
où la Garde s'était élancée à l'attaque de Saint-Privat, le
XIIᵉ corps se trouvait dans la situation suivante : La 47ᵉ brigade
était rassemblée au sud-ouest de Sainte-Marie. La 45ᵉ brigade
occupait solidement la lisière est des bois d'Auboué. La 46ᵉ brigade était encore à Moineville. Quant à la 48ᵉ brigade, accom-
pagnée de l'artillerie de la 23ᵉ division (moins une batterie) et
de quatre régiments de cavalerie, elle cheminait dans la vallée
de l'Orne et venait de dépasser avec sa tête la sortie nord d'Auboué. Enfin l'artillerie de corps et l'artillerie de la 24ᵉ division
commençaient à se mettre en batterie sur la croupe au nord de
Sainte-Marie.

Vers 5ʰ 30, afin d'être en mesure de soutenir l'attaque prochaine de la 48ᵉ brigade sur Roncourt, le prince de Saxe, qui se
trouvait alors au nord de Sainte-Marie, avait prescrit aux 46ᵉ et
47ᵉ brigades de venir se placer en réserve à la lisière sud des bois
d'Auboué. En même temps, ordre était donné à l'artillerie de se
rapprocher de Roncourt et de préparer l'attaque de ce village.

A 6ʰ 15, les 46ᵉ et 47ᵉ brigades avaient atteint leurs emplacements à la lisière des bois d'Auboué. Quant à l'artillerie, après
avoir pris avec quelques batteries une première position immédiatement à l'est du ravin d'Homécourt, elle s'était portée plus
en avant et, vers 6ʰ 45, sept batteries (1) installées à hauteur
de la 45ᵉ brigade avaient ouvert le feu sur Roncourt.

---

(1) Quatre batteries étaient restées en colonne faute d'emplacements convenables.

Pendant que ces divers mouvements s'étaient exécutés, la 48e brigade avait poursuivi sa marche enveloppante et, peu après 6 heures, avait commencé à apparaître sur la hauteur au nord-ouest de Montois. Après s'être déployée devant la lisière nord de ce village qu'elle avait cru tout d'abord occupée par l'ennemi (1), elle avait continué son mouvement sur Roncourt, le 107e à droite, le 106e à gauche, le 13e bataillon de chasseurs en réserve, et vers 6h 45 avait occupé avec ses fractions avancées le boqueteau situé à mi-distance entre Roncourt et Montois.

De son côté, la 45e brigade (100e, 101e, 108e), dès qu'elle avait aperçu la 48e brigade au nord de Montois (entre 6 heures et 6h 15), avait commencé à déboucher des bois d'Auboué, conformément à l'ordre donné à 4h 30 par le prince Georges (2). Le général de Craushaar, laissant le 108e en réserve à la lisière est du bois d'Auboué, avait dirigé sur Roncourt les 100e et 101e régiments et vers 6h 45 l'aile gauche de la 45e brigade avait pris contact avec l'aile droite de la 48e.

Les deux brigades, formant ainsi un vaste arc de cercle autour de Roncourt, poursuivaient leur marche en avant, « lorsque soudain à l'aile droite de la 48e brigade apparaissait, arrivant à une vive allure, de la direction du sud, un hussard rouge monté sur un cheval blanc » (Monographie du 18 août).

C'était le lieutenant von Esbeck qui, on s'en souvient, avait été chargé par le général de Pape de demander le secours des batteries saxonnes et de se rendre compte des progrès du XIIe corps. A peine arrêté, le lieutenant von Esbeck, s'adressant au lieutenant-colonel commandant le 107e, lui faisait part des graves événements survenus à l'ouest de Saint-Privat et ajoutait « qu'il était urgent de soutenir la 1re division de la Garde sur son flanc ». Le lieutenant-colonel, après quelques instants de réflexion, se décidait à « abandonner la direction de Roncourt » et, après en avoir rendu compte à son général de brigade, diri-

---

(1) En réalité, il y avait, dans Roncourt, une patrouille de quelques hommes du *100e* régiment. Voilà un exemple qui doit nous donner à réfléchir sur les illusions dont on peut être victime sur le champ de bataille. Ah ! il y a encore de beaux jours pour les détachements de contact !

(2) « Le général de Craushaar, avec la 45e brigade, chassera l'ennemi des bois d'Auboué et s'avancera de l'ouest sur Roncourt aussitôt que le colonel de Schultz (48e brigade) venant du nord entrera en action... »

geait directement sur Saint-Privat les Ier et IIe bataillons du 107e.

Entre temps, le lieutenant von Esbeck se rendait à la lisière est des bois d'Auboué auprès du général de Craushaar et le mettait également au courant de la situation critique de la 1re division de la Garde. Le général de Craushaar se résolvait aussitôt à envoyer au secours de la Garde les 100e et 101e régiments mais en réalité son ordre n'atteignait que deux bataillons du 101e (IIe et IIIe) et un bataillon et demi du 100e (IIIe et 1/2 IIe).

« Ainsi donc, dit à ce sujet la monographie du 18 août, cinq bataillons et demi étaient enlevés à la ligne d'attaque des Saxons et aiguillés sur Saint-Privat, pendant que le reste des deux brigades continuait sur Roncourt...

« Le lieutenant von Esbeck n'avait pas reçu la mission de diriger la marche des Saxons sur Saint-Privat. Il avait agi de sa propre initiative sous l'impression que l'aile gauche de la 1re brigade au nord du grand ravin (1) ne progressait plus. D'ailleurs il est à remarquer qu'il n'était pas dans ses intentions d'amener les Saxons sur Saint-Privat, mais seulement de hâter leur marche sur Roncourt qu'il croyait encore occupé. Ce furent les chefs saxons qui d'eux-mêmes prirent la direction de Saint-Privat, où ils voyaient que se jouait la partie décisive et laissèrent de côté Roncourt, qui paraissait déjà évacué par l'ennemi.

« Quoi qu'il en soit, le lieutenant von Esbeck pouvait retourner auprès du général de Pape avec la conscience que maintenant le combat au sud de la chaussée prenait une tournure satisfaisante. Au sud du grand ravin, il rencontrait le général de Kessel et lui criait : « La victoire est à nous, les Saxons arrivent. » Le général lui serrait les mains. En passant auprès des groupes de la 1re brigade, le lieutenant von Esbeck annonçait également la bonne nouvelle et on lui répondait par des hurrahs (2) ».

---

(1) Le grand ravin dont il a déjà été question et qui descend de la corne nord-ouest de Saint-Privat.

(2) Monographie du 18 août.

Situation du 6ᵉ corps entre 6ʰ 45 et 7 heures. — Au moment où la 1ʳᵉ brigade de la Garde était venue se blottir au pied de la terrasse de Saint-Privat (vers 6ʰ 45), tous les bataillons français qui avaient été poussés à l'ouest et au nord-ouest de Saint-Privat s'étaient successivement repliés partie à l'est du village, partie dans le village même où se trouvaient dès lors réunis quatorze bataillons et demi (1).

De même les quatre batteries établies sur le plateau entre Roncourt et Saint-Privat avaient amené leurs avant-trains et avaient rejoint l'artillerie du 6ᵉ corps sur la croupe des Carrières de la Croix.

Dans la région de Roncourt il n'était donc plus resté, vers 6ʰ 45, que le 1ᵉʳ bataillon du *9ᵉ* installé à la lisière nord du village. Mais comme déjà à ce moment les *45ᵉ* et *48ᵉ* brigades commençaient à apparaître en avant de Roncourt, le 1ᵉʳ bataillon du 9ᵉ évacuait un peu avant 7 heures ce point d'appui pour se jeter dans la forêt de Jaumont, pendant que le 2ᵉ bataillon, disposé au sud-ouest du village, exécutait une conversion à droite et venait se placer sur la croupe au sud de Roncourt, face au nord.

Enfin, plus en arrière, entre Saint-Privat et la forêt de Jaumont, les 1ᵉʳ et 2ᵉ bataillons du *100ᵉ* étaient également disposés face à Roncourt. A droite de ces deux bataillons se trouvait le *2ᵉ* chasseurs d'Afrique; derrière leur gauche, les *2ᵉ* et *3ᵉ* chasseurs, ainsi que le *94ᵉ*.

Ajoutons que tous ces mouvements de retraite, exécutés pour la plupart très précipitamment, n'avaient pas été sans influencer fâcheusement le moral des troupes et que déjà les premiers symptômes de la défaite commençaient à se manifester sur les derrières du 6ᵉ corps : de nombreux isolés se jetaient dans les bois de Jaumont ou refluaient sur Metz, encombrant la route de Woippy. Aussi dès 6ʰ 30, le maréchal Canrobert, se sentant impuissant à briser la volonté de son adversaire, avait-il avisé le général de Ladmirault qu'il allait être forcé d'évacuer Saint-Privat et avait-il demandé au général Bourbaki de protéger sa retraite, si cela lui était possible.

---

(1) En arrière de Saint-Privat se trouvaient, le long de la route de Saulny, les *25ᵉ*, *26ᵉ*, *28ᵉ* régiments et plus à l'est le *70ᵉ*. Les *75ᵉ* et *91ᵉ* étaient formés en carrés à l'est du village. Enfin, le 1/75ᵉ était dans la forêt de Jaumont.

Les Saxons entrent dans Roncourt. — Nous venons de voir qu'un peu avant 7 heures, le 1er bataillon du 9e avait évacué Roncourt pour se replier sur la forêt de Jaumont et que, de son côté, le 2e bataillon du même régiment avait pris position face au nord sur le plateau entre Roncourt et Saint-Privat.

En même temps que ces mouvements s'exécutaient, les fractions des 48e et 45e brigades qui n'avaient pas été aiguillées sur Saint-Privat (à la suite de l'intervention du lieutenant von Esbeck) entraient dans Roncourt par le nord et par l'ouest. Le Ier bataillon du 101e et le IIIe bataillon du 107e, ainsi que des fractions de la Garde, venaient occuper la lisière sud du village et cinq compagnies du 106e prolongeaient cette ligne à l'est. Le 108e, conduit par le prince de Saxe, s'installait en réserve à l'ouest de Roncourt. Enfin, un bataillon et demi du 100e, auquel s'étaient également joints des débris de la 1re division de la Garde, se trouvait à une centaine de mètres de la corne sud-ouest du village, le long de la route de Saint-Privat, et face à l'est.

Pendant que la gauche des Saxons entamait un assez vif combat avec les tirailleurs français embusqués à la lisière de la forêt de Jaumont, l'aile droite prenait de flanc le 2e bataillon du 9e, disposé au sud de Roncourt et obligeait ce bataillon à se replier sur Saint-Privat.

Préparation de l'assaut de Saint-Privat. — Ainsi donc, à partir de 7 heures du soir, les Français ont complètement abandonné le terrain compris entre Roncourt et Saint-Privat. Entre ce dernier village et la forêt de Jaumont, ils disposent encore de deux bataillons du *100e* et du 2e bataillon du *9e*, soutenus en deuxième ligne par le *94e*. Enfin, dans Saint-Privat, environ dix bataillons et demi sont répartis soit derrière les murs de clôture (1), qui entourent les jardins, soit derrière la lisière formée par les maisons extérieures, soit encore dans l'intérieur du village. Quant aux autres unités du 6e corps (2), elles

---

(1) Le village de Saint-Privat est complètement entouré par une ceinture continue de murs en pierres sèches d'une hauteur d'un mètre environ, et qui s'avancent au nord et à l'ouest jusqu'à 200 ou 300 mètres des lisières des maisons.

(2) Appartenant principalement aux divisions La Font de Villiers et Levassor-Sorval.

sont, pour la plupart, rassemblées au sud-est de Saint-Privat, présentant déjà des symptômes profonds de désagrégation.

A la même heure, les Prussiens et les Saxons enveloppent dans un vaste arc de cercle les lisières sud-ouest, ouest et nord-ouest de Saint-Privat : A droite et au centre, les régiments de la Garde sont arrêtés à 400 ou 500 mètres de nos lignes et attendent pour reprendre le mouvement en avant l'appui de l'artillerie et l'arrivée du XIIe corps. A gauche, au contraire, les débris de la 1re division de la Garde (1er et 3e régiments) qui se trouvent de part et d'autre du grand ravin, renforcés par le 4e régiment de la Garde à pied, parviennent par bonds successifs à se rapprocher de Saint-Privat et, vers 7^h 15, chassent les tirailleurs français embusqués derrière les murs de clôture au nord-ouest du village; ils veulent continuer leur progression, mais une fusillade intense partant des maisons de la lisière les cloue sur place et les arrête ainsi à environ 200 mètres des murs que nous venons d'évacuer.

A ce moment arrivent derrière eux les bataillons saxons (1), qui ont été aiguillés directement sur Saint-Privat à la suite de l'intervention du lieutenant von Esbeck. Ces bataillons s'apprêtent eux aussi à pousser de l'avant, mais, comme nous le verrons plus tard, ils ne seront pas plus heureux dans leurs tentatives que les tirailleurs de la Garde.

Pour compléter ce rapide aperçu de la situation des Allemands, ajoutons enfin que le Xe corps commence à se diriger de Saint-Ail sur Saint-Privat et que, de son côté, le régiment de fusiliers de la Garde, disposé de part et d'autre de la chaussée de Sainte-Marie à Saint-Privat, s'avance également sur ce dernier point.

Pendant que l'infanterie allemande exécute ces divers mouvements, une puissante artillerie dirige sur les défenseurs de Saint-Privat une vigoureuse canonnade : A droite, neuf batteries de la Garde et deux batteries du Xe corps prennent pour objectif la partie sud-ouest du village. A gauche, l'artillerie saxonne, sur l'ordre du prince de Saxe, installe quatorze batteries face

---

(1) Formant deux groupes : 1° à l'est les $\dfrac{I, II}{107}$ et les $\dfrac{III}{100}$ et $\dfrac{1/2\ II}{100}$; 2° plus à l'ouest et en échelon les $\dfrac{II\ et\ III}{100}$.

au sud-est sur une longue ligne s'étendant de Roncourt jusqu'à environ 200 mètres au nord de la chaussée de Sainte-Marie et couvre de ses projectiles les faces nord et ouest de Saint-Privat.

Assaut de Saint-Privat. — Vers 7ʰ 30, l'effet produit par cette artillerie commence à se faire sentir : on voit des groupes de soldats français se retirer vers l'arrière; le saillant sud-ouest de Saint-Privat ainsi que de nombreuses maisons de la partie nord du village sont en flammes.

Soudain, à l'aile droite allemande, les fractions de la 4ᵉ brigade de la Garde, situées sur la croupe 333 et qui enserrent le saillant sud-ouest de Saint-Privat se lèvent et se précipitent sur ce saillant ainsi que sur la ferme de Jérusalem. « Est-ce la nouvelle apportée par le lieutenant von Esbeck que les Saxons arrivent, est-ce la destruction par l'artillerie des bâtiments les plus proches jusqu'alors opiniâtrement défendus, ou bien ces deux causes agissent-elles ensemble, bref les grenadiers et les fusiliers des régiments François et de la Reine se lèvent, un seul d'abord, puis plusieurs, puis tous ceux qui ont encore de la force et de la vie; les tambours et les clairons résonnent, on se précipite avec des hourras sur le front sud du village et sur Jérusalem, d'où l'on s'efforce de gagner la lisière est. L'ennemi n'oppose qu'une faible résistance. Quelques braves qui sont restés dans les maisons et continuent à faire le coup de feu sont tués (1). »

Presque au moment où la 4ᵉ brigade de la Garde entre dans Saint-Privat, les débris de la 1ʳᵉ division arrêtés devant la face ouest se portent en avant. « A 7 heures, le général de Pape se trouve sur la chaussée de Sainte-Marie. De là il observe l'efficacité du feu de l'artillerie sur le village et constate les progrès du régiment de fusiliers venant de Sainte-Marie et des Saxons venant de Roncourt et des bois d'Auboué. Dès qu'il voit ces derniers atteindre l'aile gauche de la 1ʳᵉ division, l'idée lui vient qu'il est maintenant possible d'entreprendre l'assaut, même sans que le régiment de fusiliers soit en ligne. Il donne l'ordre à ce régiment de prendre une position de repli pour la division, à mi-chemin environ entre Sainte-Marie et Saint-Privat, puis

_____

(1) Monographie du 18 août.

18 AOUT 1870   15

il se rend sur la ligne de feu vers le centre de la 1re division et fait sonner le « *das ganze schnell avancieren* ». De derrière les monceaux de cadavres, qui jalonnent la position, si longtemps et si opiniâtrement tenue, se lèvent des troupes clairsemées, qui se hâtent vers les murs de clôture de la lisière ouest du village (1). L'élan se propage sur tout le front d'attaque, pendant qu'à l'extrême gauche, face au front nord, l'arrivée des Saxons fait également reprendre le mouvement en avant (2). »

Tous les débris de la 1re division de la Garde arrivent jusqu'aux murs de clôture, les escaladent et s'emparent de la lisière ouest de Saint-Privat, sans rencontrer de grandes difficultés; seuls les abords de l'église et de la maison d'école (3) sont témoins d'une lutte très vive, et les Allemands ne finissent par avoir raison de cette résistance qu'après de vigoureux efforts; enfin ils se rendent maîtres de la rue principale et viennent peu à peu occuper la lisière est du village, d'où ils dirigent leur feu sur les Français qui battent en retraite.

Mais si l'enlèvement des parties sud et ouest du village se fait relativement facilement, il n'en est pas de même en ce qui concerne les lisières nord et nord-ouest.

Nous avons vu précédemment que les fractions de gauche de la 1re division de la Garde avaient dû s'arrêter à une centaine de mètres des murs formant la clôture nord de Saint-Privat, au moment même où une partie des bataillons saxons commençait à entrer en ligne.

A peine arrivés, ces bataillons (4), formés en masse compacte (colonne double), dépassent les tirailleurs de la Garde et s'avancent à l'attaque de la face nord de Saint-Privat. Aussitôt un feu d'une violence inouïe est dirigé contre eux; en vain essaient-ils de se déployer et de lancer leurs tirailleurs en avant; ils sont obligés de reculer et de venir se reformer derrière la chaîne des tirailleurs de la Garde.

Cet échec est même tellement décisif que les Français, voulant

_____

(1) Ajoutons qu'à ce moment les tirailleurs français évacuent ces murs.
(2) Monographie du 18 août.
(3) Situées dans la rue principale du village.
(4) $\frac{\text{I, II}}{107}$, $\frac{1/2 \text{ II et III}}{100}$. Les $\frac{\text{II et III}}{100}$ sont un peu plus en arrière, formant échelon.

profiter du désordre causé dans les rangs ennemis, cherchent à
entamer une contre-attaque — ah! le vieux sang gaulois! —;
des essaims de tirailleurs commencent à déboucher de la lisière
à l'est et à l'ouest de la route de Roncourt; mais malheureusement cette héroïque tentative ne tarde pas à être arrêtée par les
tirailleurs de la Garde qui, après avoir dirigé un feu rapide sur
la contre-attaque française, se reportent immédiatement en
avant. A ce mouvement offensif se joignent d'ailleurs bientôt
les bataillons saxons, qui viennent d'être bousculés, ainsi que
les Ier et IIe bataillons du 101e, qui arrivent des bois d'Auboué.

Toutes ces troupes, formant des masses épaisses, se dirigent
sur les murs de clôture qui bordent les faces nord et nord-ouest.
« Il règne, dans cet amas de bataillons, un désordre indescriptible que les officiers cherchent en vain à corriger. Les lignes de
tirailleurs s'entassent les unes derrière les autres sur plusieurs
rangs, la fumée et l'obscurité naissante ajoutent à cette confusion.

« Ainsi donc l'attaque du saillant nord-ouest et du front nord
présentait un tout autre aspect que celle des fronts sud et ouest.
Là, des groupes de tirailleurs minces, à larges intervalles, dis-
persés et sans liaison; ici des masses épaisses de troupes sur un
espace trop restreint. Dans ces conditions rien d'étonnant à ce
que l'opiniâtre défenseur du front nord infligeât à l'assaillant
des pertes sérieuses; de même il était impossible, au milieu de
la confusion générale, d'empêcher certaines fractions allemandes
de tirer sur des fractions amies; à plusieurs reprises on dut faire
cesser le feu, pour arrêter le tir des troupes disposées en arrière (1)... »

Après de nombreux arrêts et non sans subir de lourdes pertes,
les Prussiens et Saxons arrivent enfin à escalader les trois murs
de clôture successifs, qui se trouvent en avant de la face nord
et à atteindre cette face.

Toutefois, même après avoir obtenu ce résultat, les Allemands
ne sont pas encore complètement maîtres de la lisière nord. Au
débouché de la route de Roncourt, en effet, une poignée de Français défend avec une énergie farouche, d'une part, le cimetière

---

(1) Monographie du 18 août.

(à l'ouest de la route), d'autre part, une maison neuve avec enclos (à l'est de la route). Plusieurs fois Saxons et Prussiens s'élancent à l'assaut de ces deux réduits; ils sont repoussés avec pertes. Enfin, un certain nombre d'hommes arrivent à s'installer dans l'angle mort du mur du cimetière. Un obus saxon ouvre dans le mur une brèche qu'on élargit avec la main; on peut alors faire passer quelques canons de fusils et exterminer jusqu'au dernier les vingt-cinq héros qui restent dans le cimetière (1).

« Mais, malgré ce succès, il était toujours impossible d'entrer dans le village, tant que la maison neuve, au nord de la route, restait aux mains de l'ennemi (2). » Aussi tous les efforts de l'assaillant se portent-ils sur ce point; mais en vain lance-t-il plusieurs colonnes d'assaut; il ne peut arriver à briser l'énergie des Français et il est obligé de garnir de tireurs les bâtiments voisins de la maison neuve afin d'accabler ses défenseurs sous un feu des plus violents...

Enfin la résistance de ces braves gens commence à faiblir. Dans un suprême élan Prussiens et Saxons « escaladent les murs de la dernière redoute française et pas un des acteurs de ce tragique épisode ne reste vivant » (3).

Dès que l'entrée nord est libre, un torrent d'Allemands fait irruption dans la rue principale de Saint-Privat, où il se rencontre avec les fractions de la Garde qui ont enlevé les faces sud et ouest du village : Saint-Privat est enfin conquis. Toute l'artillerie accourt sur la position enlevée et vient former de part et d'autre du village une longue ligne de batteries. La 20e division se porte également en avant et atteint vers 9 heures, avec ses fractions avancées, la ferme de Marengo.

De leur côté les derniers combattants du 6e corps se retirent sur la route de Woippy. Leur retraite est protégée par les batteries du 6e corps installées aux Carrières de la Croix ainsi que par quelques bataillons et batteries de la Garde qui viennent prendre position à l'ouest de ces Carrières.

_____

(1) On comprend que dans ces conditions les historiques français ne fassent pas mention de ces actes de bravoure.

(2) Monographie du 18 août.

(3) *Ibidem.*

Peu à peu la fusillade et la canonnade diminuent d'intensité, et la lutte prend fin vers 9 heures du soir...

La bataille de Saint-Privat était perdue pour nous.

Oui, la bataille était bien perdue pour nous, et elle l'était par notre faute. Au cours des dernières heures de la lutte, dans cette région de Saint-Privat, qui voyait le triomphe des armes allemandes, que d'occasions n'avions-nous pas laissé échapper! Et comme il nous aurait été facile par un geste énergique de ramener la victoire sous nos drapeaux!

Mais pour cela il eût fallu que nous eussions la ferme volonté de vaincre et que dans l'emploi de nos réserves Bazaine fît preuve d'un peu d'activité ou Bourbaki d'un peu d'initiative.

Au lieu d'imposer à la Garde impériale d'inutiles navettes derrière le front de l'armée du Rhin, ne devait-on pas, dès le début de l'action, porter sur le plateau Saint-Vincent la Garde et sa division de cavalerie, la réserve d'artillerie de l'armée et la division de Forton? Et plus tard, lorsque la bataille avait commencé à se dessiner, et que le maréchal Canrobert, par de pressants messages, avait attiré l'attention du commandant en chef sur la situation de notre droite, n'était-il pas indiqué de faire exécuter à ces réserves un nouveau bond vers le nord, et de les diriger sur les derrières du 6e corps?

Qu'on suppose la Garde, la réserve d'artillerie de l'armée et les deux divisions de cavalerie rassemblées vers 6h 30 entre Saint-Privat et la forêt de Jaumont et qu'on se reporte à la situation de la gauche allemande à la même heure! (Voir croquis IX).

A ce moment la division du général de Pape morcelée, épuisée, saignée à blanc, vient de se blottir au pied de la terrasse de Saint-Privat, à 400 ou 500 mètres des lisières du village. Derrière elle, dans tout le terrain libre situé entre la chaussée de Saint-Privat et les bois d'Auboué, les Allemands n'ont plus en réserve que quatre bataillons d'infanterie, qui ont déjà donné dans l'attaque de Sainte-Marie. Une seule batterie de la Garde (artillerie de la 2e division) se trouve au nord de la chaussée. Tout le reste de l'artillerie est au sud et n'a que des vues très imparfaites sur le glacis de Saint-Privat. Quant à l'artillerie saxonne, installée contre les bois d'Auboué, elle fait complètement face à Roncourt, dont elle prépare l'attaque, et elle ne peut, elle aussi, exercer qu'une action très précaire sur le glacis de Saint-Privat. Bref, entre la masse des batteries de la Garde au sud de la chaussée et le XIIe corps au nord, la ligne allemande présente une véritable solution de continuité de plus de 2 kilomètres, qui n'est occupée que par des troupes déjà épuisées et que les unités adjacentes ne peuvent tenir sous leur feu.

Nos réserves pouvaient-elles trouver une plus belle occasion d'entrer en action? Pas de savantes combinaisons. Dans ce terrain découvert que de Saint-Privat l'on embrassait avec une netteté parfaite, il s'agissait d'agir vite et droit et d'entrer comme un coin entre le XIIe corps et la Garde.

Immédiatement la réserve d'artillerie de l'armée, la réserve d'artillerie de la Garde, l'artillerie du 6e corps venaient couronner les hauteurs de Saint-Privat—Roncourt et répartissaient leur feu à la fois sur les Saxons et sur la Garde prussienne.

En même temps la 1re brigade de la Garde impériale, soutenue par l'artillerie de la 1re division, débouchait de Saint-Privat directement sur la division du général de Pape, en appuyant sa gauche à la chaussée. Étant donnée l'absence totale d'artillerie ennemie, étant donné l'état de désagrégation de la ligne de la Garde, il n'était pas douteux que nos incomparables régiments, tous composés de vétérans de Crimée et d'Italie, ne pussent bousculer cette ligne facilement et, presque sans coup férir, rentrer dans Sainte-Marie, où ils s'établissaient solidement (1).

Quant à la masse de la Garde impériale (trois brigades) renforcée par une brigade du 6e corps (4e et 100e) encore disponible et par les deux divisions de cavalerie, couverte en outre sur son flanc gauche par les deux régiments lancés sur Sainte-Marie, elle s'avançait dans le même moment sur les bois d'Auboué, où apparaissaient de nombreux ennemis. Elle prenait ainsi en flanc l'offensive du XIIe corps, arrêtée d'autre part sur son front

---

(1) Une fois dans Sainte-Marie, la brigade française aurait eu probablement affaire au Xe corps rassemblé à Saint-Ail. Mais n'oublions pas que la contre-offensive française se déclanchait vers 6h 45 et que dans ces conditions une reprise de Sainte-Marie, en mettant les choses au pire, n'aurait pu avoir lieu que vers 8 heures du soir, c'est-à-dire à la nuit.

par le village de Roncourt que défendaient énergiquement deux bataillons du *9e* et le *94e*...

Mais limitons là notre hypothèse : A vouloir la prolonger nous risquerions de tomber dans le domaine du rêve. Aussi bien, nous suffit-il d'avoir montré que, même à 6ʰ 45 du soir, notre situation, le 18 août, n'était pas encore irrémédiablement compromise. Obligée et par son infériorité numérique et par ses fautes antérieures de livrer une bataille défensive, l'armée du Rhin pouvait, nous en sommes convaincus, « rompre le charme » au dernier moment, racheter, par un de ces gestes dont elle avait été jadis coutumière, tout un mois de défaillances et d'abdications successives, bref changer la face des événements, et qui sait?... peut-être même la face de l'Europe.

CONCLUSION

Nous sommes arrivé au terme de notre tâche. Maintenant résumons-nous.

En somme qu'avons-nous vu dans la bataille de Saint-Privat? D'une part une armée munie d'un fusil supérieur, installée sur de fortes positions, mais immuablement figée sur ces positions et se battant sans but, sans plan d'ensemble, se contentant d'agir par son feu. En face d'elle, une armée marchant depuis le 17 août en plein inconnu, munie d'un fusil nettement inférieur (1), ayant des méthodes de combat d'infanterie désuètes, mais animée du plus bel esprit offensif, mais désireuse de joindre à tout prix l'ennemi et de réaliser, par l'enveloppement de la droite française, la pensée du chef suprême.

Entre ces armées le choc se produit vers midi, et immédiatement les défauts et les qualités des deux adversaires apparaissent en pleine lumière. Sur tout le front les Allemands attaquent avec rage; ils commettent fautes sur fautes; vingt fois ils sentent passer sur leurs têtes le vent de la défaite; mais ils ne désespèrent point; à chaque échec ils répondent par de nouvelles attaques, et, notre inertie aidant, arrivent à nous déloger de ces magnifiques positions que nous croyions inviolables et par conséquent à remporter la victoire. N'avions-nous pas raison de dire au

---

(1) Il est vrai que les Allemands avaient une artillerie supérieure à la nôtre; mais cette supériorité était très relative. « Sur le champ de bataille du 18 août, la nature molle des terres labourées, la contre-pente du terrain, qui venait s'ajouter à l'angle de chute des projectiles, étaient particulièrement défavorables au tir de l'artillerie allemande. Les historiques français sont unanimes à cet égard. Le sol avait beau être défoncé par les obus, le tir de l'ennemi avait beau être réglé, « les éclats ne faisaient aucun mal, on n'avait à craindre que les coups de plein fouet », raconte le capitaine Mignot. « Les obus en éclatant, dit d'autre part l'Historique du 17e régiment, faisaient plus de bruit que de mal. » (L'Artillerie dans la bataille du 18 août, par le lieutenant-colonel ROUQUEROL), Berger-Levrault, éditeur, 12 fr.

début de ces Études, que la bataille de Saint-Privat était l'apo-
théose de l'offensive? Cette journée ne prouve-t-elle pas qu'une
offensive même mal conduite finit toujours par avoir raison
d'une défensive obstinément passive?

Recueillons avec soin cet enseignement! Car, ne l'oublions
pas, les conclusions qui ressortent de la journée du 18 août
n'ont rien perdu de leur valeur, malgré les perfectionnements
des engins actuels. Les progrès réalisés dans l'armement, les
modifications apportées par la science aux conditions de la guerre
moderne peuvent en effet changer les procédés et les méthodes
à employer dans le combat; mais, derrière ces modalités, l'essence même de la guerre reste. Hier comme aujourd'hui, aujourd'hui comme hier, celui-là est vainqueur qui arrive à déloger son adversaire, et à prendre sa place, et, pour ce faire, il
n'y a pas d'autres moyens que « d'y aller voir ».

« Vaincre c'est avancer, avancer c'est vaincre, a dit le général
Cardot, donc avançons toujours! En dépit des engins modernes
qui sont dans les deux camps d'ailleurs — ce qu'on oublie toujours, — raccourcissons les distances! raccourcissons nos armes !
si nous ne voulons pas encore une fois voir se rapprocher nos
frontières.

« J'ose prononcer cet avertissement solennel. J'ai gardé des
événements lamentables de 1870 une impression ineffaçable,
une impression qui est devenue une conviction raisonnée et
inébranlable.

« Les Prussiens nous ont battus, parce qu'ils ont voulu vaincre,
parce qu'ils ont avancé; nous avons été battus parce que nous
n'avons jamais voulu vaincre, parce que nous n'avons jamais
voulu avancer; ils avaient un fusil nettement inférieur au nôtre!
Ils ont porté d'emblée leur infanterie jusqu'à ces distances
décisives, où toutes les armes se valent, c'est-à-dire ne valent
plus que ce que valent ceux qui les portent, et leur infanterie
avançait toujours, quand la nôtre restait immobile. Qu'ils aient
fait ainsi de nécessité vertu, c'est possible, mais toute leur conduite d'autre part nous laisse supposer que cette manière de
faire était non pas accidentelle, mais bien voulue et délibérée.

« Je souhaite de tout mon cœur que leur tactique actuelle ne
soit plus orientée vers le combat rapproché — mais j'en doute! »

A cette page éloquente et éternellement vraie, qui, dans un raccourci poignant, résume la Doctrine tout entière, le moindre commentaire serait, croyons-nous, superflu. Toutefois, qu'au vœu exprimé par le général Cardot il nous soit permis d'en ajouter un autre, qui sera notre conclusion. Que notre armée maintenant revenue aux saines traditions nationales, n'oublie jamais les fécondes leçons de 1870 ! Qu'elle reste fermement persuadée que l'offensive tout autant que la défensive — sinon davantage — bénéficie des progrès réalisés dans l'armement ! Et que toujours, « malgré les tonnerres inventés par l'homme et ses sciences », elle ait sur les lèvres et au fond du cœur ce cri qu'elle a si souvent fait retentir au cours de sa longue et glorieuse histoire : « En avant ! »

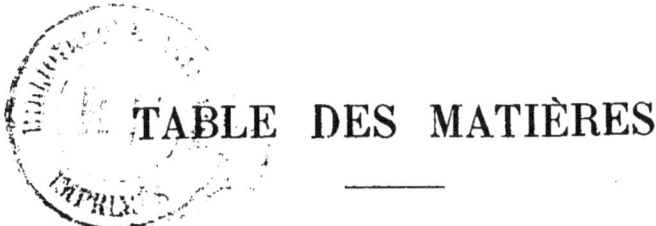

TABLE DES MATIÈRES

IV — LA GARDE ATTAQUE SAINT-PRIVAT

V — LA FIN DE LA BATAILLE

———:o:———

Nancy, imprimerie Berger-Levrault

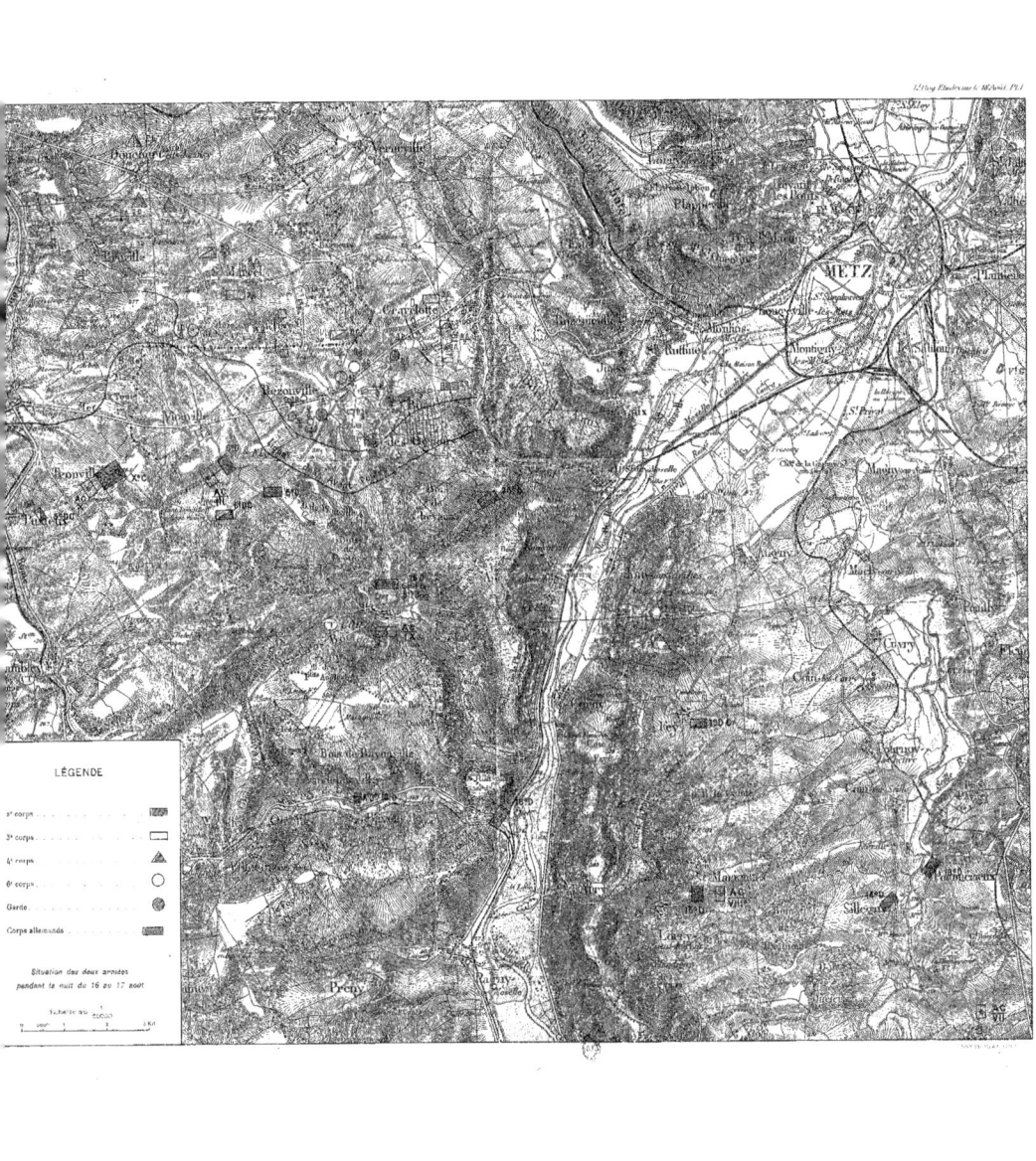

LÉGENDE

2.º corps . . . .

3.º corps . . . .

4.º corps . . . .

6.º corps . . . .

Garde . . . .

Corps allemands . . . .

Situation des deux armées
pendant la nuit du 16 au 17 août

Échelle au
000

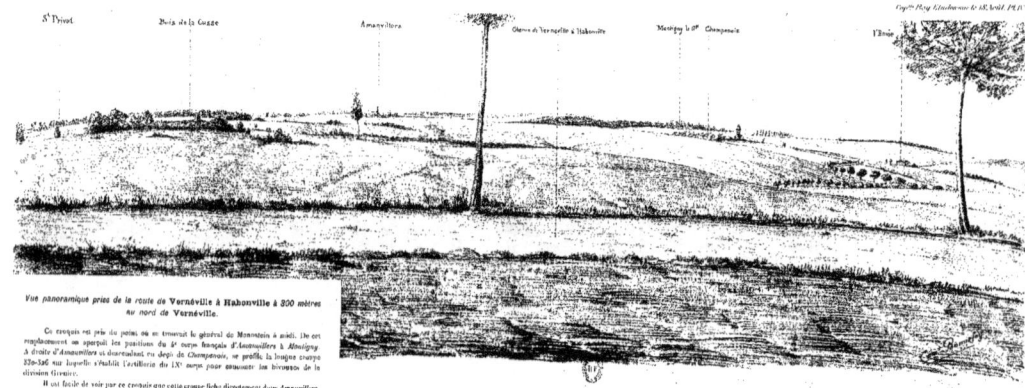

St Privat   Bois de la Cusse   Amanvillers   Chemin de Vernéville à Habonville   Montigny le H^t Champenois   l'Envie

Vue panoramique prise de la route de Vernéville à Habonville à 200 mètres au nord de Vernéville.

Ce croquis est pris du point où se trouvait le général de Manstein à midi. De cet emplacement on apercevait les positions du 4e corps français d'Amanvillers à Montigny. À droite d'Amanvillers et descendant en deçà de Champenois, se profile la longue croupe 320-326 sur laquelle s'établit l'artillerie du IXe corps pour canonner les bivouacs de la division Grenier.

Il est facile de voir par ce croquis que cette croupe fiche directement dans Amanvillers.

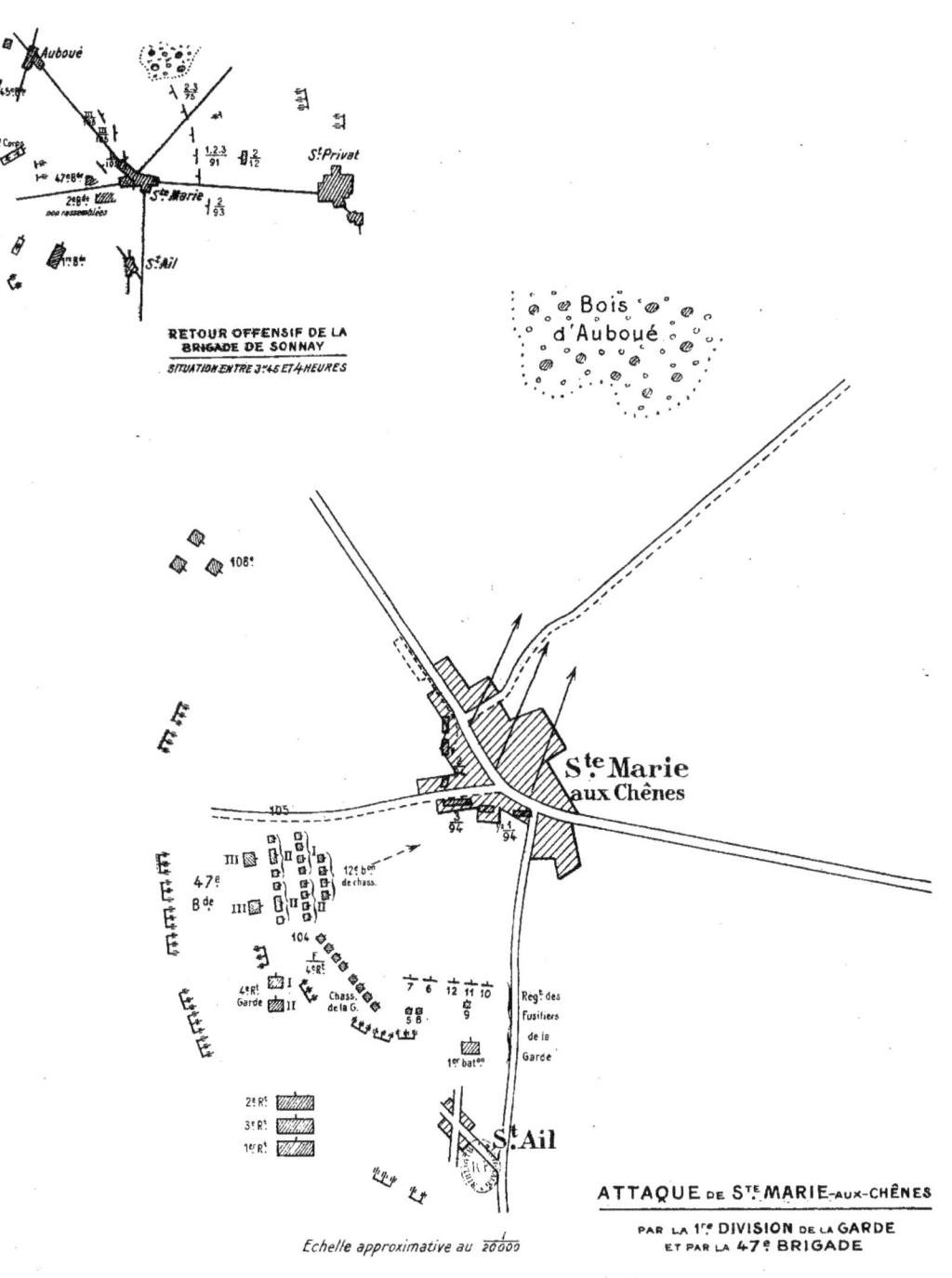

Auboué

45e

A^{re} Corps

47e B^{de}

2 e B^{de}
non rassemblées

108e

$\frac{1·2·3}{91}$ $\frac{2}{12}$

$\frac{2·3}{75}$

$\frac{2}{93}$

Ste Marie

St Privat

1re B^{de}

St Ail

**RETOUR OFFENSIF DE LA
BRIGADE DE SONNAY**

SITUATION ENTRE 3H45 ET 4 HEURES

Bois
d'Auboué

108^e

105

$\frac{3}{94}$ $\frac{4}{94}$

**Ste Marie
aux Chênes**

III   II

47^e
B^{de}

III   II

12e b^{on}
de chass.

104

F
4 e B^e

4 e R^t
Garde   I
II

Chass.
de la G.

7 6

12 11 10
9

5 8

Reg^t des
Fusiliers
de la
Garde

1er bat^{on}

2 e R^t
3 e R^t
1 er R^t

St Ail

ATTAQUE DE Ste MARIE-AUX-CHÊNES

PAR LA 1re DIVISION DE LA GARDE
ET PAR LA 47^e BRIGADE

Echelle approximative au $\frac{1}{20000}$

SITUATION vers 3 HEURES

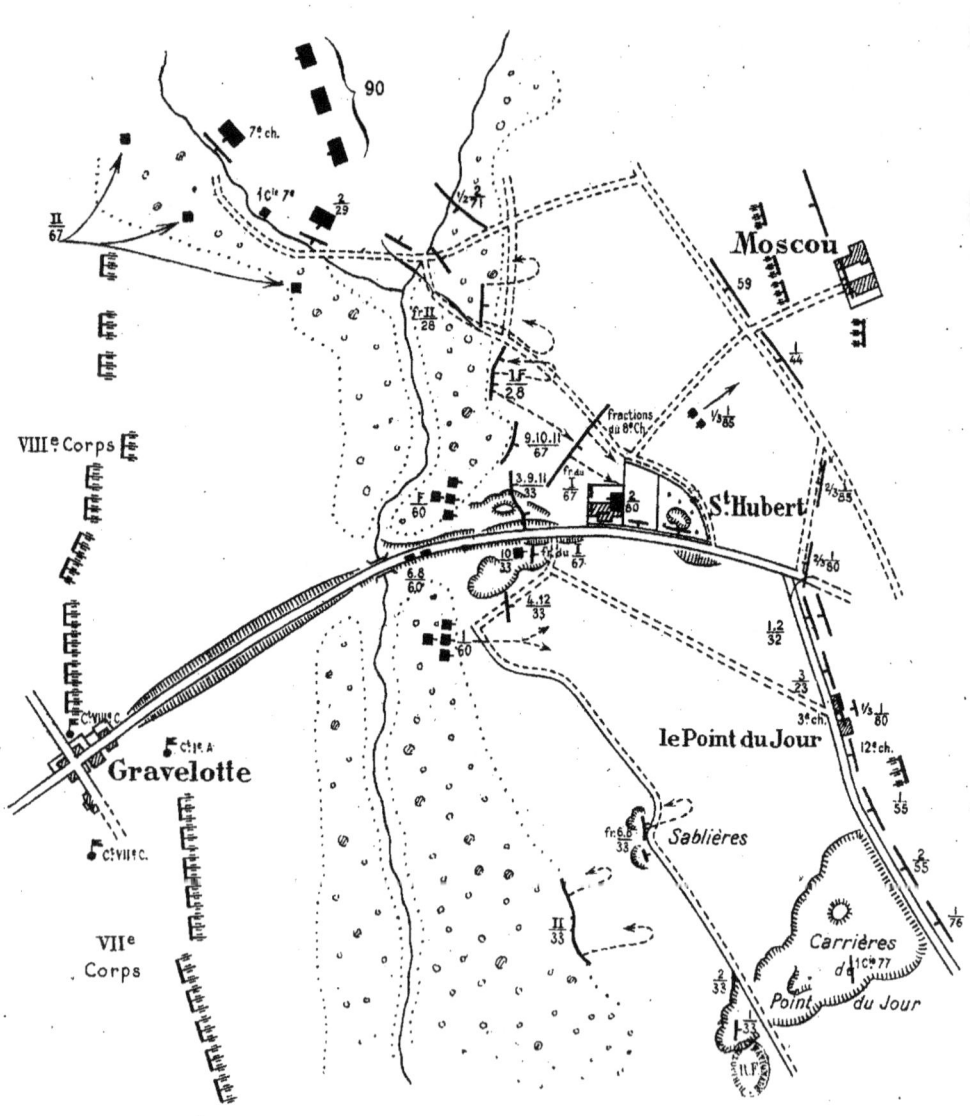

Echelle approximative au 1/16 000

Cap. May Etude sur le 16 Août. PV III.

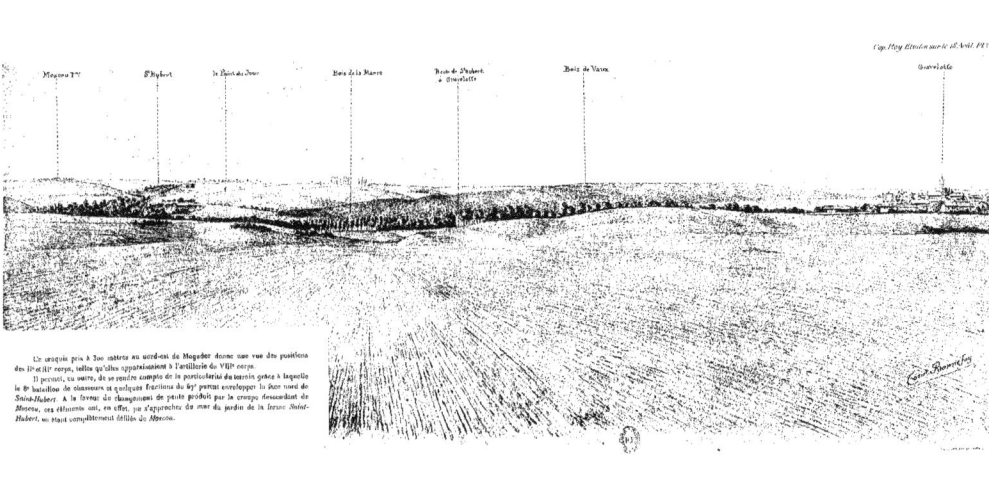

Moscou F^{me}   St Hubert   le Point du Jour   Bois de la Marre   Ferme de St-Hubert à Gravelotte   Bois de Vaux   Gravelotte

Ce croquis pris à 300 mètres au nord-est de Moscou donne une vue des positions des IIe et IIIe corps, telles qu'elles apparaissaient à l'artillerie du VIIIe corps.

Il permet, en outre, de se rendre compte de la particularité du terrain grâce à laquelle le 8e bataillon de chasseurs et quelques fractions du 64e purent envelopper la face nord de Saint-Hubert. À la faveur du changement de pente produit par la croupe descendant de Moscou, ces éléments ont, en effet, pu s'approcher du mur du jardin de la ferme Saint-Hubert, en étant complètement défilés de Moscou.

Situation vers 7 heures 45

Les troupes et les batteries des VIIᵉ et VIIIᵉ corps ont été représentées par . . . .

Les troupes et les batteries du IIᵉ corps ont été représentées par . . . .

Echelle au $\frac{1}{30000}$

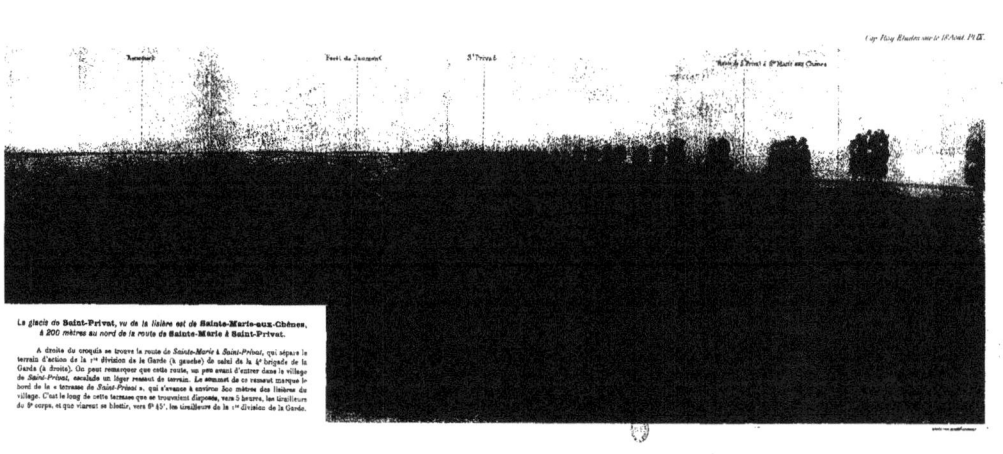

*Le glacis de Saint-Privat, vu de la lisière est de Sainte-Marie-aux-Chênes,
à 200 mètres au nord de la route de Sainte-Marie à Saint-Privat.*

A droite du croquis se trouve la route de *Sainte-Marie à Saint-Privat*, qui sépare le
terrain d'action de la 1ᵉ division de la Garde (à gauche) de celui de la 4ᵉ brigade de la
Garde (à droite). On peut remarquer que cette route, un peu avant d'entrer dans le village
de *Saint-Privat*, escalade un léger ressaut de terrain. Le sommet de ce ressaut marque le
bord de la « terrasse de *Saint-Privat* », qui s'avance à environ 500 mètres des lisières du
village. C'est le long de cette terrasse que se trouvaient disposés, vers 5 heures, les tirailleurs
du 9ᵉ corps, et que vinrent se blottir, vers 8ʰ 45', les tirailleurs de la 1ᵉ division de la Garde.

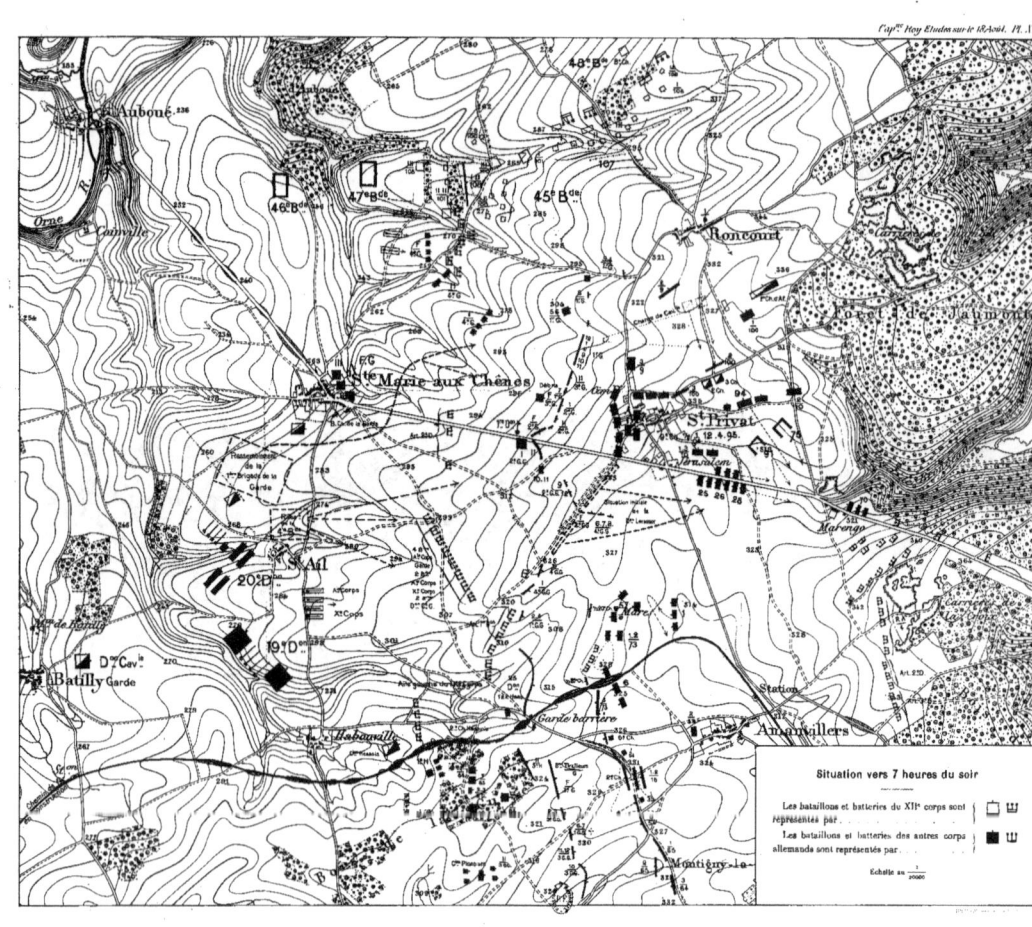

Capⁿᵉ Hoy Études sur le 18 Août. Pl. X.

Situation vers 7 heures du soir

Les bataillons et batteries du XII⁰ corps sont
représentés par . . . .

Les bataillons et batteries des autres corps
allemands sont représentés par . . . .

Échelle au 1/20000

Situation dans la région d'Amanvillers
vers 9 heures du soir

Échelle au 1/80000

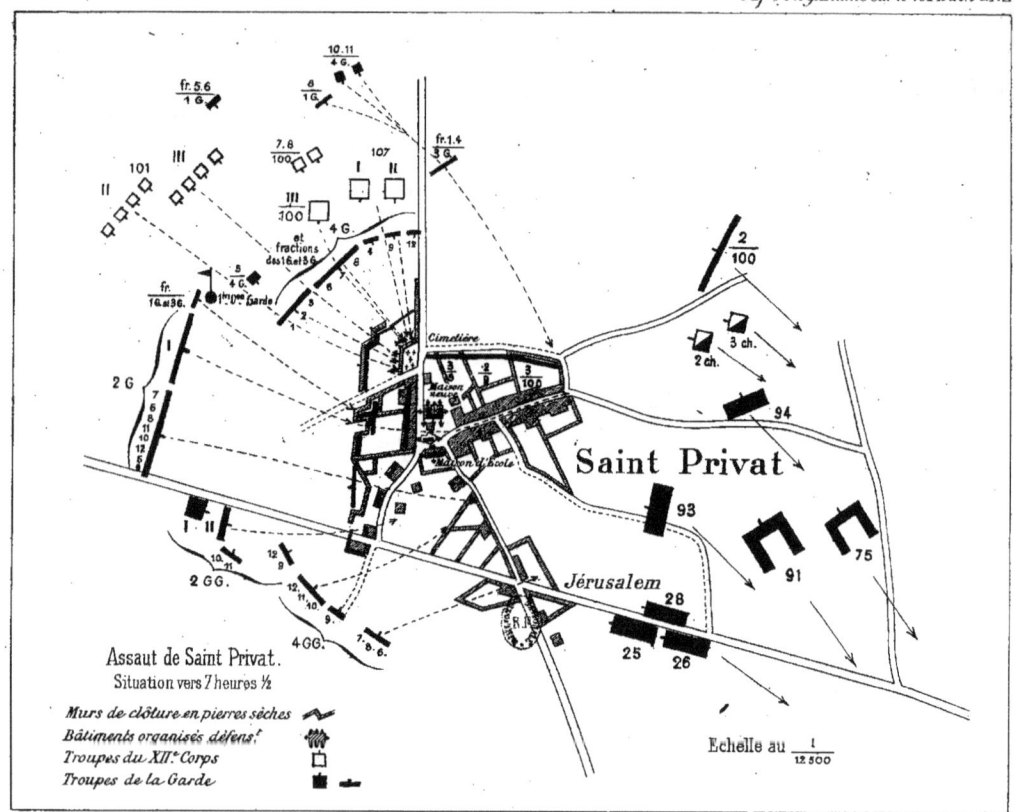

Saint Privat

Jérusalem

Cimetière

Maison neuve

Maison d'École

Assaut de Saint Privat.
Situation vers 7 heures ½

Murs de clôture en pierres sèches
Bâtiments organisés défens!
Troupes du XII.e Corps
Troupes de la Garde

Echelle au $\frac{1}{12.500}$

Pierre LEHAUTCOURT (Général PALAT)

GUERRE DE 1870-1871

APERÇUS et COMMENTAIRES

Tome I. — *La Destruction des Armées impériales*
Tome II. — *Les Armées de la Défense nationale*

1910. Ouvrage complet en deux volumes in-8 (738 pages), avec 5 cartes hors texte. — Prix, brochés . . . . **10 fr.**

Du même auteur :

HISTOIRE DE LA GUERRE DE 1870-1871

Première Partie. — LA GUERRE DE 1870

Sept volumes in-8, avec 29 cartes, brochés. . . . . . **47 fr. 50**

Tome I. — **Les Origines.** — *Sadowa.* — *L'Affaire du Luxembourg.* — *La candidature Hohenzollern.* — *La dépêche d'Ems.* — 1901. Un volume in-8 de 422 pages . . . **6 fr.**

Tome II. — **Les deux Adversaires.** — **Premières Opérations** (7 juillet-2 août 1870). — *La France : la nation et l'armée.* — *La concentration française.* — *L'Allemagne.* — *Premières opérations.* — 1902. Un volume in-8 de 488 pages, avec 2 cartes . . **6 fr.**

Tome III. — **Wissembourg, Frœschwiller, Spicheren.** — 1903. Un volume in-8 de 595 pages, avec 4 cartes . . . . **6 fr.**

Tome IV. — **La Retraite sur la Moselle, Borny.** — 1904. Un vol. in-8 de 384 pages, avec 5 cartes . . . . **6 fr.**

Tome V. — **Rezonville et Saint-Privat.** — 1905. Un volume in-8 de 750 pages, avec 5 cartes. . . . . **7 fr. 50**

Tome VI. — **Sedan** (7 août-2 septembre 1870). — 1907. Un volume in-8 de 800 pages, avec 9 cartes. . . . . **10 fr.**

Tome VII. — **Capitulation de Metz** (19 août-29 octobre 1870). — 1908. Un volume in-8 de 584 pages, avec 4 cartes . . . . **6 fr.**

Seconde Partie. — LA DÉFENSE NATIONALE

Couronné deux fois par l'Académie française (2ᵉ Grand Prix Gobert en 1899 et en 1900)

Huit volumes in-8, avec 56 cartes, brochés . . . . **49 fr.**

Campagne de la Loire. — Tome I. *Coulmiers et Orléans.* 1893. Un volume de 478 pages, avec 6 cartes. . . . . **7 fr. 50**
— Tome II. *Josnes, Vendôme, Le Mans.* 1895. Un vol. de 448 pages, avec 13 cartes. **7 fr. 50**

Campagne de l'Est. — Tome I. *Nuits, Villersexel.* 1896. Un volume de 301 pages, avec 7 cartes . . . . **5 fr.**
— Tome II. *Héricourt, La Cluse.* 1896. Un volume de 300 pages, avec 4 cartes. . . . **5 fr.**

Campagne du Nord. — *La Défense nationale dans le Nord de la France.* Nouvelle édition, entièrement revue et corrigée. 1897. Un volume de 359 pages, avec 9 cartes. **6 fr.**

Siège de Paris. — Tome I. *Châtillon, Chevilly, La Malmaison.* 1898. Un volume de 415 pages, avec 4 cartes. . . . . **6 fr.**
— Tome II. *Le Bourget, Champigny.* 1898. Un volume de 447 pages, avec 4 cartes . . **6 fr.**
— Tome III. *Buzenval, La Capitulation.* 1898. Un volume de 460 pages, avec 5 cartes. **6 fr.**

L'ouvrage complet en 15 volumes (au lieu de **96 fr. 50**) . . **75 fr.**

LIBRAIRIE MILITAIRE BERGER-LEVRAULT

PARIS, 5—7, RUE DES BEAUX-ARTS — RUE DES GLACIS, 18, NANCY

L'ARTILLERIE DANS LA BATAILLE DU 18 AOUT

Essai critique de considérations sur l'artillerie de campagne à tir rapide, par le lieutenant-colonel Gabriel ROUQUEROL, sous-chef d'état-major du 6ᵉ corps d'armée. 1906. Un volume in-8 de 519 pages, avec 7 croquis panoramiques et 7 plans avec 18 transparents, broché. . . . . **12 fr.**

La Stratégie de Moltke en 1870, par le général PALAT (Pierre LEHAUTCOURT). 1907. Un volume in-8 de 400 pages, avec 22 cartes hors texte, broché . . . . . . **10 fr.**

Spicheren (6 août 1870), par le lieutenant-colonel MAISTRE, du 79ᵉ régiment d'infanterie, ancien professeur à l'École supérieure de guerre. Préface de M. le général LANGLOIS, ancien membre du Conseil supérieur de la guerre. 1908. Un volume gr. in-8 de 428 pages, avec 9 cartes et 10 vues panoramiques hors texte, broché . . . . **12 fr.**

En Marge de la bataille de Rezonville, par le général CHERFILS. 1908. Grand in-8, avec 4 planches, broché. . . . . **2 fr. 50**

Essai sur l'emploi de la Cavalerie. Leçons vécues de la guerre de 1870, *et faites en 1895 à l'École supérieure de guerre,* par le colonel CHERFILS, commandant le 7ᵉ dragons, ancien professeur à l'École supérieure de guerre. 1899. Un volume grand in-8 de 708 pages, avec un atlas in-4 comprenant une carte générale grand in-folio et 10 croquis en couleurs . . . . **15 fr.**

La Cavalerie des Iʳᵉ et IIᵉ armées allemandes dans les journées du 7 au 15 août 1870, par G. PELET-NARBONNE, général-lieutenant. Traduit de l'allemand par le lieutenant-colonel P. SILVESTRE, chef d'état-major de la 4ᵉ division de cavalerie. 1901. Un volume grand in-8 de 270 pages, broché. . . . . **4 fr.**

Études sur la journée du 16 août 1870, par le capitaine F. CANONNE. 1909. Un volume grand in-8 de 252 pages, avec 9 planches et 3 croquis, broché . . . . **7 fr.**

Journal d'un officier de l'armée du Rhin, par le général FAY. 5ᵉ édition, revue et augmentée. 1890. Un volume in-8 de 410 pages avec une carte des opérations, br. **5 fr.**

La Cavalerie allemande pendant la guerre de 1870-1871. *Étude tactique,* par Jules DE CHABOT, colonel du 10ᵉ régiment de hussards. Nouvelle édition, corrigée et augmentée. 1899. Un volume in-8 de 429 pages, avec 5 cartes, broché. . . . **7 fr. 50**

Les Avant-gardes à l'armée de Châlons le jour de Sedan, par le capitaine S. BOURGUET. 1907. Brochure grand in-8 de 36 pages. . . . . **1 fr. 50**

Études de marches. Iéna-Sedan. Textes, tableaux et cartes des marches de la *Grande Armée en 1806* (jusqu'à Berlin), et des *Armées allemandes en 1870* (du 31 juillet au 1ᵉʳ septembre). Suivi des tableaux des marches de la Grande Armée en 1805 (campagne d'Austerlitz), et des armées prussiennes en 1866 (campagne de Bohème), par le général FAY. Nouvelle édition refondue et augmentée. 1899. Album-portefeuille grand in-4, comprenant 56 pages de texte, 36 pages de tableaux et 2 superbes cartes de marches en 5 couleurs, grand in-folio . . . . **10 fr.**

Les Règlements de la division Margueritte et les charges à Sedan, par le général ROZAT DE MANDRES. 1908. Un volume grand in-8 de 305 pages, avec 5 cartes, 8 portraits et 8 photogravures, broché. . . . . **7 fr. 50**

La Retraite sur Mézières le 1ᵉʳ septembre 1870. Deux réponses à M. Alfred Duquet, par un OFFICIER SUPÉRIEUR. Avec le fac-similé d'un billet du général de Wimpffen au général Ducrot. 1904. Un volume grand in-8 de 195 pages, broché. . . . . . **3 fr.**

Encore la Retraite à Sedan. Réplique à « *La Retraite à Mézières* » par un *Officier supérieur,* par Alfred DUQUET. 1903. Un volume grand in-8 de 119 pages, broché. **2 fr.**

La Guerre sur les communications allemandes en 1870. *Première campagne de l'Est. Campagne de Bourgogne,* par J.-B. DUMAS, capitaine d'infanterie breveté d'état-major. 1891. (Mention honorable de l'Académie française.) Un volume in-8 de 345 pages, avec 3 cartes, broché. . . . . **7 fr. 50**

Les Prodromes de Frœschwiller, ou *Quarante heures de stratégie de Mac-Mahon,* par le commandant DE CUGNAC, de l'état-major du 5ᵉ corps d'armée. 2ᵉ édition. 1911. Un volume in-8 de 83 pages, avec 3 planches, broché . . . . **2 fr. 50**

Relations de la bataille de Frœschwiller, livrée le 6 août 1870. Nouvelle édition. 1890. Volume in-8, avec 1 carte, broché . . . . **3 fr. 50**

Nancy, Impr. Berger-Levrault

www.ingramcontent.com/pod-product-compliance
Lightning Source LLC
Chambersburg PA
CBHW070454030726
47503CB00004B/1042